KB075518

서정은 진화한다

서정은 진화한다

초판 1쇄 발행 • 2006년 7월 12일

지은이 • 김수이
펴낸이 • 고세현
책임편집 • 황혜숙
펴낸곳 • (주)창비
등록 • 1986년 8월 5일 제85호
주소 • 413-756 경기도 파주시 교하읍 문발리 513-11
전화 • 031-955-3333
팩시밀리 • 영업 031-955-3399 편집 031-955-3400
홈페이지 • www.changbi.com
전자우편 • literat@changbi.com

ISBN 89-364-6323-3 03810

* 이 책은 한국문화예술위원회의 2006년도 '문예진흥기금'을 받았습니다.

* 책값은 뒤표지에 표시되어 있습니다.

서정은 진화한다

김수이 평론집

창비

| 책머리에 |

(갈수록 악화되는) 글쓰기의 미망과 두려움 속에 세번째 평론집을 묶는다. 『풍경 속의 빈 곳』 이후 4년 만이다. '서정은 진화한다'라는 제목은 이중의 의미를 담고 있다. '서정은 미래를 향해 끊임없이 현재형으로 진화(進化)한다'와, '서정은 과거의 궤적을 끊임없이 현재형으로 진화(鎭火)한다'가 그것이다. 서정은 과거와 미래가 삼투되고, 여전히 발현되며, 미리 실현되는 현재의 지점을 지금 우리가 살고 있는 현실세계 속에 구축(해야)한다. 그리하여 서정이 진화(進化/鎭火)하는 현장은 오래됨과 새로움, 지속과 분리, 합일과 분열이 충돌하는 '제로썸(zero-sum)의 지점'이 된다.

이것이 제로썸의 지점인 것은, 새로운 서정은 당대의 특수한 경험과 감각과 사유에 의한 시차(時差)와 시차(視差)의 산물이기 때문이다. 이 제로썸의 지점은 변화와 차이를 무화시키는 지점이 아니라, 반대로 생성하고 변주하는 지점이다. 서정은 시대와 사회에 따라 각별한 내용과 형태를 지니며, 그 각별함은 시대와 사회를 초월한 전체적이고 보편적인 맥락에서는 각기 동일한 비중을 형성한다. 이런 관점에서 볼 때, 최근 논란이 되고 있는 '분열의 주체, 비동일성의 미학에 의한 반서정' 등의 개념은 우리 시대가 지닌 서정의 특수한 형태로서, 본래부터 '서정'의 한 유형이다. 서정시가 동일성의 주체와 미학에 기반한 시라는 것은 통념상의 전제일 뿐, 실제로 우리 현대시사에서 서정시는 동일성과 비동일성이 혼재하고 충돌하는 가운데 씌어져왔음이 그 역사적 증거이다. '서정(抒情)'의 '서(抒)' 자가 펴다, 떠내다, 토로하다라는 뜻임을 환기할 때도, 정(情) 즉 뜻과 본성을 토로하는 서정시의 내용물이 인간 내면의 모든 것을 지칭하는 것임은 재론의 여지가 없다.

'서정은 진화한다'는 단호한 발언에서 이 문장의 실제 주어는 '서정'이 아닌, 시쓰기의 주체인 '시인'이다. 시를 읽고 논하는 독자와 평론가 역시 그 일부이다. 이 평론집에 실린 글들은 이 시대의 서정시들이 진화하는 현장에 부지런히 동참하고자 한 흔적들이다. 대상이 된 시인들의 독특하고 다채로운 서정을, 아직 평론가의 정체성을 온전히 소유하지 못한 나는 둔탁한 감식안으로나마 공감하고 공명하고자 했다. 본의아니게, 더러는 변형하고 왜곡하기도 했을 것이다. 그럼에도 그 가운데서 나는 나름대로 한 가지 신념을 관철하고자 했다. 미학, 시의 자율성, 실험정신, 새로움 등의 문학(주의)적인 항목들에도 일정한 방향성은 필요하며, 그 방향성은 동시대의 현실 및 삶의 문제와 어떤 식으로든 '밀착'해야 한다는 것이다. 사실 이것은 아주 오래된 믿음이지만, 근래 우리 문학에서는 자주 망각되거나 폄하되는 덕목이다. 그 몰락의 증상과 배후들이 나의 정의감(?)과 비판의식을 독려했음을, 나는 그에 충실히 응함으로써 평론가의 책무를 대신하고자 했음을 고백해둔다.

책의 체재는 단순하다. 1부에는 주제비평을, 2부에는 작가론과 해설을, 3부에는 작품론과 서평을 실었다. 분량으로나 무게중심으로나 가장 묵직한 1부의 글들은 크게 세 가지 유형으로 나뉜다. 첫째는 최근 시에 형상화된 '자연'의 문제점을 자본주의의 전략과 관련해 비판적으로 다룬 글(「자연의 매트릭스에 갇힌 서정시」「자연의 매트릭스와 현실의 사막」), 둘째는 최근 젊은 시인들의 시가 추구하는 '새로움'의 정체와 의의, 한계를 규명하고자 한 글(「감정의 동료들, 아직 얼굴을 갖지 않은」「시, 서정이 진화하는 현장」「감각의 노래를 들어라」), 셋째로 전시대인 1990년대 시의 화두였던 몸, 가족, 여성에 관한 시들을 재조명한 글(「'몸시'의 출현과 반란에 대한 기억」「가족 해체의 고통 혹은 모험」「다시 열린 판도라의 상자」)이 그것이다. 2부의 글들은 정현종 이민하 김선우 배용제 정호승 최하림 김정환 등의 좋은 시인들에게 힘입은 것이다. 세대, 주제의식, 화법 등에서 하나로 압축할 수 없는 이 시인들의 다양성을 최대한 펼쳐 보이고자 했다. 3부에는 산문시, 생태시, 노동시의 쟁점에 대한 의견을 피력한 짤막한 글들과 서평을 모아놓았다. 조금 어수선하지만, 개인적으로 애정이 가는 글들이다.

1997년 등단한 후 햇수로 10년이 되었다. 등단작 심사위원이신 황종연 선생님께서 추천사를 써주셨으니, 다시 심사를 받고 새롭게 등단하는 심정이다. 10년의 시간차를 두고 두 번의 결의의 기회를 갖게 해준 선생님께 진심으로 감사의 인사를 드린다. 경희대의 은사님과 선후배, 동학들, 문단의 가까운 지인들, 특히 『문예중앙』 식구들의 도움이 없었다면 쉽게 지나오지 못할 순간이 많았다. 오래 묵혀온 정과 아껴둔 사의의 일부를 여기에 보관해둔다. 어려울 때마다 늘 함께해준 종숙언니, 별아, 경선, 덕남, 성연, 소연의 이름도 함께 적어둔다. 무엇보다 미흡한 책을 흔쾌히 출판해준 창비의 배려와, 오랜 시간 공들여 작업해준 수고를 잊을 수는 없다. 갚을 수 있기를 빌며, 마음을 다해 고마움을 전한다.

작은 기쁨이라도 얻으시기를 빌며, 한결같은 사랑을 베풀어주시는 어지신 부모님께 이 책을 바친다.

2006년 여름이 무성해가는 때에

고황기슭 연구실에서

김수이

차 례

제 1 부

자연의 매트릭스에 갇힌 서정시

자연의 매트릭스와 현실의 사막

감정의 동료들, 아직 얼굴을 갖지 않은

시, 서정이 진화(進化/鎭火)하는 현장

감각의 노래를 들어라

'몸시'의 출현과 반란에 대한 기억

가족 해체의 고통 혹은 모험

다시 열린 판도라의 상자

자연의 매트릭스에 갇힌 서정시

최근 시에 나타난 '자연'의 문제점

1. 역사와 자연의 매트릭스

바야흐로, 우리 문학이 가상(假想/假象)의 시대에 돌입했다. 비현실적 상상력에 기초한 판타지 문학이나, 컴퓨터를 모체로 한 디지털 문학의 확산을 말함이 아니다. 최근 문학을 뒤덮고 있는 모종의 그리고 가상의 전제를 말함이다. 이 전제는 매트릭스(matrix)라는 용어를 동원해 설명할 수 있다. 결론부터 말하면, 최근 우리 소설의 상당수는 '역사의 매트릭스' 속에서 서술되며, 시의 대다수는 '자연의 매트릭스' 속에서 씌어진다. 역사와 자연의 매트릭스에 거주하면서 글쓰기의 주체는 진짜보다 행복한(?) 가짜의 삶을 산다. 이들은 실제 역사와 자연에 현실의 욕망을 투사해 상상적으로 리모델링한 후, 그 가상의 환경 속에서 걷고 생각하며 글을 쓴다. 이들은 매트릭스의 음험한 창조자이자 순진한 거주민이다. 소설가는 현실에서 더이상 공동의 사건을 찾을 수 없다고 개탄하면서 허구의 역사 속으로 망명하고, 시인은 상품과 이미지에 감염된 인간을 치유할 마지막 희망이라고 역설(力說)하면서 푸른 자연의 품으로 귀의한다. 최근 소설 속의 역사가 소설가가 '사적(私的)으로 전유'한 '소문자 역사'(최원식)에 머문다는 지적은, 역사가 소설가의 욕망의 무대나 이야기 창고로 전락한 실태를 날카롭게 간파한다. 시의 경우에도, 이름을 가리면 구분하기 힘든 시들이 넘쳐난다는 세간의 풍문은 많은 시인들이 유사한 감각과 인식에 함몰되어 있음을 시사한다.

문학이 역사와 자연의 가상에 빠지면서 두 가지 문제가 발생했다. 하나는 역사와 자연의 변형과 축소, 다른 하나는 우리가 살고 있는 진짜 현실의 은폐이다. 매트릭스는(영화 속 상상의 산물이기는 하지만) 진짜와 가짜를 구별할 수 없게 하는 장치이자, 현실에 필적하는 유사-현실의 세계이다. 매트릭스를 통해 장치(도구)와 세계(총체성)는 동등한 자격을 갖기에 이른다. 매트릭스의 가공할 위력은 진짜와 가짜의 차이를 없앤 무화(無化)의 권능보다는, 인공의 장치가 실재에 맞먹는 세계를 창출한 놀라운 '생산성'에 있기 때문이다. 매트릭스는 근대세계가 열망해온 인공의 힘과 생산성을 드라마틱하게 시각화한 상징인바, 매트릭스 속에서 근대의 인간은 철저하게 수동적인 소모품으로 전락한다. 매트릭스의 생산성은 인간의 정체성과 진짜 삶이 아닌, 인간의 환상과 가짜 현실의 유지에 봉사하는 까닭이다. 이와 관련해 슬라보예 지젝(Slavoj Žižek)은, 영화 「매트릭스」가 인간이 진정한 상황에 눈뜨는 것을 그리고 있지만, 사실은 그 자체가 인간의 존재를 지탱하는 기본적인 환상이라는 것을 말해준다고 통찰한 바 있다. 같은 맥락에서, 현재 우리 문학에서 역사와 자연은 '역사와 자연의 사막'에 처한 현실을 은폐하는 동시에 지속시키는 환상으로 이용되고 있다. 그 은폐와 유지의 욕망이 비자각적이라는 점에서, 또한 작가들이 역사와 자연에 대한 환상을 현실에 대한 인식과 구분하지 않(으려 하)거나 못하는 점에서 이 환상의 집단 체제를 매트릭스라 불러도 문제는 없을 것이다.

역사와 자연의 매트릭스는 파생된 기원이 같다. 이는 역사적이며 문학사적인 문제로, 공동체의 이데올로기가 와해된 1990년대의 현실이 그 발화점에 놓인다. 많은 논자들이 정리한 바와 같이, 공동체의 이데올로기가 붕괴된 자리는 개인, 일상, 욕망 등의 미시적인 항목으로 대체되었다. 하지만 이 분석의 유효성은 현상적인 차원에 국한된다. 개인, 일상, 욕망에 내재된 사회·역사성, 미시성을 지배하는 거시성의 심층적인 면은 세밀하게 고려되지 않았기 때문이다. 문학의 개인성은 사회성과 반대편에 있지 않으며, 당대의 이데올로기에서 자유로운 문학이란 존재할 수 없다. 다시 지젝의 말을 빌리면, 이데올로기란 실제 현실에 대한 왜곡된 표상이나 허위의식이 아니라, 이데올로기적 왜곡 자체가 현실을 가능하게 하는 조건이기에 더욱 그러하다. 개인성과 다원성의 부상 자체가 90년대 이후의 현실을 가능하게 한 이데올로기적 왜곡이며, 역사와 자연의 매트릭스는 작가들이 그 왜곡에 자발적으로, 현실 유지에 필요한 것 이상으로 과도하게 동참한 결과이다. 실제로 문학이 개인과 일상의 디테일에 몰두하면서 직면한 것은 그 배후에 있는 사회·역사의 견고한 구조였다. 어쩌면 그 구조에서 탈출하기 위해, 혹은 그 구조를 최대한 망각하기 위해 우리 문학은 그토록 세부적인 것에 집착했는지도 모른다. 디테일에 충실하면서 문학은 거대 이데올로기의 해체에 주력한 당대의 현실 유지 방식(이데올로기)에 (무)의식적으로 가담했다. 그러는 동안 소설에서는 소설가 개인의 자가발전(自家發電)식 이야기 양산과 '서사'의 실종이, 시에서는 일상적이고 주변적인 담론의 팽창에 따른 '서정'의 빈곤이 초래되었다. 문학의 외형은 섬세하고 다양해진 반면, 문학의 실중량은 줄어들게 된 것이다. 실험정신의 약화 또한 문제로 거론되었다. 이 지점에서 소설은 다시 서사를 호출하고, 시는 서정을 호출하게 되었다. 역사와 자연이라는 오랜 테마가 새삼스럽게 등장한 것은 이런 맥락에서였다.

출생의 속성상 소설이 서사의 돌파구로 역사를 택한 것은 자연스러운 일이다. 문제는 그 속에 현실에 대한 책임을 망각하려는 욕망이 은닉되어 있다는 점에 있다. 짜릿한 재미나 섬세한 문체미학, 소설가의 글쓰기 욕망이 '역사'를 압도하면서 씌어진 소설들은 더이상 역사를 역사 자체로 호명하지 않는다. 이때 역사는 현재에 부재하(고 싶어하)는, 혹은 어떻게 존재해야 할지 모르는 소설가의 욕망의 투영체로 기능할 뿐이다. 그 결과물로서의 소설은 역사의 방향성을 상실한 오늘의 현실이 지속되는 데 무비판적으로 일조한다. 이들이 역사를 형상화하는 방식은 현시대가 역사에 대해 갖는 무력감과 절망, 방기의 태도를 교묘하게 반영한다. 그 속에서는 현재의 난제를 해결하기 위해 과거를 경유한 기존의 역사소설의 책임의식을 찾아보기 어렵다. 역사가 아닌, 역사의 매트릭스 속에서 씌어진 소설은 현실세계의 질문 앞에서 한없이 무력해진다. 애초에 그 질문에 맞선 적이 없는 까닭이다.

시가 서정의 자산으로 자연을 끌어들인 상황도 별반 다르지 않다. 90년대 이후 자연은 전시대의 이념과 90년대 초의 일상의 담론을 대체하는 새로운 화두가 되었으며, 시적 지향에 따라 다양하게 의미화되었다. 이성의 전횡에 반발해 '몸'을 주어로 삼은 시나, 파괴된 자연의 실상에 천착한 생태시는 자연을 근대역사의 모순이 압축된 비극적인 현장으로 포착했다. 여성성과 여성의 자의식을 내세운 시들은 자연을 여성과 생명의 등가물로 다루었다. 자연의 신성과 아름다움에 매료된 시들은 자연을 정치·사회의 반대편에 있는 순수한 유토피아로 상정하기도 했다. 그러는 중에 많은 시들은 자연을 미학적인 대상으로 재편했고, 일부 시들은 자연에 대해 편집증적 애착마저 보이게 되었다. 자연을 현실의 억압과 분리된 자율적인 존재로 가정하여 삶의 고통과 번민이 휘발되는 장소, 자연상태의 아름다운 정원, 동화적인 세계 등으로 묘사하게 된 것이다. 이 투명하고 거대한 '자연의 매트릭스'는 시인들이 배제한 현실의 모순과 상처를 정반대의 영상으로 보여주면서, 읽는 이들에게 또다른 결핍감과 괴리감을 불러일으키고 있다. 이 이율배반적인 거울에 비친 영상의 허구성을 살펴보는 것에 이 글의 목적이 있다.

2. 수취인 불명, 자연은 '그곳'에 있는가

90년대 시가 자연을 복권한 데는 전시대의 정치적인 이념에 대한 반작용도 들어 있었다. 아름다운 자연을 예찬하는 것, 또는 자연을 아름답게 시화하는 것은 지난 시대에는 불온한 금기의 영역에 속해 있었다. '내용 없는 아름다움'에 투신하는 미학은 공허한 사치나 낭비로 여겨졌고, 자연은 그 주된 의혹의 대상이 되었다. 때문에 역사의 암흑에서 풀려나 자연의 빛을 마음껏 향유하게 된 상황은 90년대의 시인들에게는 즐거우면서도 곤혹스러운 축복으로 다가왔다. 시인들은 마치 급류에 휩쓸린 것처럼 민중, 노동, 해방 등의 경직된 이념의 시어들을 꽃, 나무, 새, 햇빛 등의 부드러운 자연의 말로 대체했다. 아이러니컬하게도 이런 변화를 주도한 것은 민중시의 선두에 섰던 시인들이었다.

일상, 욕망, 몸, 생태, 여성 등의 담론이 시의 새로운 주제로 떠올랐을 때, 그것은 글자 그대로 '담론'의 차원이었다. 이 담론들이 곧바로 새로운 미학을 창출한 것은 아니었다. 반면, 아름다움에 대한 열망은 많은 담론을 가로지르면서 시인들을 널리 사로잡았다. 아름다움의 열망은 사회·역사의 지배에서 벗어나 독자적으로 존재하고 싶은 '개인'으로서의 시인의 욕망이 투사된 것이었다. 미학에 대한 열망은 시인들에게 서정시의 본질인 무시간성이나 '영원한 현재', 자아의 충만한 현존(동시에, 그 뒤집힌 형태로서의 소멸)을 추구하는 일과도 직결되었다. 이 과정에서 '미학'은 자연을 향유하는 시인들의 삶의 태도와 가치관을 규정하는 시적 원리로 통용되게 되었다. 어떤 종류의 미학인지를 묻지 않은 채 '미학'이라는 보통명사를 시의 특정 경향에 대한 수식어로 삼는 기묘한 관습이 생겨난 것이다. 수식어로서의 '미학(적)'은 자연에 대한 깊은 친화력과 섬세한 언어 세공술, 심미적 감식안을 특장으로 하는 시들에 주로 사용된다. 90년대 이후 시단에서 '미학'은 자연에 대한 순연한 마음가짐과 그 마음에 인화된 시적 풍경에 바치는 일종의 헌사가 되었다. '미학'은 '미학적인 자연', 혹은 '자연의 미학화'의 줄임말로 은연중에 유통되게 된 것이다.

'미학적인' 시들은 자연을 미의 관점과 가치로(만) 수렴하고 축소하는 한계를 드러낸다. 미학이 자연과 동의어로 이해되고, 보통명사임에도 하나의 수식어로 쓰이는 것은 이 때문이다. 최근 시를 점령한 '자연의 매트릭스'는 미학적으로 축소되고 재구성된 자연과, 그 속에서 행복을 느끼는 시인들의 심리적이며 자의적인 현실을 의미한다. 자연의 매트릭스 속에서 시인들은 미적인 황홀을 체험한다. 미적인 황홀은 존재적 충만감으로 이어지고, 시인들이 동경하는 이상적인 삶의 제일 조건이 된다. 최근 시에서 아름다운 자연 속에서 행복감에 젖어 있는 풍경을 발견하는 것은 어려운 일이 아니다. 다음의 시들은 그 몇가지 예로, 다른 시인들의 시에서도 얼마든지 유사한 경우를 찾아볼 수 있다.

우포에 와서 빈 시간 하나를 만난다
온 나라의 산과 언덕을 오르내리며
잇달아 금을 긋는 송전탑 송전선들이 사라진 곳,
이동 전화도 이동하지 않는 곳.
줄풀 마름 생이가래 가시연(蓮)이
여기저기 모여 있거나 비어 있는
그냥 70만 평,
누군가 막 꾸다 만 꿈 같다.
잠자리 한 떼 오래 움직이지 않고 떠 있고
해오라기 몇 마리 정신없이 외발로 서 있다.
이런 곳이 있다니!
시간이 어디 있나,

돌을 던져도 시침(時針)이 보이지 않는 곳.

—황동규 「우포늪」(『우연에 기댈 때도 있었다』, 문학과지성사 2003) 전문

저 가시연이 내 몸 속에도 살고 있다고 너에게 편지를 쓴다 얽히고설킨 너의 수초 사이에 이 꽃짐을 부릴 것이라고 석양에다 쓴다 세심사도 가시연꽃 한 자리를 시멘트 벽면에 옮기고 있다 내 욕심의 방죽에도 너라는 가시연이 있어, 세월은 그 무엇으로도 나를 메우지 못할 것이라고 철로 위에 쓴다

편지를 닫자 봉곳봉곳 연꽃 봉오리를 밀며 기차가 간다
창마다 가시연꽃 우표를 붙이고 너 있는 서쪽으로 마지막 열차가 간다

—이정록 「가시연」(『버드나무 껍질에 세들고 싶다』, 문학과지성사 1999) 부분

복잡한 세상사 벗어나
어라연 가는 길에 보았네
수풍뎅이의 선명한 등판 무늬와
돌출한 사슴뿔이 하는 역할을

대대로 천년만년 전해오는
사슴풍뎅이가 벌이는 천연스러운 행위를
시원한 강물 소리를 반주로
성스럽게 보았네.

—최두석 「사슴풍뎅이」(『꽃에게 길을 묻는다』, 문학과지성사 2003) 부분

내 마음속 기러기 몇 마리 날아 서해로 간다 그곳은 갯벌 위로 겨울 강물이 따뜻한 곳, 아내가 차를 몰아주고 내소사 앞에서 모항 고갯길을 넘고,

작당마을 고갯길을 내려섰을 때, 후끈한 저녁 노을 속에 그 기러기떼 아직도 노을 딛고 차창 밖을 날고 있었다 끼룩끼룩 찬 울음이 아니라 이렇듯 따뜻한 울음을 이 地上에서 나는 아직 받아본 적이 없다 (…) 나는 오늘 인생을 蓮꽃같이 접어 격포에 이사 간다 너희 따뜻한 울음 속에 큰 病 하나를 마미 밥통 속에 숨기고 따뜻한 울음 받으며 간다.

—송수권 「수저통에 비치는 저녁 노을」
(『수저통에 비치는 저녁 노을』, 시와시학사 1998) 부분

네 편의 시에서 시인들은 각기 "누군가 막 꾸다 만 꿈 같"은 '우포늪', "가시연이 내 몸 속에도 살고 있"는 '세심사', "복잡한 세상사를 벗어"난 '어라연', "인생을 연꽃같이 접"을 수 있는 '격포'에 있다. 이 자연의 장소들은 시인들이 실제로 경험한 것이지만, 그것을 시화한 동기와 목적은 경험의 육화보다는 미적인 것에 있다. 이 시들이 묘사하는 것처럼, 시간이 사라지고, "봉곳봉곳 연꽃 봉오리를 밀며 기차가 가"며, "수풍뎅이의 선명한 등판 무늬"가 제 역할을 하고, 지상에서 가장 "따뜻한 울음을 받"을 수 있는 자연의 장소들은 지극히 아름답다. 시인들이 이끄는 미적인 시선을 따라가노라면, 자연스럽게 그 섬세한 미감에 공감하게 된다. 문제는 이 아름다움이 현실(성)이 휘발된 아름다움이라는 점에 있다. 현실에서 멀어질수록 달콤한 거품처럼 부풀어오르는 아름다움은 시인이 단일한 미적 주체가 되어 세계를 미적으로 단순화하고 축소시킨 결과 탄생한 것이다. 이 미적인 풍경화에서 오늘날 우리 사회가 처한 모순과 고통, 자본주의에 종속된 현대인의 갈등과 분열, 소모적이고 피로한 개인의 일상의 흔적을 찾아보기는 어렵다. 자연의 시계가 멈추기 직전의 급박한 생태 위기도 마치 존재하지 않는 사건인 것처럼 느껴진다. 이 시들에서 자연은, 현실의 맥락은 거의 지워진 채, 거기 그렇게, 아름답게 있을 뿐이다. 이 자연은 차라리 하나의 미적인 사물에 가깝다. 현실의 사막에서 벗어나고 싶은 시인의 욕

망이, 하나의 미적인 사물로 축소·변형된 자연의 풍경을 만들어낸 것이다. 이 시들은 자연을 '아름답게' 환기하는('아름다운 자연'을 환기하는 것과는 다른) 감각적 재현의 기능에 충실하면서 시의 다른 임무를 잊는다. 더불어, 현실과 삶의 다른 영역도 망각한다.

이 시들의 부정적 양상은 순수한 미적 주체가 된 시인들의 '텅 빈' 현실 인식에만 있는 것은 아니다. 이들이 추구하는 미학의 협소함과 획일성도 우려해야 할 부분이다. 위 시들이 보여주는, 낭만성을 동반한 동일성의 미학은 삶의 깊이와 다양성을 담아내기에는 적잖이 단순하고 소박하다. 인간 존재의 심연을 투영하고, 내면의 격렬한 고뇌를 반영하며, 세계의 불가해한 본질을 투사하는 '외화(外化)된 실재(the real)'로서의 미학, 세계에 대한 철학적 해석과 예술적 실천으로서의 미학은 여기에 등록되어 있지 않다. 이 시들이 표현해내는 실재가 있다면, 그것은 막연한 감동과 상실감을 통해 도달하는, 삶에 대한 낭만적 환상과 욕망의 결정체로서의 자연일 뿐이다. 이것은 실재가 아니라 실재와 유사한 가짜 실재이며, 자연과 유사한 자연의 매트릭스이다. 그 속에서 씌어진 시들은 시인들이 자신의 환상과 욕망대로 조형한 유사-자연(더불어, 유사-삶)의 풍경과 미학을 제시하는 데 그친다. 일찍이 도정일이 지적한 것처럼, 오늘의 현대사회에서 숲을 노래하는 시인들은 아무도 그 숲으로 가지 못한다. 시인들이 꿈꾸는 아름다운 천연의 숲은 이미 세계에서 사라져버렸기 때문이다. 숲(자연)은 자본주의 제국의 전방위적 관리체계에 포섭되어 있고, 유독물질과 중금속에 오염되어 있으며, 현대문명의 식민지가 되어 지금 이 순간에도 개발의 이름으로 파괴되고 있다. 이런 현실에 눈감은 미학이 단순하고 평면적인 형태로 귀결되는 것은 당연한 일이다.

현실 인식의 결핍과 미학의 단순성은 서로 긴밀하게 맞물려 있다. 현실 인식이 누락된 소박한 미학은 우리가 살고 있는 사회의 삶의 원리를 대변하는 데도 실패한다. 위의 시들을 통해 이 시대와 사회의 실상을 미학적으로, 혹은 어떤 식으로든 재구성해내기란 매우 난감한 일이다. 이 시들은 현실과 자연을 평면적으로 인식한 결과, 미의식의 유형에 있어서도 서로 엇비슷한 양상을 드러낸다. 위의 시들뿐만 아니라 최근 자연을 노래한 시들에서 숭고하거나 추한, 비극적이거나 희극적인, 고전적이거나 실험적인, 그로테스크하거나 초현실적인, 풍자적이거나 아이러니컬한 것 등의 다채로운 미의식을 발견하기란 쉽지 않다. 시어의 선택도 뚜렷이 제한되어 있으며, 시의 화법도 편안하고 안정적인 어조로 일관되고 있다. 만일 최근 우리 시에서 모방의 문제를 논한다면, 사태의 본질과 심각성은 누가 누구를 모방하느냐의 개별적인 차원보다는, 많은 시인들이 비슷한 시정신과 미의식, 감각과 언어의 사용법에 함몰된 보다 근본적인 차원에 있다. 시인들이 자연에 대한 상상력을 넘어 자연에 대한 가상에 빠져 있는 상황이 이런 사태를 초래한 것이다.

자연을 형상화하는 시들의 현실 인식 부족, 미학의 단순성과 획일성은 철학적인 물음의 빈곤과도 직결된다. 문학을 구성하는 실재의 하나가 이 세계와 삶에 대한 문제의식이라고 할 때, 작품의 의미와 완성도는 문제의식의 철학적 깊이에 의해 결정된다고 해도 과언은 아니다. 그런데 치열한 질문은 사라지고 안정된 대답은 이미 마련되어 있는 형국이 많은 시들에서 재연되고 있다. 질문의 무화와 실종은 시 속에서 시적 주체와 대상과의 행복한 동일성으로 구현된다. 여기에는 갈등이나 균열이 없다.

내 손이 닿지 않는 곳에서 떨어져 앉아 우는 여치

여치소리를 듣는다는 것은
여치소리가 내 귀에 와닿기까지의 거리를 생각하는 것
그 사이에 꽉 찬 고요 속에다 실금을 그어놓고
끊어지지 않도록 붙잡고 있는 것

밤낮으로 누가 건너오고 건너가는가 지켜보는 것
외롭다든지 사랑한다든지 입밖에 꺼내지 않고
나는 여치한테 귀를 맡겨두고
여치는 나한테 귀를 맡겨두는 것

—안도현 「여치소리를 듣는다는 것」
(『너에게 가려고 강을 만들었다』, 창비 2004) 부분

옛 시인들에 의하면 시를 떠올리기 가장 좋은 때는 당나귀 잔등에 있을 때이다 느릿느릿한 당나귀 잔등을 올라타고 당나귀가 주는 리듬에 송두리째 자신을 떠맡기고 있을 때이다 (…) (당나귀는 온몸으로 시적이다 이런 시적인 짐승이 과연 어디 있겠는가) 그러니 시인들이 당나귀를 편애하는 걸 너무 나무라진 말자 지금이 어떤 세상인데 세상 물정 몰라도 너무 모른다고, 몇 천년 타고 다니던 당나귀 고집을 닮아 한사코 당나귀 잔등에서 내려오지 않는 걸 두고 타박하려 들진 말자 세상이 두 쪽이 나지 않는 한 당나귀 잔등에서 그들을 끄집어내릴 수 있는 건 당나귀밖엔 없을 테니까

—손택수 「당나귀는 시를 쓴다」(『호랑이 발자국』, 창비 2003) 부분

두 편의 시는 시인의 섬세한 감수성과 발상법에 힘입어 시적 향취를 한껏 발산한다. 이러한 감수성은 시인들 중에도 특히 예민한 감각기관을 소유한 자의 것이 아닐 수 없다. 때문에 이처럼 낭만적이고 행복한 동화(同化)의 동화(童話)적 순간을 향유하는 것, 즉 "여치소리를 들"으며 '여치'와 '나' "사이에 꽉 찬 고요 속에다 실금을 그어놓고/끊어지지 않도록 붙잡고 있는" 것, "몇 천년 타고 다니던 당나귀 고집을 닮아 한사코 당나귀 잔등에서 내려오지 않는 걸 두고" 무조건 "타박하려 들" 수만은 없다. 이 시들을, 순연하고 미려한 감수성을 억압하는 현대사회의 폭력성을 우회적으로 비판하는 논거로 삼을 수도 있기 때문이다. 그러나 두 시인이 시 속

에서 분명히 진술하고 있듯이, '여치'는 "내 손이 닿지 않는 곳에서 떨어져 앉아 우는" 현실의 접촉 거리를 벗어난 타자이고, '당나귀의 잔등'은 '옛 시인들'이 전유했던 과거의 유물이다. 물론 두 시인이 보여주는, '여치'와 '나' 사이의 거리, "느릿느릿한 당나귀 잔등을 올라타고" 시를 쓰는 시인과 "한사코 당나귀 잔등에서" 시인을 끌어내리려는 세상 사이의 거리를 메우는 상상력의 힘은 순정하고 가치있는 미덕이다. 하지만 이 거리 속에는 시인들이 부딪치고 해결해야 할 현실의 수많은 질문이 가로놓여 있다. 자연에 대한 상상력과 가상의 차이는 그 질문을 무화시키려는 욕망에 저항하는가, 반대로 투항하는가의 차이에서 비롯된다. 스스로 저항의 의지를 강화하고 투항의 욕망을 경계하면서 현실과 삶에 대한 질문을 멈추지 않는 것은 우리 시대 시인들의 피할 수 없는 공통의 임무이다. (참고로, 필자는 안도현(安度昡)의 시집 『아무것도 아닌 것에 대하여』(현대문학북스 2001; 문학동네 2005)의 해설에서 안도현 시의 특징을 '현실성과 낭만성의 황금비율을 찾기 위한 노력'으로 규정한 바 있다. 민중적 세계관을 피력했던 80년대 시에서 자연에 대한 낭만적 상상력을 중심에 둔 90년대 시로 이행하는 연결고리를 설명하기 위한 방법론이었다. 그런데 얼마전 발간된 시집 『너에게 가려고 강을 만들었다』에서 안도현의 '현실성과 낭만성의 황금비율 찾기'의 노력은 다분히 낭만성 쪽으로 기운 모습을 보인다. 이제 그 균형이 완전히 깨어진 것은 아닌지 안타까운 마음이다.)

나희덕(羅喜德)은 자연과 인간의 '사이'를 '미학화'해 온 대표적인 시인의 한 사람이다. 나희덕의 시에서 '사이의 미학'은 모성성과 삶에 대한 해석력이 결부되어 깨달음의 담론으로 화하는 경우가 많다. 새끼를 기르는 '어미새'를 보면서, "소나무와 단풍나무 사이에서 한 생애가 가리라"는 생의 비의를 유추해내는 「겨울 아침」은 그 단적인 예가 된다.

어미새가 소나무에서 단풍나무로 내려앉자

허공 속의 길을 따라
여남은 새끼들이 푸르르 단풍나무로 내려온다
어미새가 다시 소나무로 날아오르자
새끼들이 푸르르 날아올라 소나무 가지가 꽉 찬다
큰 날개가 한 획 그으면
模畫하듯 날아오르는 작은 날개들,
그러나 그 길을 필요로 하지 않을 때가 곧 오리라

저 텃새처럼 살 수 있다고,
이렇게 새끼들을 기르며 살고 있다고,
쌀 씻다가 우두커니 서 있는 내게
창밖의 날개 소리가 시간을 가르치는 아침

소나무와 단풍나무 사이에서 한 생애가 가리라

—나희덕 「겨울 아침」(『사라진 손바닥』, 문학과지성사 2004, 이하 같은 책) 부분

이 시는 완성도와는 별개로 지금까지 나희덕이 써온 시들이 발생한 자리, 다르게 말하면 나희덕 시의 시적 주체의 중심 위치를 선명히 보여준다. '어미새'가 깃든 '소나무'와 '단풍나무' 사이(자연물에 내재된 사이), 시적 대상과 주체의 사이(자연과 인간의 사이)를 응시하는 관찰자의 위치가 그것이다. 나희덕은 이 응시의 자리를 동일성의 욕망과 차이의 현실 사이에서 비교적 잘 유지해왔다. 하지만 그 유지의 방식이 "소나무와 단풍나무 사이에서 한 생애가 가리라"에서 보듯 관조적인 차원을 크게 벗어나지 못한 것 또한 사실이다. 다음의 시는 나희덕이 현재 살고 있는 솔직한 고민과 함께, 최근 자연을 노래한 시들의 한계를 보여주는 문제적인 사례로서

주목을 요한다.

그간 괴로움을 덜어보려고
너무 많은 나뭇잎을 가져다 썼습니다
나무의 헐벗음은 그래서입니다
새소리가 드물어진 것도 그래서입니다
허나 시멘트 바닥의 이 비천함을
어찌 마른 나뭇잎으로 다 가릴 수 있겠습니까
새소리 몇 줌으로
저 소음의 거리를 잠재울 수 있겠습니까
그런데도 내 입술을 자꾸만 달싹여
나뭇잎들을, 새소리들을 데려오려 합니다

또 나뭇잎 하나가 내 발등에 떨어집니다
목소리 잃은 새가 저만치 날아갑니다

—「또 나뭇잎 하나가」 전문

이 시에서 나희덕은 “시멘트 바닥의 이 비천함을/어찌 마른 나뭇잎으로 다 가릴 수 있”으며, “새소리 몇 줌으로/저 소음의 거리를 잠재울 수 있겠”는가라고 회의하면서도, “그런데도 내 입술을 자꾸만 달싹여/나뭇잎들을, 새소리들을 데려오”는 자기모순을 고백한다. 자연의 파탄에 대한 각성과 자연에 대한 미적 욕망 사이에서 앓고 있는 시인은 ‘목소리 잃은 새’로 상징된 불구의 상태에 있다. 이 불구성은 최근 자연을 노래하는 많은 시인들에게 공통적으로 나타나는 증상이다. 문제는 이 불구성이나 불구성의 증상 자체가 아니라, 불구성의 증상과 파급력을 자각하지 못하는 시인들의 무감각에 있다. 시인들의 반성 능력의 부재가 바로 최근 시의 가장 심각한 과제인 것이다. 영화 「매트릭스」를 한번 더 참조하기로 하자. 매트릭스의 캡슐에서 깨어난 주인공 네오는 잿빛 사막으로 변한 현실세계의 지도자 모피어스에게 묻는다. "내 눈이 왜 이렇게 아프죠?" 모피어스는 대답한다. "전에 한번도 사용한 적이 없었으니까." 첨단 디지털 문명이 일상화된 21세기의 현실에서 자연을 노래하는 시인들 역시 자신의 진짜 목소리를 사용하고 있지 않은 것은 아닌지 철저히 자문해야 할 시점에 있다. 다음에 인용하는 하종오(河鍾五)의 시들은 '아름다운 자연의 매트릭스' 바깥에 존재하는 진짜 '현실의 사막'의 정황에 대해 경청할 만한 이야기를 들려준다.

> 산 아버지가 한해 한번 손수 거둔 식량을 먹고 자랐던 자식은
> 죽은 아버지가 허울만 있는 대가로 한달에 한번 월급을 받고
> 날마다 저녁이 오면 들녘에 안개 내리는 소리를 들으며
> 농업박물관 문을 잠그고 집에 돌아가
> 먼 나라서 가져온 쌀밥과
> 먼 나라서 가져온 소고기를 구워먹었다
>
> —하종오 「농업박물관」(『무언가 찾아올 적엔』, 창비 2003, 이하 같은 책) 부분

> 아직도 나무가 걷는다는 걸 모른 채 사족이 병든 사람들은
> 무자비하게 숲을 베어내고 그 자리에 스틸하우스를 짓는다
> 저이들 저 집에서 살다 죽으면
> 다른 숲에서 나무들이 몰려와 주검을 짓이길 거라고
> 나는 생각한다 나무들이 더 오래 살아남을 거라고 생각하면
> 저절로 보조가 맞추어진다
> 천천히 걷는 나무를 보면 내가 천천히 걷게 되고
> 빨리 걷는 나무를 보면 내가 빨리 걷게 된다
>
> —「마을길」 부분

봄이다 풀들이 곧추서서 푸르러지고 있는 마당,
미나리아재비 줄기를 타고 개미 한 마리 오르고 있다
오르고 있다 무슨 생각이 안 풀리는지 멈추기도 한다
(…)
단숨에 드높은 곳으로 날아가지 못하는 처지를 슬퍼하고 있을까
나는 되돌릴 수 없는 길을 발길 가는 대로 다 가서
몸이 먹을 것도 마음이 먹을 것도 가져오지 못한 적 있다
아직도 직업을 놓고 있는 나를 잠시 돌아보는 사이에
(내가 직장에서 퇴출당했다는 걸 망각하고 있었다니!)
(…)
개미는 미나리아재비 꽃술 속으로 들어가 몸을 감추고
나는 일어나 다시 일을 찾으러 집을 나선다 아! 봄이다

—「일개미 한 마리」 부분

이 시들에는 농업을 '농업박물관'에 집어넣고 제국에서 가져온 '쌀밥'과 '소고기'를 먹는 '생명의 식민지'가 된 우리 사회, "무자비하게 숲을 베어내고 그 자리에 스틸하우스를 짓"는 파괴적인 현대인의 모습이 자연의 생명력을 신뢰하는 시인의 가치관과 대비되면서 담담히 서술되어 있다. 시인은 미나리아재비를 타고 오르는 '개미'를 직장에서 퇴출당한 자신과 비교하면서 일에 대한 새로운 의욕을 갖기도 한다. 이렇듯 하종오는 자연을 생명의 원상인 동시에, 우리 사회의 공동의 문제가 집적된 문제적인 현장으로 인식한다. 자연을 미학적인 감흥의 원천으로 삼는 시인들과는 다른 층위에서 또다른 자연의 미학을 창출하고 있는 것이다. 이 미학 속에는 현실의 고통과 모순이 산적해 있으며, 하종오는 기꺼이 그 고통과 모순의 일부가 된다. 더 정확히는, 자신이 그 고통과 모순의 일부임을 끊임없이 자

각하고 있다.

3. 자연의 매트릭스를 넘어서

자연의 매트릭스에서 생산된 자연의 담론과 미학은 이제 포화상태에 이르렀다. 낭만적인 환상과 욕망에 의해 재구성된 자연, 현실의 외부인이나 여행자의 시선으로 포착하는 '풍경'으로서의 자연, 서정적인 감흥과 동화(同化)의 대상으로서의 자연, 현실과 삶의 고통을 상쇄해주고 치유해주는 완충제로서의 자연은 이제 그 역할이 만료되었다. 문학이 정치·사회의 이데올로기에 종속된 시대를 넘어서기 위해 '순수한 자연'을 필요로 했던 것은 역사적이며 문학사적인 요청의 하나였다. 앞서 언급한 것처럼, 그것은 미학과 서정, 개인의 욕망과 내면의 재발견과 동일한 궤도에 있었다. 그러나 자연을 주제로 한 많은 시들은 그 요청에 무비판적이고 무반성적으로 대응함으로써 단순하고 획일적인 자연의 미학을 유포하는 결과를 가져왔다. 우리가 속한 현재의 현실, 즉 자연이 현대인의 미적 안식처로 떠오른 현실을 가능하게 하는 이데올로기적 왜곡을 원천적으로 피할 수 없다 해도, 그 이데올로기적 왜곡에 분별없이 동참해서는 안된다는 것은 자명한 진실이다. 무엇보다 문학의 역할은 그 이데올로기적 왜곡의 사태를 직시하고 폭로하며 교정하는 데 있다.

자연의 매트릭스 뒤에는 우리가 살고 있는 이 시대의 사회·현실과 하나로 착종된 자연의 실재와 실체가 있다. 그 실재와 실체를 드러내기 위해서는 따뜻하고 순정한 시선이 아니라, '교묘하고 삐딱한 시선'이 필요하다. 현대세계가 급속도로 변화하는 것만큼 자연도 빠른 속도로 변화되어 가고 있다. 그 변화가 부정적이고 폭력적이라는 것은 더이상 강조할 필요가 없는 사실이다. 변화의 속도와 실태를 정확하고 고통스럽게 읽어내지 않고, 현재적 시간과 질문의 무화를 통해 어디에도 존재하지 않는 자연에 도달하려 한다면, 그것은 거대한 환각의 함정에 빠지는 결과를 초래할 뿐이다. 현대문명에 길들여지기를 거부하는 이 시대의 시인들에게 자연에 대한 낭만적인 환상과 욕망마저 완전히 포기하라고 요구하는 것은 아니다. 그 환상과 욕망이 분출하는 현실적인 맥락과 지점, 자신의 삶의 현재적 위치와 간극, 자신의 내부의 모순을 분명히 인식하고 있어야 함을 말하고자 함이다. 이 인식을 확보해내지 못할 때, 자연을 노래하는 시인들은 비슷한 가상에 빠져 누구의 것인지 구별하기 힘든 작품을 양산하는 오류를 되풀이하게 될 것이다.

자연의 매트릭스는 현대문명 속에서 인간과 시가 처한 위기를 보여주는 징후이기도 하다. 현실세계에서 안주할 공간을 잃은 인간은 상상과 가상의 공간으로 탈주함으로써 자신을 보호하고자 한다. 그 탈주가 근본적인 해결책이 아님을 알고 있음에도 이 덧없는 행위를 중단하기는 어렵다. 순간의 도취와 망각에 불과하다는 것 또한 여러 차례 경험으로 확인했으면서도 말이다. 근래 우리 시의 배후에 도사리고 있는 자연의 매트릭스는 이 도취와 망각의 시적 사건이자 특수한 형태라고 할 수 있다. 자연의 매트릭스를 해체하기 위해 이 글이 사용하는 도구는 '질문'이다. 질문은 간단하다. 자연을 노래할 때 시인들은 어느 시간, 어느 장소에 있는가? 그곳에는 시인의 현실도 함께 있는가? 무엇보다 '그 아름다운 곳'은 자연의 매트릭스가 아닌, 현실의 온갖 문제와 욕망이 교차하는 실제의 '자연'인가? 이 질문을 해체하고 재구성하는 것은 다시 시인들의 몫이다.

—『파라21』 2004년 겨울호

자연의 매트릭스와 현실의 사막

자연의 매트릭스에 갇힌 서정시 2

시, 자본주의의 '무가치한 잉여'

역설적이게도, 자본주의사회에서 시는 '무가치한 잉여'로 전락함으로써 자신을 보존한다. 시는 오늘날 인공물과 자연물을 통틀어 자본주의에 복속되지 않은 거의 유일한 것이 되었다. 시가 위대한 거절과 강력한 저항을 계속해왔기 때문은 아니다. 답은 극히 일차원적이다. 시는 상품성이 없거나 매우 적기 때문이다. 한마디로, 시는 자본화하지 않는다(/못한다). 자본주의의 입장에서 볼 때는 자본화하지 않는(/못하는) 것보다 더 곤혹스러운 대상은 없다. 자본에 대한 무관심과 절연은 자본에 대한 저항보다 훨씬 치명적인데, 거기에는 달리 대응할 방법이 없기 때문이다. 오늘날 시는 자본주의사회의 이 '순정한 잉여=바깥'의 자리에 무심하고 고적하게 존재한다.

그러나 이 진술은 참이면서 참이 아니다. 경쾌하게 팔리는, 자본화에 유연하게 성공한 대중시들 때문만은 아니다. 문제는 보다 근본적인 데 있다. 자본주의사회에서 시는 출판시장의 상품으로 유통되며(팔리든 안 팔리든), 출판시장에서의 1차적 상품성이 결여는 교육시장(각종 문화센터, 학교, 특히 대학의 국문과와 문창과 등. 교육시장은 시 교육자들의 취업시장이기도 하다)에서 2차적 상품성에 의해 보완된다. 여기에 각종 문학상과 지원금이 '명예'와 '격려'의 명분으로 시의 상품성을 측면에서 한번 더 보완한다.

'무가치한 잉여'와 상품성 사이에서, 자본에 대한 무관심/절연과 예속 사이에서 오늘날 시의 입지는 굳건하면서도 모호하다. 그 중심에 거대담론의 몰락과 미시담론의 번성이 맞물려 있음을 말하는 것은 이제 사족에 가깝다. 변화된 현실은 시의 외적 조건에 머물지 않고, 시의 내용과 형질에도 깊은 영향을 끼친다. "이제 한국에서도 근대문학은 끝났다"는 카라따니 코오진(柄谷行人)의 말은 우리 문학의 전면적인 형질변화를 단적으로 증언한다.[1] 이런 상황에서 『창작과비평』 2005년 여름호 특집 '갈림길에 선 한국 시와 시비평'은 우리 시의 현실에 대한 반성과 창비의 자기점검을 아울러 개진하고 있다. 반성과 점검은 크게 세 영역에 걸쳐 있다. 첫째, 최원식(崔元植)이 '시의 대중화 현상'[2]과 시비평의 직무유기가 원인이라고 진단한, 시와 시비평이 위축된 현실에 대한 각성. 둘째, 시와 시비평의 새로운 활로에 대한 대안 모색의 필요성 절감. 셋째, 창비가 출판사이자 문학생산의 기지 혹은 복수적 주체로서 근래에 제출한 시(인)들이 '갈림길에 선 한국 시'의 현실에 명쾌한 이정표의 역할을 하지 못하며, 창비가 생산해온 시비평 역시 부진한 데 따른 자성.[3]

이 특집이 작년 여름의 소설론 특집과 짝을 이루는 점을 감안할 때, 창비 필진이 총동원된 소설론 특집이 화제의 작가·작품론을 꼼꼼히 작성함

1 카라따니 코오진 「근대문학의 종말」, 『문학동네』 2004년 겨울호 참조.

2 최원식 「자력갱생의 시학」, 『창작과비평』 2005년 여름호, 20면(이하 이 글을 인용할 경우 저자와 면수만 표기한다).

3 이 가운데 첫째 항목의 '시와 시비평의 위기론'은 둘째와 셋째 항목에 대한 창비의 돌파구로서 채택된 측면도 없지 않다. 창비는 내부의 문제의식을 우리 시 전체의 위기감에 투사한 후, 그 위기의 발화주체가 됨으로써 비평(특히, 위기상태라고 강조한 시비평)의 소임을 대행하고 있는 형국이기 때문이다.

으로써 텍스트 중심의 '해석학적 충돌'을 예비한 것이었다면, 비평가와 시인이 동석한 이번 시론 특집은 '시와 시비평의 위기론'을 필두로 최근 시와 비평에 대한 이견을 다소 산발적으로 개진하면서 '공동의 토론과 모색'을 제안한 (데 그친) 것이라고 할 수 있다. '발언'으로 나아가지 못하고 '제안'에 머문 특집의 고민은 총론에서부터 드러난다. "낡은 시학은 사라지고 새로운 시학은 도래하지 않은 이 회색의 때에 누군들 자신있게 자력을 말할 수 있을까만, 촉수(觸手)를 예민히하여 자력의 빛을 강잉(强仍)히라도 밝힐 수밖에 없을 터"(최원식 24면)라는 요지의 「자력갱생의 시학」은 의고체의 비장함 속에 정작 '자력갱생의 시학'의 실체를 제시해야 할 임무를 미래의 논객들에게 이월하고 있는 것이다. 그러나 최원식의 글을 위시한 창비 특집이 오늘의 시현실에 대한 '생산적인 대화'를 위한 것이며, 이것이 창비가 홀로 떠맡아야 할 사안이 아닌 것 또한 틀림없는 사실이다. 그 대화의 장에 초대받은 자의 몫으로서, 이 글에서는 두 개의 의제를 구체화하는 것으로써 대화의 진전에 조금이나마 일조해보고자 한다. 두 개의 의제는 '자연의 매트릭스의 분화'와 '현실의 사막-'현재의 시'들'이다.

자연의 매트릭스의 분화

'자연의 매트릭스'는 자본에 대한 자율성과 예속 사이에서, 동종이형에 불과한 거대 이데올로기와 미시 이데올로기의 교체 속에서 많은 시들이 무반성적으로 함몰된 '아름답고 온유한 자연에 대한 가상(假想/假象)'을 의미한다.[4] 이 가상체제는 현실과 유리되었거나 현실을 왜곡한 결과로서의 자연, 시인의 갖가지 욕망의 투영체인 자연을 영토로 한다. '자본'과 '현

4 이에 대해서는 졸고 「자연의 매트릭스에 갇힌 서정시: 최근 우리 시에 나타난 '자연'의 문제점」(본서 1부 1장), 『파라21』 2004년 겨울호 참조.

실'의 반대편에 '내면'과 '미학'의 이름으로 축조된 '자연의 매트릭스'는 근래 우리 시의 폐쇄적 자족성과 현실인식의 결핍을 반증하는 부정적 사건이다.

자연의 매트릭스에는 '생태'를 표방하는 시들의 획일적인 인식과 상상 체계도 포함된다. 혼동하지 말아야 할 것이 있다. '생태'와 '자연'은 동일한 범주를 갖지 않는다. '생태(주의)'는 자연에 대한 '근대'의 특수한 경험과 인식의 산물로, 생태시는 근대시가 '자연'을 형상화하는 방식의 하나의 유형에 속하는 시이다. 또한 생태시의 대상은 자연에 한정되지도 않는다. 도시의 물화된 공간은 파괴된 자연의 대립쌍으로서 생태시의 제2의 탐구영역이 된다(이문재에 의해 전면적으로, 최승호와 김기택에 의해 부분적으로 수행되고 있는). 생태시는 '자연을 노래한 시'의 부분집합이거나 외부집합인 것이다. 따라서 '자연의 매트릭스'라는 개념적 도구가 부각하고 해체하고자 하는 것은 '생태에 대한 가상'을 포함한 '자연에 대한 가상'이지, 생태시나 생태적인 것 자체가 아니다. "생태적인 것은 무조건 해체의 대상이 아니라는"(최원식 30면) 지적은 생태시의 현실과 관련해서도 적절치 않은데, 오늘의 시에서 '생태적인 것'은 아직 충분히 조형되지 않은, 본격적으로 구성해나가야 할 미완의 대상이기 때문이다.

자연이 시의 주제가 되는 현상은 초역사적이지만, 자연이 시에 등록되는 방식과 관점은 역사적이다. '자연의 매트릭스'는 후기자본주의 사회에서 시적 주체와 미학이 처한 역사적 균열의 부정적 반사체이다. 세계를 전유하는, 혹은 세계와 투쟁하는 시적 주체와 미학이 현실의 파행성을 장악하지 못한 결과가 무갈등의 자연풍경의 양산으로 귀착된 것이다. 오늘날 서정시(인)의 운명은 이 균열을 다루는 태도와 직결되는바, "자연과 인공, 전통과 현대, 본질적인 세계와 조각난 현실 사이의 모호한 지점"에서 "독립적인 단독자로서 세계 속에 최대한 존재하고자 하는 시인들"은 "내적 지향에 있어서는 동일성의 미학을, 현실을 포착하는 데는 타자성의 미학을 취하는 이중적인 태도를 보여준다."[5] 이 이중적인 태도의 견지에는 두 가지 단서가 붙어 있다. 독립적인 단독자로서 세계 속에 최대한 존재하려는 '현실의지'와, 동일성과 타자성의 미학의 동시적 실천의 불가피성을 자각하는 '미학적 자의식'이 그것이다. 이 요건들을 충족하지 못했을 때, 시와 시인은 현실적·미학적 무중력 상태에 진입하게 된다. 현실성을 잃은 탓에 미학적으로도 불구가 되는 상태, 현실적·미학적 생산성이 결핍된 상태에 처하는 것이다. 자연의 매트릭스에 갇힌 서정시들이 노출하는 최대 문제점은 이것이다.

다른 각도에서 볼 수도 있다. "매트릭스적 자연이 실제의 현실을 은폐하거나 왜곡할 위험도 있지만, 그 가상성을 적극적으로 의식하면서 활용하는 길도 현실을 드러내거나 넘어서는 한 방법이 될 수 있다"[6]는 것이다. 이 제안의 타당성과는 별개로, 자연의 매트릭스에 갇힌 서정시들의 적지 않은 수는 그 가상성을 의식하면서 하나의 시적 기획으로 활용한 결과들이다. 반복하건대, 그것은 '현실을 드러내거나 넘어서는 한 방법'으로서 그다지 유용하지 못했다. 근대적 생활공간을 뒤로하고, '오래된 자연과 삶'에 의탁하는 젊은 시인들 중, 특히 김선우(金宣佑)와 문태준(文泰俊)에게 기억의 행위는 "생래적인 감각"(나희덕 48면) 이상의 자명한 시적 기획에 의한다. 김선우는 억압당한 여성의 역사의 심층에서 건져올린 '자궁의 서사'를 피, 오줌, 생리혈 등의 '몸의 생즙'으로 기록하면서 근대가 상실한 '자연(/여성)'의 생명력을 발굴하고 전승하는 일에 매진하며,[7] 문태준은 옛 농촌의 삶을 자아의 서사로 전유하면서 토속적 가치와 정서를 근대인의 내면의 한 기원으로 명명하는 작업에 몰두한다. 최근 시의 흐름과 연관

5 졸고 「오래된 것과 새로운 것」, 『풍경 속의 빈 곳』 문학동네 2002, 19~20면.

6 나희덕 「기억과 자연, 그 지층 속으로」, 『창작과비평』 2005년 여름호, 45면(이하 이 글을 인용할 경우 저자와 면수만 표기한다).

7 김선우의 시적 기획의 세부 내용과 담론적·미학적 성과에 대해서는 졸고 「알몸의 유목, 자궁의 서사」(김선우 시집 『도화 아래 잠들다』 해설, 창비 2003)에서 다룬 바 있다.

해볼 때도, 김선우의 시적 기획은 90년대 이후 시를 강타한 여성과 몸의 담론에 젖줄을 대고 있고, 문태준의 시적 기획은 분열된 근대세계에서 더 이상 고정점을 발견할 수 없는 시적 주체의 근대 이탈의 열망에 힘입고 있다(이 기획들은 이들 시의 완성도와 미학을 높이는 최대 요인이기도 하다. 이러한 기획의 바탕이 없다면, 이들의 시는 말 그대로 과거의 단순한 재생의 차원을 벗어나기 힘들게 된다).

문제의 핵심은 시가 지닌 기획의 속성 자체보다는, 기획이 산출하는 생산성과 효과에 있다. 김선우의 시는 기획의 내용이 작품에 명시적으로 관철된 경우인데, 도드라지는 예가 「민둥산」이다.

> 민둥한 산 정상에 수직은 없고
> 구릉으로 구릉으로만 번져 있는 억새밭
> 육탈한 혼처럼 천지사방 나부껴오는 바람 속에
> 오래도록 알몸의 유목을 꿈꾸던 빗장뼈가 열렸다
> (…)
> 바람의 혀가 아찔한 허리 아래를 지나
> 깊은 계곡을 핥으며 억새풀 홀씨를 물어 올린다 몸속에서
> 바람과 관계할 수 있다니!
> (…)
> 민둥한 등뼈를 따라 알몸의 그대가 나부껴 온다
> 그대를 맞는 내 몸이 오늘 신전이다
>
> —「민둥산」(『도화 아래 잠들다』, 창비 2003) 부분

이 시는 '알몸의 그대(자연)'와 '알몸'으로 관계하는 희열(jouissance)을 김선우 특유의 농밀한 수사로 드라마틱하게 형상화한다. 희열은 "그대를 맞는 내 몸이 오늘 신전"이라는 마지막 행에서 신성(神性)을 탑재하며 절정

에 이른다. '알몸의 유목'이 이루어지는, '알몸'의 공간적 환유인 "민둥한 산 정상"은 "천지사방 나부껴오는 바람"의 주술적 매개에 의해 생명의 관능에 전율하는 만물의 혼교(混交)의 장소로 거듭난다. 그러므로 이 장려한 생명의 카니발은 "남성이 없이도 '관계'와 '생산'이 가능하다는 걸 (…) 보여주"(나희덕 44면)는 것이 아니라, 자연이 모든 개체들(무생물까지도)의 총체적인 '관계'와 '생산'의 현장임을 노래하는 것이다. 육탈상태의 알몸들이 교접하는 현장에서 성의 구분은 무의미하며(굳이 나눈다면, 시적 주체인 여성에 대해 자연물 전체가 남성의 역할을 한다. 이 역할은 얼마든지 역전될 수 있다), '알몸의 유목' 속에서 만나는 타자들은 시적 주체와의 합일을 선험적으로 성취한 상태에 있다. 바꾸어 말하면, 김선우의 다른 시들에서도 등장하는, 고유의 타자성을 결여한 명목상의 타자들은 시적 주체의 내면의 입체성을 지지하는 역할을 하지 못한다. 이들은 시적 주체의 상상적 분신이나 호의적인 배경에 머물 뿐이다.

한마디로, 「민둥산」은 김선우 시의 토대와 지향점을 '잘 빚어진'(well-made) 풍경으로 가시화한 작품이다. "알몸의 유목" "바람과 관계할 수 있다니" "내 몸이 신전이다" 등의 담론 지향적 시구는 이 시가 김선우의 시세계에 대한 시론이나 해설의 성격을 지님을 보여준다. 이 시는 김선우가 지향하는 '알몸의 유목'의 내용을 충실히 피력할 뿐, 현실과의 연결통로나 풍부한 해석의 가능성을 열어두지는 않는 것이다. 김선우의 시적 기획은 지금까지 두 권의 시집에서 상당히 성공적으로 실현되었지만, 「민둥산」에서처럼 시쓰기의 사전 규율로 작용하면서 시의 반경을 좁히고 일원화하는 요인이 되기도 했다. 김선우의 최근 시들이 자기복제 상태에 있는 것은 그 기획이 답보상태에 있음을 암시한다. 문명/남성의 세계 속에서 자연/여성의 원초적 생명력을 기억하고 살아내는 일이 '자동화된 반복'의 상태에 들면서 시의 생산성이 떨어지긴 것이다. 이제 그 자리에는 여성성을 표면에 둔 평화로운 자연이 몽환적으로 펼쳐지고, 자연에 대한 성찰의 말들이 시적 형상력이 약화된 채 열거된다. 자연은 현실에 대해 생산적인 의미나 항체를 방출하는 공간이 되지 못하고, 아름다운 풍경과 이미지들로 가득한 무균상태의 '자연의 매트릭스'로 화한다.

해변 풀밭까지 내려온 어미말은 둥그마니 잘 갈라진
바위 틈에 코를 들이민 채 한나절을 푸르릉 조을고
아기말은 흰구름에 홀려 있다가도
어미말의 크낙한 엉덩이 사이로 푸릉푸릉 코를 들이밀고
봄들꽃 환장하게 피었는데 섬은 자기 심장을 쿵쿵 쳐대며
자맥질하는 바다의 둥근 어딘가에 자꾸만 코를 들이밀고
나는 말방울을 까맣게 잊은 채 새로 핀 꽃들의 옴팡하니 깊은
엉덩이에 코를 들이밀고 냄새를 킁킁거리다가
눈부셔 혼음에 겹곤 하는 것이다
(…)
아무렴 뿌리는 저 속에 두었으니 꽃은 뒤쪽에 자리한 사원이지
엎드려 읽는 경전이 중심까지 달뜬 채 깊은 것이다

—「뒤쪽에 있는 것들이 눈부시다」(『동서문학』 2004년 가을호) 부분

오장육부(五臟六腑)가 고스란히
오대양 육대주(五大洋 六大洲)인,
몸—뚱아리

달항아리 별항아리 우주항아리처럼
허공을 몸속에 이토록 우글우글
뚱뚱해지도록 채운다는 말이냐

—「메나리토리-몸-뚱아리」(『문예중앙』 2005년 여름호) 부분

말〔馬/言〕, 바다, 봄 들꽃 들과 '나'의 '눈부신 혼음'을 노래한 「뒤쪽에 있는 것들이 눈부시다」는 시 「민둥산」을 그대로 변주한 것이며, 「메나리토리-몸-뚱아리」는 '항아리'와 '몸-뚱아리'의 음운과 형상의 유사성에 의해 몸의 상상력을 달, 별, 우주로 평면적으로 연장(확장이 아닌)한 것이다. 애초에 현실과의 접점에서 빚어낸 가상의 자연이 스스로를 반복 재생산할 때, 자신이 탄생했고 겨냥해야 할 현실을 구체적으로 지시하지 못할 때, 시는 역으로 자연의 가상에 지배되기 시작한다. '자연의 매트릭스'는 이 지점에서 출현하고 부정적인 방향으로 강화된다. 문태준의 경우도 기본적인 사정은 다르지 않다.

어두워지는 순간에는 사람도 있고 돌도 있고 풀도 있고 흙덩이도 있고 꽃도 있어서 다 기록할 수 없네
어두워지는 것은 바람이 불고 불어와서 문에 문구멍을 내는 것보다 더 오래여서 기록할 수 없네
어두워지는 것은 하늘에 누군가 있어 버무린다는 느낌,
(…)
어두워지는 것은 그래서 까무룩하게 잊었던 게 살아나고 구중중하던 게 빛깔을 잊어버리는 아주 황홀한 것,
오늘은 어머니가 서당골로 산미나리를 얻으러 간 사이 어두워지려 하는데
—「어두워지는 순간」(『맨발』, 창비 2004) 부분

문태준에게 전통 농촌은 근대의 '뒤란'이고, 과거는 현재의 '뒤란'이다. 문태준의 시는 '수런거리는 뒤란'의 소리를 증폭시켜 재생하는 구형의 진동판과 같다. '뒤란'이 '앞마당'의 짝패이고 내면이자 무의식이라면, '뒤란의 소리'로서의 문태준의 시는 한국적인 근대의 내면이자 무의식이라고

할 수 있다. 우리 시는 이 공삭은 내부를 지문이나 환부처럼 지녀왔는데, 그 전사(前史)에는 멀리 서정주(徐廷柱)와 백석(白石)이 있다. 토속적 생활체험의 끝자락을 쥔 문태준의 시는 이 계보의 마지막 잔광을 불사르는 중에 있다. 모닥불을 중심으로 사람과 자연물과 사물이 평등하게 어우러진 백석의 시 「모닥불」의 발상을 계승한 「어두워지는 순간」은 문태준 시의 자산을 고스란히 펼쳐 보인다. 그 자산들, 수많은 시간과 자연물과 농촌살이의 세목은 '어두워지는 순간'의 정점이자 소실점에 무연히 자재하며 혼재한다. '있음'이 "또다른 '있음'을 억압하지 않"는 "배려와 공존이 문태준의 시를 수많은 타자들이 수런거리는 뒤란으로 만들어준다"(나희덕 48면)고 할 수 있겠다. "문태준이 즐겨 쓰는 어법은 대상을 자아의 표상으로 환원하는 일반적인 은유와는 다르다"[8]고도 할 수 있겠다. 그러나 이 시에 존재하는 타자들은 김선우의 경우와 마찬가지로 독립적이고 능동적인 타자성을 갖지 않는다. 이들은 단순한 '있음' 의 상태에서 시적 주체의 시선과 호명을 기다릴 뿐, 아무런 소음이나 분란을 일으키지 않는다. 시간의 묘약과도 같은 '어두워지는 순간'은 타자들을 일시적인 정지와 무음의 상태로 만들고, 반대로 시적 주체에게는 무한에 가까운 감각의 권능을 부여한다. '어두워지는 것'은 그래서 '아주 황홀한 것'이다(아마도 시적 주체에게만이!). 이 마술적인 시간에 타자들은 "한사발에 넣어" "버무려"지는 재료들이거나, 시적 주체의 감정의 유로(由路)를 따라 일제히 도열한 도미노와 같아서 그 감흥을 온전히 수락하고 보좌할 뿐이다. 함량미달의, 이 무력한 타자들은 결국 시적 자아의 표상으로 환원되는 운명을 피할 수 없다. 감탄사에 다름아닌, "기록할 수 없네"라는 반복 어구도 '불가능'의 수사를 빌려 시적 주체의 서정적 우위와 충일감을 반어적으로 역설한다. '기록할 수 없음'의 경지에서(이마저도 모두 기록되고 있지만) 그 불가능과 함께 더욱

8 이장욱 「꽃들은 세상을 버리고」, 『창작과비평』 2005년 여름호, 75면.

완전해진 서정적 충만은 지금까지 씌어진 많은 서정시들이 도달했고 도달하기를 원했던 바로 그 순간이 아닐 수 없다. "하늘에 누군가 있어 버무린다는 느낌"은 서정적 고양의 최대치에 이른 자아의 감흥을 비의(秘意)의 존재에게로까지 외화(外化)하고 있지 않은가.

의도한 바 없이, 이 시는 축복과도 같은 서정적 충만이 '어두워지는 순간'에, 그것도 기억 속의 옛 장소에서만 가능한 것이라는 점을 스스로 입증하고 있다. 시인 자신에 의하면, "한때 이곳은 꽃의 구중궁궐이었"(「옛 집터에서」)고, "가난의 냄새가 벌벌벌벌 풍기는 움막 같은 집"(「맨발」)이기도 했다. 그러나 문태준은 오롯이 전자의 편에서 유년의 시골마을을 상상적 기억이 거니는 행복한 토포스(topos, 장소)로 가공한다. 문태준의 시들은 현대인의 내면에 퇴적되어 있는 이 고고학적 토포스를 재현하기 위해 섬세한 수공의 노력을 아끼지 않은 결정체들이다. 그 토포스가 '자연의 매트릭스'의 다른 이름임은 덧붙일 필요가 없을 것이다.

김선우와 문태준의 시에는 낭만적이고 동화적인 자연보다 한 단계 진전된 자연의 매트릭스가 작동한다. '생명력 충일한 자연=여성'의 담론을 실사(實寫)하는 자연과, 전통의 휘광 속에 '서정적 충만의 장소'로 가공된 자연(물론, 이 오래된 자연이 '오래된 미래'로서 우리 시에 활력을 공급한 것은 인정되어야 한다). 때문에 이들의 시에서 '생태적인 것'은 충일한 자연이 자아내는 효과로서 '생태적 유토피아'의 형태로 존재한다. 여기에는 인간을 포함한 자연물들의 갈등과 악전고투가 존재하지 않는다. 갈등과 악전고투는 매트릭스 안에는 없는, 매트릭스의 허구성을 부재 증명하는 그것이다. 여기 경청할 만한 지적이 있다. 자본주의사회에서는 "심지어는 자연미에 대한 적절한 체험도 무의식적인 것을 보완하는 이데올로기에 편승한다. (…) 그리고 이는 체험이 극히 빈곤해졌다는 사실을 증명해준다. 이로 인해 자연 체험은 가장 근본적인 면에 이르기까지 기형화된다"(아도르노).

다음과 같은 가설이 가능하다. '자연의 매트릭스'의 제작자는 현실에 눈감는 시인들이 아니라, 자연파괴의 절정에서 위태롭게 증식하는 후기 자본주의사회의 체계다. 시인들은 단지 "자연미에 대한 적절한 체험"을 기억하고 상상함으로써, '자연'을 상실한 세계와 자신의 "무의식적인 것을 보완하는 이데올로기에 편승"했을 뿐이다. 실제로, 자본주의는 지배에 필요한 욕망의 대상을 자신이 파괴한 것에서 발견한다. 폭력의 기억과 정당한 비판을 무화시키고, 자연학살의 이익을 열광적으로 소비하게 할 대상으로서의 '청정한' 자연. '자연의 매트릭스'의 배후에는 이러한 '자연' 자체의 상실과 함께, 피의 시대인 80년대와 그 반작용인 90년대에 대한 기억의 공백이 있다. 먼 과거에 의탁하면서 김선우와 문태준 등의 젊은 시인들은 자신의 생의 대부분을 차지하는 시대를 삭제한다.[9] 이들에게는 마치 생의 두 시기만이 존재하는 듯하다. 화해로운 자연의 일부였던 유년의 과거, 그리고 그것을 기억하는 데 바쳐지는 지금. 우리 시는 이 시간의 증발을, 집단적인 부분기억상실의 증상을 설명해야 할 책임이 있다.

만약 '자연의 매트릭스'가 한국시만의 현상이 아니라면, 자본주의가 급진전되는 과정의 보편적인 현상이라면 어떻게 될까? 따이 진화(戴錦華)가 설명하는 중국문학의 근황은 놀랍도록 우리와 닮아 있다. '자연의 매트릭스'에 상응하는 중국문학의 현상은 '상상된 노스탤지어'이다. 90년대 중국문학을 휩쓴 노스탤지어는 전지구적 자본주의의 물결에 휩쓸린 중국인들에게 "현실적 삶의 생존을 위한 '합리'적 근거"와 '위안거리'로서, "근대화에 대한 완결된 상상의 지도를 확보하"기 위해 기억의 형태로 '상상된' 것이다.[10] '상상된 노스탤지어'는 실은 자본주의의 상징전략으로, 문학은 거

---

9 최근에 시집 『춤』(창비 2005)을 출간한 박형준의 경우도 유사한 특징을 보여준다. 이 시집은 「춤」에 단적으로 그려진 대상 부재의 관념적인 자연풍경과, 시인의 상상이 만들어낸 옛 추억의 편린들로 이루어져 있다. 한정된 지면 때문에 다루지 못했음을 밝혀둔다.

10 따이 진화 「상상된 노스탤지어」, 『문학수첩』 2005년 여름호, 390~91면 참조.

기에 충실히 반응했을 뿐인 것이다. 중국과 한국의 차이를 감안한다 해도, 과거의 삶과 자연에 대한 집단가상이 후기자본주의의 지배전략이라는 증거로는 부족하지 않을 것이다. "자연에 있어서 역사로부터 멀리 떨어져 있거나 아무런 속박도 받지 않는다고 여겨지는 요인들은 오히려 사회적인 조직망이 극히 긴밀하게 짜여서 생명체들이 질식사할 위험을 느끼게 된 역사적 단계에 속한다." 다시 아도르노의 말이다.

자연의 매트릭스의 원제작자가 자본주의라면, 자연의 매트릭스에 갇힌 서정시들의 부주의나 미필적 고의는 탕감될 수 있을까? 답은 '그렇지 않다'이다. 고도자본주의사회에서 시의 자리는, 이를테면 영화 「매트릭스」에서 모니터에 빗줄기처럼 흘러내리는 숫자들에 불과한 매트릭스의 프로그램 속에, 그에 맞춰 피어나는 꽃들과 느끼고 생각하고 욕망하는 사람들 사이에 있지 않다. 프로그램의 오류처럼 시시각각 생겨나는 주인공 '네오'의 경미한 의문과 혼란 속에 가까스로, '비결정의 상태'로 있다. 매트릭스에서 태어난 네오가 의문과 분열의 선을 따라가 얻은 것은 주체적인 선택의 권한이었다. 선택은 둘 중 하나였다. 현실의 사막에서 투쟁하며 '살아갈' 것인가, 매트릭스의 한 코드로 소모되며 '살아질/사라질' 것인가? 이 '현실적인'(realistic) 선택의 권한은 우리 시대의 시인들에게도 똑같이 주어져 있다.

현실의 사막—'현재의 시'들

매트릭스가 은폐하는 것은 두 가지다. 현실/진실/실재(the real), 그리고 매트릭스 자체. "현재로부터 탈주하는 것이 아닌, 현재에 압도되는 것도 아닌, '현재의 시'"(최인석 22면)들은 이 은폐를 제기하면서 현실의 사막에서 자생하는 시들이다. 현실의 사막이 드러날 때는 매트릭스의 허상도 드러나게 되는데, 매트릭스는 정확히 현실의 사막에 위치하는 까닭이다. 그중 자연의 매트릭스는 파괴된 자연과 폭력적인 노동의 현실 위에서 가동된다.[11] 이를 저지하는 '현재의 시'들은 수적으로는 전자의 영역에 집중되어 있다. 파괴된 자연의 실상은 (민중시가 미미하나마 편입된) 생태시에 의해 꾸준히 탐구되었지만, 폭력적인 노동현실은 노동시의 쇠락과 함께 우리 시의 전경(前景)에서 사라졌기 때문이다. "민중시가 거의 멸종된 현실"에서 "새로운 상황에 즉해 새로운 민중시를 시의 이름으로 발전시키지 못한 책임을 자각할 필요가 절실하다"(최원식 29면)고 할 때, 민중시의 멸종 원인의 하나는 노동시의 쇠락에 있으며, '새로운 민중시'의 발전 가능성도 '노동시' 쪽에서 찾을 수 있다. '민중'은 그 실체성에 대한 믿음이 와해되었지만, '노동'은 현재에도 지속되는 구체적 행위이기 때문이다. 따라서 주체에서 행위로 초점을 옮겨 '노동시'의 함의를 새롭게 구성하는 것이 오늘의 싯점에서 '새로운 민중시'의 발전을 도모하는 효율적인 방법이 될 것이다.

'현재의 시'로서의 노동시에는 이질적인 방향성이 공존한다. 전대의 노동시의 심화 발전과 이전의 노동시에서는 볼 수 없었던 독특한 실험이 그것이다. 김신용과 이기인이 대표적인 예다. 노동시의 급격한 퇴조에 의해, "1950~60년대에 씌어진 김수영의 시보다 1970~80년대에 씌어진 김지하 백무산 박노해 김기홍 김해화 등의 시에 대해 더 큰 시간적·심리적·미학

11 여기에는 90년대 이후 민중시인들이 경쟁하듯 '자연'으로 향한 여파가 침전되어 있다. 민중시인들이 '민중' 대신 '자연'을 새로운 파트너로 택했을 때, 거기에는 몇가지 다른 지향성이 공존했다. 첫째, 가혹한 노동현실과 파괴된 자연현장의 연대와 통합(하종오 정도를 제외하면 이 계열의 성과는 빈약하다. 민중시가 생태시로 계승 발전될 수 있는 가능성의 면에서 아쉬운 부분이다). 둘째, 자연의 이치를 통해 현실과 삶의 해법 찾기(김지하, 백무산, 박노해, 최하림, 이성부 등. 가장 많은 시인들이 선택한 것인 반면, 현실인식과 시적 성과에 있어 편차도 크다). 셋째, 황폐한 현실에 거리를 두고 낭만적인 자연을 꿈꾸기(안도현, 김용택. 자연의 매트릭스로 연결되는 길이다). 여기서 둘째 계열의 부정적인 측면과 셋째 계열이 자연의 매트릭스의 형성에 기여해왔다.

적 거리감을 가지게 된" 최근의 상황에서 김신용(金信龍)은 귀하고도 예외적인 존재가 아닐 수 없다.[12] 그가 80년대와 다름없이 생계형 노동자로서 "자신의 삶의 구조에서 떨어져나온 것들"(「풍경」, 『환상통』, 천년의시작 2005, 이하 같은 책)의 운명을 직시하고, 자본주의 "분할구조의 상품화"(「物性을 禪하다」) 실태를 고발하며, "시멘트 침대에서의 달콤한 잠"(「시멘트 침대」)에 빠진 노숙자를 비롯한 밑바닥 사람들의 삶을 치열하게 육화하기 때문만은 아니다. 가장 중요한 이유는 현재 김신용의 '노동'이 인간과 자연, 생계와 생활과 생태가 '회통'하는 지점에 이르러 있다는 데 있다. 그의 시의 '재봉틀'이 근대세계에서 각기 분리된 것들을 "기운 자국 하나 없이 깁고 있는" 장면은 아름다움과 함께 경건함마저 느끼게 한다.

수의를 만들면서도 아내의 재봉틀은
토담 귀퉁이의 조그만 텃밭을 깁는다
죽은 사람이 입는 옷, 수의를 만들면서도
아내의 재봉틀은 푸성귀가 자라고
발갛게 익은 고추들이 널린 햇빛 넓은 마당을 깁는다
아내의 家內공장, 반지하방의 방 한 칸
방 한 가운데, 다른 家具들은 다 밀어내고
그 방의 주인처럼 앉아 있는 아내의 재봉틀,
양철 지붕 위를 뛰어다니는 맨발의 빗소리 같은 경쾌함으로
최소한의 생활을 자급자족할, 地上의 집 한 칸을 꿈꾸고 있다
지금, 토담 안의 마당에서는 하늘의 재봉틀인 구름이
비의 빛나는 바늘로 풀잎을 깁고 숲을 깁고, 그 속에 깃들어 사는 생명들을 깁고 있을 것이다

12 이에 대한 자세한 논의는 졸고 「살아 꿈틀대는 노동의 시: 김신용의 「개 같은 날 2」」(본서 3부 2장), 한국문화예술위원회 웹진 『문장』(http://webzine.munjang.or.kr) 2005년 창간호 참조.

모든 생명들을 기운 자국 하나 없이 깁는 고요한 구름의 재봉틀,

그 천의무봉의 손이듯, 아내의 구름인 재봉틀은

地上의 마지막 옷, 수의를 지으면서도

완강한 생활의 가위로 시간의 자투리까지 재단해

家計의 끈질긴 성질을 깁는다

—「아내의 재봉틀」 부분

'아내의 재봉틀'은 "수의를 만들면서도" "푸성귀가 자라고/발갛게 익은 고추들이 널린 햇빛 넓은 마당을 깁는다." '수의(죽음)'와 '마당(삶)'을 동시에 환유적으로 깁는 '아내의 재봉틀'은 "모든 생명들을 기운 자국 하나 없이 깁는 고요한 구름의 재봉틀"과 상상적 유비관계를 형성한다. '아내의 재봉틀'과 '구름의 재봉틀'이 함께 깁는 '토담 안의 마당'은 '생계'를 위한 인간의 노동과 '생명'을 위한 자연의 노동이 화합하는 곳이며, 생활과 생태의 원리가 일체화된 공간이다. 김신용이 꿈꾸는, "최소한의 생활을 자급자족할, 地上의 집 한 칸"은 인간의 노동과 생활이 자연의 생태원리를 내재화하고 실천하는 장소인 것이다. '아내'가 일하는 '반지하방'의 미래형인 '토담 안의 마당'의 풍경이 그것을 증명한다. 김신용은 '노동'의 본질을 인위적인 것에서 자연적인 것으로 확장하면서, 생태적 비전을 장착한 미래의 노동시의 '최량'의 국면을 열어 보인다. 그와 함께 오늘의 현실에서 '자연'에 대한 동일성의 미학을 구축하는 가능하고 바람직한 방법의 하나도 예시한다(현실의 균열에 맞서 동일성의 미학을 폐기하는 것이 능사는 아니다. 동일성의 미학의 관점과 연결의 선들이 문제다).

이기인(李起仁)은 돌발적인 형태로 '현재의 시'로서의 노동시를 실험한다. 이기인은 폭력적인 섹슈얼리티와 흡착된 노동의 속성, 소위 '노동의 섹슈얼리티'를 드라이하게 묘사하거나, 노동/섹슈얼리티의 이중적 착취 대상인 노동자 소녀의 내면을 순정만화 투의 어조로 가녀리게 노래한다.

잔업이 끝나고 처음 만난 기계와 잠을 잤다

기계의 몸은 수천개의 부품들로 이뤄진 성감대를 갖고 있었다

—「알쏭달쏭 소녀백과사전— 흰 벽」

(『알쏭달쏭 소녀백과사전』, 창비 2005) 부분

가끔은 먼 친척처럼

잎사귀를 흔들었던 해바라기를 지나서 온 얼굴

밤늦게 일기 속으로도 들어오고

오늘 공장 가는 길에 새로 깐 보도블록 때문에

해바라기…… 죽었다고 쓰기도 하네

길바닥에 누운 해바라기를 주근깨를 오래 잊지 못하네

공장 가는 길목에 이제 누가 손 흔들어주나

—「해바라기 공장」(같은 책) 부분

'알쏭달쏭'은 시의 내용이 아닌, 작법과 독법에 대한 안내문구다. 화자의 잦은 교체와 서로를 교란하는 이미지들로 얽혀 있어도, 이기인의 시가 결국 재현하는 것은 참혹한 노동현실이다. 그것을 '알쏭달쏭'하게 쓰고 읽어야 하는 이유는 '노동의 실체와 노동자의 내면'을 이전과는 다른 방식으로 표현하고 실감하기 위해서다(이 점에서 '알쏭달쏭'은 분열과 해체가 아닌 복원의 언어다. 이기인의 시 역시 그러하다). 그 내면의 징표 삼아 "공장 가는 길목"에 피어 있는 '해바라기'는 일하러 가는 소녀들에게 "손 흔들어주"다, 어느날 "새로 깐 보도블록"에 짓눌려 죽는다. 이 '해바라기'가 매일 '기계'들과의 고단한 섹스/노동에 압사중인, 그래서 '공장 가는 길목'에서나 겨우 피어나고 죽을 수 있는 소녀의 내면이 아니라면 무엇이겠는가. 이

기인은 '소녀'의 미성숙한 육체와 내면에 가해지는 노동의 폭력이 거꾸로 '소녀'를 어떻게 성장(?)시키는가를, 사회구조와 개혁에 대한 어떠한 계몽적 성찰이나 전망도 없이 무한히 멈춰 있는 '현재'로써 그려 보인다. "수천 개의 부품들로 이뤄진 성감대를 가"진 '기계의 몸'으로 성장해가는 '소녀'가 이룩한 성장이 있다면, 그것은 무한히 반복되는 악무한의 '노동의 현재'에 도착한 것뿐이다. 이 옴짝달싹할 수 없는 지점에 이기인은 우리 시대의 새로운 노동시의 출발점을 열어놓는다. 한 가지, 매트릭스 안에서는 일어날 수 없는 일이다.

매트릭스(matrix)의 어원은 '자궁'이며 '모체'다. 매트릭스가 가상세계의 자궁이라면, 매트릭스의 자궁은 현실의 사막이다. 지젝(S. Žižek)의 통찰을 참조한다면, 자본주의체제는 이 두 개의 자궁이 하나의 생산라인으로 연결된 뫼비우스적 씨스템의 형태를 갖추고 있다. 어쩌면, 김선우와 문태준의 '아우라의 자연'이 자연이 멸해가는 현실에서 태어나고, 체제의 구조적 착취를 견뎌온 김신용의 '재봉틀'이 '노동'의 실로 '텃밭'과 '구름'에 연접되며, '기계의 몸'과 합체중인 이기인의 '소녀'가 공장 바깥에 '해바라기'로 죽어 있는 것은 모두 이 씨스템의 계획된 프로그램들인지도 모른다. 그러나, 그렇다 할지라도, 적어도 우리에게는 세 가지의 길이 열려 있다고 할 수 있다. 첫째, 매트릭스를 현실의 사막을 개선하는 도구로 활용하는 것(나희덕의 제안과 일치한다). 둘째, 현실의 사막에 생착(生着)해 매트릭스와의 접속선을 최대한 단절하는 것. 셋째, 매트릭스로 들어가 그 안에서 매트릭스를 균열내고 해체하는 것. 우선 현재로서는, 첫째의 길에 환상과 가상의 이미지로 현실을 교정하려는 시들(김혜순 박상순 이수명 권혁웅 등)이, 둘째 길에 새로운 노동시(김신용 이기인)와 반자본주의적 생태시(이문재 최승호 김기택 등)와 자기 앞의 현실과 싸우는 시들(유홍준 이덕규 박진성 등)이, 셋째의 길에 최근 번창하는 환상 이상의 환상시(김언 정재학 황병승 이민하 김민정 유형진 등)들이 각각의 가능성을 타진하고 있다.

어느 쪽이든, 이 길들은 개개의 인간을 제압하는 자본주의체제와 단독으로 맞서는 '1인 투쟁'의 전면전이 된다. 감각과 욕망과 사유와 가치관 등의 모든 면에서 주체적이며 동시다발적으로 수행해야 하는 전면전! 시가 1차적 상품성은 물론, 2차·3차적 상품성과도 기꺼이 절연하며 '무가치한 잉여'로 전락하기를 주저하지 말아야 할 이유도 여기에 있다. "각자의 님으로 귀환하자"는 최원식의 '자력갱생의 시학'의 각론 또한 이 지점에서부터 씌어질 수 있을 것이다. 여기, 매트릭스와 현실의 뫼비우스적 경계선이 있다. 친절하게도 두 가지 약이 제공된다. 빨간 약은 현실의 사막, 파란 약은 매트릭스의 유리정원 행이다. 자, 어느 쪽을 선택하겠는가? 겉보기와는 달리, 이 이분법적 질문은 분열하는 현재의 삶과 시의 영토를 뫼비우스적으로 가로지르며 우리의 내면으로 직핍한다. 그러니, (우리는 이미 선택했고 그것을 잊고 사는지도 모르지만) 시의 미래를 위해 한 가지만 기억하자. 역설적이게도, 자본주의사회에서 시는 '무가치한 잉여'로 전락함으로써 자신을 보존한다. 아니, 성장케 한다.

—『창작과비평』 2005년 가을호

감정의 동료들, 아직 얼굴을 갖지 않은

김근·황병승·김언의 시

1. 시차(視差/時差/詩差)의 발생

인간은 대상과 세계를 통찰하기 위해 사유의 고정점(들)을 필요로 한다. 대상과 세계는 거대하고 입체적이지만, 인간의 사유는 빈약하고 협소하기 때문이다. 근대적 주체는 이 고정점의 위치를 항상적이며 자기완결적인 이성에 두어왔다. 하지만 그 이성은 그렇게 상정된 모습으로 끊임없이 조형되고 수렴되어야만 어렴풋이 존재할 수 있는 수고로운 것, 근본적으로 가정되고 상상된 것이었다. 이 가정과 상상의 힘으로 건설된 근대의 제국은 실재(the real)를 착취하고 위조하면서 일련의 불온한 질서(order/system)를 구축했다. 질서의 속성이 그러하듯, 근대의 질서는 형성과 파괴, 유지와 저항의 동시적 작용–반작용에 의해 운용되어왔다. 현재로서는 근대 안에서 분출하는 저항과 파괴의 힘들이 근대의 외부에서 유입된 이종(異種)의 균인지, 근대가 처음부터 내장하고 있는 자기보존적 항체인지는 단정하기 어렵다. 만약 전자라면 그 힘은 근대를 총체적으로 위협하는 아직 완전히 도착하지 않은 타자이고, 후자라면 그 힘은 근대를 강화하는 데 일조하는 기득권 강한 동일자의 일부일 것이다.

두 가능성에 대한 고민은 근대문학에서 외형을 달리하면서 지속되어왔다. 시의 경우 멀리는 이상과 김춘수에서, 가까이는 황지우 최승호 김혜순 최승자 박남철 김기택 박서원 박상순 김언희 함성호 이수명 이원 김참 함기석 등에 이르기까지 그 고민은 혼재된 이중성의 형태로 드러났다. 이들은 자각적이든 비자각적이든, 근대에 대한 타자적 저항과 동일자적 저항을 구분하기 어렵다는 고민을 안고 있다. 세계에서 탈주하려는 열망과, 어떤 말과 행위도 결국 그 속에 흡수될 것이라는 두려움 속을 공전하는 것이다. 이들의 시에서 시적 주체는 사유의 고정점을 자신의 내부(근대적 이성)에 마련하지 못한/않은 채, 경계의 사이에서 혹은 경계를 알 수 없는 모호한 장소에서 출현과 배회, 변신과 소멸을 반복한다. 현실과 환상, 실재와 가상, 의식과 무의식이 뒤섞여 있는 '그곳'에서.

말할 것도 없이 '그곳'은 우리가 살고 있는 세계이다. 근대라는 이중적이며 다중적인 세계를 사유하며 바깥을 꿈꿀 때, 사유의 고정점은 한곳에 머물 수 없다. 고정점들은 '그곳'의 안팎에서 흔들리고 가로지르고 솟아오른다. 최근 젊은 시인들이 보여주는 파격적인 행보, 김행숙 황병승 이민하 김민정 유형진 김근 김언 김이듬 등의 작업은 사유의 고정점을 최대한 복수화해 그 사이를 분방히 오가거나, 고정점들을 한꺼번에 펼쳐놓고 가능한 동시에 작동시키려는 의지의 산물이다. 이들은 현세계 자체를 시적 사유의 대상으로 전면화하면서 은폐되고 왜곡된 실재를 감각하는 데 몰두한다. 이들의 시가 전세대와 구별되는 두드러진 특징은 '감각의 사유' 혹은 '사유의 감각화'를 추구하는 데 있다. 유형진의 싯구를 빌리면, 이들은 '감각으로 사유하는 종(種)들'(「표본실의 나비」)이다. 사유는 재료인 언어를 통해 세계와 속속들이 연루되어 있으나, 감각은 태생적으로 존재의 몸에 내장되어 있다. 이들은 사유의 저층과 바깥에서 감각을 통해 세계를 인지하고 판단하고 기록한다. 감각 또한 세계 속에서 구성되고 획책된 것일 수 있다는 사실은 일단 논외이다.

최근의 평가들은 이들의 시가 근대적 주체와는 다른 주체를 구현한다는 점을 역설한다. 그러나 근대 안에서 분출하는 저항과 파괴의 힘들이 근대의 이종(異種) 타자인지, 자기보존적 항체로서의 동일자인지 미지수인 상황에서 이러한 시각은 사태를 이분법적으로 단순화할 위험이 있다. 무엇보다 이러한 진단은 선배 시인들이 해온 작업에 눈감으면서, 젊은 시인들이 완전히 새로운 시적 토대를 만들어냈다는 오해를 양산할 수 있다. 주체에 대한 복잡한 논의는 접어두고라도, 우리 시에서 시적 주체는, 위에 예시한 시인들이 증명하듯 근대가 권장한 단일하고 고정된 주체로 일관되어오지 않았다. 단일하고 고정된 이성적 주체의 환상은 1930년대의 이상이 '나'와 '아버지'와 '아버지의 아버지의 아버지'들을, '무서운 아해들'과 '무서워하는 아해들'을 혼동하며 공포에 사로잡혔을 때 일찍이 깨어진 바 있다. 2000년대에 김행숙과 황병승과 이민하와 김민정과 김언 등이 '나'와 '그' '그녀' '우리'를 즐겁게(?) 혼동할 때 이는 이상의 '아버지'와 '아해들'에 다양한 인칭을 부여한 것에 해당한다. 비유하면, '미래파'(권혁웅)라는 명칭을 얻은 이들의 시는 이상의 분열적인 일인극을, 그 분열적 형상들에 인칭과 캐릭터를 부여해 등장인물이 다수인 연극으로 리메이크한 형국이라고 할 수 있다.(참고로, '미래파'라는 명칭은 그 발상법으로 볼 때 명명이 아닌 수사이다. 수사는 대상의 특징을 비유할 뿐, 대상의 정체성과 전체성을 규정하지 않는다/못한다. '미래파'로 지칭된 젊은 시인들이 미래의 시의 새로운 가능성을 보여준다는 것 외에 공통된 시적 노선을 갖고 있지 않은 것에서 이 점은 분명히 드러난다. '미래파'를 명명으로 받아들이는 것은 하나의 수사에 너무 많은 것을 요구하는 일이 된다.)

시적 주체의 다중성과 혼종성은 이들의 시의 특징에 대한 각론은 될 수 있어도 총론은 될 수 없다. 보다 유용한 개념은 이들의 시가 세계와 자기 자신에 대해, 또한 선배 시인들의 시에 대해 노출하는 '강한 시차(視差)'이다. 현재 논란이 되는 젊은 시인들의 시의 두번째 특징도 여기에 있다. '시차(視差)'는 카라따니 코오진(柄谷行人)이 『트랜스크리틱』(한길사 2005)에서

'거울'과 '사진'의 차이를 설명하면서 도입한 개념이다. 사진이 발명되었을 때 자기 사진을 처음 본 사람은 불쾌감을 금할 수 없었다고 한다. 사진에서 본 자기 얼굴이 주는 '강한 시차(視差)' 때문이었다. '타인의 시점'으로 자신의 얼굴(물자체의 역전된 상)을 보게 하는 거울은 타인의 시점에 '서고자 하는' 주체의 욕망과 함께 작동한다. 반면, 자신의 얼굴(물자체)의 상을 그대로 보여주는 사진은 주체를 타자의 자리로 옮겨 자신(의 타자성)과 돌발적으로 마주하게 한다. 거울과 주체가 사실적인 '반영'의 공범이라면, 사진과 주체는 당혹스러운 '대면'의 쌍방이다. 흥미롭게도 사람들이 자신의 얼굴(물자체)을 아는 것은 반영의 거울이 아닌 대면의 사진을 통해서인 것이다. 코오진은 이 차이를 마르크시즘이 전시대와 오늘에 받는 대우의 격차를 설명하는 데 활용했지만, 이는 최근 젊은 시인들의 시의 텍스트적 자질과 그에 따른 곤혹스러운 반응에 대해서도 유용하게 변용될 수 있다.

결론부터 말하면, '다른 서정'(이장욱)이라는 수사와 도저히 이해할 수 없다는 반응까지를 얻고 있는 젊은 시인들의 시가 그려내는 것은 난데없는 새로운 세계가 아닌, '강한 시차'를 통한 기존의 세계의 다른 상(像)들이다. 이들은 종전에 없던 새로운 시적 주체(반복하지만, 다중적이고 혼종적인 시적 주체는 이전의 시에도 존재해왔다)를 출현시켰다기보다는, 다른 명명법과 언술체계를 통해 기존의 시적 주체에 대해 '강한 시차(視差)'를 촉발하고 있는 것이다. '다른 서정'의 실감은 이 시차가 일으키는 효과에 기인한다. '거울'과 '사진'의 대비로 돌아가면, 거울에 대해 사진이 갖는 차이는 테크놀러지에 있다. 테크놀러지가 자신의 얼굴(물자체)을 타자의 위치에서 대면할 수 없는 인간의 선험적 조건을 변화시킨 것이다. 일군의 젊은 시인들은 주체의 위치 변경에 따른 '강한 시차(視差)'를 '시의 새로운 테크놀러지'로 등록하면서, 전시대의 시에 대해 강한 시차(時差)와 시차(詩差)를 확보하고 있다. 단적으로 말해, 이들의 시의 새로움은 새로운 질료가 아닌, 다른 위치로 이동해 얻은 시차(視差/時差/詩差)의 산물이다. 이전의 시와 시적 주체들이 가본 적이 없(다고 믿)는 다른 위치와 각도가 이들의 시의 출생지인 것이다.

다른 위치에서 자신의 얼굴과 세계를 보았을 때, 이들이 느낀 것 역시 극도의 불쾌감이었다. 돌연 대면한 '나'의 얼굴은 이물스럽고 끔찍하며(김민정의 '엽기발랄한' 시들은 이를 가장 생생하게 그려보인다), 토대인 세계와 시 또한 그러하다. 이들은 '나'의 진짜 얼굴은 증발하고 없거나, 아직 생겨나지 않은 상태에 있음을 발견한다. 더 정확히는, '나'의 얼굴이 아직 생겨나지 않았기를 욕망한다. 이들은 눈과 내면은 가졌으되, 얼굴은 갖지 못한/않으려는 자발적인 기형의 존재들이다.(이를 반증하듯, 이들의 시에는 적출된 '눈'이 넘쳐난다. 잘린 팔다리, 없는 입, 터진 내장 등도 같은 계열체에 속한다. 눈동자와 눈알들과 환상수족의 눈에 이르기까지, 얼굴에 속하지 못한 이 눈들은 주체의 몸 밖으로 튀어나와 세상을 돌아다닌다. 이들의 시가 공들여 묘사하는 것은 그 아찔하고 어지러운 과정 속에서 획득하는, 이제 막 자라난 독특하고 난데없는 감각들이다. 그 감각의 궤적은 이들의 사유의 고정점들이 이동하는 분방한 선과 일치한다.) 그러므로 이들의 시는 세계가 선사한 얼굴을 거부하고, 자신의 얼굴을 스스로 만들거나 끝내 얼굴을 갖지 않기 위한 고독한 투쟁이 된다. 아직 생겨나지 않은 얼굴은, 사유에 앞서 '감정의 동료들'(김언 「유령-되기」)인 이들에게는 '감정결사' 의 첫번째 조건이자 표식이다.

2. 시차의 사례 1—김근의 그로테스크 리얼리스틱 삽화

얼굴은 주체의 전면(前面, 황병승의 표현으로는 '화면')이자, 주체가 타자 및 세계와 만나는 접촉면이다. 얼굴이 없거나 아직 생겨나지 않은 것은 주체의 전면과 접촉면이 형성되거나 확정되지 않았음을 의미한다. 또는 주체가 고정된 전면과 접촉면을 거부하고 강력하게 공격한다는 것을 의미한다. 이는 하나의 혹은 정해진 몇개의 얼굴로 세계에 맞서는 삶과 시의 방식을 혐오한다는 뜻이 되기도 한다. 얼굴을 거부하는 것은 끊임없이 유동하는 변화무쌍한 얼굴을 갖고 싶다는 욕망과 같은 뿌리를 갖고 있다.

미완의 얼굴은 세계가 유입되고 주체가 발현되는 통로인 '눈'에 합당한 장소가 아니다. 미완의 얼굴에 부적절하게 달려 있는, 혹은 떨어져나와 제멋대로 굴러다니는 '눈'은 기원 없이 질주하는 내면을, 형식 없이 질주하는 내용물을, 기표 없이 질주하는 기의를, 대상 없이 질주하는 욕망을, 동일한 맥락의 기타 등등을 표상한다. 이 이항대립쌍의 선후는 얼마든지 바뀔 수 있다. '눈'들의 기이한 질주를 추동하는 힘은 불온한 세계에 예속되지 않으려는, '미정형의 존재상태'에 대한 열망이다.(자아의 형성을 거부하는 점에서 이는 자아의 기원 찾기나 자기해체의 욕망과 유사하면서도 다르다.) 자신에게서 떨어져나간 '눈'들이 세계를 질주하며 짓밟히는 동안, 미정형의 존재상태를 꿈꾸는 자들은 주문에 가까운 이런 말들을 중얼거린다. "헤헤 헤헤헤헤,"(김근 「헤헤 헤헤헤헤」) "어디까지 읽었을까 나는 어디까지 살았지?"(김근 「바깥 1」) "죽을 때까지 어떠한 이름으로도 불려지지 않으리/속삭이는 두려움이여 나를 풍차의 나라로 혹은 정지"(황병승 「시코쿠」) "조지아……오우 조지아"(황병승 「비의 조지아」) "다른 쪽 눈을 말하시오. 한쪽 눈을 비벼끌 테니."(김언 「서 있는 두 사람」) 등의 주문(呪文) 혹은 주문(注文)들.

김근의 시에서 '눈'은 유독 기괴하고 강렬한 형상을 갖고 있다. 눈은 포화상태로 세계를 뒤덮고 있으며, 얼굴 없는 '나'를 향해 시시각각 엄습해온다. 김근이 통찰하는 세계는 "무수한 날에 바꿔달 눈알들"을 나에게 강제 이식하면서, 동시에 "보이는 건 아무것도 아니"라는 이율배반의 무서운 진실을 가르치는 곳이다.

> 엄마 나는 저 눈깔들이 무서워요 무서워할 것 없단다 얘야 지느러미나 혓바닥이 내릴 날 있을 거다 저것들은 엄마가 죽인 아기들의 눈깔인가요? 얘야 저것들은 네가 무수한 날에 바꿔달 눈알들이란다 또로록 또로록 굴러다니며 검은자위들이 본 저 징글징글한 것들을 내가 다 봐야 한다고요? 보이는 건 아무것도 아니란다 얘야 너 같은 건 다 거짓말이란다
>
> —「어제」(『뱀소년의 외출』, 문학동네 2005, 이하 같은 책) 부분

> 그 거리에선 과거나 미래 따위는 중요하지 않아 단지 자신이 영원히 현재인 것만 증명하면 되지 그러자면 몸에 붙은 기억들을 모조리 떼어내야 해 이따금 그 거리에선 기억을 떼내어버린 소년들이 발에 차여
>
> 그곳의 술집들은 모두 눈알을 술값으로 받지 (…) 현재에 충실한 눈알만이 늘 최상품으로 취급되지
>
> —「어두운, 술집들의 거리」 부분

김근의 '눈깔들/눈알들'은 미래와 기억, 즉 삶의 시간과 경험의 등가물이다. '눈깔/눈알들'은 과거에 경험했고 미래에 경험할 파편적인 세계의 환유이자, 그 경험의 주체인 미정형의 '나'의 제유이기도 하다. "너 같은 건 다 거짓말이란다" "몸에 붙은 기억들을 모조리 떼어내야 해" "현재에 충실한 눈알만이 늘 최상품으로 취급되지" 같은 학습내용은 '눈알'들의 비극적이고 모멸적인 운명을 암시한다. 그러나 김근 시의 기괴한 풍경이 환기하는 것은 몸에 대한 해부학적 통찰이나 엽기적 상상력이 아니다. 해부학적 통찰과 엽기적 상상력은 인간 존재의 물질성을 드러내고, 인간의 잔혹한 본성과 쾌감을 자극하는 데 촛점을 둔다. 반면, 김근은 세계의 부정적 실체를 "또로록 또로록 굴러다니며 검은자위들이 본 저 징글징글한 것들을 내가 다 봐야 한다고요?"와 같은 감각적 정황으로 치환해, 자신과 세

계의 맨얼굴을 돌출하고 직시하는 데 목적을 둔다. 김근 시의 엽기적 정황과 이미지들은 이 돌출의 시차(視差)를 만들기 위한 특수효과이며, 비루한 세계에 대한 알레고리를 작동시키는 태엽장치이다. 김민정 이민하 김이듬 진수미 등의 여성시인들이 보여주는 신체 절단과 접합의 발상법도 같은 맥락에 있다.

사실 엽기의 특수효과에 의한 시차는 위의 여성시인들을 통해 이미 익숙해진 것이며, 보다 앞서 김언희, 박서원 등을 통해 경험된 것이기도 하다. 김근은 엽기적 시점(視點)과는 다른 시차를, 설화적 상상력과 그로테스크 리얼리즘을 결합해 빚어낸다. 김근 시의 개성과 매력이 잘 발휘되는 것은 이 부분에서다. 김근은 전통설화에서 '잡종'의 상상력과 인물을 빌려 이를 현실세계의 추악한 실존의 삽화로 가공한다. 삽화의 주인공은 '뱀소년'(구렁덩덩신선비(뱀신랑) 설화의 주인공으로, 뱀의 허물을 쓰고 태어났다) 같은, 흉측한 동물과 인간의 잡종이다. '그로테스크'의 어원이기도 한 동물-인간의 잡종에게는 성과 나이의 차이는 별 의미가 없다. 단적인 증거로, 이들은 남녀노소 모두 출산의 능력을 갖고 있으며, 죽는 순간까지 수많은 이종(異種)을 출산한다. 가령 "소년들은 길고 허옇게 꿈틀거리는 회충들을 낳"고(「검은 손톱」) '할미'의 가랭이 사이에서는 '하얀 벌레들'이 끝없이 기어나오며(「죽은 나무」), '그의 몸'에서는 '구더기들'이 빠져나와 "스멀스멀 내 몸으로 건너" 온다(「작은 방」). "육십 평생"을 산 '김덕룡씨'의 몸에서는 "눈구멍 콧구멍 씹구멍 똥구멍 할 것 없이 사만팔천 털구멍에서도 거미 새끼들만 하루를 기어나오고 어느 틈에 일찍 죽은 서방도 멀쩡한 아들내미 딸내미들도 기어나와 뿔뿔이 제 갈 길"을 간다(「흰 꽃」).

이종의 출산(=죽음)을 통해 더 잡스러워지는 잡종의 계보는 김 근이 투시하는 이 세계의 실상의 압축적인 상징이다. 김근의 시가 현실의 실체를 기괴한 풍경으로 번주하는 그로테스크 리얼리즘에 부합하는 이유도 여기에 있다. 그러나 "몇 차례 허물을 벗었는지"도 "잊었"을 만큼 허물을 벗고(「뱀소년의 외출」), 몸 안의 이종들을 끊임없이 낳아도 잡종의 삶에서 벗어날 수는 없다. 허물과 이종으로 중첩된 잡종의 삶에는 당연히 하나의 얼굴이 생겨날 틈이 없다. "사만팔천 털구멍에서" "거미 새끼들"을 쏟아내며 죽은 '김덕룡씨'에게서 보듯, 그 얼굴은 죽음에 이르러서야 비로소 외양을 갖추게 될 것이다. 이러한 동물-인간의 잡종의 상상력은 현대사회의 사물-인간의 잡종(예, 담벼락 사내)의 상상력과 한쌍을 이루면서 김근 시의 근본 테마를 구성한다. 이는 각기 욕망하는 인간의 본원적 운명과 현대사회의 폭력성에 감염된 개인의 실존을 상징한다. 간단히 말하면, 선천적으로든 후천적으로든 이 세계에서 인간은 '뱀소년'의 얼굴이나 '담벼락'과 하나가 된 얼굴로 살아가야 한다. 김근은 이 얼굴들을 거부함으로써 세계가 수혈한 '잡종의 피'에 대해 반역하고자 한다. "나 아닌 곳으로도 가지 못하고 내가 나인 곳으로도 온전히 돌아오지 못한 채, 구겨지고 구겨지기만" 한 그의 '평생'(「잘 접어 만든 종이인형처럼」)은 '허물'을 벗거나 '이종'을 낳는 행위 그 자체로서 본래의 얼굴을 부정하는 동시에 끊임없이 만들어내고자 한 시간이었던 것이다. 물론 반역의 성공 여부는 전혀 예측할 수 없는 상황에 있다.

3. 시차의 사례 2
—황병승의 '우리들만의 익스페리멘틀(experimental)'

기존의 세계와 시를 다른 시점에서 보는 효율적인 방법은 무엇일까? 가장 좋은 방법의 하나는 다른 언어체계로 이동해 다른 언어로 말하는 것이다. 황병승(黃炳承) 시가 거기에 있다. 황병승은 다른 고유명사와 술어와 맥락들, 다른 활자와 다른 배치들을 사용해 폭발적일 만큼 강한 시차(視差)를 만들어낸다. "진짜 장면은 어디에도 존재하지 않는 걸"(「니노셋게르미

타바샤 제르니고코티카」) 아는 그로서는 세계를, 뒤죽박죽 엉망진창의 괴상한 장면들로 편집하는 일이 유쾌하고 흥미롭기만 하다. 어차피 진짜 장면은 어디에도 존재하지 않으니 말이다. 그 자신의 말처럼 황병승은, "당신만 죽어 없어진다면 나도 내 자리로 간다!//그러나 세계를 이해한다는 건 애초부터 그른 일. 사로잡히다, 라는 건 무슨 뜻일까요"(「시코쿠」)처럼 감탄과 진술과 의문을, 진지함과 장난기를, 맥락과 비맥락을 마구 섞어 세계에 공표하는 '선언의 천재'(「사성장군협주곡(四星將軍協奏曲)」)이다. 선언의 천재인 그의 천재적인 선언은 "광장의 나무들을 뒤흔드"는 '폭언'(「검은 바지의 밤」)이 되고, 우스꽝스러운 희언(戲言)이나 고의적인 실언이 되기도 한다. "고리타분한 백성들이여,/기절하라! 단 몇 초만이라도/내가 뭐, 라는 말밖에 나는 할 수가 없구나"(「왕은 죽어가다」)와 같은.

황병승의 선언문(=시)에서 다국적이며 무국적인 언어들은 폭언과 희언과 실언들의 한 요소로 채택된다. 황병승에게 언어의 국적은 다른 언어체계로 이동하는 데 소용되는 변별적 자질의 하나일 뿐이다. '여장남자 시코쿠'로 상징되는 다채로운 성의 정체성도 같은 차원에 있다. 그가 "이제 비유 없이는 한 발짝도 전진할 수 없는 계절"(「*에로틱파괴어린*빌리지의 겨울」)이라고 말할 때, '비유'는 폭언과 희언과 실언과 이반(離反)의 언어들의 총칭이 된다. 황병승의 '비유'는 기존의 세계의 정언(定言/正言)을 뒤흔드는 모든 형태의 삐딱한 언어와 언어체계들, 즉 어휘와 문법과 수사와 어조와 액센트, 심지어 서체(그가 즐겨 쓰는 것은 비스듬한 이탤릭체다)까지 포괄하는 개념인 것이다. 그의 선언의 결론이 될, "모든 것을 선언한 뒤 알 수 없는 사람이 되고 말겠습니다"(「사성장군협주곡(四星將軍協奏曲)」)는 말은 정언의 세계에 대한 황병승의 '전진'의 에너지로서의 '비유'의 종착점을 보여준다. 규정할 수 없는, 규정되기 이전의 '알 수 없는 사람'이 그것이다. '알 수 없는 사람'은 얼굴이 너무 많거나 처음부터 갖고 있지 않은 사람이다. 황병승의 선언문의 에필로그로 읽을 수 있는 다음의 시는 '알 수 없는 사람'이 되려는 그의 근황을 이렇게 서술한다.

이봐 이쯔이, 거울 밖의 네 얼굴은 꼭 내 얼굴 같구나
우리 서로 첫눈에 반해버렸지만
단 한 번의 키스도 나눌 수 없어
이제부터 나는 기다란 수염을 달고
아무런 화면도 보여주지 않을 거야……

—「버찌의 계절」(『여장남자 시코쿠』,
랜덤하우스중앙 2005, 이하 같은 책) 부분

이탤릭체로 씌어진 이 고백은 세계에 대한 '선언'으로서 황병승의 시가 발생하는 자리를 선명히 보여준다. 그곳은 거울 안(반영·재현·허상·상징·언어 등)이 아닌 '거울 밖'(실물·실재·현실), 즉 물자체로서의 그의 얼굴이 존재하는 자리이다. 황병승은 거울 안의 세계에서 등을 돌려, "꼭 내 얼굴 같"은 "거울 밖의 네 얼굴"과 마주한다. '내'가 '거울 밖'의 '내 얼굴'과 직접 대면할 수 있는 길은 없다. '사진'이 유일한 방법인데, 이 점에서 "꼭 내 얼굴 같"은 "거울 밖의 네 얼굴"은 '내 얼굴'의 사진에 상응하는 것이 된다. "우리 서로 첫눈에 반해버렸지만/단 한 번의 키스도 나눌 수 없"는 것은 이런 연유에서다. "꼭 내 얼굴 같"은 "거울 밖의 네 얼굴"과 마주한 순간 '나'는 이미 '네 얼굴'이고, "포옹을 할 때마다 나의 등 뒤로 무섭게 달아나는 그대의 시선!"(「여장남자 시코쿠」)은 이미 나의 시선(!)이기 때문이다. 황병승의 시에 수시로 출현하는 낯설고 비현실적인 얼굴들, '하늘에 걸린 체셔 고양이의 얼굴'(「Cheshire Cat' s Psycho Boots_7th sauce—여왕의 오럴 섹스 취미」), '나'에게 "무척 마음에 드"는 "온통……" "뭔가 어리석고 역겨운 것이!" 있는 '너의 얼굴'(「어린이」), '인사의 천재'인 '으나'의 '여전히 밝은 얼굴'(「사성장군협주곡(四星將軍協奏曲)」) 등은 모두 '거울 속'에 포섭되지 않은

'거울 밖의 네 얼굴'이자 '내 얼굴'의 다양한 시차(視差/時差)의 산물이다. "이제부터 나는 기다란 수염을 달고/아무런 화면도 보여주지 않을 거야……"라는 황병승의 유아적인 선언에는 '알 수 없는 사람'이 되기 위한 그의 묘책이 들어 있다. '거울 속'의 세계에 '거울 밖의 내/네 얼굴'을 "보여주지 않"는 '기다란 수염'의 변장술이 그것이다. 외로운 신사숙녀 시코쿠 · 태양남자 · 미스터 정키 · 쟝 · 리타 · 마리오 · 소녀미란다 · 아홉소(ihopeso) 씨(氏) · 밍따오들 등의 특이하고 다채로운 인물(?)들은 황병승의 변장술이 존재 전환과 재탄생의 경지에 이르러 있음을 보여준다. 그 자신도 토로하고 있듯이 "나는 사방에서 자꾸만 태어났습니다"(「사성장군협주곡(四星將軍協奏曲)」).

황병승의 시는 자신의 진짜 얼굴을 찾기 위한 선언이자, 그 얼굴이 존재하(리라 믿)는 시점(視點/時點)에 안전하게 머물기 위한 변장술이다. '거울 안'에 안치된 정언의 세계가 이를 끊임없이 방해함은 물론이다. 그러니 "이 시점에서부터는" "부작용의 시간인 것"(「주치의 h」)이며, "인격의 성장이나 혹은 변태적인 행위에의 몰입과는 또 다른 어떤 것"(「밍따오 익스프레스 C코스 밴드의 변」)에 헌신하는 미정형의 시간인 것이다. 혹여 누군가가 "…엉뚱한 녀석, 그래봐야 너는 절망과 불만을 혼동하는 어린애…"(「시코쿠 만자이(漫才)—페르나 편(篇)」)라고 힐난할 것을 대비해, 황병승은 이런 답을 마련해두었다. "*어느 쪽으로 가도 상관없어 어차피 양쪽 모두 미친 것들이니까*"(「Cheshire Cat's Psycho Boots_7th sauce—여왕의 오럴 섹스 취미」) 도도함과 의연을 가장하지만, 그러나 황병승의 진짜 얼굴(의 표정)은 이런 것이다. 울음과 절망과 고독과 그와 유사한 개인적인 감정들! 아무리 현란한 시차를 만들고 타자의 시점을 가로질러도 결국 되돌아올 수밖에 없는 주체의, 주체라는 연약한 기반. 서정시의 오랜 원천인 그것/그곳.

계절은 겨울이고, 아무도 돌봐주지 않는 시간

나아갈 수도 돌아갈 수도 없는 어둠 속에서
조금 울었고 손을 씻었다

—「너무 작은 처녀들」 부분

나는 당신이 왜 우는지 알아요 세상의 어떤 노래도 당신을 위로하지 못하고 아주아주 똑똑한 아저씨들조차 지구를 멈추진 못해요 (…) 죽은 것도 산 것도 아닌, 우리는 약간의 도움이 필요해요

—「키티는 외친다」 부분

4. 시차의 사례 3—김언의 '유령-되기'

김언(金言)은 이 세계에 대해 간결하고 건조한 직설법으로 말한다. 그의 직설이 암호처럼 들리는 것은, 그가 디테일은 생략한 채 사건의 핵심만을 잘라 전하기 때문이다. 그로테스크한 상상의 정황을 생생히 실사(實寫)하는 김근이나, '세계의 진짜 장면'을 주제로 현란한 환상극을 연출하는 황병승과는 대조적인 언술방식이다. 김언이 이야기하는 사건의 핵심은 '나'의 실종이다. "나는 나라고 가끔씩 싱거운 생각을 한다"(「키스」)는 그는 자신의 실종을 세계의 도처에서 발견한다. 방과 거리와 시장 등의 일상공간은 물론, 스스로 말하는 언어 속에서도 그는 자신의 증발을 목격한다. 사실 김언에게는 짧고 선형적인 한줄의 문장이야말로 '나'의 실종의 가장 급박한 현장이 된다. 한 예로, "나는 내가 잘못한 것을 어제까지 휴지로 덮어두었다는 건 우리 생각이고 내 생각은 또 다르다"(「잘못한 사람」)는 문장에서 '나'는 어디에 있다고 할 수 있을까? 아니, 있기는 한 것일까? 실체를 넘어 속성마저 증발된 '나'는 일정한 형상도 인칭도 거주할 장소도 가지고 있지 않다. 그/나는 "뒤늦게 배달된 피자조각을 씹으면서/입이 없는 것을

발견하"고(「사라진 사람」), "없는 사람을 중심으로 모였다가 흩어지"면서 "유지되"고(「불멸의 기록」), "여러 군데 앉아 있"고 "동시에 수십 군데에 앉을 수도 있"으면서 "아직 만들어지"는 중에 있는 것이다(「바람의 실내악」).

그/나는 "순간순간 다른 사람이 되어가는 얼굴"(「돌의 탄생」)을 갖고 있다. 김언은 이 형성중인 얼굴의 그/나를, "과장하면서 성장하"는 '거품인간'(「거품인간」)이라고 명명한다. 또 '거품인간'인 "여러 사람이 모여 한 사람을 이룬" 사람, 즉 한 인간 속에 존재하는 모든 타의의 힘을 '거인'(「거인」)이라고 이름붙인다. 주입된 '나'의 정체성·제도·언어·이데올로기·사회 체계 등이 모두 하나이면서 여럿인 '거인'이다. 김언은 '거인'의 존재를 예민하게 의식하면서, '거품인간'의 불완전하고 유동적인 눈으로나마 세계의 실상을 목도하고 기록하고자 한다. 이 점에서 김언의 시는 '거인'의 세계를 '거품인간'의 흔들리는 시선으로 포착한, "처음과 끝이 반드시 맞아떨어지는 지점이 존재하지 않"(「시집」)는 유동적인 시차(視差/時差)의 계기적 파노라마가 된다. 세계도 주체도 모두 모호하고 불확정적인 상황에서는 고정된 시점은 있을 수 없다.

> 사발이 있던 장소는 사발이 너무 커서 기억할 수 없다. 사발이 있던 장소는 사발이 있던 시간과 묘하게 겹쳐져서 지극히 짧은 순간 사발이 윤곽만 보여주고 사라질 것이다. 기록이 가능하다면 웅성웅성 남아 떠도는 한 사발의 감촉을 그 사발을 받쳐들던 손으로 아주 잠깐 불러낼 수 있다.
>
> —「한 사발의 손」(『거인』, 랜덤하우스중앙 2005, 이하 같은 책) 부분

김언은 "기록이 가능하다면"이라는 가정 아래 기록의 불가능성을 인정하면서 대상과 세계의 실재를 추적한다. 이 점에서 김언의 시쓰기는 기록의 가능성과 불가능성 사이에서 위태롭게 흔들리면서 실재의 '감촉'을 "아주 잠깐 불러내"는 일이며, 그리하여 자신이 기록한 문장의 "바깥에 있거

나 겨우 매달려" "마침내 긴 공사에 들어가는" 자신의 미완의 '얼굴'에 대한 소유권을 끝내 포기하지 않는 일이 된다.

> 그것은 대답 바깥에 있거나 겨우 매달려 있다. 그가 모르는 사실을 그는 매번 대답한다. 취조실에서 나온 그를 취조실에서 만난 그가 또 이렇게 대면하는 것이다 그는 표정을 고쳐 앉는다. 마침내 긴 공사에 들어가는 얼굴이 있다.
>
> —「서 있는 두 사람」 부분

김언은 미정형의 존재상태를 고수함으로써 세계에 예속되지 않으려는 자신에게 '유령'이라는 비존재적 지위를 부여한다. 그 저항의 길고 지루한 과정을 '유령-되기'라고 부른다.

> 내가 유령인 것은 중요하지 않아요
> 내가 어느 시대를 살고 있느냐, 그게 문제겠지요
>
> 그렇다면 얼굴이 생길 때도 되었는데
> 얼굴 다음에 표정이 사라집니다
> 윤곽이 사라진 다음에 드디어 몸이 나타났어요
> 내 몸이 없을 때 더없이 즐거운 사람
>
> 그 얼굴이 깊은 밤의 명령을 내린다면
> 누군가는 '아프다'고 명령할 것입니다
> 그날의 태양과 눈부신 의심 속에서
>
> 감정의 동료들은 여전히 집이 되기를 거부하지요

돌, 나무, 사람들의 데모 행렬엔 한 사람쯤
흘러다니는 내가 있어요

—「유령-되기」 부분

이 시가 보여주듯이, "얼굴이 생길 때도 되었는데" 생기지 않는, "얼굴 다음에 표정이 사라"지고 "윤곽이 사라진 다음에 드디어 몸이 나타"나는 시점(視點/時點)이 바로 김언의 '유령-되기'가 행해지는 장소/시간이다. 김언의 시가 이 독특한 시차(視差/時差)의 풍경을 통해 궁극적으로 기록하려는 것은 "집이 되기를 거부하"고 세계 속을 '흘러다니는 나'의 "더없이 즐거운"(?) 내면이다. 그는 자신이 "유령인 것은 중요하지 않"으며 "어느 시대를 살고 있느냐"가 문제라고 강조하지만, 이는 반어법이거나 과장된 말일 가능성이 크다. '유령'의 없는 얼굴과 몸을 빌려서만 비로소 이 세계에 존재할 수 있는, 혹은 이 세계에 존재하는 자신을 용인할 수 있는 '나'에게 시대는 세계를 구성하는 많은 조건의 하나일 뿐이기 때문이다. 그보다 훨씬 중요한 것은 세계에서 '얼굴'을 갖지 못하고/않고 '유령'이 되는 과정에서 '나'의 내면에 침전된 내용물이라고 할 수 있다. 이 시에 의하면, 그것은 거의 하나의 요소로 이루어져 있다. '아프다'는, 실존의 가장 원초적인 감정이 그것이다. 가장 간단히 축약하면, 김언의 시는 이 한마디를 다른 언어와 풍경으로 기록하기 위한 언어게임이자 실험이라고 할 수 있다. 이를 증명하듯 그가 자신의 시쓰기의 방법론을 망라한 시의 마지막 구절은 이러하다. "다른 문장일 것"(「시집」)!

5. 시차의 광학적 기만을 경계하기

코오진에 의하면, '강한 시차(視差)'는 이율배반이라는 형태로 나타나며, 그것은 정명제와 반대명제가 모두 광학적 기만에 지나지 않는다는 것을 드러내는 일이 된다. 모든 시점(視點)은 어느 자리에서든 물자체에 버금가는 상을 보여줄 뿐 물자체를 현시할 수는 없다. 이 세계와 그 속에서 살아가는 자신의 실체를 폭로하고자 하는 김근 황병승 김언의 시작업이 갖는 의의와 한계도 이 부분에 있다. 세계와 자아의 실재를 찾는 이들의 투쟁이 설화적이고 상상·환상적인 시공간을 포섭하며 지평을 확대하고, 한 문장 속의 인칭과 주술관계로까지 영역을 응축하고 구체화하는 것은 우리 시의 경직된 부분을 충격하는 신선하고 고무적인 사건임에 분명하다. 그러나 '아직 생겨나지 않은 얼굴'의 주인을 자처하며 이들이 서 있(고자 하)는 자리 역시 '광학적 기만'의 위험에서 조금도 자유롭지 않다. 근대적 이성이 상상에 의지하는 산물인 것과 마찬가지로, 그 체계의 밖으로 나가고자 하는 사유의 모험 역시 상상적인 것이 될 가능성이 높기 때문이다. 체계의 바깥을 넘보고 타자와 합치하려는 모든 노력이 투명할 수 없다는 것을 끊임없이 자각하고 승인하지 않는 한, 그 모험은 주체의 오해와 오류를 반복하는 일이 되기 쉽다. 수많은 새롭고 다른 시차(視差/時差/詩差)들, 잡종과 혼종과 유령의 다채롭고 이질적인 시차들을 아무리 만들어내도 그것이 '광학적 기만'을 제거하는 원천적인 방법이 될 수는 없는 것이다.

다르게 말하면, 이들의 시가 보여주는 새로움은 우리 시 전체를 한걸음 앞으로 나아가게 하는 전면적인 새로움이라고 보기는 어렵다. 판단을 유보한다 해도, 아직까지 이들의 시는 제각기 빚어낸 시차의 효과와 세대적인 효과에 의한 특수한 새로움의 차원에 머물러 있기 때문이다. 즉 이들은 자신의 시가 종래의 시와 색다른 언어규칙을 만들어 벌이는 하나의 시적 게임이나, 상징의 단독사전에 의지해 자기지시적인 언어들로 공회전하는 들뜬 담론이 될 위험을 끊임없이 경계해야 한다. 근거와 이유는 우선 두 가지이다. 이 글의 잠정적인 결론을 대신해 의문형으로 적어두면 다음과 같다. 첫째, 이들의 시는 황지우와 박남철의 자기해체적인 실험과 다성적인 화법, 김혜순의 현실과 밀착된 환상의 제조법, 박상순의 현실과 미학이 생산적으로 결합한 알레고리, 이수명의 언어의 이데올로기를 끝까지 직시하고자 하는 치열한 언어게임 등에서 얼마나 멀리 나아가 있는 것일까? 둘째, "결정적으로," 이들은 "너무 많이 태어나고 자라고 사라지는 게 아닐까?"(황병승 「소녀미란다좌절공작기」) "어제는 나를 공격했던 말들이 오늘은 나를 공격하게 만들"면서(김언 「토요일 또는 예술가」).

—『세계의 문학』 2006년 봄호

시, 서정이 진화(進化/鎭火)하는 현장

강정 · 박상수를 통해 본 서정시의 새로운 시차들

1. 서정의 진화(進化/鎭火)

2000년대 중반의 우리 시단은 젊은 시인들의 낯선 화법과 종잡을 수 없는 파격 속에서 야릇한 즐거움과 혼돈을 경험하고 있다. 1960년대 후반, 주로 1970년대에 출생한 이들은 도발적인 듯 완곡한, 모호한 듯 확신에 찬 어법으로 최근 시단에 몇 안되는 논점을 제공하고 있다. 그들 자신의 싯구를 빌리면, "알 수 없는 사람"(황병승 「사성장군협주곡(四星將軍協奏曲)」)이자 "감각으로 사유하는 종(種)"(유형진 「표본실의 나비들」)이며 "감정의 동료들"(김언 「유령—되기」)인 황병승 김행숙 김언 이민하 김민정 김이듬 권혁웅 김근 유형진 최치언 이장욱 장석원 신해욱 진수미 안현미 이영주 강성은 최하연 장이지(이 목록은 유동적이며 무질서하다) 등은 현대시사의 반복적 테마인 '신세대론'을 재소환하면서 세대론적 차원 이상의 각별한 주목을 이끌어내고 있다. 공동의 시적 명분과 문학운동이 쇠퇴한 상황에서 사전에 의도하거나 연합한 바 없이 이들이 받는 한다발의 주목은 거의 축복에 가까워 보인다. 이 주목 내지 축복에는, 시/문학이 '보편'에서 '특수'의 영역으로 내몰리며 자본의 논리와 싸워야 하는 현실에서 이들의 시가 돌파구 역할을 하기 바라는 (무의식적) 소망이 내재해 있다. 더불어 뚜렷한 의제와 시적 비전을 창출하지 못하는 근래 우리 시단에 대한 반성적 성찰이 깔려 있다. 이 소망과 문제의식이 다양한 젊은 시인들의 시에 대한 동일성의 시선을 작동하게 한 것이다.

'다채로운 차이의 가능한 연합'으로서 젊은 시인들이 준 충격의 요체는 이렇게 요약될 수 있다. "그들은 우리와 다른 언어와 감각과 상징체계로 말한다." 여기서 '우리'란 이들에 의해 불현듯 거대한 타자로 대상화된 기존의 시 전반을 가리킨다. 타자로 개입해 기존의 시를 통째로 타자화하는 젊은 시인들의 '다름'은 평자들에 의해 크게 두 가지로 설명되고 있다. 첫째, 새로운 시적 주체의 산란(産卵)을 통한 기존의 평면적이고 경직된 시적 질서의 재편. 가변성, 분열, 혼종성, 다성성, 이반, 혼성, 중성, 무성, 트랜스젠더, 미성숙한 소년/소녀 등의, 전통적인 주체를 변형하고 그 외연을 확장한 새로운 주체들이 서정시와 시적 주체가 누린 오랜 권위를 흔들고 있다는 것이 핵심이다. 권혁웅 이장욱 신형철 허윤진 박형준 등이 행한 사려깊은 통찰은 이 점을 공통분모로 한다. 둘째, 자기지시적이며 자기완결적인 언어에 기초한 새로운 상징체계의 구축. 앞의 논자들도 대략 합의하고 있는 이 특성은, "지금 우리 시는 세계의 부재를 겪고 있다. 그래서 전에 없이 대상을 노래하지 않는 시들이 무수히 씌어지고 있다"(함성호)는 지적에서 단적으로 확인된다. 평면적 해석에 저항하고 기존의 감각과 논리로 환원되기를 거부하는 새로운 시의 종족들은 스스로 상징체계를 만들고, 그 체계를 운용해 시를 쓰며, 그 논법대로 읽히기를 원한다. 현실세계와 자신이 만든 상징체계의 간극만큼 이들은 '당신이 생각하는 곳이 아닌 다른 곳'에 있을 수 있는 것이다. 지금까지 서정시와 시적 주체가 암묵적으로 공유해온 상징체계를 근본적으로 문제삼는다는 점에서 이것 역시 서정시의 존재 기반을 흔드는 결과를 가져오게 된다.

이렇게 정리할 수 있다. 젊은 시인들은 이 세계가 부여하는 기성의 '얼굴'을 갖기를 거부하는 자들, 아직 생성중인 미정형의 얼굴을 가진 자들이다. 이들은 고정된 주체나 목적을 갖지 않으(려 하)며, 주체와 언어를 미분(微分/未分)하고 탈각하고 재구성해 새로운 시적 시공간을 창출하고자 한다. 그 중심에 있는 것은 스스로 자기 존재와 내면의 기원이 되고자 하는 의지와 욕망이다. 돌발적이고 때로 난감하기까지 한 이들의 시는 '대상을 노래하지 않는 시들'이라기보다는, 시인 자신과 세계라는 대상에 대해 다른/다양한 시차(視差/時差/詩差)를 발휘하는 시들이다. 지금까지 학습한 것과 다른 상징체계와 시차를 도입해 낯설고 새로운 시세계를 빚어내는 것이 이들의 공통된 시적 열망이자 지향점인 것이다. 따라서 문제는 이 시차들이 불러일으키는 효과와 반향의 정체를 규명하는 일이 된다. 그 효과와 반향은 궁극적으로 하나의 촛점을 향해 귀결되고 있다. 서정시의 본질과 정체성에 대한 질문, 특히 오늘의 현실에서 서정시의 바람직하고 유효한 존재방식에 관한 질문이 그것이다. 논점을 선명히하기 위해, 서정시에 대해 항간에 떠도는 풍문과 우려를 염두에 두며, 서정시의 운명과 직결된 이 질문을 두 갈래로 도식화하면 다음과 같다. 서정시는 다른/다양한/새로운 서정을 향해 진화(進化)하고 있는 중인가, 동일한/단순한/낡은 서정의 과거를 추억하며 진화(鎭火)되고 있는 중인가? 강정과 박상수의 최근 시를 통해 잠정적인 상태로나마 이 질문과 질문에 대한 답을 마련해보기로 하자.

2. '다각도의 유리공', '인간'에 대한 외재적/우주적 시선—강정

질문이 성립되고 파급력을 갖기 위해서는 어떤 '생산'과 '생성'을 향해 열려 있어야 한다. 생산과 생성은 세계 전체에 관계하는 것일 수도, 개별 존재의 영역에 한정되는 것일 수도 있다. 오늘날 젊은 시인들이 (비)자각적으로 제기하는 서정시의 존재방식에 대한 질문은 시인 개인과 대리적 자아인 시적 주체의 존재방식과 밀착되어 있다. 이들은 이 세계와 세계 속에서 형성된 자신을 부정하면서도, 그처럼 세계와 자신을 부정하는 자신에 대해서는 조금의 의심도 없이 신뢰하는 이중적인 모습을 보여준다. 하지만 별로 문제될 것은 없다. 자신의 내적 근거와 주체성에 대해 의심과 무력감에 젖어 있는 가운데에도, 이들은 그 속에 저장된 이 세계의 흔적과 억압을 해체하고 자신(의 내면과 무의식)을 생산하는 자가 되고자 하기 때문이다. 즉 이들에게 존재의 내면과 무의식은 세계와 타자에 의해 결정(決定/結晶)된 덩어리가 아니라, 세계와 타자 속에서 각 개별자가 생성해가야 할 미정형의 가능성이다.

이 문제에 관해 무의식의 정체를 '억압'(프로이트)에서 '생성의 가능성'으로 수정한 가따리(F. Guattari)는 유용한 설명을 들려준다. 가따리에 의하면, 인간은 누구나 자신에게 어울리는 무의식을 갖고 있다. "무의식이란 우리 주위의 어디에나, 즉 몸짓에도 일상적인 대상에도 TV에도 기상 징후에도 더욱이 당면한 큰 문제에 있어서조차 우리에게 붙어다니는 것"으로, "무의식 전문가(정신분석가)의 무의식도 아니고 과거 속에 결정화되고 제도화된 담론 속에 붙어버린 무의식도 아니다. 오히려 무의식은 미래로 향한 채, 가능성 자체, 언어에서의 가능성뿐만 아니라 피부나 사회, 우주 등에서의 가능성을 자신의 핵심으로 지니고 있다." 무의식에 관한 가따리의 결론은 "무의식은 미래를 향해 나아간다" "무의식은 건설되고 창안되어야 한다"는 두 문장으로 압축된다. 각자에게 어울리는 형태로 삶의 모든 차원에 흡착된 정체성의 근거이자 가능성을 무의식이라고 정의할 때, 무의식은 성(性)의 코드로 환원되는 정신분석학의 입장과는 매우 다른 탄력적이고 넓은 함의를 갖게 된다. 가따리가 정의하는 무의식은 과거형이 아닌 미래 지향의 과거·현재·미래의 복합형이며, '주체를 구성하는' 피동형의 틀이 아닌 삶의 모든 영역에서 '주체가 (재)창조해야 할' 능동형의 실재이다. 이때 무의식은 분석하고 해부해야 할 '기억의 블랙박스'에서, 새롭게 가꾸고 빚어야 할 '존재의 질료'로 탈바꿈한다.

1971년생 시인 강정의 최근 시들이 발생하는 자리도 여기에 있다. 첫 시집 『처형극장』(문학과지성사 1996) 이후 10년 만에 새 시집을 펴낸 강정은 시인, 시해설자(시비평가에 상응하는. 그가 쓴 평문의 유형을 빌려 이렇게 칭한다), 칼럼니스트, 록음악 가수로 활동중인 멀티플레이어 형의 예술가이다. 텍스트와 직접 관계없는 외적 사실을 거론하는 이유는 장르의 월경(越境)이 젊은 시인들에게 자연스러운 일로 자리잡아가고 있기 때문이다. 다원적인 예술활동은 창작의 측면을 넘어 의식과 향유의 측면을 포괄한다. 완전히 새로운 현상은 아니지만, 이제 젊은 시인들에게서 시라는 장르에 대한 절대적인 숭배의 염은 찾아보기 어렵게 되었다(슬퍼할 것은 없다. 드디어 시는 다른 장르와 평등하게 '민주화'되었다). 서정시와 시적 주체의 특성이 변화하는 이유도 이와 무관하지 않다. 다원성은 시를 유일한 것에서 다양한 것 중의 하나로 변화시키고, 시적 주체의 위치와 목소리를 경계 밖으로 분산하고 이질화한다. 예를 들어, 황병승의 시는 서사성과 비판정신을 지닌 서양의 실험적인 대중음악의 가사와 리듬을 닮아 있고, 이민하와 유형진의 시는 기발한 상상력의 동화나 애니메이션, 퍼포먼스의 한 장면을 떠올리게 하며, 김행숙과 김언의 시는 철학서의 한 대목을 패러디하거나 형체 불명의 비구상화(非具象畵)를 언어로 복사해놓은 듯하다. 같은 논법으로 말하면, 강정의 시는 인간의 미래를 내다보는 고대의 예언자나, 인류의 운명을 신화적 상상력으로 그린 SF서사의 내레이션을 연상케 한다. 강정의 시에서 미래에 대한 신화적 비전은 육체를 지닌 인간의 운명에 대한 냉철한 시각과 결합해 장엄하고도 비극적인 풍경으로 형상화된다. 그 신화적 비전을 떠받치는 것은 인간에 대한 초인류적이며 범우주적인 통찰이다. 강정의 두번째 시집 『들려주려니 말이라 했지만,』(문학동네 2006)은 "가장 낡은 언어로 말하지 않고서는 드러나지 않는 미래가 있다"(「두번째 아이」)는 자신의 시의 한 구절을 실현하는 중에 있다.

나는 말라붙어 동공이 빠진 채로 死後의 강 너머에서 발견될 것이다
사라진 몸에서 사라짐을 지우며 오랫동안 짐승들과 함께할 것이다

—「오래된 자화상」 부분

그와 내가 다르지 않고
나와 유성이 다르지 않으니,
세계는 수천 광년 전에 죽은
어느 별의 지난 역사를 새로이 반복한다
몸과 마음의 오랜 상처들, 제 썩은 환부를 핥는다
과거의 상흔을 뚫고
수천 마리 내 육신의 異形들이 터져나온다
수천 광년
시린 물살과 뜨거운 모래를 섞던
별들이 갈아엎은,
광활한 시간의 진공 속에서

—「우주괴물」 부분

들려주려니 말이라 했지만,
냉온이 빠르게 교차하는 과거와 미래 사이에서 나라고 하는 건
한갓 누군가의 원망을 대신 실현하려
파리나 모기 따위에게로 쏠리는 식욕을 감춘 채 인간의 영역에 파견된
짐승과도 같다는 것
들려주려니 말이 자꾸 새끼를 치지만,
내가 들려주려는 말이 결국 내 체온을 액면 그대로 종이 위에 처바르는 일이듯
붓끝에서 뭉치거나 흩어진 물감들이

공기의 흐름을 타고 저 나름의 궤도로 일렁이면서 시간의 어느 정점을 물들이면
나는 곧 나로부터 이탈되어 본래의 땅으로 돌아간다
들려주려니 땅이라 이름 붙였지만,
인간도 아니고 인간 아닌 것도 아닌 만물이 때 되면 허물 벗어 다른 생을 낳는 그곳을
허공이라 한들 어떠리

—「들려주려니 말이라 했지만,」 부분

'사후의 강 너머' '광활한 시간의 진공' '다른 생' '허공' 등은 '나'와 '인간의 영역'의 외계이자 미래형이다. 무한한 우주 전체로 시선을 넓힐 때, 현재의 '나'와 내가 속한 '인간의 영역'은 한없이 초라하고 미약한 것이 된다. '세계의 자아화'라는 시의 전통적인 모토를 깨끗이 잊은 듯한 이 작디작은 인간/시적 주체는 그러나 그 왜소함과 더불어 광활하고 우주적인 스케일을 획득한다. 그 스케일로 보건대, 삶은 "나로부터 이탈되어 본래의 땅으로 돌아가"는 과정이며, 그 과정 속의 '나'라는 존재는 "과거의 상흔을 뚫고" "터져나오"는 "수천 마리 내 육신의 異形들"이거나, "냉온이 빠르게 교차하는 과거와 미래 사이에서" 그 "대신 실현하려"는 "누군가의 원망"이다. 즉 '나'는 우주의 질서가 전개되는 한 시간적 지점이고, 그 시·지점을 통해 실현되는 '나'와 관계하는 무수한 육신(짐승과 유성 등)의 이형들의 혼합체며, "인간도 아니고 인간 아닌 것도 아닌 만물"의 원망(願望)인 '다른 생'의 경유지이다. 현재의 시간과 육체를 초월한 이 우주적 가능성들이 바로 '나'의 몸과 내면에 생착(生着)된 존재의 내용물이자 가능성으로서 강정의 무의식을 형성하는 바탕인 것이다. "들려주려니 말이라 했지만" "들려주려니 땅이라 이름 붙였지만"의 '의재언외(意在言外, 뜻은 말 밖에 있다)'의 자기위반의 말들은 이렇게 하여 생겨난다. "인간도 아니고 인간 아

닌 것도 아닌 만물"이 '나'의 존재의 근거이자 타자이며 과거이자 미래일 때, 지금 여기의 인간의 말은 한없이 불완전한 것일 수밖에 없다. 그러니 인간은 "인간도 아니고 인간 아닌 것도 아닌 만물"의 말을 기억하고 유추하고 상상해내야 한다. 강정의 진술에 따르면, 그 기억과 유추와 상상의 주체는 '나'의 몸 안에 무수히 똬리를 틀고 있는 '시를 낳을 몸'이다. 그리하여 인간/시인인 '나'의 몸은 "내 체온을 액면 그대로 종이 위에 처바르"듯(「들려주려니 말이라 했지만,」) "터진다, 기어이!" "내 안에서 살던" "詩를 낳을 저 몸"(「알을 품은 시인」) 들이 마침내 시를 산란할 수 있도록.

강정의 시는 인간의 왜소함을 성찰하는 인간/시적 주체의 광활한 시야와, 언어의 무능을 직시하는 언어의 파괴력과 생산성을 통해 태어난다. "가루로 흩어진 내 몸이 저만치 앞질러 미래의 풍경들을 장악"하고(「한밤의 모터사이클」), "어둠의 살 깊숙이 파묻혀버린 내 본모습을 찾으려 뒤뚱뒤뚱"거릴 때 "홀연히 나타났다 사라져가는 저 얼굴들이 모두 내 얼굴 같고 또 모두 낯설어 보"이는(「기억의 사슬」) 등의, 과거와 현재, 본질과 현상, 실재와 허상이 역전되고 무화되는 풍경들이 강정의 시를 지배하는 것은 이 때문이다. 그렇다면 강정의 시에서 인간/시적 주체가 왜소함에서 광활함으로, 인간/시인의 말이 무능함에서 생산성으로 도약하는 비밀은 어디에 있을까? "우주는 넓디넓은데/나는 오로지 파편으로만 그걸 깨닫는다/내 몸이 우주의 파편이어서가 아니다/내가 느끼는 우주가 나의 파편이기 때문이다"(「거미인간의 시—하오의 독백」)라는 호방한 싯구에서 단적으로 확인되듯, 그것은 "내가 느끼는"이라는 주관적이며 주체적인 행위에 있다. 넓디넓은 우주를 "나의 파편"으로 만드는 것은 인간/시적 주체의 내발적 '감각'이며, 그 감각을 분출하게 하는 다양한 '시차(視差)'들이다.

감각이 열릴 때, 세상 도처가 나의 거처다

—「거미인간의 시—새벽거미」 부분

그리고 이곳은, 내 몸이 낳은, 새로운 몸의 거처랍니다

늘 깨어 있는 잠 속에서, 그 검은 내부를 수천의 올로 펼쳐 빠져나오는 세계가, 깊은 잠의 겉과 속을, 다각도의 유리공으로 뭉쳐뜨려, 늘 보아오던 사물들을, 처음 보는 어떤 것으로 바꿔놓고 있지요

—「거미인간의 초대」 부분

강정에게 시쓰기는 감각을 열어 "세상 도처"를 "나의 거처"로 만드는 일이며, 이 세계를 "다각도의 유리공으로 뭉쳐뜨려, 늘 보아오던 사물들을, 처음 보는 어떤 것으로 바꿔놓"는 일이다. 그의 몸/시는 감각의 열림과 시차의 증식을 통해 세계와 자신을 새롭게 낳고 "새로운 몸의 거처"로 바꾸어놓는다. '다각도의 유리공'은 "늘 깨어 있는 잠 속"에 있는 그의 "검은 내부"의 투사체로, 시시각각 변화하며 '새로운 몸'을 생성해가는 그의 무의식(가따리적 의미의)을 상징한다. 유사한 예로, "저 먼 시간의 침묵까지 짊어진" 채 "평생토록 달리며 지워야 할 들판을 낳"는, 혹은 "평생토록 달려도 지워지지 않을 들판을 그"리는, '당신'이 원하던 그 대답이자 그 대답이 아닌 '토끼'(「들판을 달리는 토끼」)는 '다각도의 유리공'에 의해서만 비추어낼 수 있는 존재와 삶의 어지러운 풍경을 기표화한 것이다. 즉 '토끼'는 개별 존재를 통해 실현되는 우주의 질서의 상징이며, 한 존재가 갖고 있는 과거와 현재의 총합이자 미래를 향해 열린 가능성으로서 무의식의 상징인 것이다. 존재 전환의 에너지인 무의식은 자신의 기원이 되기 위한, 자신의 얼굴을 스스로 만들기 위한 '나'의 자기형성의 노력을 통해 성장하고 증폭된다. 이에 대해 강정은 다음과 같은 변론을 예비해둠으로써 이 세계가 설치한 해석과 양식(樣式)의 그물망을 비켜나고자 한다. 서정시와 시적 주체에 대한 모종의 전통적인 합의들 역시 그 해석과 양식의 하나임은 물론이다.

그러나 나는 아무것도 의도하지 않았다
내 안의 어둠을 풀어 빛의 架橋들을 낳는 것,
적막한 이승을 가둔 채 내 촉수의 그물망에 걸리는
세계의 무거운 시신에 대해서

—「거미인간의 시—새벽거미」 부분

3. '미성년의 얼굴'로 즐기는 '낭만적인 래빗 스타일'—박상수

강정 시의 주어이자 주체는 우주 만물의 한 종(種)으로서의 '인간'이다. 강정은 무한한 시공간 속의 한시적 존재인 인간을, 영화기법으로 말하면 방대한 배경을 부각시켜 피사체의 존재감을 최소화하는 익스트림 롱 샷(extreme long shot)으로 포착한 후, 이를 성찰하는 외적 존재로서 시적 주체 '나'를 텍스트의 외곽에 배치한다. 이는 기존 서정시의 시적 주체에게서 인간적 권위를 빼앗는 대신, 인간을 소실점에 두는 광활한 원경(遠景)의 시차를 통해 역설적으로 시적 주체에게 우주적 조망력을 부여하는 결과를 가져온다. 강정은 인간을 소실점화하는 동시에, 시적 주체 '나/인간'을 소실되어가는 인간의 존재와 삶을 성찰하는 외재적 존재로 설정해 극단의 지점이 맞물린 이중의 풍경과 사유구조를 엮어낸다. 이 극단의 두 지점의 통합이 강정의 시가 도달한, 기존의 서정시들의 시각과 구별되는 새로운 시차(視差/時差/詩差)인 것이다. 이 시차는 '인간'을 대변하는 시적 주체 '나'에게 도저한 허무와 그에 따른 폭발적이고도 빈약한 생의 감각을 일깨운다. 사실, 시차는 주체와 대상이 동일할 때 강력하게 발휘된다. '내'가 '나의 사진'을 보았을 때 느끼는 당혹스러운 간극이 대표적인 예다. 시차는 대상에 대한 주체의 시점 및 지점에 의해 결정되는바, 강정이 그 자신 유약한 존재로서 인간의 자의식에 '우주는 나의 파편'이라는 도저한 시각을 보태는 것은 이 시차가 경유한 머나먼 거리에 의한다. '인간'에 대한 시공을 초월한 외재적 시점(視點)은 "들려주려니 말이라 했지만"의 '의재언외'의 언어의식과도 정확히 한몸을 이루는 것이다.

강정이 보통명사 '인간'을 시적 주체로 삼아 전우주를 인간의 가능성의 무대로 재구성하듯이, 박상수도 '인간'과 '지구'를 시적 주체와 배경으로 하여 서정시의 새로운 풍경을 빚어낸다. 박상수는 기억과 환각, 멜랑꼴리의 감수성과 동화적 상상력의 발랄하고도 우수에 찬 조합을 통해 그 풍경에 이른다. 최근 펴낸 첫 시집 『후루츠 캔디 버스』(천년의시작 2006)에서 박상수는 "문득 시간을 잊고" "미성년의 얼굴로" "완전한 명상"의 여행을 떠나거나(「정지한 낮」), 그처럼 "시간을 잊으며 영영 떠돌아 창백해진" "이상한 떨림"(「붉은 저녁에 둘러싸인 골목」) 속에 "버림받은 환상으로 가득한 숲"(「낭만적인 래빗 스타일」)을 몽환적으로 헤맨다. 이 여행의 환상 혹은 환상의 여행은 박상수가 세상에서 지금까지 거쳐온 시간과 경험들을 그 자신의 내면과 무의식으로부터 분리해 "낭만적이고 몽환적"(「낭만적인 래빗 스타일」)인 색채로 물들이는 마법의 성격을 띤다. 요정이 권하는 사루비아 술, 후르츠 캔디, 산딸기, 단풍나무 잼, 남아프리카 공화국 통조림, 크리스털 샹들리에, 은백양 뿌리, 투명한 엽록소 냄새 등은 마법에 필요한 박상수만의 은밀한 재료들이다.

나는 미성년의 얼굴로
과거로부터 길어 올리는 물기 없는 기억을
낯설게 매만져 보네
상념이 피워 올리는 무용한 잎사귀들
언제나 혼자서 텅 빈 열차를 타네
완전한 명상이 철로를 따라 이어질수록

인간의 얼굴이 떠올랐다 사라지네

—「정지한 낮」 부분

찌그러진 호박들의 기타리스트 이하가 만들어 놓은 낭만적이고 몽환적인 싸이키델리아를 따라가다 보면 환각의 숲이 나온다 하얗게 부서지는 햇빛, 그 속에는 징징 울어대는 나무가 가득한데 한참을 걸어 하얀 마당에 도착하면 거기, 래빗을 볼 수 있다 입을 오물거리며 바닥에 앉아 있는, 그때는 다만 알아야 한다 낭만에 감전되지 않게 래빗의 엉덩이를 토닥이지 말 것 무심한 표정에 상처 받지 말 것, 길의 끝에서 더 갈 곳이 없다면 싸이키델리아, 하늘에는 구름이 흘러가고 평화로운 기분, 그런 멜랑콜리에 잠기는 순간이 있다 순간에 솔직하고 미련 없이 즐길 것, 현실과 상관없는 래빗이 만들어 놓은 세계, 무위에 만족하는 예술적인 분위기에 타협할 것, 공허한 착각 속에서 행복할 것, 인류라는 사라져가는 종족의 무덤가에서 한잠 자고 일어나 저무는 태양, 활엽수로 차린 식탁에 앉아 토끼를 부르지만 등을 돌린 채 그녀는 어디를 쳐다보고 있는 것일까 래빗이 가리키는 저 먼, 먼먼 어딘가로 사라지는, 그러나 아직은 웃어줄 때, 눈앞에 피어오르는 작고 노란 꽃을 따라, 들판을 지나가는 바람을 타고, 기억의 연주와 변주 속에서 아직은 웃어줄 때, 래빗 스타일로 한껏 우울한 미래의 어느 날, 싸이키델리아 싸이키델리아를 흥얼거리며 미지의 희망을 바라볼 것, 버림받은 환상으로 가득한 숲, 래빗이 만들어 놓은 꿈속에서 평생 동안 행복하기를.

—「낭만적인 래빗 스타일」 전문

'미성년의 얼굴'은 '싸이키델리아' 음악을 들으며 '환각의 숲'으로 가는 입문의 요건이자 절차이다. '미성년의 얼굴'은 시간(의 구분)이 문득 사라지고 그와 함께 "인간의 얼굴이 떠올랐다 사라지"는 순간에 '나'의 것이 된다. 박상수적 의미에서 '미성년의 얼굴'은 '인간의 얼굴'에 대립되는 것으로, '인간의 얼굴'은 이 세상의 질서를 통과하고 그것을 (무)의식과 육체 깊숙이 흡착한 성년의 얼굴의 동의어이다. 다르게 말하면, 박상수의 '인간의 얼굴'은 현대사회의 제도와 삶의 방식에 길들여진 얼굴, 푸꼬(M. Foucault)가 근대의 종언을 예언하며 비유한, 근대라는 모래사장 위에 그려졌다가 서서히 지워져가는 근대적 주체의 얼굴에 그대로 부합하는 것이다. 박상수 시의 시적 주체 '나/인간'이 환각의 숲에 들어가기 위해 '인간의 얼굴'이 아닌 '미성년의 얼굴'을 가져야 하는 것은 이처럼 우리 세계 전체와 관련된 현실적인 이유에 의한다. 미성년의 얼굴을 한 '나/인간'이 "인류라는 사라져가는 종족의 무덤가에서 한잠 자고 일어나 저무는 태양, 활엽수로 차린 식탁에 앉아 토끼를 부르"는 것도 같은 이유에서다. 이 '토끼(래빗)'는 "현실과 상관없는" 환각의 숲의 암호이자 친절한 안내자로, 박상수가 생각하는 시(예술)의 표상이기도 하다. 박상수가 내세우는 환각의 숲의 입문 규칙은 이 점을 다음과 같은 행동강령으로 명기해두고 있다. "순간에 솔직하고 미련 없이 즐길 것. 현실과 상관없는 래빗이 만들어 놓은 세계, 무위에 만족하는 예술적인 분위기에 타협할 것, 공허한 착각 속에서 행복할 것"!

목적을 갖지 않는, 그래서 무엇으로도 규정할 수 없는, 어쩌면 가장 성숙한 형태의 것일 '미성년'의 존재방식과 시의 존재방식을 박상수는 '낭만적인 래빗 스타일'이라고 명명한다. '낭만적인 래빗 스타일'은 유명한 환상동화 『이상한 나라의 앨리스』(*Alice's Adventure in Wonderland*)의 모티프를 연상케 하는, 박상수의 유년시절의 강렬한 경험의 현재적 지속을 통해 형성되는 중에 있다. 동화 속의 앨리스가 토끼를 따라 나무 밑의 구멍을 통해 이상한 나라를 여행한 것처럼, 박상수는 "축대가 자주 무너지던 봄, 학교 가는 길에 보았던, 땅 밑 하수관 얼었던 물이 터져 새어나오던 이상한 구멍"을 통해 "눈감지 못한 영혼의 중얼거림을 따라 끝내 돌아오지 못할 길 속으로 오랫동안 흘러 들어가"(「이상한 구멍을 보았다」)는 중에 있는 것이다. '낭만적인 래빗 스타일'의 '미성년의 얼굴'을 가진 자들은 그 구멍과 길 속으로 흘러들어가 하나의 장소에 도착한다. '까페 WILL'이라는 이름의 그곳은 "다녀온 사람마다 가는 길이" 달라서 "찾을 수 없"거나 혹자에 의하면 "움직인다고도" 하는, "이름 붙이는 모든 것이 공기 속에 녹아 섞"여 하나로 규정할 수 없는 '낭만적인 래빗 스타일'의 존재방식이 완벽하게 실현되는 곳이다.

> 혹자는 이곳을 찾을 수 없는 곳이라 한다 찾은 사람은 없으나 다녀온 사람만이 존재하는 곳, 삐걱이는 나무 계단을 올라 문을 열면 붉은 융단 테이블 위로 자기 연민의 숙련공들이 고개를 드는 곳, 병든 자 병이 흘러가는 곳을 알지 못하고, 열정을 탕진한 이들 소파에 파묻혀 있는 곳, 주인의 특제 음료를 마시고 약초를 태우면 기억의 저장고가 흔들린다 로맨틱한 이별, 로맨틱한 순정, 로맨틱한 냉소, 이름 붙이는 모든 것이 공기 속에 녹아 섞이는 곳
>
> 혹자는 이곳이 움직인다고도 한다 다녀온 사람마다 가는 길이 다른 곳,
>
> ―「까페 WILL」 전문

'까페 WILL'은 가령, "멀어져 가는 지구, 우린 잘못된 곳에 와 있는 게 아닐까?"(「반짝반짝」)라는 의문마저 "공기 속에 녹아" 흔적도 없이 사라지게 만드는 곳이다. 말하자면 '까페 WILL'은 '인간'과 '지구'로 상징되는 현실세계에 존재의 처소를 마련할 수 없는 자들의 행복하고도 비애어린 환상의 공간이다. 그곳을 알고 있는 한, 그곳에 다녀온 기억을 갖고 있는 한, "인간의 얼굴이 떠올랐다 사라지"는 '완전한 명상' 가운데 "두 손을 모으고 다음 생으로 떠나는 열에 들뜬 나부낌을 만지"(「수요 신상 기도회」)고 있는 '나'는, 그러므로 "언제까지나 소년인 것이다"!(「즐거운가 소년이여?」)

4. 시, 서정이 진화(進化/鎭火)하는 현장

강정과 박상수의 시가 공통적으로 보여주는 것은 서정시의 새로운 주체와 생성의 지점들이다. 이들은 '인간'과 '우주/지구'를 시의 주체와 무대로 설정해 기존 서정시의 시적 주체 '나'와 '세계'의 함의를 수정한다. 이 수정은 사실 함의 자체의 수정보다는 대상에 대한 시점(視點/時點), 즉 시차의 이동과 변경에 의해 이루어진 것이다. 서정이 인간의 본질적인 영역이자 또한 역사적인 변화의 영역이라는 오랜 명제를 생각할 때, 이 시차의 이동과 변경은 서정의 자연스러운 진화(進化)에 속하는 것이라고 할 수 있다. 강정과 박상수를 통해 본 최근의 젊은 시인들의 시는, 다양한 시차의 도입에 의한 우리 시대의 서정의 진화(進化)가 지금까지 '서정적인 것'이라고 간주해온 것들을 현재적으로 진화(鎭火)하는 작업과 함께 진행되고 있음을 확인하게 해준다.

단적으로 말하면, 기존의 서정의 현재적 진화(鎭火)는 새로운 서정의 진화(進化)가 이루어지기 위한 필수적인 요소의 하나이다. 다시 역설적으로 말하면, 서정은 진화(進化)와 진화(鎭火)의 반복을 통해 늘 '그 자리'에 있다. '그 자리'란, 서정의 오랜 토양 위에 이 시대의 독특한 시차와 감각이 더해진, 우리 시대의 서정의 역사적이고 현실적이며 개인적인 지점을 말한다. 강정과 박상수가 우주의 아득한 시공간, 현실과 상관없는 환상의 숲을 통해 제기하는 것은 그 지점에 서는 다른 자세와 그 지점을 포착하는 다양한 시선이다. 이 다른/다양한 시차들을 증폭시키며 이들은 자신의 내면과 무의식마저 새롭게 빚어내는 존재/주체로 새롭게 태어나고자 한다. 이들이 스스로 만들어내고자 하는 진정한 얼굴, 지금은 '수천 마리 내 육신의 이형들'이거나 '미성년의 얼굴'인 채로 있는 생성중의 얼굴, 즉 가따리적 의미의 무의식의 현장이 바로 이들의 시인 것이다. 강정이 "가장 낡은 언어로 말하지 않고는 드러나지 않는 미래가 있다"(「두번째 아이」)고 말할 때, 박상수가 "낯선 역에 내"려 "의지 없는 몽환/몽환이 둥글게 빚어버리는 모서리를/비로소 인간의 형상을"(「정지한 낮」) 떠올릴 때, 우리 시대의 서정시는 지금까지 진화(進化/鎭火)해온 것들의 총합 위에서 서정의 또다른 제로썸의 지점을 향해 진화하고 있는 것이다.

—『문예중앙』 2006년 여름호

감각의 노래를 들어라

최근 우리 문학과 젊은 시인들의 시에 나타난 감각의 과잉과 재편성

1. 모든 현대적인 것은 감각 속에 녹아 흐른다

오늘날 문학의 경쟁 상대는 영화나 게임이 아니다. 더 근본적인 차원에서 현대사회의 체계나 자본도 아니다(영화나 게임은 문학을 잊었고, 현대사회의 체계와 자본은 문학을 모른다. 잊었거나 모르는 것은 일깨우고 변화시킬 대상이지, 경쟁할 대상이 아니다). 오늘날 문학의 경쟁 상대는 뜻밖에도 그리고 놀랍게도 '감각'이다. 영화나 게임의 경우도 다르지 않다. 지금 우리 사회가 생산하는 모든 것은 감각과의 무한 경쟁, 또는 감각의 무한 숭배에 온힘을 기울이고 있다. 감각을 생생히 재현하고, 실제보다 더 감각적인 감각을 개발하며, 마침내 감각 자체가 되기를 열망하는 시대! 역사상 이처럼 감각에 열광하며, 감각의 홍수 속에서 이렇듯 감각에 목말라한 시대는 없었다. 인간의 오감을 두루 만족시켜 상품의 아우라를 창조하는(실은 조작하는) '감각 마케팅'이 21세기의 전략으로 각광받고, 분초를 다투며 탄생하는 신제품과 TV 프로그램과 광고들은 차별화된(?) 새로운 감각을 만들어내는 데 혈안이 되어 있다. 그러니, 모니터와 쇼윈도우와 사람들의 외양과 거리 가득 흘러넘치는 것은 정보나 상품이나 문화가 아니라, 궁극적으로 '감각'이다. 상품 자체가 아니라 상품의 감각이, 문화 자체가 아니라 문화의 감각이, 자연 자체가 아니라 자연의 감각이 세계를 점령한 것이다. 실재와 이미지의 경계가 흐려진 세계를 감각이 활주하는바, 어쩌면 그 경계를 지운 것이 바로 감각이었는지도 모른다.

현대사회에서 폭발적으로 번성하는 감각은 자신의 출처인 인간을 제어하면서 거꾸로 인간의 내면을 형성하고 관할하는 중대한 심급이 되었다. 일상의 도처에 흘러넘치는 감각은 개인에게 쉴새없이 주입되어, 그대로 욕망이 되고 가치관이 되고 내면이 된다. 그러나 이 주입의 과정은 별다른 저항에 부딪히지 않는다. 그 과정이 무의식적이고, 일정한 감각적 쾌락을 동반하기 때문이다. 한마디로, 현대사회는 거대자본과 첨단기술의 합병을 통해 '감각의 제국'을 건설하는 데 총력을 기울이고 있다. 점점 더 강렬한 감각을 점점 더 많이, 점점 더 빠르게 생산함으로써 인간을 지배하는 데 모든 에너지를 소진하고 있는 것이다. 역사적 맥락에서 보면, 이성을 무한히 신뢰하며 '인간 개조'의 기본 단위로 삼은 근대의 계몽의 기획이 그 자리를 감각에게 내어주는 문제적인 싯점이라고 할 수 있다. "나는 생각한다. 고로 나는 존재한다"는 근대의 선언문 제1장은 이제 "나는 감각한다. 고로 나는 존재한다"로 수정되어야 할 상황에 있다. 실제로 불과 10여년 전까지 우리는 현실과 실제 경험, 이성적 사유가 맹위를 떨치던 시대를 살았다. 그 시대는 어느덧 '기억'이 되고, 이제 현실은 감각의 전성기를 구가하면서 '생각하는 인간'(homo sapiens)에서 '감각하는 인간'(homo sensus)의 시대로 빠르게 이동하고 있다. "결국은 동일한 신체가 감각을 주고 다시 그 감각을 받는다. 이 신체는 동시에 대상이고 주체이다"라는 들뢰즈(G. Deleuze)의 말은 감각이야말로 존재의 전일성의 토대임을 잘 설명해준다. 감각은 근대의 이성이 분리해놓은 주체와 대상의 경계 이전에 위치하면서 인간에게 경험의 충일성과 존재적 일체감을 제공하는 것이다. '감각하는 인간'이 자신의 육체 자체로 주체인 동시에 대상이니, 이 존재적 일체성을 자신이 감각하는 타자와 세계에 대해서도 그대로 발휘하는 것은 이러한 바탕에서다.

그러나 현대사회가 유포하는 '감각하는 인간'과, 본래적 의미의 '감각하는 인간'은 근본적으로 다르다. 전자가 감각의 가엾은 피식자라면, 후자는 감각의 즐거운 포식자이다. 두 종류의 '감각하는 인간'은 전혀 상반된 미래를 우리 앞에 열어놓는다. 『감각의 박물학』(*A Natural History of the Senses*)(작가정신 2004)의 저자인 다이앤 애커먼(Diane Ackerman)에 의하면, 그것은 "감각의 구두쇠들이 지구를 상속하"여 "세계를 살 만한 가치가 없는 곳으로 만들" 불행한 가능성과, "우리를 지금까지 살아온 모든 이들과 연결시켜주는 유전 사슬"로서의 감각을 전유한 인간들이 "인간과 비인간을, 한 영혼과 그의 많은 친척들을, 개인과 우주를, 지구상의 모든 생명을 다 이어"주게 될 행복한 가능성 사이에 있다. 전자의 가능성은 현대사회라는 '감각의 제국'이 실은 '감각의 사막'이라는 점과 직결된다. 감각의 과잉은 더 지독한 과잉(=결핍)을 초래하며, 감각의 과포화 속에서 인간의 감각은 결국 훼손되고 마비되고 말 것이다. 후자의 가능성은 '감각하는 인간'이 근대의 '생각하는 인간'을 보완하고 극복할 기대와 함께 싹튼다. '감각하는 인간'은 스스로의 몸에서 떨어져나온 근대의 주체에게 다시 '인간'을 되돌려주면서 근대 이전과 근대 너머를 느끼고 사유하는 임무를 담당하게 될 것이다.

감각은 물론 우리 시대의 독특한 발명품은 아니다. 인간은 시대를 초월해 감각을 향유하고 노래해왔다. 하지만 감각의 유전정보가 생체적으로 동일함에도, 각 시대와 사회가 감각을 해석해온 방식은 큰 차이를 보인다. 감각의 생물학이 아닌 감각의 사회사나 문화사를 기술해야 할 필요성이 여기에 있다. 현재 우리 사회가 행하는 감각의 조작과 과잉은 기존의 감각의 사회·문화 질서를 재편하면서 새로운 인간과 세계의 출현을 예고하고 있다. 이 점이 가장 총체적이면서 징후적으로 나타나는 영역은 바로 문학이다. 처음의 문제의식으로 돌아가 문학을 중심으로 말하면 이렇다. 현대사회의 과잉의 감각들 혹은 감각의 과잉 현상이 오늘날 문학이 경쟁해야 할 강력한 대상이다. 감각의 인공 대량생산 체제 속에서 살아 있는 감각을 구하는 것이 문학의 막중한 임무가 되었다. 같은 맥락에서, 자신이 지닌 감각의 사회·역사적 맥락과 실체를 성찰하는 일이 작가들의 새로운 의무로 떠올랐다. 살아 있는 감각기관과 감각에 대한 자의식은 모든 현대적인 것이 감각 속에 녹아 흐르는 세계에서 작가가 갖추어야 할 기본 요건이 된 것이다. 어쩌면 21세기 문학에서 이것은 문학정신이나 윤리보다 더 중요한 의미를 갖게 될지도 모른다. 정확히는, 문학정신과 윤리의 바탕이 이성적 사유와 자의식보다 더 근원적인 감각적 확신과 자의식이 되어야 할 상황, 우리의 세계가 전혀 의도한 바 없이 이를 요구하고 있는 상황이 전개되고 있는 것이다.

2. 죽은 감각과 살아 있는 감각

살아 있는 '진짜' 감각을 구하려는 열망은, 작가들의 각성 여부와는 무관하게 최근 우리 문학에서 하나의 흐름을 형성하고 있다. 이는 인간의 오감 중 어느 하나를 강조하는 방식으로 가시화되었다. 그중 가장 널리 퍼진 것은 미각에 대한 편집증적 탐닉과 정복욕이다. 음식을 요리하고 먹는 과정을 서사의 골격과 해법으로 삼는 방식은 90년대 이후 소설에서 하나의 트랜드가 되었다. 음식에 대한 회상과 상상적 탐닉은 인간의 일차본능과 그 충족의 기쁨을 일깨우면서 현대인의 존재적 허기를 채우는 무의식적 기제의 역할을 했다. 조경란의 『식빵 굽는 시간』(문학동네 1996), 권지예의 「뱀장어 스튜」(『꽃게 무덤』, 문학동네 2005), 이현수의 「토란」(『토란』, 문이당 2003) 천운영의 「숨」(『바늘』, 창작과비평사 2001) 등이 대표적인 예다. 둘째는 촉각의 실감에 육박하려는, 때로 강박적이기까지 한 열망. 근원의 세계를 복원하기 위해 촉각의 경험과 기억에 의존하고(김선우의 시), 사물화되거나 절단된 육체들을 현대사회의 부정성의 증거물로 극화하며(김기택 김언희 김민정의 시), 소설쓰기와 몸에 문신하기의 촉각적 경험을 섬뜩하게 동일시하거나(천운영 「바늘」), 절대감각과 초감각을 소유한 원시적인 여성들을 주인공으로 현대문명과 소설의 인공 감각을 무화시키는 것(천명관 『고래』) 등이 여기에 속한다. 셋째는 시각의 영토를 확장해 환상과 가상·비가시적인 것에 형태를 부여하려는 노력. 이는 시각이 인간의 감각능력의 70퍼센트를 차지하며, 현대사회가 시각중심주의에 물들어 있는 점과도 관련된다. 이에 따라 현대시의 상당수는 다른 감각의 시각화에 몰두하며, 이미지의 '보는/보이는' 효과에 매혹되어 있다. 최근 시에서 '보는/보이는' 시각의 실감은 보이지 않는 실재에 대한 투시의 욕망과 결합되었다. 김혜순 박상순 이수명 김참 김언 등의 시가 그리는 독특한 풍경은 내면의 실체 없는 영토를 시각화하고 이미지화한 결과다. 소설 쪽에서 시각의 진정한 '봄/보임'의 문제를 깊이 파헤친 작가는 박성원이다. 「댈러웨이의 창」(『나를 훔쳐라』, 문학과지성사 2000)에서 박성원은 "대량생산과 대량복제를 무척이나 혐오했던 댈러웨이의 사진"을 조작된 것으로 설정하면서 시각의 권위와 실감에 대한 이중 전복을 꾀한다. 한편, 상대적으로 빈약하지만 청각을 감각의 척도로 삼는 작가도 있다. 음악적 아이템과 기법을 활용한 황병승의 시는 기존의 음악을 매우 자각적이고 자의적으로 변주하면서 새로운 감각의 틈을 만든다.

현대사회의 마비된 감각에 (무의식적으로) 저항하면서 살아 있는 감각을 추구하는 작가들은 감각에 대해 예민하고 엄격한 태도를 취한다. 이에 반해, 자신의 감각의 실체를 성찰하지 못하고 감각의 무방비 상태에 빠져 있는 작가들도 적지는 않다. 자연에 대한 사이비 감각, 혹은 유사자연의 감각에 감염된 시들이 양산되는 것은 이를 반증한다.[1] 단적으로 말하면, 현대의 '감각의 제국=사막'에서 감각을 구출하려는 문학적 노력은 크게 두 개의 방향성으로 분화된다. 하나는 마비되고 죽은 감각을 축출하는 것이며, 다른 하나는 본래의 감각을 주체의 내부나 세계의 바깥으로부터 초대하는 것이다. 이 두 극단의 지점에 김기택(金基澤)의 시와 천명관(千明寬)의 소설 『고래』(문학동네 2004)가 놓여 있다.

주지하다시피, 김기택의 시는 현대자본주의사회가 인간과 생명을 사물화한 현장을 치밀하게 폭로한다. 들뢰즈의 '기관 없는 신체'의 개념을 살짝 비틀면, 결정되지 않은 기관의 덩어리로 탈주의 조건이자 탈영토화된 상태를 뜻하는 '기관 없는 신체'와 달리, 김기택은 현대사회에서 물화되고 해체된 생명체인 '신체 없는 기관'들을 그려낸다. 굶어죽어가면서도 "손톱과 머리카락의 성장이 멈추지 않도록/눈알을, 혀를, 뇌수를 마지막까지 빨아들이"는 아이(「아이는 아직도 눈을 깜빡거리고 있다」, 『사무원』, 창작과비평사 1999), "끝없는 수행정진으로 머리는 점점 빠지고 배는 부풀고/커다란 머리와 몸집에 비해 팔다리는 턱없이 가늘어"진 사무원(「사무원」, 같은 책), "한번도 떠보지 못한 눈과/한번도 뛰어보지 못한 심장과/물 한 모금 먹어본 적 없는 노란 부리와/똥 한번 싸본 적 없는 똥구멍이/자유롭고 평등하게 뒤섞여 응고된/계란 프라이"(「계란 프라이」, 『소』, 문학과지성사 2005) 등은 몇 개의 감각기관으로 끔찍하게 환원된 인간과 생명체를 적나라하게 예시한다. 김기택은 이 '현대적 최후'를 맞는 다양하면서도 획일적인 '신체 없는 기관'들을 전시함으로써 현대사회의 공격 대상이 인간의 감각과 감각기관임을 명시한다.

김기택의 시가 현대의 죽은 감각들을 망라해놓은 감각의 기록보관소라면, 천명관의 소설 『고래』는 원초적 감각을 수집해놓은 원시 감각의 박물관과 같다. 『고래』에는 '감각의 타임머신'을 타고 아득한 원시에서 날아온 듯한 인물들이 근대의 시공간을 활보한다. 이들은 흡사 감각의 사제나 화

1 이에 관해서는 졸고 「자연의 매트릭스에 갇힌 서정시」, 『파라21』 2004년 겨울호(본서 1부 1장) 참조.

신과 같은 면모를 드러내 보인다. 주인공 '춘희'가 지닌 낮은 지능과 자폐적 성향, 그 짝패로서의 엄청난 괴력은 근대의 바깥에 속한 춘희의 감각능력을 부각시키기 위한 장치에 불과하다. 춘희의 괴력은 비이성적인 것의 표상이 아니라(춘희는 자신의 힘을 절대 비이성적으로 사용하지 않는다), 비상한 감각능력과 조응하는 순수한 원시성의 징표이다. 춘희는 지극히 섬세한 오감으로 "처음으로 세상의 사물들과 마주쳤던 그 순간을 뇌리 속에 깊게 새겨넣어 평생 잊지" 않으며(『고래』 124면, 이하 같은 책), 말을 못하는 대신(말하기는 감각이 아닌 이성의 영역이다) 코끼리와 대화하고, 이불 위에 바늘 떨어지는 소리를 들을 만큼 청력이 뛰어나다(133면). 춘희의 엄마 '금복' 역시, "몸 속 어딘가에 메뚜기와 같은 초감각기관이라도 숨어 있"는 듯 "태풍이 올 것을 미리 알"고(82면), 영험한 능력을 지닌 무당처럼 매사에 예지적이다. 근대세계의 복판에 '생뚱맞게' 떨어진 춘희와 금복의 운명은 이 태초의 감각을 어떻게 사용하는가에 따라 결정된다. 금복은 특유의 원초적 감각과 에너지를 '평대'(근대세계)를 종횡무진하며 성공과 영화를 누리는 데 소모한다. 근대의 영화(榮華/映畵, 금복이 매혹된 영화(映畵)는 오감을 시각으로 축소한다)에 홀린 점에서 원시의 딸 금복의 몰락은 이미 예견되어 있는 것이다. 반면, 춘희는 원시의 감각과 괴력을 폐허가 된 평대에서 혼자 쏟아붓는다. 춘희는 오로지 자신의 감각과 감각에 저장된 기억, 힘(육체)만을 사용해 오랜 세월 동안 수많은 벽돌을 만든다.

> 벽돌을 만들어내는 그녀의 기술은 시간이 지날수록 발전하고 숙련되어 갔다. 그녀는, 진흙을 이길 때 하룻밤을 숙성시켜 이슬을 맞힌 후 구워내면 균일한 수분분포로 인해 벽돌의 질감을 높일 수 있다는 사실을 알아냈으며, 건조를 하는 동안에는 그때그때의 날씨가 벽돌의 단단함에 영향을 미친다는 것을 발견했고, 소성과정에서의 시간조절을 통해 벽돌의 색깔을 마음대로 조절할 수 있게 되었다. (…) 그리고 어느덧 머리가 세기 시작했다. 단단

하던 근육은 탄력을 잃고 이마엔 굵은 주름이 잡혔다. 혼자 벽돌을 굽는 동안 그녀는 점점 더 고독해졌으며 고독해질수록 벽돌은 더욱 훌륭해졌다. 공장 뒤편의 너른 벌판은 점점 더 많은 벽돌들로 채워져갔다.(406~407면)

현실의 보상이나 목적이 끼여들 틈이 없는 이 경건한 노동의 장면은 인간의 감각(적 경험)이 삶에 어떻게 기여하는지를 생생하게 보여준다. 이는 또한 예술의 발생과 예술가의 삶에 대한 인상적인 메타포이기도 하다. '공장 뒤편의 너른 벌판'을 가득 메운 춘희의 단단한 '벽돌'은 예술의 본질과 현대사회에서 예술이 간직해야 할 신념을 상징적으로 응축하고 있다. 춘희의 '벽돌'은 그녀가 지닌 감각의 전존재적 충일성이 신성한 노동과 고독의 시간을 통해 압축된 탁월한 예술작품인 것이다. 이렇게 볼 때, 소설 『고래』의 새로움과 미덕은 고대소설에서 판타지를 아우르는 혼종의 서사로 현대소설의 틀을 뒤흔든 것에 앞서, 근대세계와 문학이 잃어버린 인간의 감각을 기념하고 그것을 서사적으로 복원한 데 있다고 할 수 있다. 『고래』의 진정한 주제는 현대사회가 상실한 원초적인 감각에 대한 기억과 향연인바, 금복이 전재산을 들여 지은 극장이 살아 있는 고래의 형상이고 그 극장이 불타 재가 되는 것은 근대세계의 감각의 훼손과 시각의 전횡에 대한 원시세계의 전일적인 감각의 애도와 귀환의 방식이라 할 만하다.

3. 감각적 자의식, 감각의 개인사·사회사를 서술하기—권혁웅

다소 먼 길을 돌아왔다. 최근 젊은 시인들의 시에 나타난 감각의 특성을 논하기 위해 두 개의 서론이 필요했던 셈이다. 그렇다면 현대사회가 생산한 감각의 침투와 세례를 받으며 성장한 세대들은 어떤 감각적 특성을 보유하고 있을까? 이들은 어떤 감각에 의지해 시를 쓰고, 그것을 바탕으로 내면세계와 시의 새로운 영토를 구축해가고 있을까? 다시 애커맨의 말을 빌리면, "감각은 우리를 과거와 밀접하게 이어주는데 이는 아무리 주요한 사상도 수행할 수 없는 일이다." 우리는 '감각을 통해' 과거의 수많은 자신과 타자와 세계와 총체적으로 연결되어 있다. 대상과 사건이 흐려져 실체를 기억하기 힘든 경우에도 감각은 살아남아 과거와 현재를 이어주고, 존재와 시간을 현존시키며, 존재의 무수한 균열을 메워준다. 이 감각들이 온통 생을 향해 집중될 때 비로소 한 존재의 고유하고 전체적인 생의 감각이 마침내 완성되는 것이다.

아이러니컬하게도, 한 존재의 생의 감각은 그 자신에게도 어느정도 비의에 싸여 있는 것이다. 그가 현재 보유한 생의 감각은 그가 살아온 날들의 미묘한 총합이며, 그 시간의 상당부분은 이미 망각 속으로 사라진 후이기 때문이다. 우리가 자신의 생의 감각과 그 기원인 과거의 시간들에 때로 터무니없는 경의나 혹독한 경멸을 표하는 것은 이 때문이다. 알 수 없음. 그런데 여기 그 비의를 간단히 벗겨내면서 자신의 감각의 기원과 형성의 약사(略史)를 코믹하고도 명쾌하게 서술하는 이가 있다. 권혁웅(權赫雄)은 유년시절의 경험과 사건들을 명민한 기억력으로 재현하면서 자신의 삶과 내면에 대해 사회사적 시각을 겸비한 감각적 자의식을 발휘한다. 권혁웅의 시는 '테레비를 아비'로 하여 자란 첫 세대가 스스로 기록한 감각과 내면의 형성사이자 그에 대한 성찰의 보고서이다. 권혁웅은 우선 자신을 키운 '아비'들을 정성스럽게 정리한다. 그 족보는 이러하다. 마징가, 짱가, 원더우먼, 요괴인간, 투명인간, 아수라 백작, 헐크, 드라큘라, 스파이더맨, 애마부인, 선데이 서울, 시인과 촌장 등.

권혁웅이 이들에게 사사하며 자라는 동안 '세상의 끝'에는 그가 "연소자 관람불가를 넘어설 때까지 기다리지 못하"고 사라져버린 '동도극장'이 있었다(「세상의 끝」). "내가 아는 4대 명산은 낙산, 성북산, 개운산 그리고 미아리 고개, 그 너머가 외계였다"(「마징가 계보학」)고 그가 단언할 때, 이 말은 펀(fun)의 효과를 노렸을지언정 단순한 농담이나 과장에 속하지는 않는다.

1

나는 아수라 백작의 팬이었다 고철 덩어리 마징가 Z나 봉두난발의 헬 박사, 제 머리를 옆구리에 끼고 다니는 브로켄 백작 모두 아수라의 매력을 앞설 수는 없었다 아수라는 본래 제석천과 싸운 전투의 신이다 양성구유인 그는 두 명의 성우를 데리고 다녔고 왼쪽에서 등장할 때와 오른쪽에서 등장할 때 다른 목소리를 냈다 좌익과 우익을 그에게서 배웠다

2

그 다음엔 헐크가 있었다 약을 지어먹은 데이빗 배너 박사는, 그 부작용으로, 분노에 몸을 맡기면 헐크로 변했다 늘 웃옷만 찢어발기는 게 신기했다 긴 대사는 전부 데이빗이 맡았고 헐크는 이두박근을 씰룩이며 그저 으르렁거렸을 뿐이었는데 우리는 그가 나올 때마다 열광했다 안팎의 경계가 거기에 있었다 정장바지가 쫄바지로 변하곤 했다

—「모순」(『마징가 계보학』, 창비 2005, 이하 같은 책) 부분

1. 마징가 Z

기운 센 천하장사가 우리 옆집에 살았다 밤만 되면 갈지자로 걸으며 고래고래 소리를 질렀다 고철을 수집하는 사람이었지만 고철보다는 진로를 더 많이 모았다 아내가 밤마다 우리 집에 도망을 왔는데, 새벽이 되면 계란 프라이를 만들어 돌아가곤 했다 그는 무쇠로 만든 사람, 지칠 줄 모르고 그릇과 프라이팬과 화장품을 창문으로 던졌다 계란 한 판이 금세 없어졌다

—「마징가 계보학」 부분

이를 두고 권혁웅을 TV와 영화, 잡지 등의 '대중미디어의 아들'이라고 한

다면, 반은 옳고 반은 그른 말이다. 권혁웅은 자신의 내면에 용해되어 있는 대중미디어의 이미지들을 언제나 실제 경험과 연계해 현실적인 메씨지로 변환한다. 두 목소리를 가진 양성구유의 아수라 백작에게서 '좌익과 우익'을 배우고, 분노하면 몸이 커져 옷이 찢어지는 헐크에게서 '안팎의 경계'를 배웠다는 그의 말을 듣노라면, 키득거리며 웃다가도 그가 성장한 시기의 사회적 배경과 조건들을 떠올리게 된다. 이처럼 권혁웅의 유년기의 세상은 TV와 영화에서 본 것들이 현실에서 뒤죽박죽으로 각색되고 편집되던 세계였다. 각도를 달리하면, 권혁웅은 자신의 어린 시절을 TV와 영화, 현실이 교묘하게 한몸을 이룬 세계로 상상적으로 재구성한다. 그에게 현실은 TV와 영화를 잘라 이은 필름이었고, TV와 영화는 현실을 드러내는 소품이자 하위 텍스트였으며, 더불어 둘 다였다. 권혁웅은 미디어의 안과 밖이 '상생'하는 세계에서 상상적인 동시에 현실적으로 성장한 것이다. 그가 동경했던, 일련의 계보학을 이룬 위대한 영웅들은 현실로 뛰쳐나와 온갖 비루한 역할을 떠맡기를 주저하지 않았다. '기운 센 천하장사 마징가 Z'는 아내를 두드려 패는 옆집 고철장수로 분하고, 드라큘라는 동네 구석의 관 짜는 집 식구들로 변신했다(「드라큘라」). '돌아온 외팔이'는 붕어빵을 파는 월남 상이군인으로 직업을 바꾸었고(「돌아온 외팔이」), 야구선수 박철순의 투구(投球)와 풍문 속의 비행접시는 술에 취한 아버지가 구사하는 멋진 커브와 날아다니는 김치 접시로 둔갑했다(「선데이 서울, 비행접시, 80년대 약전(略傳)」). 반대 역시 얼마든지 가능했고, 실제로 이루어졌다. 누가 누구를 모방했는지 구분할 수 없는 '뒤죽박죽'의 세계. 미성년기의 권혁웅은 '세계의 끝'에 있던 '동도극장'에 가보지 못한 대신, 현실에서 수많은 속편과 패러디와 아류작이 동시상영되는 것을 미성년자 관람불가의 제약 없이 무료로 관람했던 것이다.

권혁웅의 유년 세계를 구성한 두 영토, 현실과 "낙산, 성북산, 개운산, 미아리 고개 너머"의 '외계'는 긴밀히 접속되어 있고, 복사판처럼 닮아 있다. 권혁웅은 TV와 영화, 심지어 고개를 넘어오는 시내버스를 통해 전송된 '외계'의 질서와 감각을 배워 그것을 가난한 성장기의 현실과 화해하는 안내서로 활용한다. 적어도 그때를 돌아보는 성년의 권혁웅은 그러하다. 그러나 권혁웅의 시를 읽을 때 촛점에 두어야 할 것은 그의 시에 깔린 하위 텍스트들과 그의 현실(인식)의 상관성을 따지는 일이 아니다. 마징가, 아수라 백작, 요괴인간 들에 주변인물과 자신을 이입해 만든 대체현실로서의 시적 공간의 특수성을 규명하는 일 또한 아니다. 그것은 권혁웅이 미디어 영웅들의 잡다한 계보학을 나열해 서술하려는 것이 결국은 자아의 역사이며, 감각의 개인사이자 사회사라는 점을 간파하는 데 있다. 권혁웅은 이 사적(私的/史的)인 작업을 통해 자신을 키운 감각의 '아비'와 이미지들을 자신이 거꾸로 재조합하고 재창조할 수 있다는 것을 증명(하고자)한다. 그가 사용하는 도구는 그가 지닌 감각에 대한 자의식과 성찰의 능력이다. 이를 바탕으로, 권혁웅의 시는 자신의 감각을 재편하는 행동과 가능성들로, 스스로 자신의 감각의 기원이 되고자 하는 노력들로 갈무리되어 있다. "질러가거나 에둘러 가거나/도무지 그 반지를 벗을 수가 없다"(「윤회에 관하여」) 해도, "TV를 지켜보던 우리의 안광이 지배를 철하던 시절의 얘기"(「원더우먼과 악당들」)를 그가 '현실'과 '외계'의 통합 버전으로 쓰고 또 쓰는 이유가 여기에 있다.

4. '감각으로 사유하는 종(種)'의 출현, 모니터킨트의 반란—유형진

유형진은 모니터를 보고 자란 아이, '모니터킨트'임을 자처한다. "한밤중에 일어나 눈동자를 열고 모니터를 켜"(「모니터킨트—cyclcoo.jpg」)는 모니터킨트에게는 현실과 외계가 따로 없다. 그녀를 둘러싼 세계는 화성인,

피터래빗, 냉장고의 심장과 같은 '외계물'로 가득하며, 진짜 현실과 생명체는 '희귀종 생태 표본실'에 박제되어 있다. 유형진의 시는 박제된 현실과 생명체들이 '희귀종 생태 표본실'에서 유리관을 깨고 탈출하는 순간부터 시작된다. 유형진이 명명한 바에 의하면, 그것은 '감각으로 사유하는 종(種)'이 출현하는, 정확히는 부활하는 순간과 궤를 같이한다.

> 희귀종 생태 표본실의 나비들이 유리관을 깨고 모두 나왔다 그들이 탈출한 것은 십이월, 어느 정전된 밤이었다
>
> (…)
>
> 감각으로 사유하는 종(種)들이 잠들지 못하는 밤이네요 이곳엔 이제 어둠이란 것은 없어요 그럼 여긴 신약 성서에서 약속하는 천국인가요? 실례지만 당신 날개 아래에 있는 것은 제 모자입니다 빛은 어둠을 볼 수 없잖아요 빛은 환해질수록 짙어지는 어둠을……
>
> —「표본실의 나비들」(『피터래빗 저격사건』, 랜덤하우스중앙 2005, 이하 같은 책) 부분

'모니터킨트'에서 '감각으로 사유하는 종'으로의 변태(變態)가 '유리관'을 깨고 나오는 순간 이루어지므로, '유리관'은 '모니터'다. 모니터킨트는 모니터가 뿌려대는 인공의 가짜 '빛'만을 볼 수 있었다. 모니터킨트 그/그녀는 "천만 개쯤 되는 눈들을 달고/늘 살아야 되는 꽃"(「모니터킨트—eyeless.jpg」)과 같았고, 그/그녀에게 어둠과 죽음은 허락되지 않았다. 반면, '감각으로 사유하는 종들'은 (모니터의) 세상이 "환해질수록 짙어지는 어둠"을 본다. 이 보이지 않는 실재(the real)의 어둠은 살의 감각과 감각적 사유를 통해서만 볼(보아낼) 수 있다. 유형진은 가짜 빛과 진짜 어둠, 인공의 감각과 살의 감각 사이에 놓인 모니터의 장벽을 부순다. 이 순간이 바로 생태 표본실의 박제된 '나비'들이 유리관을 깨고 탈출하는 순간이며,

감각으로 사유하는 종들을 '희귀종'으로 분류·박제한 현대사회에 대항해 모니터킨트가 반란을 일으키는 순간인 것이다. 이것은 일종의 혁명, 그중에서도 자기혁명에 속한다. 왜냐하면 모니터킨트의 "기억은 늘 화면 조정에서 시작"(「명랑청백전」)하고, 모니터킨트 그/그녀는 '냉장고의 심장'과 같은 존재하지 않는 상상물을 찾기 위해 위로 백미터를 올라가 결국 '허공'에 닿으며(「냉장고의 심장」), 모니터킨트 그녀는 오래전 헤어진 애인이 선물로 보낸 품질보증서와 사용설명서가 첨부된 '푸른 안구'로 눈을 갈아 끼우고 물화된 타자의 시선으로 세상을 보는(「푸른 안구를 선물로 받았습니다」) 텅 빈 삶을 살아왔기 때문이다. 따라서 모니터킨트가 진짜 눈알을 빼내고 인공 안구를 갈아 끼울 때 잠시 불안하고 낯선 어둠을 만나는 것은 당연한 일이다. 이 어둠은 상징계와 실재계 사이에 존재하는 심연이거나, 삶의 감각마저 박탈당한 인간/모니터킨트의 내면에 생긴 수많은 균열 자체이기 때문이다.

> * 부작용: 사랑하는 사람과 증오하는 사람의 판별 불능증, 아름다움과 혐오스러움의 교란증, 일몰 후 어지러움증, 일출 시 심한 눈부심, 기타 등등
>
> 어둠 속에서 서러운 감각만으로 새 안구를 집어듭니다 허둥대지 않습니다 1분도 안 되는 시간 동안의 암흑일 뿐입니다 그렇게 믿고 기다립니다 망막에 상이 맺히는 거리를 찾을 때까지 어두울 뿐입니다 서서히 밝아집니다 푸른 안구 속에 펼쳐진 세상은 조용히 속삭이듯 시작합니다 윈도우가 부팅되는 시간보다 조금 더 오래 걸리는 듯 합니다
>
> —「푸른 안구를 선물로 받았습니다」 부분

심연과 균열의 '어둠'을 정면으로 마주하는 것은 쉬운 일이 아니다. 모니터킨트의 반란과 자기혁명은 모니터를 부수고 인공의 안구를 내던지는 것만으로는 충분하지 않으며, 어떻게 해서든 잃어버린 자신의 육체와 살

의 피의 감각을 되찾아야 한다. 유형진은 새 안구를 수시로 갈아 끼우는 '모니터킨트'와 모니터를 깨뜨리고 탈출하려는 '감각으로 사유하는 종' 사이를 위태롭게 오가면서 다음의 출구 앞에 이른다.

> 그는 어미 없는 새집에서 새알을 훔쳐오듯 머릿속에서 낱말들을 하나씩 끄집어내었다 낱말들은 처음 날갯짓을 배우는 새처럼 제멋대로 춤을 추며 날아다녔다 그는 모니터에 낱말들이 놓일 자리를 털고 날아다니는 낱말 중에 가장 오래된 낱말을 찾았다 '선인장' 이란 낱말이었다 (…) 패배한 전갈의 파란 피로 모래가 흠뻑 적셔지자 사막은 사라지고 깨끗한 그의 모니터에 선인장이 찍혔다
>
> 그는 손바닥에 박힌 선인장의 가시를 뽑기 시작했다
>
> —「선인장」 부분

출구는 언어를 통해 열린다. 언어는 인간의 감각과 사유가 저장된 최대의, 또한 최소의 질료인 까닭이다. 유형진은 "머릿속에서 낱말들을 하나씩 끄집어내" "처음 날갯짓을 배우는 새처럼 제멋대로 춤을 추며 날아다"니게 한다. 이 '날것'의 말들은 모니터를 이탈하고 서로 부딪쳐 '피'를 흘린다. 그중 "가장 오래된 낱말"인 '선인장'이 모니터에 찍히는 순간, 그녀는 "손바닥에 박힌 선인장의 가시를 뽑기 시작"한다. 즉 '선인장'이 모니터에 찍히자 그녀의 손바닥에는 '선인장의 가시'가 박힌다. 이 가시는 이미지와 가상의 족쇄이자 그 가상의 이미지에서 탈출하려는 주체의 고뇌를 상징한다. 그 가시를 뽑으며 유형진은 다시 끝없이 펼쳐져 있는 미래의 삶(그것은 삶일까?)에 대한 고민에 빠져든다.

> 그렇다면 과연 이 일엔 어떤 총기가 어울릴 것인가 생각했습니다 그리고

> 내가 가진 총기들을 하나하나 떠올려보았습니다 하지만 썩 마땅한 것이 없었습니다 이 일은 산 채로 죽어 있는 것들, 더 이상 이어갈 생은 없지만 두고두고 살아야 하는 것들에 대한 묵념 같은 것이어야 합니다
>
> —「피터래빗 저격사건—저격수」 부분

유형진의 말처럼, 어떤 '총기'를 사용해야 모니터를 완전히 부수고 모니터에서 탈출할 수 있을지 현재로서는 알기 어렵다. 지금 '내'가 있는 곳이 모니터의 안인지 밖인지조차 구별할 수 없으니 당연한 일이기도 하다. 어느 쪽이든 모니터에 지배당하지 않고, 모니터를 단지 '사용하는' 주체의 길을 찾을 수는 없는 것일까? 이에 대해 유형진은 자신이 할 수 있는 일을 이렇게 제시한다. "산 채로 죽어 있는 것들, 더 이상 이어갈 생은 없지만 두고두고 살아야 하는 것들에 대한 묵념 같은 것." 즉 모니터의 감옥에 갇힌 현대의 인간이 상실한 생래(生來)의 감각에 대한 묵념 혹은 조의(弔意)! 이것이 유형진의 시쓰기이며, '모니터킨트'와 '감각으로 사유하는 종'의 혼혈로서 그녀가 살아내기로 한 시의 운명이다.

5. 환상수족, 제7의 감각—이민하

참을 수 없는 감각의 과잉 속에서 이민하(李旻河)는 차라리 새로운 감각기관을 발명하는 쪽을 택한다. 외형상으로 이민하의 시는 감각의 절정과 극한을 향해 투신하는 감각의 카니발을 연출한다. 비현실/초현실적 상황, 피를 뿜는 엽기적인 이미지들, 괴상망측한 상념들로 가득한 시세계는 이민하야말로 현대사회가 낳은 현란한 감각의 충실한 수혜자임을 방증한다. 실제로 이민하 시의 실질을 이루고 있는 것은, 아침마다 "해가 앵무새의 내장을 바른 샌드위치를 배달하"고 "거리의 굴뚝마다 인육 냄새가 피

어오르"(「가벼운 탄주—아침의 나라」)는 것과 같은 작위적이고 기이한 이미지들이다. 이런 발화의 표면적인 인상과는 달리, 이민하는 자신이 주입된 감각의 사용자이자 숙주임을 자각하고 있다. 이민하가 탈출하려는 것이 있다면, 그것은 바로 자신의 (도살된) 육체이며 육체의 감각들이다. 그녀는 그 육체를 향해 과감히 총을 겨눈다.

기억의 정육점에 매달려 있는
　사랑스런 육체들이여 안녕. 탕.

—「뫼비우스가 사라진 뫼비우스 맵」
(『환상수족』, 열림원 2005, 이하 같은 책) 부분

이민하 자신이 "기억의 정육점에 매달려 있는 사랑스런 육체"의 주인이므로, 그녀의 살해란 실은 자살이다. 그런데 이 육체의 진짜 사인(死因)은 자살이 아니다. 자살에 앞서 타살이 있었다. 범인은 바로 이 세계다. 이민하의 시가 다른 시인들의 시와 변별되는 사유의 진전을 이루는 것은 이 지점에서다. 그녀가 살해한(자살한/타살된) 육체(이민하 시에서 이는 '마네킹'에 비유된다)는 손과 발이 살아 움직이면서 다시 감각의 기능을 회복한다. 이 여분의 손과 발은 이미 적절한 이름을 갖고 있다. '환상수족'이 그것이다. 이민하에 의하면 '환상수족'의 '몸뚱어리'에는 "아홉 개의 서랍이, 다시 서랍마다 아홉 개의 작은 서랍들이 열려 달그락거리"고, '겨드랑이'에는 "기타를 울리며 뻗어 나오는 쉰네 개의 녹슨 구리줄"(「거울놀이」)이 출렁거린다. 입은 "지상에서 배운 최초의 발성법으로" 말하고, 귀에서는 속잎이 자꾸 생겨난다(「뫼비우스가 사라진 뫼비우스 맵」). 실제로 존재하지 않으나 환(幻)의 감각 속에 살아 있는 '환상수족'은 기본적으로 현대사회가 거세한 실물(實物)의 육체와 감각을 상징한다. 이민하는 이 일차적 의미를 생산적으로 전복하여, '환상수족'을 마비된 육체를 대리 확장하는 제7의

감각기관으로 격상시킨다. '환상수족'은 (실제로) 없음과 (환으로) 있음, 부정과 긍정을 가로지르는 이중의 상징이다. 이민하의 시는 '환상수족'이 감지하는 헛것의 감각을 유의미하고 생산적인 감각으로 전환하는 집요한 과정에 해당한다. 이에 따라 이민하는 감각의 본질이나 생성 방식보다는, 감각이 하는 역할에 훨씬 더 많은 비중을 둔다. 그녀는 비록 환의 감각(기관)일지라도, 실제의 감각(기관)을 대신하거나 더 유용한 역할을 한다면 그 가치를 인정해야 한다고 믿는다. 가령, 그것이 '마네킹'의 "이마에서 뻗어나"온 '두 팔'(의 감각)일지라도 말이다.

> 마네킹은 얼굴에 들러붙는 나뭇잎을 뜯어내려고 손을 뻗친다. 이마에서 두 팔이 뻗어나와 공중에 흩어진다. 마네킹은 연기처럼 찢어지는 두 팔을 보며 서른 번째 모퉁이를 돌아간다. 뼈끝에서 살이 찌는 구두와 장갑이 무거워 횡단보도 앞에 잠시 멈춘다. 문이 닫히기 전에 정육점에 가야 한다. 차도에는 질주하는 바퀴들이 핏물을 튀기고 있다. 마네킹은 목을 꺾어 뒤를 돌아본다. 사람의 앞면을 지닌 마네킹들이 걸음을 재촉한다. 타닥타닥 뼈 부딪는 소리가 바닥을 질질 끌고 모퉁이를 돌아간다.
>
> * 환상수족: 환상지(幻想肢), phantom limb. 수족이 절단된 후에도 없어진 부위가 아직 존재하는 것처럼 느껴지는 상태.
>
> —「환상수족」 부분

"판타지와 가상을 통해 환상적인 도취적 자극을 만들어내는 예술이야말로 삶의 본질적 조건"(신방흔)이라고 할 때, "사람의 앞면을 지닌 마네킹들"의 '환상수족'에서 뻗어나온 감각의 실재성(reality)을 감각 자체와 현실 인식의 진정성의 준거로 삼을 이유는 없다. 이민하는 사물화된 육체인 마네킹, 예를 들어 '민하 씨의 마네킹'(「20031010」)에서 '환상수족'이 자라는 것을 발견하는 것을 넘어, '환상수족'을 자라게 하는 단계로 나아간다. 이를테면, "두 눈을 책갈피에 꽂아 두고 사진을 찍"으며, "난자당한 사진들 속에 흩어져 있던 나의 눈들이 천천히 걸어나와 나를 찍"(「사진놀이」)는 것을 즐기기에 이르는 것이다. 이민하는 마비된 실제 수족의 무능을 '환상수족' 을 통해 보완할 뿐 아니라, '환상수족'을 적극 배양함으로써 박탈당한 육체와 육체의 감각을 탈환하고자 한다. 이 탈환의 과정을 그녀는 '환생'이라고 부른다.

어느 여름 세상을 떠난 마그리트의 기억*과
그해 겨울 세상에 나온 민하 씨의 마네킹 사이에
내 의자가 있다.
시계를 목에 끼우고 멘스를 줄줄 흘리는
마네킹 M.
나는 과잉 분출된 그녀의 분비물을 시선에 담아 객석으로 나른다.
그날은 우리 모두의 생일.
안녕,
서로의 환생을 축하하며
두 개의 유리알—숨쉬는 눈과 숨죽인 눈**이 폭죽을 터뜨린다.

* 르네 마그리트가 '기억' 을 주제로 그린 연작들 중 하나.
** 「읽기의 방식전」(2003)에 참여한 이민하 씨의 퍼포먼스 제목.

—「20031010」 부분

'마네킹 M'이 "줄줄 흘리는" '멘스', '과잉 분출된 분비물'은 '마네킹'의 죽은 몸을 생성의 육체로 바꾸는 생명의 액체이다. 마네킹의 물화된 육체 속에서 흘러나오는 생명의 액체는 이민하가 지닌 '환상수족' 의 독특한 일부이자 가장 진화된 형태라고 할 수 있다. 현대사회의 사물성에 여성성이 부드럽게 습합된 장면은 이민하가 "그녀의 분비물을 시선에 담아 객석에 나르"는 시적 퍼포먼스(실제로 이 시는 퍼포먼스로 공연되었다)에서 절정에 이른다. '환상수족'의 하나인 생명의 분비물, '멘스'를 나르는 도구가 '시선'이라는 것은 매우 시사적인데, 이민하의 시에서 '눈'은 수없이 분열하고 내던져지고 짓이겨지는 대상, 이 세계 속에서 마비된 그녀의 감각과 존재성을 부정하는 상관물로 의미화되었기 때문이다. '눈'은 그녀의 훼손된 육체의 환유이자, 현대의 시각중심주의적 편향에 대한 비판의 매개체 역할을 했다. 이민하는 그 '눈'을 생명의 분비물을 나르는 장치로 활용함으로써 '환상수족'이 실제 감각기관의 역할을 창조적으로 대행하는 비법을 창출한다. 거창하게 말하면, 이민하의 시는 감각과 육체의 탈영토화와 재영토화를 '감각의 외부를 감각하는 감각', 즉 제7의 감각을 통해 도모하며, 현대사회가 봉쇄한 탈주의 선을 바로 현대사회가 맹렬히 유포하는 '시각/눈' 속에 만들고자 한다. "서로의 환생을 축하하"는 마네킹들의 눈이 "두 개의 유리알—숨쉬는 눈과 숨죽인 눈"으로 이루어진 상황은 그러한 의지의 발현이라고 할 수 있다. '마네킹'에서 '육체'가 되려는 순간의 분열된 '이중의 눈'은 "TV를 지켜보던 우리의 안광이 지배를 철하던 시절"(권혁웅)에 탄생한 것으로, 감각하는 존재인 인간이 생래(生來)의 눈과 '인공의 눈' 사이의 어둠 속에서 암전된 상태(유형진)의 정반대편에 있는, '환상수족'으로서의 눈이며 탈주하는 감각 자체를 뜻한다.

6. 감각의 노래를 들어라

합성된 감각들, 날조된 감각들, 마침내 스스로 증식하는 인공의 감각들로 과포화된 현대세계는 문학의 형질과 존재방식에도 영향을 끼치고 있다. 그 여파로 최근 우리 문학은 갖은 방법으로 감각적 새체를 발신하는데 몰두하거나, 반대로 섬세함과 스릴 넘치는 육체의 감각으로 삶과 세계를 향유했던 과거의 인간을 그리워하는 데 매료되어 있다. 이런 상황에서 예리한 감각적 자의식을 바탕으로 스스로를 검열하면서, '감각당하는 인간'이기를 거부하고 '감각하는 인간'으로 거듭나려는 젊은 시인들의 행보는 많은 주목을 요한다. 상상과 현실을 넘나드는 미디어 영웅의 재림(再臨)의 서사를 통해 감각과 내면의 개인사를 서술하고 이를 사회적 차원으로 확대한 권혁웅, 감각의 비등점을 제로화하는 '모니터의 세계'에서 탈출해 '감각으로 사유하는 종'이 되기를 열망하는 유형진, 거세된 육체에서 '환상수족'을 길러내고 이를 생명력 넘치는 제7의 감각기관으로 비약적으로 진화시키고자 하는 이민하는 의식적이든 무의식적이든 자신의 감각의 실체에 대한 문제의식을 시쓰기의 자양분으로 흡수한 시인들이다. 그 문제의식의 중심에는 살아 있는 인간의 육체에 죽은 감각을 새겨넣는 현대사회에 대한 저항과 변혁의 의지가 도사리고 있다.

이들은 이 세계에 '어떻게' 존재할 것인가의 방법론을 이 세계에 '얼마나' 존재할 것인가의 문제와 결합시킨다. 그리하여 다음과 같은 질문이 구성된다. 나는 내가 느끼는 감각에 대해 몇퍼센트 주체인가? 나는 지금 이 세계 속에 나 자신으로 몇퍼센트 존재하는가? 단지 풍부하게 느끼는 것만으로는 충분하지 않은 것. 자신이 감각하는 것의 내용물을, 그 사회·역사적 맥락과 배후를 끊임없이 성찰해야 하는 것. 근대가 폭격하듯 투하하는 무수한 감각의 과잉 속에서 피가 돌고 맥박이 뛰는 감각을 전유하는 것. 그리하여, 마침내 어떤 형태로든 스스로 '감각하는' 것. 이것이 지금 우리 문학이 새롭게 맞고 있는 운명적 과제인 것이다. 아직 그 전모가 드러난 것은 아니지만, 권혁웅 유형진 이민하의 시는 각기 그 운명의 실마리를 푸는 독특하고 유용한 방법의 하나를 보여준다. 이제 쇠락한 우리의 감각기관을 활짝 열고 이들이 부르는 새로운 감각의 노래에 처음처럼 귀 기울일 시간이다.

—『문예중앙』 2005년 여름호

'몸시'의 출현과 반란에 대한 기억

최승호·김기택·김혜순의 시를 중심으로

1. '몸'의 출현

그것은 하나의 사건이었다. 우리가 '몸을 가진 존재'가 아니라, '몸에 의한 존재'라는 사실을 깨달은 것은. 이 뒤늦은 자각은 1990년대에 출생한 '몸'에 관한 시들을 이전의 시들과 구분짓는 인식론적 지반이 되었다. 물론 이전 시대의 시들에도 '몸'은, 더 정확히 '육체'는 여러 형태로 형상화되어왔다. 질병에 걸린 병약한 육체, 근대문명에 포획된 인간 내면의 반영물로서의 육체, 근대문명의 멋스러운 의상을 걸친 이미지화된 육체, 폭력적인 현대사의 총칼에 난자당한 육체, 자본가의 노예가 되어 기계에 잘리고 압살당한 육체, 현대문명의 무자비한 살상 속에서 '고깃덩어리'나 '무뇌아'로 전락한 육체 등은 당대의 사회상과 모순을 온몸으로 보여주는 증거물이 되어왔다. 이 다양한 육체에 관한 시들을 질서 있게 정렬하면 '육체'를 주제로 한 한국현대시사를 완성할 수 있을 것이다. 그중 1930년대에 출현한 이상(李箱)의 시는 근대의 육체들이 활보하기 시작하는 '육체의 계보학'의 출발점에 위치한다. 이상의 시는 질병에 걸린, 근대문명에 포획된 인간 내면의 반영물로서의 육체가 회색빛 구대의 막다른(/뚫린) 도로를(/골목을) 최초로 질주하며 남긴 공포와 자멸의 기록이다. 폐병에 걸려 각

혈하는 육체(「行路」 「아침」), 무서운/무서워하는 공포감 자체로 응결된 육체(「烏瞰圖-詩第一號」), 말을 주고받을 수도 악수를 할 수도 없는 자기 자신과 분리된 육체(「거울」), 장식품이나 실험 도구로 쓰기 위해 절단된 육체(「烏瞰圖-詩第十三號」 「烏瞰圖-詩第八號 解剖」), 유기성을 잃고 낱낱이 해체된 육체(「一九三一年」), 불구와 모조의 육체(「隻脚」 「烏瞰圖-詩第十五號」) 등은 이상 시의 기괴한 풍경의 주인공 역할을 하면서, 근대가 낳은 물화되고 타자화된 육체의 전형을 처음으로 예시해주었다.

이상이 근대 육체의 본질을 일찍이 간파했다면, 동시대와 이후의 (모더니즘) 시인들은 상당 기간을 근대의 멋진 의상을 걸친 이미지화된 육체를 그리는 데 소모한다. 김기림 정지용 김광균, 혹은 한 세대 뒤의 '후반기' 동인들에게 육체는 피상적인 관념의 덩어리나 근대의 이미지를 압축한 기호로 생각되었다. 관념과 이미지로 환원된 육체가 그 생생한 물질성을 회복하게 된 것은, 아이러니컬하게도, 파행적인 정치·경제 체제에 의한 착취와 탄압, 반생명적인 자본주의에 의한 오염과 죽음이 실물의 육체를 강타하면서였다. 1970,80년대의 시들은 육체가 권력과 자본에 유린당하는 현장을 고발하는 역설의 방식으로 정체성을 확보한다. 구타당해 찢긴 살점, 공장 기계에 잘린 손, 고문의 흔적이 선명한 사체, 중금속에 오염된 기형의 몸뚱어리 들은 인간의 육체가 얼마나 처참하게 다루어질 수 있는가를 보여준 한국 근대사의 부끄러운 산물이었다.

단적으로 말해, 1990년대 이전까지 우리 시에서 '몸'은 근대세계에 의해 대상화·타자화·물화된 '육체'의 차원에 있었다. 근대의 이데올로기와 지배질서, 한국 현대사의 특수한 모순에 침윤된 '육체'들은 스스로 느끼고 움직이는 주체가 되어본 적이 없었다. 모더니즘시뿐 아니라 전통 서정시에서도 육체는 지워져 있는 말소의 상태나, 세계와 동화된 상상의 감정에 젖은 소극적인 반응의 존재로 상정되어왔다. 이런 맥락에서 1990년대의 시사적 공헌은 오랫동안 대상과 타자에 불과했던 '육체'들을, 살아 있는 활성(活性)의 주체인 '몸'으로 변화시킨 점에 있다고 할 수 있다. '육체'에서 '몸'으로의 변화는 인간을 근본적으로 수정하는 존재론적이며 인식론적인 전환을 의미한다. 인간이 몸으로 살고 죽고, 몸으로 느끼고 생각하며, 몸으로 말하고 쓰는 '몸의 존재'임을 절실하게 자각한 일이 1990년대 '몸'을 노래한 시들이 해낸 각별한 작업이었던 것이다. 이 작업을 통해 우리 시는 전에 볼 수 없었던 새로운 시적 인식과 풍경과 언어를 소유하게 된다. '몸'의 시들은 정신의 외피로 취급된 육체(의 이데올로기)를 버리고, 정신과 마음이 깃든 몸을 복원하면서 근대의 역사를 새로 쓰기 시작한다. 대상/타자의 '육체'에서 주체의 지위를 회복한 '몸'은 근대인의 감각과 사유, 언어를 재편하면서 근대의 삶의 방식과 근대세계의 존재방식을 혁신해나간다.

2. 근대세계에 살해당하며 살아남는 '육체…몸'—최승호

최승호(崔勝鎬)의 시는 90년대를 기점으로 '육체의 시'가 '몸의 시'로 이행하는 과정을 한눈에 보여준다. 다르게 말하면, 최승호의 시는 우리 시가 육체의 시에서 몸의 시로 전환하는 과정을 선구적으로 주재해왔다고 할 수 있다. 첫 시집 『대설주의보』(1982; 민음사 1995)에서 발아해 『세속도시의 즐거움』(세계사 1990)에서 정점에 이른 최승호의 '육체의 시학'은 정치·경제적 불평등에 집중한 80년대의 시단에 일상과 문명사의 문제를 제기하면서 우리 시의 외연을 넓히는 데 기여한다. 그는 인간의 육체를 '자동판매기'나 '똥'으로 만든 자본주의의 속성을 폭로하면서, 인간에게 '너는 단 한 벌의 육체였다'(「발바닥 속의 거울」)고 선언한다. 한마디로, 그의 시는 죽음의 문명 속에서 인간이 '단 한 벌의 육체'로서 겪는 비극을 적나라하게 기록한 '근대 인간/육체의 실태 보고서'와 같다. 늘 "등에 펜이 꽂힌 채/

글을 쓰는 것은 아닌지”(「그림자」) 의심스러워하는 시인은 자신을 정신의 존재에 앞서 육체의 존재로 인식한다. 최승호는 비유가 아닌 사실의 차원에서 육체로 시를 쓰며, 그의 시는 자신을 포함한 근대의 갖가지 육체들이 우글거리는 그로테스크한 공간이 된다. 근대문명이 육체를 다루는 잔인한 방식을 추적한 최승호는 정육점에서 산 고기 한 덩어리에서도 역사적이며 문명사적인 배후를 읽어낸다.

이제는 육(肉)을 묶은 신문지 대신
비닐봉지에 담아준다.

붉고 붉은 살덩어리에 척 들러붙은
축축한 신문지를 손톱으로 떼내다 보면
피에 절여진 독재자 사진도
조각조각 찢어지던 일이 어제 같은데
이제는 비닐봉지에 피가 흐를 뿐.

큰 불길에 휩싸여 있는 듯
정육점이 붉다.
부위에 따라 살이 퍼즐처럼
쪼개진 황소 한 마리가
글썽이는 큰 눈알은 빼놓고
검은 비닐봉지 속으로 들어간다.

—「피」(『그로테스크』, 민음사 1999, 이하 같은 책) 전문

80년대와 90년대의 현실 정황이 각기 ‘신문지’와 ‘비닐봉지’로 상징되어 있다. “피에 절여진 독재자 사진도/조각조각 찢어지”게 하던 ‘신문지’가

정치적 저항의 열린 현실을 대변한다면, 젖지도 새지도 않는 '검은 비닐봉지'는 문명의 이기 속에 밀봉된 소비의 현실을 암시한다. 이는 최승호가 전시대에 다룬 육체와 90년대 이후의 육체가 어떻게 다른가를 보여주는 장면이기도 하다. 피 흐르는 '붉고 붉은 살덩어리'는 지난 시대의 억압과 저항의 의미망을 상실한 채, 이제 일회성의 상품으로 유통되는 '육(肉)'의 도구적인 의미만을 지니게 된다. 90년대 벽두에 최승호가 『세속도시의 즐거움』에서 충격적으로 묘사한 육체들은 이처럼 소비의 씨스템에 종속된 '육(肉)'의 덩어리들이었다. 90년대를 마감하며 펴낸 시집 『그로테스크』에서 최승호는 '육(肉)'을 넘어선 새로운 차원의 육체를 도입한다. '검은 비닐봉지' 속의 살덩어리에서 "살이 퍼즐처럼/쪼개진 황소 한 마리"의 몸 전체와 "글썽이는 큰 눈알"을 떠올리는 데서 보듯, 유기성과 전체성, 내면과 감정을 보유한 '몸'이 그것이다.

그러나 최승호는 '육체'에서 '몸'으로 완전히 이동하지 않는다. 최승호의 시에서 '육체'는 '몸'으로 끊임없이 진화하는 과정중에 있다. 육체와 몸 사이를 유동하는 '육체…몸'이 90년대 최승호 시의 진정한 주체이자 주어인 것이다. 몸을 육체로, 다시 수많은 살덩어리로 분해하는 소비사회의 잔혹한 구조를 비판하면서 최승호는 '살이 퍼즐처럼 쪼개진' 육체와 '글썽이는 큰 눈알'을 지닌 원형의 몸을 함께 시화한다. 파편화된 몸인 육체, 혹은 육체의 과거이자 미래인 몸을 성찰하는 '육체…몸'의 혼합 주체로 시를 쓴 것이다. 이 시들에는 시인 자신과 동일한 시적 주체인 1인칭의 '나'가 많이 등장한다. 최승호는 자신이 바로 죽음의 문명에 학살당해온 육체이며, 학살당하면서 그 패륜의 세계를 '살가죽'으로 하여 생존해온 '흉터투성이'의 몸임을 자각한다.

누워서 신문을 보는 내 살가죽에 신문이 문신(文身)처럼 인쇄돼 있다. 내가 보는 세계는 다름아닌 나의 살가죽인 것이다. 아침이면 지겹다. 너덜너

덜 찢어진 내 살가죽이 흉터투성이인 나에게 배달된다. —「송장헤엄」 부분

그는 죽어서도 거만한 풍모로 떠내려왔다. 몸에서는 무지개빛 기름이 흘러나와 물 위에 번지고 있었고 주위엔 떼죽음 당한 물고기들이 그의 명함처럼 널려 있었다. (…) 어마어마한 부패물, 누가 이 뻔뻔스러운 송장을 이기겠는가. 그를 보자 무력감과 슬픔이 엄습해 왔다. 그리고 무력감의 부력처럼 내 입에서 분노가 음표 달린 물풀처럼 흘러나오는 것이었다.

—「어마어마한 송장」 부분

무력감에서도 악취는 난다. 산 송장들, 시화호 바닥에 누워 공장 폐수와 부패한 관료들의 숙변을 먹는 산 송장들, 이것은 그로테스크한 나라의 풍경인가. (…)

나는 무력한 사람이다. 절망의 벙어리, 그래도 세금은 낸다. 세금으로 시화호를 죽였다. 살인청부자?

내가 시화호의 살인청부자였다. 나를 처형해 다오. 달 뜨는 시화호에 십자가를 세우고 거기 나를 못 박아다오. 아니면 눈 푸른 달마를 십자가에 못 박아 피 흘리게 하든지?

—「누가 시화호를 죽였는가」 부분

지난 시대에 "피에 절여진 독재자 사진도/조각조각 찢어지"는 현장이었던 '신문'은 현실세계의 일부였다. 현실세계의 일부였던 '신문'은 이제 '나'의 몸에 육화되어 있다. "누워서 신문을 보는 내 살가죽에 신문이 문신(文身)처럼 인쇄돼 있"는 것은 단순한 상상이 아니다. 현실세계가 신문에 인쇄되고, 그 신문이 내 살가죽에 인쇄되는 '육화(肉化)의 연쇄' 과정은

"내가 보는 세계는 다름 아닌 나의 살가죽"임을 보여준다. 매일 배달되는 신문은 "너덜너덜 찢어진 내 살가죽이 흉터투성이인 나에게 배달되"는 끔찍함을 경험하게 한다(이것이 현대자본주의의 일상의 진면목이다). 배달품목은 신문에 한정되지 않는다. '떼죽음 당한 물고기들' 등의 '어마어마한 부패물' '뻔뻔스러운 송장'들도 수시로 내게 도착한다. 그와 동시에 "무력감과 슬픔이 엄습해 오"고, "무력감의 부력처럼 내 입에서 분노가 음표 달린 물풀처럼 흘러나"온다. 이처럼 현대문명이 생산한 기괴한 송장들은 '나'의 몸에 무력감과 슬픔과 분노를 남긴다. 하지만 나의 무력감과 슬픔, 분노는 죽음의 문화에 맞서기에는 너무나 비루하고 허약한 종류의 것이다. 나의 "무력감에서도 악취는 나"며, 나는 자발적으로 죽음에 감염되어 간다. 최승호는, 현대의 인간은 모두 "공장 폐수와 부패한 관료의 숙변을 먹"으며 좀비처럼 사는 '산 송장들'이라고 규정한다. 끊임없이 학살당하며 살아가는 현대인의 존재방식에, '산 송장'이라는 모순의 수사보다 더 어울리는 말도 많지는 않을 것이다.

90년대 최승호의 '육체…몸의 시학'이 이룬 성과는 이 지점에서 두드러진다. 최승호는 비판의 대상을 '타자/세계'에서 자신에게로 돌려 문명비판의식을 철저히 내면화한다. 그는 죽음의 문명의 배후에 바로 자신이 있음을 자각하면서, '내'가 바로 세금으로 시화호를 죽인 '살인청부자'이니 "나를 처형하"라고 절규한다. 현대문명에 대한 가장 처절하고 통렬한 비판이자 항의라고 할 수 있다. 자신이 학살의 배후이자 주체임을 깨달은 최승호는 '산 송장'의 상태에 처한, '산 송장'이 되어서는 절대 안될 다른 몸들을 돌보기 시작한다. 그것은 다음과 같은 연약하고 순연한 야생의 '몸'들이다.

수달 멧돼지 오소리 너구리 고라니 멧밭쥐 다람쥐 관박쥐 검은댕기해오리기 중대백로 쇠백로 왜가리 원앙 청둥오리 흰뺨검둥오리 비오리 고롱이 새홀리기 꿩 깝작도요 (…) 수리취 절굿대 흰즐곳대 조뱅이 쇠서나물 민

들레 조밥나물 벋은씀바귀 벌씀바귀 씀바귀 왕고들빼기 이고들빼기 고들빼기

「동강 유역 산림생태계 조사보고서」(1998. 12. 산림청 임업연구원)를 읽으면서

내가 아무르장지뱀이나
용수염풀, 아니면 바보여뀌나 큰도둑놈의갈고리나 괴불나무로
혹은 더위지기로 태어났을 수도 있었겠다는 생각을 했다.
그랬더라면 내 이름이 어떻든
이름의 감옥에서 멀리 벗어나
삶을 사랑하는 일에 삶이 바쳐졌을 것이다.

—「이것은 죽음의 목록이 아니다」 부분

이 시는 장장 다섯 페이지에 걸쳐 동강 유역의 생물 이름을 나열하면서, 시인이 아무르장지뱀이나 용수염풀, 바보여뀌 등과 호환(互換)의 가능성을 지닌 평등한 존재임을 이야기한다. 이러한 나열의 방식은 단순히 목록을 구성하기 위한 것이 아닌, 모든 생물의 평등함을 강조하기 위한 수사적 전략이다. 이와같이 90년대에 최승호가 개척한 '육체…몸의 시학'은 인간이 '몸'으로 모든 생명체와 동등한 존재라는 깨달음에 이르면서 일단락된다. 최승호의 시가 문명비판적인 속성에 생태시의 성격을 아우르게 된 것은 이런 과정을 통해서이다.

3. 신체 없는 기관, 자본주의적 '육체/몸'—김기택

최승호와 더불어 '육체/몸'을 탐구한 또 한 사람의 시인은 김기택(金基

澤)이다. 최승호와 김기택은 현대사회의 폭력성을 '몸의 수난의 경험'을 통해 서술하며, 추악하게 변형된 육체의 갖은 형상을 세밀하게 묘사한다. 두 시인은 모두 현대사회를 '전일성의 몸'을 유린해 '파편적인 육체'로 변형하는 고문의 현장으로 간주한다. 일상의 폭력에 고문당하며 소비의 쾌락에 중독되는 몸은 하나의 덩어리나 기관으로 전락한다. 이에 따라 최승호는 현대의 인간을 '산 송장' 상태의 살덩어리나 '똥'이 통과하는 '변기'로 규정하고, 김기택은 통제기관 없이 분열되고 파열된 '기관의 존재(머리통, 위장, 맹장, 항문, 귀, 다리, 갈비뼈, 주름진 살, 손톱, 머리카락 등)'로 정의한다. 두 시인의 눈에 비친 현대자본주의의 '육체/몸'은 하나의 유기적인 신체로 완결되지 못한다. 현대인은 온전한 '육체/몸'이 없이 각각의 기관만을 지닌 '신체 없는 기관들'이기 때문이다.

한편, 최승호가 현대사회의 부정성을 고발하기 위해 몸이 육체로 전락한 실태에 주목한다면, 김기택은 인간이 본래 '육체의 존재'라는 전제에서 출발해 현대인의 기형화된 존재방식에 관심을 쏟는다. 최승호에게 현대문명이 '몸'을 '육체'로 전락시킨 주범이라면, 김기택에게 현대문명은 본래 '육체'의 존재인 인간이 속한 특정한 시기의 사회·역사적 조건이다(이런 연유로 김기택은 '육체'와 '몸'을 거의 변별력 없이 동일한 의미로 사용한다). 김기택은 인간의 존재적 바탕을 '마음'이 아닌 '몸'으로 파악한다. 김기택은 마음의 존재 방식이 몸의 그것과 같으며, 마음도 몸에 속한 하나의 기관이라고 결론짓는다.

> 마음도 털처럼 몸에 뿌리박고 산다는 것
> 내장이 소화시킨 것을 먹고 자라야 한다는 것
> 먹지 않으면 몸뚱어리처럼 굶어죽는다는 것

—「마음이, 네가 살 곳은 네 안에 없다」
(『바늘구멍 속의 폭풍』, 문학과지성사 1994) 부분

마음은 몸에 대해 자율성을 갖지 못하며, 몸의 상태와 활동에 고스란히 지배를 받는다. 이런 관점에서 보면, 마음과 의식의 산물로 이해되어온 '말'도 몸의 내장기관이 쏟아내는 분비물의 일종이라고 할 수 있다. 내장기관은 인간이 의식과 사유로 통제할 수 없는 대상이다. 김기택은 사유의 집적물인 '말'을 육체의 내장기관의 분비물로 분류하면서, 인간이 이성의 존재라는 근대의 패러다임에 정면으로 반대한다.

> 맹장 속의 모래알처럼 내 생각이 닿지 않는 곳에 사는 말들이 내 안에 있다 항문과 요도를 찾듯이 그 말들은 단지 터져 있는 길을 찾아 나온다 힘이 들 때 피곤할 때 말을 쏟고 싶다 (…) 나는 정말 말하려고 하지 않았다 그러나 꿈이 밀어낸 정액처럼 나도 모르는 사이에 말들은 나오고 말았다 어디에선가 말들은 끊임없이 흘러나와 끝에 빛이 달려 있을 것 같은 구멍들을 향해 가고 있다
>
> —「중얼중얼중얼」(같은 책) 부분

'말'이 육체의 분비물이라는 김기택의 생각은 "힘이 들 때 피곤할 때 말을 쏟고 싶"으며, "꿈이 밀어낸 정액처럼 나도 모르는 사이에 말들은 나오고 만"다는 구절에서 잘 나타난다. "항문과 요도를 찾듯이 그 말들은 단지 터져 있는 길을 찾아 나"올 뿐이다. "밥은 모두 망가진 마음으로 들어가 말과 똥이 되기 때문이며, 똥이 몸에서 나와야 하는 것처럼 말도 입에서 나와야 하기 때문이다"(「망가진 사람」). 따라서 시인이 쓰는 시 역시 육체의 분비물인 말의 물리적/화학적 결합물에 지나지 않게 된다. 김기택의 '육체/몸의 시학'은 최승호보다 더 즉물적이고 일차원적인 속성을 지닌다. 김기택은 인간의 마음과 의식의 토대가 몸이며, 몸은 결국 그 세부기관에 지배되는 존재임을 강조한다. 김기택의 시선에 간파당한 몸은 끊임없이 부분

의 기관과 물질 상태의 육체로 환원된다. 예를 들어, '얼굴'은 손바닥 가득 만져지는 '튼튼한 폐허'인 '해골'로(「얼굴」), 교통사고로 아스팔트 위에 내리꽂힌 사내는 "60킬로그램의 비린내" 나는 '진짜 육체'로(「한 명의 육체를 위하여」) 돌아간다. "너무 오랫동안 사용해서" "낡고 닳"은 '그의 육체'는 "찰진 분비물과 오물이 통로를 막아 바늘구멍처럼 좁아진 숨구멍"이 되고(「바늘구멍 속의 폭풍」), '실직자'는 "심장이며 허파며 내장들이 하나도 남지 않은 상체"와 "그 모든 것들이 쌓인 다리"(「실직자」)가 되며, 아사 직전의 아이는 "손톱과 머리카락의 성장이 멈추지 않도록/눈알을, 혀를, 뇌수를 마지막까지 빨아들이"(「아이는 아직도 눈을 깜빡거리고 있다」)는 지독한 성장기관이 된다.

인간의 삶을 육체의 물리·화학적 변화로 설명하는 김기택의 '육체/몸의 시학'은 인간에 대한 냉정하고 탈신비적인 시각을 드러낸다. 현대인은 '똥'이거나 '산 송장'이라는 최승호의 냉소가 비유의 차원을 포함한다면, 인간이 기계부품과 다름없는 내장기관의 합체라는 김기택의 결론은 철저히 사실의 차원에 속해 있다. 김기택은 애초에 '육체/몸의 존재'인 인간이 현대자본주의사회의 일상생활 속에서 어떻게, 혹은 얼마나 '육체적으로' 변화했는지를 우화적으로 서술한다.

그는 하루종일 損益管理臺帳經 資金收支心經 속의 숫자를 읊으며
철저히 고행업무 속에만 은둔하였다고 한다.
종소리 북소리 목탁소리로 전화벨이 울리면
수화기에다 자금현황 매출원가 영업이익 재고자산 부실채권 등등을
청아하고 구성지게 염불했다고 한다.
끝없는 수행정진으로 머리는 점점 빠지고 배는 부풀고
커다란 머리와 몸집에 비해 팔다리는 턱없이 가늘어졌으며
오랜 음지의 수행으로 얼굴은 창백해졌지만
그는 매일 상사에게 굽실굽실 108배를 올렸다고 한다.

(…)

그의 책상 아래에는 여전히 다리가 여섯이었고
둘은 그의 다리 넷은 의자다리였지만
어느 둘이 그의 다리였는지는 알 수 없었다고 한다.

—「사무원」(『사무원』, 창작과비평사 1999) 부분

회사의 관리와 통제 속에 고사(枯死)중인 '사무원'의 육체는 더이상 그의 것이 아니다. 이 육체는 김기택이 공들여 묘사하는 신생아, 매 맞는 아이, 미아, 걸레질하는 여자, 껍뻑이皃, 낙지, 갈치, 벌레 등의 갖가지 육체/몸들처럼 자신이 처한 생장조건에 순응하며 저항하는 육체/몸들과는 성격을 달리한다. '사무원'의 육체는 육체의 고유성을 완전히 상실한 '기관 없는 신체'이다. "끝없는 수행정진으로 머리는 점점 빠지고 (…) 팔다리는 턱없이 가늘어"진 '사무원'의 육체, 의자의 다리와 그의 다리를 구분할 수 없게 된 '사무원'의 육체는 현대사회의 체계에 흡수되고 응고된 상태에 있다. '사무원'의 응고된 육체는 내장의 감각과 활동에 충실한 즉물적인 육체와는 다른 차원에 속한다. '사무원'의 육체는 본능적 욕망과 자생력마저 박탈당해 사물 자체(사무실의 의자)가 된 자본주의 인간의 실제적 초상이다. 인간의 정체성을 '마음'과 '이성'이 아닌 '육체/몸'에서 찾는 김기택은 현대인의 '육체/몸'에 일어나는 변화를 과학자의 눈으로 관찰하면서 현대사회의 폐해를 파헤치는 작업을 대행한다.

육체/몸에 대한 김기택의 냉정한 관찰은 차갑고 어두운 풍경으로만 인화되지 않는다. 다음의 시에 그려진, "있는 힘을 다하여 자"는 '아기'는 앞서 언급한 육체/몸들처럼 내장기관의 활동에 충실한 점에서는 공통점을 지닌다. 그러나 "있는 힘을 다하여 자"는 '아기'는 죽어가면서도 뇌수를 짜내 성장하는 아이나, 의자와 합체된 사무원과 물리적인 활동에서는 동일하지만, 그 활동의 의미와 결과에 있어서는 전혀 다른 양상을 보여준다.

아기는 있는 힘을 다하여 잔다. 부드럽고 기름진 잠을 한순간도 흘리지 않는다. 젖처럼 깊이 빨아들인다. 옆에서 텔레비전이 노래를 불러대고 아빠가 전화기에 붙어 회사 일을 한참 떠들어대도 아기의 잠은 조금도 움츠러들거나 다치지 않는다. 어둠속에서 수액을 퍼올리는 뿌리와 같이, 잠은 고요하지만 있는 힘을 다하여 움직인다.

(…)

남김없이 잠을 비운 아기가 아침 햇빛을 받아 환하게 깨어난다. 밤사이 훌쩍 자란 풀잎같이 이불을 차고 일어난다. 밤새도록 잠에 씻기어 맑은 얼굴, 웃음말고는 다 잊어버린 얼굴이 한들거린다. 풀잎 위에 맺힌 이슬은 아기의 목구멍에서 굴러나와 아침 공기를 낭랑하게 울린다.

—「아기는 있는 힘을 다하여 잔다」(같은 책) 부분

동일한 기관인 육체/몸, 동일하게 활동하는 기관을 지닌 육체/몸도 그 생명력의 목적과 방향에 따라 전혀 다른 존재가 된다. 김기택의 '육체/몸의 시학'은 "밤사이 훌쩍 자란 풀잎" 같은 '아기'의 육체/몸을 발견하면서 질적인 변화를 겪는다. 텔레비전이나 아빠의 회사 일(현대문명)이 도저히 침해할 수 없는 '아기'의 순연한 육체/몸은 김기택의 '육체/몸의 물리학(혹은 해부학)'에 생명력의 경이로움과 아름다움을 불어넣고 있다. 최승호가 생태시의 가능성을 확보하면서 파편화된 '육체'에서 유기성의 '몸'으로 나아갔다면, 김기택은 활동하는 기관인 '육체/몸'의 신성하고 아름다운 형태를 발견함으로써 '육체/몸' 자체의 고양된 경지에 이르고 있다.

4. 부재하는 여성 속에서 출토된 '육체∝몸'—김혜순

김혜순(金惠順)에게 '몸'은 육체의 폐허 속에서 발굴하는 오래된 유적이다. 육체의 폐허는 남성 중심의 근대사회에서 그 존재성을 인정받은 일이 없는 여성의 육체를 뜻한다. 현상으로는 존재하지만 실재로는 부재하는 여성의 육체는 남성 중심 역사의 조작된 알리바이이다. 여성의 육체는 남성/인간의 육체의 타자로, 은폐되어야 할 금기로 취급되면서 실존의 권리를 박탈당했다. 김혜순이 부재하는 여성의 육체 속에서 발굴한 유적은 거대한 왕국과 같은 규모를 지닌다. 오랜 시간 버려져 심각하게 훼손된 이 유적은 사실 누구도 완전히 발굴하거나 복원할 수는 없는 것이다. 다만 그 원래의 모습을 상상과 환상의 힘을 빌려 짐작해볼 수 있을 뿐이다. 가령, 그 상상의 풍경은 이러하다. "가슴도 없는 여자가/머리칼도 없는 여자가/오, 몸도 없는 여자가 머리를 감고 있구나/우리 가지도…… 오지도…… 말고…… 너는 거기…… 나는 여기/무너진 나날의 메마른 머리칼이 부풀었다 펴졌다 이리저리 뒤척인다"(「타클라마칸」, 『나의 우파니샤드, 서울』, 문학과지성사 1994).

김혜순이 부재하는 여성의 육체 속에서 발굴한 '몸'의 왕국에는 호텔과 학교와 블라인드 쳐진 방들, 박물관과 길, 서울과 바다와 연옥 등의 다양한 공간들이 중첩되어 산재(散在)한다. 그중 하나인 '오래 된 호텔'은 수없이 분할된 방들의 거대한 환유의 공간을 형성한다. 오래 된 호텔은, 그리고 오래 된 학교와 블라인드 쳐진 방들과 서울 등은 바로 김혜순의 몸이며, 그녀의 몸을 형성해온 이 세계를 의미한다. 그 속의 무수한 분할의 공간은 몸의 일부가 되어온 타자들의 은유이며, 타자들은 김혜순의 분열하며 증식하는 자아의 다른 이름이기도 하다.

참 오래 된 호텔. 밤이 되면 고양이처럼 강가에 웅크린 호텔. 그런 호텔이 있다. 가슴속엔 1992, 1993…… 번호가 매겨진 방들이 있고, 내가 투숙한 방 옆에는 사랑하는 그대도 잠들어 있다고 전해지는 그런 호텔. 내 가슴속에 호텔이 있고, 또 호텔 속에 내가 있다. (…) 그 호텔 복도 끝 괘종시계 뒤에는 내 잠을 훔쳐간 미친 내가 또 숨어 있다는데. 그 호텔.

—「참 오래 된 호텔」(『나의 우파니샤드, 서울』) 부분

나는 내가 모든 학생인 그런 학교를 세울 수 있지. 쉰 살의 나와 예순 살의 내가 고무줄 양끝을 잡고, 열 살의 내가 고무줄 뛰기 하는 그런 학교.

—「내가 모든 등장인물인 그런 소설 1」
(『불쌍한 사랑 기계』, 문학과지성사 1997) 부분

유리문을 밀고 들어가면 또 유리문이 나온다. 유리문 안쪽엔 출구라고 씌어 있고, 바깥쪽엔 입구라고 씌어 있지만 그러나 나가든 들어가든 언제나 너는 어떤 몸의 내부에 속해 있다 (…) 이 몸을 깨뜨리고 어떻게 밖으로 나가지? 내 몸 밖에서 누가 나를 아직도 부르고 있는데……

—「서울」(『나의 우파니샤드, 서울』) 부분

빛은 어둡고 어둠은 밝은
연옥이 몸 속으로 오그라붙는다
모든 외부를 몸 속에 품은 내가
거울 밖 세상을 두리번거린다
다시, 여기는 어디인가

—「연옥」(『불쌍한 사랑 기계』) 부분

분할과 중첩, 산재와 내·외부의 연쇄로 이루어진 '나'의 몸은 여성의

역사가 저장된 필름과도 같다. 이 필름은 세계의 '스크린'(「타락천사」)의 역할을 하는 '나'의 몸에서 날마다 상영된다. 몸의 스크린에서 상영되는 몸, 즉 실재를 환기하는 이미지의 상태로 존재하는 몸의 원형을 구출하기 위해서는 세계가 만들어놓은 수많은 "저지선을 뚫"(「출구를 찾아라」)고 현실의 지층을 파내려가야 한다. 세계는 "이미지 도둑들/내 몸에서 엑스레이 사진 찍듯 뼈를 발라가는 것들"(「너희들은 나의 블루스를 훔쳐 달아났지」)의 음험한 난립 장소이기 때문이다. 이에 따라 김혜순의 시쓰기는 고고학적 발굴을 수반한 사회·심리학적 탐구의 작업이 된다. 그녀는 "눈길 가는 데마다 전부 나"(「현기증」)인 현기증과 싸우며, 시간과 공간과 몸의 저지선을 뚫고 비동시적인 것들을 동시에 살아낸다. "1992, 1993…… 번호가 매겨진 방들"과 쉰 살과 예순 살과 열 살의 '나', 내 몸 밖의 몸, 내 몸 속에 '오그라붙은' 연옥 등을 '현실적으로' 살아내는 것이다. 이것은 그녀의 몸에 흡착되어 어느 것이 먼저이고 나중이며, 안이고 밖인지를 알 수 없게 된 이 세계와 그녀의 기묘한 존재방식이기도 하다. "내 몸 속으로 숨찬 오르막길이/쏟아져 들어오"고(「자동 인화기」), "내 몸에서 비가 나오"며 "내 가슴속 온갖 구멍 속의 아이들이/젖은 머리칼을 내어 말리"(「희디흰 편지지」)는 기괴하고 환상적인 정황들은 그로부터 파생된다.

김혜순이 그려내는 현실은 몸의 현실과 심리적 현실, 사회·역사적 현실이 합해진 복합적인 성격을 지닌다. 김혜순은 이 여러 개의 현실이 별개가 아니며, 결과적으로 '몸'에 집약된다고 생각한다. 말하자면, 남성 중심의 사회·역사적 현실이 응축된 결과가 여성의 '부재하는 육체'인 것이다. 김혜순은 부재하는 여성의 육체 속에서 본래의 몸을 발굴하는 작업과, 타자와 세계를 사랑하고 혁신하는 작업을 같은 선상에 둔다. 이는 김혜순만이 아니라, 김혜순을 필두로 90년대 '몸시'를 주도한 여성시인들의 시적 목표가 되어왔다.

저 혼자 불켠 엘리베이터를 타고
온몸으로 두근거리는 내가
잠든 너의 몸 속을
한밤중 소리도 없이 오르고 있다

—「서울의 밤」(『나의 우파니샤드, 서울』) 부분

나는 정말로 슬펐다. 내 몸이 다 흩어져버릴 것만 같았다. 나는 이 흩어져버리는 몸을 감당 못 해 몸을 묶고 싶었다. 그래서, 내 몸 속의 갈비뼈들이 날마나 둥글게 둥글게 제자리를 맴돌았다. 어쨌든 나는 너를 사랑해. 너는 내 몸 전체에 박혔어. 그리고 이건 너와 상관없는 일일 거야, 아마.

—「겨울나무」(『불쌍한 사랑 기계』) 부분

'내'가 '너'를 사랑하는 이유는 간단하다. "너는 내 몸 전체에 박혀" 있는 '나'의 일부이기 때문이다. 수많은 방들과 블라인드와 유리문 등의 형태로. 사랑은 '너'를 "내 몸 전체에 박"는 육화와 합일의 행위이다. 이 눈물겨운 합체의 풍경은 최승호나 김기택 등의 남성시인들과는 매우 다른 양상을 보여준다.

여자는 걸레를 안고 잠이 든다
걸레도 손을 들어 그녀의 꽃을 만져준다
그들은 너무 사랑하므로 포개어진 두 손은 하나처럼 보인다
아무리 눈을 부릅뜨고 보아도 둘이 합해
그들은 팔이 두 개다

푸른 바께쓰 신발이 그녀의 다리 사이로 파고든다

—「슬픈 서커스」(『나의 우파니샤드, 서울』) 부분

'육체'에서 '몸'으로 무한수렴중인 김혜순의 '육체∝몸'은 현실세계가 인쇄/주입된 일상인의 육체(최승호)나, 사무실의 의자와 합체된 '사무원'의 물화된 육체(김기택)와는 달리, 걸레나 바께쓰 등의 사물과도 소통할 줄 아는 존재이다. 이 '육체∝몸'은 김기택의 '사무원'과 마찬가지로 노동의 피로에 찌들어 있음에도, (꿈속에서나마) 타자와 따뜻한 교감을 나누는 점에서 차이를 보인다. 김혜순이 고고학적 탐사를 통해 발굴한 여성의 몸은 '슬픈 서커스'의 방식일망정 '몸'의 진정한 존재성을 확보한 상태에 있다. 이것은 김혜순이 최승호와 김기택을 뛰어넘어 달성한 성과라기보다는, 열악한 '몸의 현실'을 감내해온 여성시인이 폭력적인 현실을 극복하는 과정에서 얻은 일종의 보상이라고 할 수 있다. 부재하는 육체로 현실을 살아내야 했던 여성의 불행은, 여성/시인에게는 문학적 행운으로 전화되기도 한다. 김혜순과 그녀의 뒤를 잇는 여성시인들은 '몸'으로 무한수렴되는 육체, 즉 '육체∝몸'의 주인으로서 그 행운을 시적으로 풍성하게 꽃피우고 있다.

5. '몸'의 열린 가능성을 위하여

역사적 투쟁의 전위에서 퇴각한 90년대의 시는 새로운 영토를 인간의 '몸'에서 찾아냈다. 그것은 인간을 새롭게 규정하는 일이자, 우리의 사회·역사·문명적 현실을 다른 방식으로 이해하는 일이기도 했다. 그 선두에 선 최승호는 근대문명의 반생명성에 대한 문명사적 시각을 내장하고, '몸'이 근대자본주의의 폐해의 온상이 된 현실을 적나라하게 파헤쳤다. 근대문명에 학살당하며 살아남는 '몸'은 파괴적 생산과 욕망의 화신이자, '고깃덩어리'와 '똥'에 불과한 존재다. 최승호는 병든 문명의 몸과 자연 상태의 몸들을 대비하면서 파편화된 육체와 전일성의 몸 사이를 넘나드는 '육체…몸의 시학'을 수립하고, 문명비판시와 생태시를 하나로 통합한다.

김기택은 인간의 몸을 물리학적 탐구의 대상으로 삼아 객관적이고 정교한 관찰을 행한다. 김기택은 몸의 원론적인 고찰에 가장 충실한 시인으로, 그에게 육체와 몸의 구별은 큰 의미가 없다. 김기택에게 육체/몸은 내장기관의 '무서운' 활동으로 가동되는 살아 있는 기계와 같다. 벌레, 동물, 인간의 다양한 육체/몸들은 생명을 유지하기 위해 총력을 다하는 활동기관이라는 점에서 질적인 차이를 지니지 않는다. 김기택은 육체/몸의 무서운 활성과, '신체 없는 기관'으로 전락한 현대사회의 육체/몸의 끔찍한 물성을 각기 주목한다. 육체/몸의 무서운 활성을 끔찍한 물성으로 응고시키는 자본주의 씨스템에 대한 비판은 김기택 시의 핵심 주제를 이룬다. 나아가 그는 '신체 없는 기관'의 반대편에 있는, 아름다운 생명의 활성을 지닌 육체/몸에도 관심을 기울인다.

최승호의 '육체…몸'이 문명사에 대한 비판적 인식의 결과이고, 김기택의 '육체/몸'이 몸에 대한 과학적 탐구의 결과라면, 김혜순이 시화하는 '몸'은 억압된 여성의 역사 속에서 발굴한 여성의 정체성과 존재감의 총체이다. 이는 여성성의 영역에서 은폐되어온 '몸' 자체의 정체성과 존재감을 뜻하기도 한다. 김혜순은 본래의 상태로 존재한 적이 없는 여성의 '부재하는 육체'로부터 타자와 소통하는 본래의 '육체∝몸'을 출토하고 복원하고자 한다. '몸'을 왜곡하고 비하해온 역사 속에서 분할과 중첩, 산재의 운명을 겪어온 '몸'은 김혜순의 시에서 새로운 언어와 풍경을 통해 낯설고도 생생한 실체를 드러낸다. 최승호와 김기택에게 육체의 분비물로 취급된 '말'은 김혜순에게는 복원된 몸속에서 새롭게 만들어지는 미지의 생산물이 된다.

최승호와 김기택은 현대자본주의 문명을 상대로 몸의 시회학과 현상학을 탐구하면서 문명의 현재와 미래를 성찰하고, 김혜순은 여성의 자의식을 바탕으로 몸의 고고학을 기술하면서 역사 전체에 항의한다. 이들이 선도한 1990년대의 '몸시'는 이처럼 문명사적이며 사회·역사적인 맥락을 바탕에 깔고 있다. 한가지 아쉬운 점은 최승호와 김기택은 남성 중심의 근대적 가치관에 침윤된 '몸'의 개념에 대한 성찰이 결여되어 있어 일면적인 탐구에 머물고 있다는 것이다. 김혜순의 경우에는 이에 대한 전반적인 성찰을 행하고 있으나, '몸'을 주어로 여성의 억압된 역사를 복원하는 데 있어 '담론'의 성격이 앞서고 있다. 그러나 이들이 '몸'에 대한 날카로운 인식을 바탕으로 우리 시의 새로운 영토를 개척한 것은 분명한 사실이다. 이들은 세기의 전환을 경험한 우리 시에 '실물(實物)의 몸'을 선사한 시인들로 오롯이 기억되어 마땅하다.

—『내일을 여는 작가』 2004년 겨울호

가족 해체의 고통 혹은 모험

이성복·이승하·김언희의 시를 중심으로

1. '가족'이라는 근대적 사건

일본의 영화감독 키따노 타께시(北野武)는 '가족'에 대해 어떻게 생각하느냐는 기자의 질문에 이렇게 대답했다. "누가 보지만 않는다면, 멀리 내다버리고 싶은 것이다." 타께시의 반윤리적인(?) 답변은 가족에 대한 현대인의 억압된 심리를 단적으로 보여준다. 근대의 산업화 과정에서 가족은 분열과 해체의 길을 걸었고, 이런 현상은 시간이 지날수록 격화되면서 현대인의 삶과 (무)의식에 균열을 남겼다. 근대사회에서 가족은 많은 경우 부정적인 방식으로 인간의 내면과 욕망 형성에 개입했다. 가족간의 소통 단절, 가족의 분산과 붕괴, 가족 살해, 근친상간 등은 이제 현실적으로나 문학적으로나 그리 낯설지 않은 일이 되었다. 역설적이게도, 근대사회와 문학은 가족의 불행과 몰락을 발판 삼아 발전해왔다고 할 수 있다. 지극히 '조용한 가족'이나 '엽기적인 가족'은 근대가 만든 흉물스러운 주름살이며, 더이상 은폐할 수 없는 근대의 치명적인 내상(內傷)이다.

근대의 가족은 근대의 질서와 제도, 각종 사회·문화적 기율이 실현되는 최소의 사회단위이다. 근대의 지배 전략은 가족이라는 집단 혹은 장소를 통해 개인에게 내면화되며, 개인은 가족 안에서 정체성과 내면을 형성하면서 필연적으로 근대사회의 이데올로기를 학습한다. 가족의 분열과 해체는 근대의 지배질서가 작동하는 과정에서 발생한 (부)작용의 하나다. 자유와 평등, 합리적 이성의 가치를 내건 근대사회는 봉건사회의 대가족을 핵가족으로 분할함으로써 행복하고 세련된 가족제도를 창조한 듯했다. 그러나 핵가족은 근대의 가부장제의 권력체계가 고스란히 압축된 근대적 권력의 하부체제임이 곧 밝혀졌다. 근대가 보장한 개인의 자유와 평등은 먼저 핵가족이라는 권력기구와 충돌했고, 근대사회는 개인주의와 가족 이데올로기를 양립할 근거를 찾기 어려워졌다. 역설적이게도 근대사회의 가족의 해체 현상을 '가족의 유연화'라는 긍정적인 시각으로 바라볼 수 있는 이유는 여기서 마련된다. 가족의 해체는 가족 구성원들이 근대의 획일적인 체제에서 벗어나 자유롭고 다양한 가족제도를 만들기 위한 진통의 과정으로 해석할 수 있는 것이다. 가족의 분열과 해체는 근대의 가부장적 질서와 개인주의·자유주의 가치관이 빚은 사회적 병리현상이라는 측면과, 근대의 인간이 보다 자유로운 삶의 방식을 찾아가는 또다른 근대화의 과정이라는 이중의 의미를 지닌다. 어느 쪽에 무게를 두든, 개인과 개인, 개인과 공동체의 접점이 계속 줄어드는 것은 근대가 내장한 발생적 아이러니라고 할 것이다.

근대문학에서 가족 해체 현상은 근대의 억압기제 및 파행적인 한국 근대사의 특수성과 밀착되어 있다. 한국 근대사의 많은 페이지는 국가의 권력이 파시즘의 대부(大父)로 화한 폭력적인 사건에 할애된다. 국권 침탈, 전쟁, 분단, 이념 분쟁, 독재정치, 쿠데타와 학살 등의 폭력의 경험은 문학에서는 대체로 가족의 수난사로 압축되어왔다. 다르게 말하면, 문학작품으로 형상화된 가족의 수난사에는 '역사'라는 대타자가 수시로 개입해왔다. 한국사회의 모순이 날카롭게 분출된 1980년대의 경우, 시에 묘사된 가족에는 거의 예외 없이 역사의 그림자가 어른거린다. 당시 주류를 이룬 노동시와 농촌시에서 가족은 사회의 구조적 문제에 의해 몰락하거나, 역사의 폭력에 짓밟히는 중에 있다. 반면, 다원화와 개별성의 시대인 1990년대의 시에는 가족의 억압에서 벗어나려는 개인의 욕망이 범람한다. 그리하여 1990년대의 시에서 가족은 자주 현대의 개인과 사회의 문제점을 진단하는 정신분석학의 대상(환자)으로 화한다. 이상과 김수영 정도를 제외하면, 우리 시에서 가족이 조소와 경멸, 증오의 대상이었던 적은 흔치 않았다. 가족에 대한 신뢰 약화, 피로 연결된 운명공동체라는 '가족 환상'의 붕괴는, 한국 근대사의 파시즘과 그 내적 굴절로서의 가족의 폭력성에 대한 반성이 싹트는 과정과 일치한다. 이는 후기산업사회의 사회적 변화와도 맞물려 진행된다. 그 변환점이 우리 시에 출현한 것은 대략 1980년대 중후반이다.

2. 비극적 역사의 내면풍경으로서의 가족—이성복

이성복(李晟馥)의 시에 형상화된 가족관계는 다음과 같이 요약된다. 폭력적인 권위를 휘두르는 아버지, 힘없이 유린당하는 누이, 이 둘의 대척점에 있는 어머니, 이들 사이를 시계추처럼 오가는 나. 특이하게도 이성복의 시에서 가족이 한자리에 있는 풍경은 거의 발견되지 않는다. 이성복의 시에서 가족은 경험적 현실의 차원을 넘어, 그의 의식 속에서 재구성된 심리적 차원에서 형상화된다. 현실을 굴절하고 파편화시켜 현실과 분리된 듯한 풍경을 창조하는 것은 이성복의 시의 고유한 특징인데, 이런 경향은 가족을 형상화하는 방식에서도 그대로 나타난다.

이성복의 시에서 현실세계의 질서는 '아버지'와 '누이'로 상징되며, 이 질서의 빈 곳 또는 바깥에 '어머니'가 존재한다. 아버지와 누이는 현실의 폭력적인 실체를 비추는 양면의 거울이다. 아버지는 권력의 횡포와 피의 역사를, 누이는 그에 희생된 피지배자들의 고통과 치욕의 삶을 반영한다. 이성복의 시에 그려진 가족은 1970, 80년대 한국 근대사의 비극이 고스란히 압축된 역사적 모델이다. 역사적 모델로서의 가족은 시련의 역사가 개인에게 가한 상처를 상징적인 형태로 내면화하고 있다.

> 자고 나면 龜甲 같은 치욕이 등에 새겨졌다 누이를 빼 놓고는 아무도 몰랐다 낮에는 누울 수 없었다 의자에서 가능한 한, 의자처럼 쪼그리고 세월이 갔다 아버지를 볼 수 없었고 믿을 수 없었다 그 사이, 벼들은 자라 한꺼번에 베어졌다
>
> (…) 귀 기울이면 누이는 낮게, 낮게 소리쳤다 치욕이야, 오빠, 치욕이야! 내가 몸 비틀면 누이는 날아가 버렸다
>
> —「자고 나면 龜甲 같은 치욕이」(『남해 금산』 문학과지성사 1986) 부분

> 누이야, 자갈밭 아래 도랑에는 검은 피가 흐르고 앞산 구릉에선 늙은 軍人들이 참호를 파고 있었지 (…) 누이야, 자주 조상들은 울고 있었다
>
> —「자주 조상들은 울고 있었다」(같은 책) 부분

역사의 중압에 눌린 가족의 내력은 먼 '조상' 때부터 시작되었다. 위의 시는 그 한 예를 보여준다. "늙은 군인들이 참호를 파고 있었"던 "앞산 구릉"에서 "자주 조상들은 울고 있었"던 것은 한국전쟁 당시 '나'의 가족이 겪은 비극적인 사건을 암시한다. 전쟁의 여파로, "볼 수 없었고 믿을 수 없었"던 '아버지'가 현실적·심리적으로 부재하는 동안, '나'에게는 "龜甲 같은 치욕이 등에 새겨졌다." '나'의 치욕을 가장 잘 이해하는 가족의 일원은 '누이'다. 누이는 나보다 먼저 치욕을 '등'이 아닌 '온몸'으로 겪었다. 이성복이 분노와 슬픔 속에 호출하는 누이는 그의 (무)의식이 만들어낸 심리적 완충물이자 상상적 자아의 성격을 띤다. 상상적 자아의 역할은 이성복의 현실적 자아 대신 치욕을 감내하고 자신을 희생하는 데 있다. "흰피톨이여,/ 내 죽음 곁에 누울,/ 흰 바둑돌 같은 누이들이여!"(「머잖아 이 욕망도」)와 같

은 시구가 이것을 반증한다.

누이의 희생만으로 고통을 탕감하고 현실의 고난을 극복하기는 어렵다. 이성복은 새로운 삶을 이끌어줄 구원의 존재를 필요로 하게 된다. 이성복에게 구원자의 역할을 해준 것은 '어머니'이다. 어머니는 가난하고 비참한 삶을 살았으나, 구원의 길을 인도하는 현명함과 숭고함을 지니고 있다. 삶의 힘겹고 절망적인 순간에 이성복은 주문을 외듯 어머니를 떠올린다. 어머니는 고통에 굴복하는 법이 없으며, 현실의 폭력에 동요하는 법도 없다.

사랑하는 어머니 비에 젖으신다
사랑하는 어머니 물에 잠기신다
살 속으로 물이 들어가 몸이 불어나도
사랑하는 어머니 微動도 않으신다

—「또 비가 오면」(같은 책) 부분

어머니,
촛불과 안개꽃 사이로 올라오는 온갖 하소연을 한쪽 귀로 흘리시면서, 오늘도 화장지 행상에 지친 아들의 손발에, 가슴 깊이 박힌 못을 뽑으시는 어머니……

—「어머니 · 1」(같은 책) 부분

구원의 표상인 어머니는 구원만큼이나 아득한 곳에 있다. 이 점에서 이성복의 시는 어머니를 찾아가는 머나먼 여정이 된다. 그의 "가슴은 여러 개로 分家하여 떼지어" "먼 데 계시는/내 어머니에게로 날아"간다(「어제는 하루종일 걸었다」). 그 과정에서 이성복은 예상하지 못한 시련에 부딪히게 된다. 물론, 개인의 차원이든 한 시대의 사회의 차원이든 구원에 이르는 도정이 평탄할 리는 없다.

어머니 찾아가는 길 잡초 우거져 길 못 찾겠네 어머니 내 지금 못 가면 우리 어머니 내 걱정에 잡초 헤치며 날 찾아오실 텐데, 공중에서 길 흩어져 어머니와 나는 잡초 거츨은 숲속을 밤새내 헤맵니다

—「어머니 1」(『그 여름의 끝』, 문학과지성사 1990) 전문

어제 저녁엔 어머니, 내 눈썹 끝에 매달려 울고 계셨네 목소리는 찢어지고 옷도 찢어지고 보이지 않는 동굴 속으로 손톱 긴 손이 내뻗쳤네 내 잠은 강이었네 백사장 없는 물길 따라 난 걸었는지, 헤엄쳤는지 알 수 없었네 자고 나면 우리 어머니, 무게가 없어 하늘 한쪽 끝에 오래 떠 있었네

—「높은 나무 흰 꽃들은 燈을 세우고 15」
(『호랑가시나무의 기억』, 문학과지성사 1993) 전문

이성복이 묘사하는 가족의 풍경은 어둡고 음울하다. 각 구성원들은 비극적인 근대사가 초래한 상처로 파편화되어 있고, 봉합과 화해의 가능성 또한 불투명하다. 그러나 이성복의 우울한 가족의 서사는 근대의 가족이 얻은 육체적·정신적 상처에 관한 것일 뿐, 가족의 의미나 가족제도에 관한 근본적인 회의를 제기하는 것은 아니다. 이성복의 시에서 가족의 해체는 가족 내부의 분열이 아닌, 시대의 부당한 폭력에 의해 '상징적으로' 행해진다. 바꾸어 말하면, 이성복은 가족에 대한 전통적인 믿음을 유지하고 있으며, 가족 자체의 문제에 천착하기보다는 현실을 살아가는 자신의 내적 혼돈을 가족의 서사로 극화하고 있다. 그에게 가족은 역사의 모순이 분출되는 가장 예민하고 섬세한 장소를 의미한다. 시대와 사회의 한 구성원으로서 이성복은 기꺼이 가족의 바깥이 아닌, 가족의 균열된 내부에 거주하고 있다.

3. 근대의 폭력적 가부장제의 모델로서의 가족—이승하

그런데 이성복의 시에서 공백으로 처리된 '아버지'는 어디에 있었던 것일까? 이승하(李昇夏)는 그 아버지를 성장기의 기억으로부터 소환해 사정없이 심문하고 응징한다. 이승하의 시에서 아버지의 폭력에 희생된 사람은 아버지를 제외한 모든 가족이다. 그중에서도 가장 착하고 여린, 그에게 하나밖에 없는 누이이다. 어느날 눅눅한 지하실방에서 텔레비전을 보던 그의 가족들, "할무이와 어무이, 성과 나와 누이"는 아버지의 이유 없는 폭력에 한 마리의 벌레로 전락한다.

> 이노무 가시나가 죽을라꼬 환장했나
> 눈에 띄는 빗자루나 총채로 흠씬 패는 동안
> 벌레처럼 누이는 비명도 못 지르고
> 벌레처럼 내도 죽은 시늉을 했었네
> 화가 풀릴 때까지는 매를 거두지 않는 아부지
> 영문도 모른 채 맞을 때는 전쟁이라도 나기를 빌었었지
> 〈아부지를 용서하는 신이 있다면
> 내는 그 신을 용서해야 될꺼까〉
>
> —「10대」(『폭력과 광기의 나날』, 세계사 1993) 부분

> 수십 번도 더 내가 살해하고 용서했던
> 부모와 형제(=가족=가축?)가 준 상처는
> (그 상처는 다른 누가 주는 상처보다 깊으리)
> 이 우주의 역사와 더불어 불멸할 거라고 저주하며
> 집을 떠났었네,
>
> —「길 위에서의 약속」(『욥의 슬픔을 아시나요』, 세계사 1991) 부분

위의 시에서 보듯, '나'의 성장기는 "전쟁이라도 나기를 빌" 만큼의 참혹한 고통과 "아부지를 용서하는 신을 용서할" 수 없는 극심한 분노로 점철되었다. '나'에게 가족이란, 따뜻한 사랑을 주고받는 혈연공동체가 아니라, 아버지의 일방적인 폭력에 초토화되는 범죄의 대상이다. 무슨 이유선가 세상에 패배한 아버지는 근대사회에서 도태된 자이며, 자신의 열패감을 가족에 대한 폭력으로 해소하는 전형적인 인격파탄자이다. 근대사회의 폭력성은 이렇게 가족 개개인의 정체성과 인격의 문제로 내면화되면서 가족 성원의 갈등과 인격적 파탄을 야기한다. 이승하가 희화적으로 조립한, '부모와 형제(=가족=가축?)'이라는 도식은 그에게 가족이 얼마나 끔찍한 굴레였는가를 선명히 보여준다. 세월이 흐른 뒤에 그는, "아버지는 사회라는 거대한 톱니바퀴에 낀/한 마리 바퀴벌레였"(「아버지한테 면회 가다」)다고 동정하게 되지만, 그것은 너무 많은 고통의 시간을 지불한 후의 일이 되고 만다. 가족이 "준 상처는 이 우주의 역사와 더불어 불멸할 거라고 저주하"던 이승하에게 받아들일 수 없는 비극이 일어난다. 사랑하는 누이가 아버지의 학대에 못 이겨 정신병에 걸린 것이다.

> 술병을 깨 들고 외치고 싶었다 웃통을 벗고서
> 심판할 테야, 너한테 폭력을 가한 우리 아버지를!
> 폭력을 사주한 우리 어머니를! 안암동에, 제기동에
> 서울역 앞까지 파도가 쳤다 무너지는 건물들,
> 떠다니는 사람들을 보았다 수많은 상처받은 혼을
>
> …… 작은오빠, 부모님을 그만 용서하자 우리도 죄가 많으니
> 차라리 곱게 미쳐 용서하고 만 내 누이야, 하나뿐인
>
> —「병든 아이—에드바르트 뭉크의 그림 1」(같은 책) 부분

“부모님을 그만 용서하자”고 말하던 누이는 자신의 기억과 의식을 지움으로써 그들을 용서한다. 자신을 폐기처분함으로써 가족을 용서한 누이 앞에서 이승하는 더욱더 아버지를 증오하게 된다. 놀라운 점은, 이 지점에서 이승하가 분노와 공격의 대상을 아버지와 가족에서 자기 자신으로 교체한다는 사실이다. 타자와 세계에 대한 분노를 잠시 제쳐두고, 이승하는 자신을 먼저 냉정하게 성찰한다. 미친 누이가 떠맡았던 ‘저주의 몫’은 이제 고스란히 이승하의 내면에 이월되어 자신과 세계에 대한 비판적 자의식으로 전환된다. 이는 그가 누이에 대한 부채감과 죄의식을 상쇄하는 전략일 수도 있지만, 피해의식과 분노에 사로잡힌 인간이 어떻게 그것을 떨쳐버리고 거듭나는가를 보여주는 심리적 사건이 된다.

나는 그러나 우상의 일부일지 모른다 그렇다면
나는 나부터 증오해야 한다
나는 나를 먼저 죽여야 한다

—「우상 만들기」(같은 책) 부분

1990년대의 이승하는 자신에 대한 가혹한 반성을 바탕으로, 폭력적인 가족사의 경험을 인류 역사의 본질적인 문제로 확대해나간다. 시집 『폭력과 광기의 나날』은 이승하가 가족의 폭력에 대한 강박을, 한국과 이스라엘, 보스니아, 아프리카 등에서 일어난 세계 각지의 폭력적인 역사의 문제로 확장함으로써 승화·해소시킨 의미있는 결실이라고 할 수 있다. 누구보다 폭력의 공포와 고통을 잘 아는 이승하는 타인의 고통을 자신의 것으로 깊이 체감한다. 그가 죽음의 고통 앞에서 전신이 마비된 아버지를 용서하는 것도 같은 맥락에서다

사람의 자격을 상실한 저 사람을
나는 얼마나 깊이 증오해왔던가
꿈속에서 살해한 것만도 수십 수백 번
이렇게 되어 매질을 멈추시다니

—「아버지 뇌사 상태에 빠져 계시다」
(『뼈아픈 별을 찾아서』, 시와시학사 2001) 부분

마지막 기운마저 빠지자
눈을 크게 떴다가
감으신 아버지
두 줄기 눈물을
주르르 흘리신 뒤
숨을 멈추셨다
그 몇 방울의 눈물로 나는
아버지의 자식이 된다.

—「아버지의 임종을 지키다」(같은 책) 부분

이승하에게 '아버지'는 가족의 이름으로 부과된 '저주받은 운명'의 형벌로 인식된다. 그 형벌의 마지막 순간에 아버지가 흘린 "몇 방울의 눈물로" 마침내 그는 비로소 "아버지의 자식이 된다." 아버지는 아들에게 '피의 저주'와 '피의 뜨거움'을 함께 가르친 것인데, 안타깝게도 후자는 아들에게 너무도 늦게 단 한 번 실감되는 것으로 그친다. 하지만 적어도 이 순간에는 오랜 반목과 증오는 소멸하고, 이승하는 선험적으로 연결된 가족의 끈을 아프게 확인한다.

이승하에게 가족은 아물 수는 있지만 고통의 기억과 흉터를 없앨 수는 없는 완치 불능의 상처이다. 이승하는 자신의 실제 가족사를 토대로 근대사회가 초래한 가족의 붕괴가 인간의 파탄과 맞물리는 현장을 처절하게 증언한다. 그 현장은 가족이 개인의 적으로 화하는 지점이자, 개인이 자신의 정체성의 기원인 가족을 완전히 부정하기 시작하는 지점이다. 이승하는 폭력적인 가족사를 사회·역사적 반경으로 확대함으로써 증오와 파괴의 악순환에서 벗어나는 출구를 마련한다. 자신의 고통을 타인의 고통과 동일시함으로써 출구를 찾은 것이다. 아버지의 죽음을 계기로 이승하는 힘든 탈주의 시간을 지나 가까스로 용서와 화해의 시간에 이른 것으로 보인다. 한 가지, 그가 고통과 환멸 속에서 쓴 시들이 용서와 화해의 와중에 쓴 시들보다 완성도가 높은 것은 시가 지닌 발생학적 아이러니를 보여주는 것이라고 할 수 있다.

4. 딸의 반란, 생산적인 가족 해체의 꿈—김언희

그런데 이상하게도 고통의 안쪽에 머무르면서 악순환의 함정 속으로 자진(自盡/自進)해 뛰어드는 이들이 있다. 그들은 어딘가로 "날아가 버리"(이성복)거나 "미쳐 버리"(이승하)지 못한 누이들, 현실의 구석에서 간신히 숨쉬며 긴 시간을 '연명'해온 여성들이다. 그녀들 중 김언희(金彦姬)는 '아버지 살해'를 공언하며 남성 중심의 시단을 공략한다. 굳이 오이디푸스 콤플렉스를 논하지 않더라도, 아버지 살해의 욕망은 인간의 가장 엄격한 금기로 규정된 욕망에 속한다. 그 욕망은 '억압된 것의 귀환'의 형태로 예술과 문학 속에서 끊임없이 재연되어왔다. 근대문학에서도 아버지 살해의 모티프는 반복적으로 출현해왔다. 살해의 주체는 아버지의 권위에 걸맞게 당연히 아들이었다. 그렇다면, 그동안 어머니와 딸은 어디에 있었던 것일까?

여성의 억압에 관한 담론은 어느새 여성에게조차 지루하고 무감각한 것이 되었다. 이런 가운데 여성의 날카로운 자의식으로 무장한 김승희의 자기해체적인 시는 착취와 유린에 길들여진 여성들을 일깨우는 데 큰 역할을 했다. 김승희(金勝熙)가 "나 그토록 제도를 증오했건만/엄마는 제도다./나를 묶었던 그것으로 너를 묶다니!/내가 그 여자이고 총독부다./엄마를 죽여라! 랄라."(「제도」, 『세상에서 가장 무거운 싸움』, 세계사 1995)라고 자신의 아이에게 호기롭게 '어머니 살해'를 권유했을 때, 이 요청에 응답한 것은 몇몇의 '무서운 딸들'이었다. 박서원이 어머니에 대한 증오와 살의(아들들의 생각과는 달리, 딸을 망친 것은 아버지가 아닌 어머니였다. 적어도 어머니가 먼저였다)를 아버지에 대한 성적 환상과 짝패로 노래한 이후, 가장 적극적으로 이 작업에 가담한 여성시인의 한 사람은 김언희였다. 김언희는 아버지와의 통교(通交)를 꿈꾼 박서원보다도 훨씬 도발적인 면모를 거침없이 드러낸다. 김언희에게 어머니와 아버지는 가혹한 부정과 공격, 유린과 희화화의 대상이 된다. 그녀는 아예 정신분석학적 어휘인 '가족극장'을 시의 제목으로 삼아 억압된 금기의 퍼포먼스를 펼친다.

> 탯줄에 매달려 어머니 쪼록쪼록 나를
> 빨아먹는다 내가
> 쭈글쭈글해진다
>
> —「가족극장, 중절되지 않는」(『말라죽은 앵두나무 아래 잠자는 저 여자』, 민음사 2000, 이하 같은 책) 부분

> 구렁이가
> 있다 어머니를 삼킨 살진 구렁이
> 구렁이의 뱃속에서 서서히 구렁이가 되어가는 어머니
> 나에게 서서히 어머니가 되어가는 구렁이
> 어머니가 된 구렁이가 나를
> 삼킨다 어머니의

뱃속에서
서서히 어머니의 피가 되고 어머니의
비늘이 되고 있는 나, 칠흑의

—「가족극장, 구렁이」 부분

김언희는 '모성의 신화'로 우아하게 분장한 어머니의 맨얼굴을 폭로한다. 어머니는 자식인 '나'의 "탯줄에 매달려" "나를 빨아먹"으며 기생하거나, 서로의 꼬리를 문 두 마리의 뱀처럼 '나'와 먹고 먹히면서 공생 혹은 공사(共死)하는 그악스러운 존재이다. 어미를 잡아먹는 살모사의 본능은, 김언희의 시에서는 최초의 억압기제인 어머니를 살해하고자 하는 딸의 욕망으로 변주된다. 김승희가 간파한 것처럼, 엄마는 제도일 뿐 아니라 온갖 욕망과 금기의 전수자이며, 딸이 끝내 도달하게 될 슬픈 미래이기 때문이다. 그 증거로 딸은 시간이 지날수록 점점 "쭈글쭈글해지"며, "어머니의 피가 되고 어머니의 비늘이 되"어간다. 김언희는 어머니를 강력하게 해체해야 할 억압의 기원이자, 딸이 독자적인 정체성을 확보하는 과정에서 절대 본받아서는 안될 반면교사로 간주한다. 동시에, 아버지는 마음껏 희롱하고 유린해도 좋을 유희의 대상으로 취급한다.

이리 와요 아버지 내 음부를 하나 나눠드릴게 아니면 하나 만들어드릴까 (…) 벗으세요 아버지 밀봉된 아버지 손잡이 달린 나의 성기로 아버지 아주 죽여드릴게 몇 번이고 아버지 깊숙이 손잡이까지 절정을 아버지 심장이 갈래갈래 터져버리는 황홀경을 아버지 절정을 아버지 비명의 레이스 비명의 프릴 비명의 란제리로 밤단장한 아버지 처녀 척하는 아버지 그래봤자 아버진 갈보예요 사지를 버르적거리며 경련하는 아버지 좋으세요 아버지 아버지로부터 아버지를 뿌리째 파내드릴게

—「가족극장, 이리 와요 아버지」 부분

미끌거리는/아버지의 문고리……하지만 아버지/이제, 내가, 아버지의/아가리에/똥을/쌀/차례죠…… 이제, 내가, 아버지,

—「가족극장, 문고리」 부분

이 시에서 "손잡이 달린" 딸의 성기와 처녀막이 있는 아버지의 성기는 생물학적으로 역전되어 있다. 김언희는 "이제, 내가, 아버지의 아가리에 똥을 쌀 차례"라면서 아버지에 대한 극단적인 모욕과 언행을 서슴지 않는다. 아버지와 딸의 역할과 권위의, 이 생물학적이며 성적이며 윤리적인 전복은 추악한 패륜의 욕망을 표출하는 데 목적을 두지 않는다. 김언희는 가장 충격적이고 자극적인 방식으로 가족의 경직된 질서를 해체하기를 원한다. 김언희는 어머니에게는 폭로와 공격의 전략을, 아버지에게는 모욕과 유희의 전략을 사용하면서, 여성 억압의 역사에서 공모자와 주동자 사이에 근본적인 차이는 없다고 말한다. 오히려 그녀는 페미니즘의 일반적인 보고서와는 반대로, 어머니와 여성 역시 가부장제의 강력한 주동자이며, 아버지와 남성보다 더 서둘러 해체해야 할 뒤틀린 몸체라고 주장한다. 이런 맥락에서 김언희의 「가족극장」 연작에 담긴 전언은 이렇게 정리될 수 있다. 우리 시대의 가족문제의 핵심은 가족의 해체 현상이 발생하는 데 있지 않다. 가족을 어떻게 '생산적으로' 해체할 것인가에 있다.

김언희의 주장과 방식이 얼마나 타당한가와는 별개로, 그녀의 시는 우리 시대의 가족을 가장 불쾌하고 역겨운 모습으로 형상화한 예에 속한다. 김언희가 주연하고 연출하는 가족극장을 관람하노라면, 이제 근대의 가족이 드러낼 추한 얼굴은 더이상 남아 있지 않은 것처럼 생각된다. 그렇다면 근대의 가족 앞에 펼쳐져 있는 것은 희망일까, 절망일까? 당분간 김언희는 표면화된 절망을 암묵적인 희망으로 만들기 위한 작업에 몰두할 것으로 보인다. 그 일정은 그녀가 지금까지 해온 것처럼 자신을 찢고 산산조

각내는 것을 두려워하지 않는 시간으로 채워지게 될 것이다. 김언희의 새로운 시적 분전(奮戰)을 기대하며, 축복의 문장 삼아 한 가지 의문점을 적어두기로 한다. 여성이며 어머니이며 시인인 그녀는 정말 자신을 정직하게, 남김없이 분해하고 있는 것일까? 이에 관한 끊임없는 자문자답의 과정은 김언희가 제기한 '가족의 생산적인 해체'의 방법론을 구체화해나가는 길과 하나로 이어지게 될 것이다.

—『시안』 2003년 겨울호

다시 열린 판도라의 상자

1990년대 이후 등장한 여성시인들의 자기표현

1. 다시 열린 판도라의 상자

20세기말 우리 시단에는 기괴한 상자 하나가 수신자 부담으로 배달되었다. '판도라의 상자'를 연상케 하는 그 상자에서는 끔찍한 물품들이 쏟아져나왔다. 찢겨진 살점, 피투성이의 자궁, 살해된 시체, 생매장된 영혼, 강간과 폭행의 증거들, 기형의 언어와 제도들……. 상자의 발신자는 과거의 역사와 인간의 무의식이었으며, 수신자는 근대의 병폐에 시달리는 한국사회였다. 역사와 현실의 저지선을 넘어 배달된 상자는 수신자에게 막대한 요금을 지불할 것을 요구했다. 상자에는 이런 분류표가 붙어 있었다. '여성과 여성적인 것들, 그리하여 타자들.'

판도라의 상자는 제우스(남성)가 판도라(여성)에게 부여한 금기를 상징한다. 제우스가 완벽한 미(美)의 소유자인 판도라에게 준 상자에는 재앙이 가득했고, 절대 열지 말라는 단서가 붙어 있었다. 판도라는 제우스에 의해 아름다움과 재앙의 위험을 함께 지닌 존재, 즉 남성에 의해 정체성이 결정된 여성이 된다. 판도라의 미모와 재앙의 위험은 남성이 여성을 역사적으로 지배하는 데 활용한 이중의 코드이다. 미모/재앙의 대립쌍은 천사/악마, 질서/혼란, 순수/훼손, 미/추 등의 여성의 양면성을 포괄한다. 전자는 남성이 여성에게 갖는 욕망의 목록이며, 후자는 남성이 여성에게 부과한 금기의 목록이다. '판도라의 신화'는 남성이 원하는 여성과 원치 않는 여성을 묘사한 일종의 역할극이자, 남성이 관장하는 성정치의 전략적 홍보물이라고 할 수 있다. 그 소품인 '판도라의 상자'는 남성이 여성의 대항을 막기 위해 만든 상징적 방어장치이다. 이 점에서 판도라의 상자의 밑바닥에 '희망'이 들어 있다는 사실은 의미심장하다. 제우스(남성)가 판도라(여성)에게 부과한 금기는 남성의 질서를 위협하는 혼란과 재앙, 그리고 남성적인 세계에 결여된 희망의 두 가지였다. 지배자인 남성의 입장에서 볼 때, 그중 더 불온하고 위험한 것은 희망이었다. 희망은 이 세계를, 더 많은 사람들이 더 행복하게 사는 곳으로 변화시키기 때문이다. 이렇게 볼 때, 판도라의 상자에 든 희망은 세계를 바꾸려는 '인간'의 희망이 아니라, 남성이 지배하는 세계를 바꾸려는 '여성'의 희망을 의미한다.[1]

그 '희망'의 판도라 상자가 20세기말의 한국시단에서 다시 개봉되었다. 하지만 고대신화와 1990년대 한국의 판도라의 상자에서 나온 내용물은 대단히 다르다. 신화 속의 상자가 남성의 상징질서를 유지하려는 상상적 고안물인 데 반해, 1990년대 한국시단에서 개봉된 상자는 남성 중심의 역사가 낳은 비극의 집적물이다. 여성은 남성 중심의 역사 속에서 수많은 상처를 경험했고, 그것은 여성의 몸과 정신에 그대로 각인되었다. 동시에 희망 또한 온전히 여성의 것이 되었다. 한국의 여성들은 1990년대에 와서야 비로소 '시를 통해' 현실의 중심에 도착한 것이다. 역사상 가장 정교한 남성 지배의 시대인 근대에 이르기까지 여성의 도착(到着)은 남성의 권력적 도착(倒錯)에 의해 지연되었다. 긴 세월 동안 여성은 존재적으로, 동시에 사회·역사적으로도 부재 상태에 있었다. 엘리자베스 그로츠(Elizabeth Grosz)가 지적한 것처럼, 모든 지식이나 사회적 실천의 문화생산에 여성

1 판도라의 신화에 대한 이러한 해석에는 여성으로서의 필자의 무의식이 작용했을지도 모른다는 점을 부정하지 않는다. '부정할 수 없다'와는 다른 차원이다.

이 기여한 바는 결코 인정된 적이 없었으며, 여성 스스로 선택한 어휘로 재현된 적도 없었다. 1990년대의 여성시인들은 바로 이 자리에서 출발한다. 이들은 처음으로 문화생산의 공식적이고 집단적인 주체로 출범해,[2] '억압당한 여성의 게르니까'를 통렬하게 그려낸다. 삐까소가 3차원의 세계를 평면에 병치한 4차원의 화법(畵法)으로 억압된 타자성을 복원한 것처럼, 여성시인들은 남성 중심 세계의 이면을 입체적으로 재현하면서 억압된 여성성을 되살린다. 만약 그녀들에게 이 끔찍한 게르니까를 그린 것이 당신이냐고 묻는다면, 여성시인들은 삐까소가 나찌의 심문에 답한 것처럼 이렇게 대답할 것이다. "그것은 내가 아니라 학살자인 당신(남성)들이다."

1990년대 여성시인들의 도발적이고 주체적인 문화생산의 노력은 '상상력의 빅뱅'(김정란), '클리토리스의 혁명'(이재복) 등의 긍정적인 평가를 낳은 한편, 잔혹과 역겨움의 작위적인 연출로 비판받기도 했다. 금기와 무의식을 총동원해 자신을 구출하려는 여성시인들은 비판과 멸시를 두려워하지 않았다. 오히려 여성시인들은 스스로(의 몸으로), 비난과 추문을 불러일으키는 '자발적인 사건'이 되었다. 강웅식의 해석처럼, 근대라는 거대한 상징질서의 욕망에 자신의 욕망을 일치시킬 수 없었던 여성들은 결코 근대주의자인 적이 없었기 때문일 수도 있다. 그러나 여성 억압의 역사는 비단 근대에만 한정되지 않는다. 한국 근대역사 1세기의 기점에서 여성시인들이 판도라의 상자를 열어 퍼뜨린 혼란과 재앙은, 남성의 역사가 오랫동안 시달려온 악몽과 일치한다. 그 악몽의 정체는 역사와 근대의 은폐된 실상과 어두운 무의식이다. 1990년대에 출발한 몇몇 여성시인들은 이 악몽의 현장을 증언하면서 악몽의 장막을 찢고 탈출을 꾀한다. 그런데 악몽에서 깨어난 자는 아이러니컬하게도 여성이 아니라 남성이었다. 악몽의

2 1990년대 여성시인들의 활약상은 전시대의 강은교 최승자 김승희 김혜순 등의 노력에 기초하고 있다.

주인이 바로 남성이었기 때문이다. 1990년대 이후 여성시는 해체와 창조의 주체가 되는, 이 힘겨운 주체화의 과정을 광기에 찬 열정으로 치러내면서 한국문학사의 새 페이지를 연다.

2. 저주받은 일상과 죽음의 엑소더스—이연주

1990년대 이후 여성시의 중요한 특징은 비참과 비천의 경험을 '희망'으로 재생산하는 것이다. 프로이트의 개념인 '억압받은 자의 귀환'으로 명명되는 이러한 특징은 사실 전시대 민중문학의 지향점이기도 했다. 그러나 '억압받은 자의 귀환'에 있어 둘은 성격을 달리한다. 민중문학의 계급투쟁은 본질적으로 남성과 남성의 싸움으로, 강자-남성에 대한 약자-남성의 권력 탈환을 목적으로 했다. 여성은 남성과 동등한 권리와 능력을 부여받지만, 이는 여성의 정체성과 역할을 남성을 기준으로 규정한 결과였다. 민중문학이 옹호하는 여성은 남성의 질서를 내재화한, 남성화된 여성인 것이다. 이에 따라 민중문학의 전망은 세계에 대한 절반의 혁명, 즉 남성의, 남성에 의한, 남성을 위한 혁명에 머무르게 된다. 한편, 여성문학에서 '억압받은 자의 귀환'은 여성의 본질 구현과 희생의 차원에서 전개된다. 여성의 희생-귀환은 권력 획득이 아닌, 타자와 세계의 구원을 목표로 한다. 그 대표적인 상징은 신화 속의 '바리데기'이다. 희생을 통해 타인과 세계를 구원하려는 '바리데기 의식'은 한국 여성들에게 정신사적으로 내면화된바, 이는 강은교[3]가 도입하고 김혜순 등이 변주하면서 현대시의 숨은 정전(正典)으로 자리잡고 있다.

1990년대 이후 여성시인들이 비참의 경험을 형상화하는 방식은 강은

3 강은교 시에 나타난 바리데기 의식에 대해서는 졸고 「'그 여자'의 오래된 말들—강은교론」(『풍경 속의 빈 곳』, 문학동네 2002) 참조.

교나 김혜순과는 차이를 보인다. 강은교의 온화하면서도 강인한 견인의 자세나 김혜순의 환상의 지적 조작을 통한 현실의 반성적 해체와는 달리, 박서원 이연주 김언희 등은 엽기적인 컬트 수준의 충격 영상을 선보인다. 이들의 '격렬한' 시세계는 싸도-마조히즘적 성향을 강하게 표출한다. 싸도-마조히즘은 90년대 여성시인들에게 자주 발견되는 심리적 현상으로, 이들은 오욕의 경험을 사회적 승화 과정을 거치지 않은 (듯한) 원초적인 언어로 폭로한다. 90년대의 여성시인들은 싸도-마조히즘의 분열의 담론을 펼치면서 스스로를 가학/피학의 분열의 주체로 정립한다. 분열을 통해 역설적으로 '주체'가 된 여성은 '찢겨진 자아의 드라마'를 서술함으로써 폭력적인 사회 현실을 환유한다. 첫 시집 『매음녀가 있는 밤의 시장』(세계사 1991)과 유고시집 『속죄양, 유다』(세계사 1993)를 남긴 이연주의 경우를 보자.

왜 살아야 하는지 그녀도 모른다.
쥐새끼들이 천장을 갉아댄다.
바퀴벌레와 옴벌레들이 옷가지들 속에서
자유롭게 죽어가거나 알을 깐다.
흐트러진 이부자리를 들추고 그녀는 매일 아침
자신의 시신을 내다버린다, 무서울 것이 없어져버린 세상
철근 뒤에 숨어사는 날짐승이
그 시신을 먹는다.

—「매음녀 1」(『매음녀가 있는 밤의 시장』) 부분

내가 검은 타이어 바퀴 밑에 깔려 죽어 있었다
(…)
나는 달려들었다. 머리채를 훌떡

내 골을 파먹고 살점을 떼어먹고
꿀럭꿀럭 피를 마셨다.
비인칭의 땀이 솟았다.
흐흐흐흐……

—「비인칭의 엔트로피」(같은 책) 부분

아침에 일어났더니 왼쪽 눈알이 없어졌어.
아담은 구백삼십 년에 셋을 저주하고
암컷은 수컷을 수컷은 암컷을 저주,
오, 저주.
오늘 오후엔 뭘 하지?

—「우리는 끊임없이 중얼거림을 완성한다」(같은 책) 부분

이연주가 파악하는 삶의 실체는 비루하고 절망적이다. 현대인은 누구든 "방부처리가 잘된/영원히 도심 복판을 횡단해야 할/마이너스 인생" "완벽한/부패의 연인"(「성자의 권리 10」)의 운명을 살아내야 한다. 마이너스와 부패의 운명은 이연주에게는 끊임없이 자아의 죽음을 경험하는 일로 귀결된다. 동시에 내면의 죽음은 이연주가 비천한 일상을 견디는 유일한 방식이 되기도 한다. 이연주는 끊임없이 죽어 자신의 시체를 파먹거나 파먹히는 살해의식을 통해 가까스로 생명을 유지한다. 그러는 동안에도 삶의 문제는 줄기차게 반복된다. "오, 저주./오늘 오후엔 뭘 하지?" 생은 쉴새없이 밀어닥치는 사소하고 암담한 고민들의 전쟁터다. 이연주는 자신의 '집'이 "질펀한 피의 방바닥"을 지닌 '무덤'이며, "내가 죽인 아이들의 송장으로 지어진 건물"(「무덤에서의 기침」)이라고 생각하기에 이른다. 살아 있다는 이유로 그녀는 자신과 타인을 죽인 살인자, 세상과 내통하는 '매음녀', 사물과 같은 비인칭이 된다. "사는 게 음모"(「그렇게, 그저 그렇게」)이기

때문이다. 삶에 염증이 난 딸은 말한다. "어머니, 얼마나 오래 늙어가야죠? 정말 지루하군요"!(「구덩이 속 아이들의 희미한 느낌」) 어머니는 힐난한다. "가족을 버리겠다는 거냐?" 이어지는 딸의 응답. "가족이 나를 필요로 하지 않아요, 벌써 오래된 일이잖아요."(「지리한 대화」)

가족과의 연대마저 끊긴 세상에서 소통과 구원의 통로는 사라진 듯하다. 이연주에게 남은 것은 "내부가 헐어버린 사원"(「방화범」), "썩은 쇳조각"의 '자궁'(「발작」), "역사는 잔혹한 종양의 덩어리"(「여섯 알의 아티반과 가위눌림의 날들」)라는 절망뿐이다. 이연주는 세상과 자신의 삶을 환멸과 부정으로 일관하면서 '완전한 몰락'의 길을 걸어간다. 인정할 수 없는 삶에 대항하는 최후의 방법은 파멸을 각오하며 그 삶을 끝까지 거부하는 것이다. 이연주는 그 길을 택했지만, 이것이 이연주가 가려 한 길의 전부는 아니었다. 유고시집 『속죄양, 유다』에 실린 다음의 시에는 이연주의 자기규정과 그 한계에 대한 타개책이 잘 나타나 있다.

나는 방류된 폐수다
나는 불행에 중독된 쓰레기
나는 썩은 강물이다

나는 나를 낳은 날카로운 밤의 자궁
나는 모친을 살해하는 딸년
제 어미 아랫배에 오물을 쑤셔박는
나는 도시 건설업자다
이동해 간다는 무, 의미성

어린 수초의 기억을 간직한 채
누치들의 떼주검

빛 앞에 팔을 비트는 물결 컴컴한 멍자국,
나는 살아 고된 피읍녀다

그러나 나는 출렁인다
성역 같은 내 가슴 심연 속으로
깊이, 더 깊이 가슴살을 조금씩 떼어내며
신선한 산소를 들고 나올 것이다
물때에 절어버린 쓰레기들

아뜩한 벽의 진동을 뚫고 나가는 길은
벽의 진동보다 날렵한 주파수를 찾는 거다

나는 이동해 간다
나는 삶의 저쪽 웅크린 짐승의 그림자
나는 삶의 이쪽,
지게차를 몰고오는 시운전자.

—「성자의 권리 9」 전문

이 시에는 이연주의 고뇌와 시적 지향이 응축되어 있다. 자기혐오와 환멸의 싸도-마조히즘과 이를 촉발한 근대자본주의사회의 인간의 실존이 독특한 수사를 통해 형상화되어 있다. 이연주는 현대인의 삶을 "이동해 간다는 무, 의미성"으로 요약하면서, 현대인의 '이동의 무, 의미성'에서 따뜻하고 역동적인 생명력을 이끌어내려는 열망을 버리지 않는다. '살아 고된 피읍녀'였던 이연주는 이제 "성역 같은 내 가슴 심연 속으로" "출렁여", "신선한 산소를 들고 나올 것"을 다짐한다. 이 순간 '이동의 무, 의미성'은 '삶의 저쪽'을 향해 질적으로 상승하고, 이연주는 그 상승의 '시운전자'가 된다.

그러나 새로운 삶을 향한 이연주의 시운전은 그녀의 돌연한 자살로 중단되고 만다. 이 지점에서 시와 시인의 생애는 어쩔 수 없이 착종되지만, 이 사실이 시의 의미를 팽창시키거나 훼손하지는 않는다. 이연주에게 자살은 새로운 삶을 향한 존재 전환의 방법이었을 수도 있었을 것이다. 사정이 어떠하든, '성역 같은 가슴의 심연'을 향한 이연주의 출렁임을, 그녀가 길어 올린 '신선한 산소'를 계속 호흡할 수 없게 된 것은 안타까운 일이다.

3. 절단된 육체의 카니발—김언희

이연주가 자기환멸의 싸도-마조히즘을 밀고나간 데 비해, 김언희는 공격과 파괴의 싸도-마조히즘을 시적으로 실천한다. 이연주가 홀로 고통의 축제를 벌인 반면, 김언희는 가족을 모아 고문의 현장을 방불케 하는 끔찍한 잔혹극을 펼친다. 잔혹극의 테마는 남성에게 혹사당해온 여성의 역사이며, 주인공은 김언희 자신이다. 잔혹과 극단의 상상력에 매료된 김언희는 가장 파괴적인 것이 가장 진실한 것이라는 믿음에 사로잡혀 있다. 이를테면 김언희는, 그녀의 표현을 빌리자면, "극(極)과 독(毒)으로 내공을 쌓는 독거미"(「거미」)와 같다.

첫 시집 『트렁크』(세계사 1995)에 이어 『말라죽은 앵두나무 아래 잠자는 저 여자』(민음사 2000)에서도 김언희의 잔혹성은 극렬히 발휘된다. 김언희의 시적 전략은 기만적인 세계와 인간들(특히 남성들)에게 "경련과 발작" "구토, 오한, 발열, 홍분의 부작용"(『말라죽은 말라죽은 앵두나무 아래 잠자는 저 여자』 자서)을 유발하는 데 있다. 진정한 세계와 인간이 '트렁크' 속에서 통째로 '말라죽어' 있다고 보는 김언희는 세계와 인간을 소생시키기 위해 강력한 충격요법을 사용한다. 김언희는 시체가 그득한 세계의 트렁크들을 함부로 열어젖히면서 험난한 재생의 작업에 투신한다. 여성시인들 중에서도 손꼽히는 이단아인 김언희에게도 여지없이 '바리데기'의 피가 흐르고 있는 것이다.

> 너는 나를 뿌려진 나를 밟고 간다 즈려밟는 발이 내 몸 속에 푹푹 빠진다 오오 진달래 꽃빛으로 뭉그러진 살이 네 발에 엉겨붙는다 황황히 너는 발을 뽑는다 한쪽 발이 더 깊이 박힌다 뿌려진 눈 뿌려진 코 뿌려진 입으로 밟힌 꽃의 내장이 비그러져 나온다
>
> —「역겨운, 역겨운, 역겨운 노래」 부분

> 말라죽은 앵두나무 아래 잠자는 저 여자는 아직도 죽지 않았다 (…) 저 여자 언제 죽을까 죽은 앵두나무 아래 죽을 줄 모르는 저 여자 미친 사내가 도끼를 들고 다시 등뒤에 선다 미래의 상처가 여자의 두개골 속에서 시커멓게 벌어진다
>
> —「말라죽은 앵두나무 아래 잠자는 저 여자」 부분

김언희의 눈에 비친 이 세계의 존재들은 '역겨운, 역겨운, 역겨운' 관계로 팽만해 있다. '너'와 '나'는 서로의 살과 내장을 짓뭉개고, '저 여자'와 '미친 사내'들은 죽어가거나 상대를 죽인다. 그러나 비극의 제공자인, '말라죽은 앵두나무'로 암유된 세계는 끄떡도 하지 않는다. 그 앞에서 "나는 방약무인한 구린내로 나의 있음을 진동시킬"(「홍도야」) 뿐이다. 김언희의 과장되면서도 희화적인 존재 증명은 세계의 천박함과 무가치함에 대한 일인 시위의 성격을 지닌다. 김언희는 세계가 설치한 환상의 장막을 걷어내고, 무언가 본질적인 변화를 꿈꾸며 세계의 '역겨운' 실체를 폭로한다. 그녀의 폭로는 주로 '가족의 환상'에 집중된다. 「가족극장」 연작이 상영하는 패륜의 가족사는 김언희가 경고한 것처럼 경련과 발작을 일으키기에 부족함이 없다. "어머니가 된 구렁이가 나를/삼킨다 어머니의/뱃속에서/

서서히 어머니의 피가 되고 어머니의/비늘이 되고 있는 나"(「가족극장, 구렁이」), "벗으세요 아버지 밀봉된 아버지 쇠가죽처럼 질겨빠진 아버지의 처녀막을 찢어드릴게 손잡이 달린 나의 성기로 아버지 아주 죽여드릴게 몇 번이고 아버지"(「가족극장, 이리 와요 아버지」)와 같은 구절을 보라. 이 시구들은 진술의 사실성을 자체적으로 해체하고 비약시키면서 가족이 따뜻하고 평화로운 공동체가 아닌 추악한 욕망의 먹이사슬의 집합이라는 것을 증언한다. 이 증언을 통해 김언희는 세계의 진실과 허위가 재편되기를 소망한다.

> 당신, 당신 인생의 99%를 속고 살았지?
> 난 내 인생의 99%를 속이며 살았어
> 내 인생의 구십 구
> %를
>
> 죽은 것보다 더
> 죽었었어
>
> —「후렴」 부분

김언희에 의하면, 이 세계에서 우리가 선택할 수 있는 삶의 종류는 거의 없다. 속고 살거나, 속이고 살거나 둘 중 하나다. 어느 쪽이든 삶의 내용물은 동일하다. "죽은 것보다 더 죽어" 있는 것이 그것이다. 삶에 대한 김언희의 결론은 명쾌하며, 그녀의 시도 이 우울한 결론을 따르고 있다. 결론은 다음과 같다. 현대의 인간은 "숙련된 갈보의, 산들거리는, 문자의, 恥毛, 리플레이, 리플레이, 리플레이 되는"(「볼레로」) 가엾은 소모품이라는 것. 그 소모품의 삶을 증언함에 있어 김언희는 구체적 경험을 기술하기보다는, 상징적이고 극적인 상황을 연출하기를 즐긴다. 그녀의 시가 강한 알레고리적 특성과 함께, 은폐된 욕망과 무의식을 상연하는 심리적 무대의 성격을 지니는 것은 이 때문이다. 훼손된 여성의 삶을 극화하는 데 열중한 김언희는 여성 억압의 원인과 대안을 찾는 데는 비교적 소홀했는데 다음의 시는 예외적이고 드문 경우에 속한다.

그것은/쉽게녹슬고/쉽게흉기로/돌변하는구조물/모든무서운것의/시작이자/끝이고/중간인/구조물/

지옥같은/지옥인/지옥의/구조물/동물적인/가족적인/드라큘라적인/구조물/그것은/절단되지도/

절개되지도/않는다/악몽속에서/새롭게/이목구비를만드는/내장처럼생의/중심에서/실룩거리는/구조물/

너무오래/보고있어서/보이지않는/구조물/벽은/없고/금만/있다/내재한/

자멸의/노선을/따라/極烈하게/번져가는

—「X-1」 전문

이 완벽하게 닫힌 공포스러운 구조물의 정체는 무엇일까? "내장처럼생의/중심에서/실룩거리는" 이 구조물에는, "자멸의/노선을/따라/극렬하게/번져가는" "금만/있다/내재한." 들뢰즈/가따리의 '기관 없는 신체기계'를 환기시키는 이 구조물은 자기복제와 자기증식을 계속하는 현대사회와 그 체계 속에 갇힌 인간의 삶을 상징한다. 김언희의 시적 인식이 사회 현실의 구조적인 문제에 이르렀음을 보여주는 대목이다. 앞서 지적했듯이, 김언희의 알레고리적 극화의 시작법은 추상성과 감정의 과잉에 함몰되는 문제점을 안고 있었다. 이 시에서 그녀는 현대사회라는 구조물의 실체를 냉정하게 해부함으로써 시적 혁신을 도모한다. 여성의 억압기제를 해체하려는 김언희의 시적 목표에 비추어볼 때도 이는 유용한 방안이 될 것이다. 한가지 분명한 것은 금지된 성담론의 과잉 분출과 충격적인 영상만으로 오래 퇴적된 남성 중심의 세계를 변혁할 수는 없다는 점이다. 응급 상황에서 쓰는 충격요법의 효능과 한계는 자명하다. 극단의 카니발이 끝난 땅에서는 다시 지리멸렬한 현실과 일상이 도도하게 이어진다. 그 카니발을 현실과 일상의 또하나의 일부로 만들면서.

4. 굴욕의 거름, 환생의 에너지—이기와

이기와의 시에서 그녀의 삶의 내력을 따로 분리해내기는 쉽지 않다. 술집 접대부에서 대학강사에 이르는 파란만장한 이력은 이기와의 시를 열매 맺게 한 '잘 썩은 거름'인 까닭이다. 이기와가 여성으로서 경험한 비천한 삶은 그 비천함을 양분으로 새롭게 꽃을 피운다. 이기와에게 시와 시쓰기는 굴욕의 삶을 치유하는 환생의 통로를 의미한다. '여성'이라는 존재조건이 굴욕의 무덤에서 환생의 탯줄로 변하는 것은 이기와가 자신의 환멸의 경험을 이 시대의 보편적인 문제로 확대하는 싯점에서이다. 시선의 갱신과 확대는 예술이 탄생하는 중요한 조건의 하나로, 이기와는 가식 없는 솔직함으로 이를 확보해낸다. 솔직함은 자신을 투명하게 성찰하고, 그 투명함으로 타자와 세계에 다가가는 담화의 태도이자 방식이다. 이기와의 언어들이 때로 거칠고 선정적이 되는 것은 이 솔직함이 낳은 결과이며 효과이다. 의도적인 자극이나 부풀리기가 아니라는 뜻이다.

통조림 도시의 밑구멍을 따고 들어간다
새로 산 웃음을 입술에 바르고
굽 높은 싸롱화에 얹혀
따각 따각 따각 따각…
'유토피아'의 자궁을 따고 들어간다

(…)
그리고 또 다시, 이내 별 수 없이
방부 처리된 통조림 같은 몸을 딴다
바닥 여기저기에 나를 엎지른다
썩지도 부패하지도 않는, 끝내 청산할 수 없는
이 가공된 생의 막판을 위해

—「'유토피아' 정마담의 하루 2」
(『바람난 세상과의 블루스』, 다층 2001) 부분

화면 복판을 활보하며 춤을 추는 저 누드모델은
대체 과거 어느 때 내가 부르던 슬픔인가?
실리콘으로 부풀린 유방을 흔들면서
커다란 엉덩이를 까 보이면서.

—「냄새나는 노래방 1」(같은 책) 부분

매일 '유토피아'로 출근하는 '정마담'은 "통조림 도시의 밑구멍을 따고 들어"가 "방부 처리된 통조림 같은 몸을 따"서 생계를 잇는다. "썩지도 부패하지도 않는, 끝내 청산할 수 없는" "가공된 생의 막판"은, 그러나 비단 정마담만의 현실은 아니다. 정마담은 노래방의 영상화면 속의 '누드모델'에게서도 자신을 발견한다. 자본주의사회의 인간은 살기 위해 발가벗고,

기계처럼 무표정하게 노동하며, '물주'에게 수시로 몸과 마음을 상납한다. 그럼에도 삶의 가계부는 제로에 가깝거나 적자를 면치 못한다. 자본주의 체제는 구조적으로 진정한 생산의 경험을 보유하지 못하며, 각 개인은 자신을 끝없이 소모할 것을 강요받으며 삶을 허비한다. 이기와가 공개하는 그녀의 서글픈 금전출납부를 들여다보자.

총, 다섯탕
도원/묵향/유정/아방궁/대원각
받아 온 돈 340,000원
제한 돈: 보도비 5탕×25,000=125,000
세탁비 7,000
청소비 5,000
식비 15,000
(…)
업소 마담비 20,000
지각비 10,000
귀중품 보관료 3,000
템포 2통+심부름값 12,000
카드깡 20,000
개인전화비 5,000

총 336,000
남은 돈: 4,000원

(…)
아무데나 휙, 그마저 적선하고

원없이 빈손으로 간다
맨 길에 맨 몸 처대며.

—「화대」(같은 책) 부분

굴욕적인 삶을 시(예술)로 승화시킨다고 해서 문제가 해결되는 것은 아니다. 오히려 사태는 더 참혹해진다. 한가지 위안은 이 금전출납부가 이기와만이 아닌, 이 시대를 사는 사람들의 보편적인 것이라는 점이다. 한 예로, 그녀의 친구 '영자'는 새벽에 전화를 걸어 "건너야 할 강이 보이지 않아, 길을 잘못 들었나봐"(「새벽 4시의 전화」)라며 흐느낀다. "움직이지 마, 서있는 자리에 문이 있다니까"(「새벽 4시의 전화」) 위로를 건네지만, 이 말은 이기와 자신도 위로하지 못한다. "구만리 험준한 시간의 동굴 속에서/매운 모멸의 생마늘 씹어 삼키며/끝내 도도한 인간으로 환생하는 일이/그리 쉬운 줄 알았느냐"(「영자야 13—건국신화」)는 말 역시 마찬가지다. 현대자본주의사회에 사는 인간들은 "인간으로 환생하는 일" 앞에서 제각기 속수무책인 것이다.

이기와는 여성으로서 겪은 모멸의 경험을 통해 이처럼 서글픈 인식에 이르러 있다. 인간이 인간으로 환생해야 하는 아이러니컬한 위기의 시대에 억압받는 여성은 인간의 유(類) 개념이 아닌, 미달이나 초과의 개념으로 존재한다. 이기와의 시는 이 미달과 초과의 자리에서 힘겹게 쏟아져나온다. 분출의 원동력은 그녀가 온갖 비루한 체험 속에서 겪은 고통과 슬픔이다. 앞으로 이기와가 고통과 슬픔의 에너지를 어떻게 보다 생산적인 시의 자양분으로 전환할지 관심을 갖고 지켜볼 일이다.

5. 텅 빈 실존과 낭만적 페이소스—신현림

이연주 김언희 이기와가 싸도-마조히즘의 구도로 세계의 진상을 폭로한 것과 달리, 신현림(申鉉林)은 낭만적 페이소스에 기대어 무의미한 삶을 견디고자 한다. 이연주와 김언희, 이기와에게 여성의 자의식은 세계의 폭력적 질서를 비판하는 근거인 반면, 신현림에게는 텅 빈 실존을 채워주는 보충물이 된다. 혼돈의 세기말에 "슬픔의 독을 품고 가라"(「슬픔의 독을 품고 가라」)고 부르짖었던 신현림은 『지루한 세상에 불타는 구두를 던져라』(세계사 1994), 『세기말 블루스』(창작과비평사 1996) 등 두 권의 시집에서 이 점을 생생히 보여준 바 있다.

> 저는 고요히 불타는 구두를 신은 여자가 좋습니다
> 실존의 화면을 꽉 채우는 여자 뭔가 대륙적인 여자
> 전혜린, 바흐만, 섹스턴, 베아트리체 달, 아자니, 「적 그리고 사랑이야기」의 레나올린, 제니스 조플린, 프리다 칼로, 그리고 **익명의 불타버린 여자…**
>
> —「지루한 세상에 불타는 구두를 던져라」 부분

> 20년 후에 나는 폐경기야
> (…)
> 쓰러져가는 혼에 불을 지필 사람이 필요해
> 함께 죽어갈 사람이
>
> —「세기말 블루스 1—곧 잊을 수 없는 저녁이 올 거야」 부분

"고요히 불타는 구두를 신"고 "실존의 화면을 꽉 채우는 여자"가 되고

싶은 신현림은, “삶이란 자신을 망치는 것과 싸우는 일”(「나의 싸움」)이라고 믿는다. 신현림에게 자신을 망치지 않게 해줄 유일한 희망은 불타는 사랑이다. 안타깝게도 둘의 거리는 멀기만 하다. 세기말의 정서와 적절히 혼합된 신현림의 낭만적 페이소스는 텅 빈 현실과 불타는 사랑의 메울 수 없는 간극에서 발생한다. 낭만적 페이소스의 전범으로는 전혜린, 바흐만, 프리다 칼로 등의 진취적 여성 예술가들과, 버림받은 ‘익명의 불타버린 여자’들이 있다. 낭만적이고 비극적인 페이소스는 주체의 내부에서 발생하지만, 그 간극은 타자와 세계를 통해 해소될 수 있다. 사랑을 열망하는 신현림의 낭만적 페이소스는 타자와의 진정한 교감을 필요로 한다. 그러나 “쓰러져가는 혼에 불을 지필 사람”을 만나는 것은 쉬운 일이 아니다. 영원할 듯 타올랐던 사랑도 “너는 아무 것도 아니었”고 “나도 아무 것도 아니었”(「아무 것도 아니었지」)다는 참혹한 깨달음만을 남기고 소멸한다. 필사의 사랑을 갈망하던 신현림은 아무것도 아닌 무에서 삶의 에너지를 채굴하고자 한다.

나는 아무 것도 아닌 것의 힘을 안다
그 얇은 한지의 아름다움을
그 가는 거미줄의 힘을
그 가벼운 눈물의 무거움을

아무 것도 아닌 것의 의미를 찾아가면
아무 것도 아닌 슬픔이 더 깊은 의미를 만들고
더 깊게 지상에 뿌리를 박으리라

네가 아무 것도 아니라고 느낄 때
비로소 아무 것도 아닌 것에서

무엇이든 다시 시작하리라

—「아무 것도 아니었지」(『해질녘에 아픈 사람』, 민음사 2004) 부분

텅 빈 실존은 "몸은 곡식이 다 빠져나간 창고네/(…)/뭘 봐도 크게 슬프지 않아 슬프네/몸만 아이스크림처럼 천천히 녹아드네"(「아이스크림 언덕」)와 같은 감각적 상태로 묘사된다. 신현림은 황폐하고 무기력한 현실에 절망하면서, "사람이 그리워 왔지만/사람을 만나 다치고 여기를 빠져나"(「눈 오는 까페」)간다고 탄식한다. 그녀는 이 상실감을, 아무것도 아닌 세상을 살아내는 에너지로 발전(發電)하기를 원한다. 신현림에게 '아무 것도 아닌 것'의 힘은 "이 세계를 견디게 하는 헝그리 정신"(「헝그리 정신」)이며, 오기와 투지로 똘똘 뭉친 생의 마지막 에너지에 속한다. 이 에너지는 성공을 향한 욕망이 아닌, 실패를 두려워하지 않으며 실패를 자신의 일부로 끌어안는 생에 대한 포용력에서 솟아난다. 신현림이 말하는 '아무 것도 아닌 것의 힘'은 유(有)의 반대로서의 무(無)가 아닌, 세계의 본질로서의 무(無)에서 생성된다. 신현림에게 이 무의 반대편에 존재하는 것은 없다. 아무것도 아닌 것, 그것이 바로 생이며 죽음이기 때문이다.

6. '부재'에서 '존재'로

생의 원천인 무(無)를 여성시인들은 경험적인 동시에 선험적으로 훨씬 잘 이해하고 있다고 말한다면, 이것은 또하나의 편견일까? 그 가능성을 부정하고 싶은 것은 필자 역시 한사람의 여성이라는 점에 기인하는 것일 수도 있다. 돌이켜보건대, 여성에게 남성 중심의 역사는 자신의 의지와 욕망으로 살고 있다는 믿음을 주입당해온, '낡은 환상의 매트릭스(matrix)'였다고 할 수 있다. 1990년대 이후 여성시인들이 폭로하고 공격한 것은

그 환상의 사회·역사적 체제가 조작해온 현실의 왜곡된 실체였다. 20세기말에 이르러 비로소 한국의 여성시인들은, 존재적으로뿐만 아니라 사회·역사적으로도 '부재'했던 여성이 어떻게 '존재'와 '주체'로 거듭날 것인가를 집단적인 규모로 탐색하기 시작한 것이다. 이런 의미에서 한국 현대문학사의 온전한 출발점은 1990년대라고 말할 수 있다. 그 문학적·존재적·생애적 혁신의 경험을 발판으로, 지금 이 순간에도 여성시인들은 끊임없이 이 세계와 삶의 '주체'가 되어가고 있다.

—『문학·선』 2003년 하반기호

제 2 부

무정부적 감각의 우주

정현종의 시세계

1. 현대시, 감각의 축제, 정현종

바야흐로 시력 40년에 이른 정현종(鄭玄宗)의 시는, 시의 본질이 '감각의 향연이며 축제'에 있다는 사실을 명료하게 보여준다. 정현종만큼 시가 일차적으로 감각의 산물이며, 인식과 성찰, 기억과 상상, 관념과 환상 등의 갖가지 시적 사유를 통과해 다시 감각으로 수렴되는 존재임을 명확히 간파해온 예는 많지 않다. 『사물의 꿈』(민음사 1972), 『나는 별아저씨』(문학과지성사 1978), 『떨어져도 튀는 공처럼』(문학과지성사 1984) 등에 실린 초기시에서 정현종은 자신이 '감각적 확신'을 통해 삶을 영위하고, 사물·생명·세계와 소통하는 자임을 분명히 드러낸 바 있다. 저 유명한 문구를 비틀어 말하면, '나는 느낀다. 고로, 나는 살아있다'(단순히 '존재한다'가 아닌)라는 한 줄의 문장이 시인 정현종의 자기규정의 전문(全文)인 셈이다.

정현종의 시가 분출하는 상상력과 언어의 강렬성은 거의 전적으로 그가 소유한 감각의 강렬성과 풍부함에 의존한다. 그의 싯구를 빌리면, 정현종의 시는, 또한 정현종에게 시는 "무정부적인 감각들의 절묘한 균형으로 / 집 전체가 그냥 한 송이의 꽃인 그러한 곳"(「한 그루 나무와도 같은 꿈이」, 『한 꽃송이』, 문학과지성사 1992)이며, 동시에 그 '한 꽃송이'(「한 꽃송이」, 같은 책) 자체다. 정현종의 시는 무정부적인 감각의 축제가 벌어지는 공간이자, 그 무정부적 감각을 뜨겁게 향유하는 적나라한 육체라고 할 수 있다. 정현종의 시가 자연 상태의 무한 감각으로 충전된 시라는 점은, "그에게는 삼라만상이 감각적 쾌락의 계기가 되어준다"(유종호)는 지적이나, 그의 시에서 "우리는 살아 있는 것들로 붐비는 공간의 감각을 공유할 수 있으며, 시인의 산문을 빌리자면 그 '느낌의 우주'에서 시인과 함께 노닐 수 있다"(이광호)는 언급을 통해서도 확인할 수 있다.

정현종의 시에서 '감각'이 절대적인 비중을 차지하는 것은 크게 두 가지로 설명될 수 있다. 먼저, 감각이야말로 현대시가 발견하고 개척한 새로운 영역이라는 것. 시가 감각의 내밀한 영토에서 싹트고, 시인이 독자적이고 자유로운 감각의 주체가 된 것은 근대에 와서 마침내 가능해진 일이다. 주지하다시피, 근대 이전에 시는 정신 수양의 도구이거나 당대의 이데올로기와 삶의 방식을 (무)의식적으로 관철하는 담론의 한 유형에 속했다. 감각이 정신과 이념의 지배에서 분리 독립한 것은 근대문학이 이룬 특별한 성과이다. 근대에 이르러 시인은 비로소 자신의 감각과 감각적 확신에 의지해 시를 쓸 수 있게 되었다. 이런 의미에서 근대문학의 형성·발전의 주체인 '개인'은 근대의 인간이 감각적 주체로 거듭난 상태를 지칭하는 말이라고 해도 지나치지 않다. 세계와 현실을 자기 방식대로 편집하고 압도하는 내면을 보유한 개인이란, 이성적 판단에 앞서 감각적 확신을 통해 삶과 세계를 전유하는 주체이다. 근대적 감각의 사회·역사적 맥락을 분석하는 일이 선행되어야 하겠지만, 현대시가 감각의 독자성을 확보하는 과정과 현대적 감각을 형성하는 과정은 하나로 일치해왔다. 특히, 모더니즘 시인들이 중심이 된 이 작업은 개인의 감각을 재단하는 사회·역사의 손길을 차단하기를 원한 김춘수나 김종삼에게서 극점을 이루었다. 이들은 자신의 감각의 진정한 주체가 되기를, 그리하여 그 감각을 자기만의 언어로 표현할 수 있기를 꿈꾸었다. 이들이 언어(사회·역사의 손길에 닳고 오염된)가 절연된 회화적 이미지의 연쇄나 음악에 이끌린 것은 그런 이유에서였다. 비유적으로 말하면, 이들의 시는 '감각의 1인 제국'에서 벌이는 '나와 세계의 2인 축제'인 것이다.

1965년에 작품 활동을 시작한 정현종은 이 '감각의 축제'의 흐름을 이어받는다. 처음부터 정현종은 "나는 祝祭主義者입니다"(「고통의 축제」, 『고통의 축제』[1])라고 선언하고 있다. 김춘수나 김종삼이 감각을 투명하게 정제하는 일에 몰두한 데 비해, 정현종은 감각을 분출하고 자유롭게 폭발시키는 데 몰입했다. "나는 祝祭主義者입니다. 그중에서도 고통의 축제가 가장 찬란합니다."라는 그의 진술은 그 축제 현장의 흥분과 열기를 반증하는 예가 된다. 고통이란 극히 부정적인 상태의 감각의 총합을 뜻하는 말이며, '고통의 축제'는 '감각의 축제'들 중 가장 극렬한 유형을 이루는 것이다. 달리 말하면, 우리 현대시의 감각은 정현종이라는 분화구를 통해 가장 격렬한 폭발의 한순간을 맞이했다고 할 수 있다.

정현종의 시가 '감각의 축제'가 된 또다른 배경에는 그가 살아온 20세기 중후반의 혼돈의 현실이 놓여 있다. 정현종은 불합리한 기율과 폭력으로 가득 찬 현실을 날것의 감각으로 통과하고자 했으며, 오로지 느끼는 자(者/尺)로서 살아가고 세계와 관계맺고자 했다. "새는 날아다니는 자요/나무는 서 있는 자이며/물고기는 헤엄치는 자이다/(…)/人工은 자가 될 수 없다/(…)/자연만이 자이다"(「자(尺)」, 『사랑할 시간이 많지 않다』, 세계사 1989)라고 생각한 정현종은 그가 사랑한 것들과 뜨거운 '감정결사'(「고통의 축제」)를 맺는다. 감정결사의 주모자로서 정현종은 세계의 유·무형의 존재들의 '기막힌' '실물감'(「고통의 축제」)에 전율하면서, 그 '실물감'을 열정적으로 언어(시)로 번역한다. 그가 초기시에서 벌인 감각의 축제가 환희의 축제가 아닌 '고통의 축제'가 되고, 그의 시가 현실의 구체적인 사실화가

1 이 글에서는 첫 시집 『사물의 꿈』(1972) 대신, 이 시집을 포함한 시선집 『고통의 축제』(민음사 1974)를 텍스트로 삼았다.

아닌 상징적인 추상화로 화한 까닭이 여기에 있다. 정현종은 현실세계를 그 외양이나 사건의 차원에서가 아닌, 현실이 그에게 촉발한 감각적 인상의 차원에서 그려냈다. 감각적 인상은 현실을 담아내는 효능에 있어 구체적이지는 않되 전체적이며, 선명하지는 않되 단도직입하는 미덕을 지닌다. 정현종은 현실을 감각으로, 다시 자신만의 감각적 현실로 수렴하고 대체함으로써 자신만의 시의 공간을 만들고, 거기에 행복하게 거주하기를 꿈꾸었다.

정현종 시의 번성과 약화는 그가 창조한 감각적 현실의 강렬성과 리얼리티, 그가 지닌 감각의 생명력에 의해 좌우된다. 정현종 시의 성패를 진단하는 일은 그의 시의 토대인 감각의 질적 변화를 따지는 일과 직결된다. 정현종의 시에서 감각이 차지하는 절대적인 비중은 그의 시의 독법에도 그대로 영향을 미친다. 오랫동안 정현종의 시를 읽어온 사람들은 대부분 그의 시를 하나의 선명한 감각적 인상으로 기억하고 있다. 그 인상은 존재가 자신의 존재성을 무화하는 동시에 최대화하는 어떤 '도취'의 순간을 내용으로 한다. 고통에서 도취에 이르는, 혹은 고통과 도취의 뜨거운 '감정결사'를 이루어온 정현종의 '무정부적 감각'의 축제가 40년의 세월 동안 어떻게 전개되어왔는지를 일별하는 일은 그 자체로 충분히 매혹적인 것이다.

2. 무정부적 감각과 고통의 축제

축제에 필요한 것은 공간과 육체이다. 시간과 이성은 무용할 뿐 아니라, 심지어 추방되어야 할 대상이다. 해방(의 감각)에 열광하는 축제는 시간을 무화시키고, 이성을 휘발시키는 것을 목적으로 한다. 축제는 시간과 공간의 연합에서 시간의 축을 해체하고, 육체와 정신의 통합체인 인간에게서 정신을 추출해 인간을 순수한 육체의 상태로 돌려놓는다. 정현종이 일찌감치 깨달은 바에 의하면, 이 탈영토화된 공간과 본래적이고 즉자적인 육체가 만나는 최상의 형식은 '춤'이다.

> 지금의 律動의 方法만을 생각하는 때,
> 생각은 없고 움직임이 온통
> 춤의 風味에 沒入하는
> 靈魂은 밝은 한 色彩이며 大空일 때!
>
> —「獨舞」(『고통의 축제』) 부분

"율동의 방법만을 생각하"며 "춤의 풍미에 몰입하는" 육체는 자신의 '움직임' 자체, 다섯 개의 통로로 이루어진 감각기관 자체가 되어 있다. 이 가벼운 육체의 감각기관들은 다른 감각기관과 비선형적으로 연접되면서 감각의 연쇄반응을 일으킨다. "나의 性器의 불타는 혀의 눈이 확인한 성기의 불타는 혀"(「사물의 꿈 3」, 『고통의 축제』)와 같은 싯구는 그 생생한 예를 보여준다. 첫 시집 『사물의 꿈』에서 네번째 시집 『사랑할 시간이 많지 않다』에 이르는 정현종의 전반기 시세계는 이처럼 자체증식하는 쎈서를 지닌 육체의 생생한 감각경험들로 충전되어 있다. 그 경험의 본질을 정현종은 다음과 같이 압축해둔 바 있다.

> 五感의 絃琴들은 타오르고 떨리어
> 아픈 魂만큼이나 싸움을 익혀 가느니.
>
> —「和音」(『고통의 축제』) 부분

감각의 권능으로 세계를 전유하는 정현종 시의 육체-주체는 "살이 보이는 時間의 옷"(「傷處」, 『고통의 축제』)을 입고, "그대 별의 반짝이는 길 속으로 걸어 들어가"(「그대는 별인가」, 『고통의 축제』), "부서진 내 살결과 바람결이 같아지고/결코 없어지지 않는 모든 것들의 살이 되"(「죽음과 살의 和姦」, 『고통의 축제』)기를 갈망한다. 이 육체-주체는 자신의 갈망을 상상의 감각을 통해 언제든지 상상적으로, 또한 감각적으로 달성할 수 있는 존재이다. 뿐만이 아니다. 이 육체-주체와 교감하는 사물과 세계 또한 살아있는 감각기관을 소유하고 있다. "하늘의 입술, 땅의 젖꼭지"(「하늘의 허파를 향해」, 『떨어져도 튀는 공처럼』), "우주의 숨통"(「거지와 狂人」, 『떨어져도 튀는 공처럼』) 등이 그것으로, 이 사물-육체, 세계-육체 들은 자신의 감각기관을 총동원해 타자와 뜨겁게 교류하는 중이다. 이를테면, "밤이 되자 별들은 무덤의 입술을 빨고 무덤들은 별들의 입술을 빨고"(「사랑 辭說 하나」, 『고통의 축제』), "모든 사물의 붉은 입술이 그대를 부르고"(「新生」, 『고통의 축제』), '흙'은 "깊은 데서/큰 향기로운 눈동자를 굴리며"(「초록 기쁨」, 『떨어져도 튀는 공처럼』), "바람 불면/마음의 우주 끝 제일 작은/균(菌)도 심장의 털도 흔들"(「소용돌이」, 『떨어져도 튀는 공처럼』)리는 것이다. 정현종의 시에 자주 등장하는 관능적 모티브와 장면들은 이러한 교감의 열정적인 국면을 극화한 것에 해당한다.

세상만물이 저마다의 감각으로 살아숨쉬는 정현종의 시는 아름답고 환상적인 풍경을 연출한다. 더불어, 측량할 수 없는 극한의 감각에 기초한 형이상학적인 풍경을 빚어내기도 한다.

> 겨드랑이와 제 허리에서 떠오르며
> 킬킬대는 滿月을 보세요
> 나와 있는 손가락 하나인들
> 욕망의 흐름이 아닌 것이 없구요
> 어둠과 熱이 서로 스며서
> 깊어지려면 밤은 한없이 깊어질 수 있는
> 고맙고 고맙고 고마운 밤
>
> —「꽃 피는 애인들을 위한 노래」(『고통의 축제』) 부분

> 여러 해 전 求禮에서 南原 가는 기차에서 들은 汽笛 소리. 공중 어디에인지 영구 녹음되어 아직도 울리고 있는 소리. (…) 虛鬼를 잡아먹었는지 허공을 잡아먹었는지 속이 그냥 텅 빈, 속이 텅텅 비고 속이 그냥 아주 없는 그 기적 소리. 기차에 탄 사람들 三生을 다 바쳐도 이뤄낼 수 없고 그 마음들 전부와 살 전부를 부어도 만들어낼 수 없는 소리. (…) 구만리 허공하고 내통하여 그 太虛腹中에 나를 배고 나는 또 내 뱃속에 배고 있는 그 기적 소리. 세상 만물을 배고 있어 생명의 집과도 같고 썩은 奈落과도 같은
>
> —「소리의 深淵 2」(『사랑할 시간이 많지 않다』) 부분

시 「꽃 피는 애인들을 위한 노래」는 김혜순, 허수경 등의 최근 여성시인들의 시와 혼동될 정도로 여성적인 어조와 상상력을 현시한다. 'ㄹ'음의 잦은 활용과 '~아/어요'의 종결어법, 현실이 구획해놓은 경계를 가로지르는 '육체/몸'의 상상력 등은 억압당해온 여성 특유의 비장함과 발랄함을 감각적으로 표출한다. 이 시가 민족·민중문학이 위세를 떨친 1970년대 초에 씌었음을 감안하면, 정현종 시의 발생학적 지반이 당대의 주류와는 사뭇 다른 곳에 있었음을 짐작할 수 있다. 재언하면, 그것은 '무정부적 감각'에 도취된 '고통스러운' 축제의 현장이다. 축제의 에너지인 '고통'은 정현종의 내부에서 자생한 것이 아니라, 당대의 사회·역사가 그에게 강제로 내면화되는 과정에서 생겨난 '잉여'다. 역설적이게도 이 내면화가 깊숙이 진행될수록, 마음대로는 처리할 수 없는 고통이라는 잉여가 커질수록 정현종의 시에서 현실의 모습은 희미해지는 결과가 초래된다. 위 시에서 보듯, "겨드랑이와 제 허리에서 떠오르며/킬킬대는 滿月"의 몸에 "나와 있는 손가락"들은 환상적인 미학과 감각으로 한껏 고양되어 있지만, 그것은 현실의 어느 방향이나 어떤 내용도 지시하지 않는(못한)다.

「소리의 深淵 2」에는 구체적 현실에서 형이상학적인 우주 공간으로 비

약한 정현종의 내적 정황이 보다 분명히 제시되어 있다. 기차의 기적 소리를 노래한 이 시는 '소리'(감각)에 바치는 최대의 헌사이며, 감각이 철학과 형이상의 차원으로 비상하는 방식을 보여주는 흥미로운 사례이다. 정현종은 여러 해 전에 들은 평범한 기적 소리를, "기차에 탄 사람들 三生을 다 바쳐도 이뤄낼 수 없고 그 마음들 전부와 살 전부를 부어도 만들어낼 수 없는 소리" "구만리 허공하고 내통하여" "세상 만물을 배고 있"는 "생명의 집과도 같"은 소리라고 극찬한다. 수사적 과장의 차원을 넘어선 이러한 언술은 정현종의 시적 인식이 감각의 무한 확산과 질적 변환을 통해 전개됨을 보여준다. "구만리 허공하고 내통하여 그 太虛腹中에 나를 배고 나는 또 내 뱃속에 배고 있는 그 기적 소리"를 들을 수 있는 주체는 자신만의 감각의 우주를 소유한 자이다. 이 감각의 우주는 너무도 거대하고 무한한 까닭에, 여기서 현실은 가까스로 존재하거나 자주 부재하게 된다. '무정부적 감각의 축제'에 심취한 정현종 시의 육체-주체가 나아가고, 또 더이상 나아갈 수 없었던 곳이 바로 이 지점이다. 정현종이 창조한 '감각의 우주'는 다분히 '미적인 것'이었기에, 그가 "美化의 슬픔과 슬픔의 美化"(「求愛」, 『고통의 축제』)의 순환적 딜레마를 말한 것은 자연스러운 귀결이었다. 정현종이 "내 美的 영구 혁명의 죄"와 그 '형량'(「지평선의 향기」, 『떨어져도 튀는 공처럼』)을 스스로 따져보았던 것도 같은 연원을 지닌다.

정현종의 '감각의 우주'의 운행 원리는 그가 독특한 의미로 형상화한 '거울' 이미지에 집약되어 있다. 정현종의 '거울'은 현대시의 산물인 반영의 거울이나 자의식의 거울과는 다른 양상을 보인다. 정현종의 '거울'은 세계를 반사하는 의식의 거울이 아니라, 감각을 지닌 거울이며, 나아가 감각 자체에 해당한다. 이 거울은, 정현종이 만난 모든 존재와 사물이 감각기관을 가진 것(물론 정현종이 부여한 것이지만)과 마찬가지로, 그의 '감각의 우주'의 모든 존재와 사물이 소유한 필수적인 기관인 것이다. 감각의 우주는 "온 땅이 거울이 되어 하늘이 다 비취고 있는"(「사랑 辭說 하나」, 『고통의 축제』) 형국인바, 그 안의 사물들의 사연 내지 정황은 이러하다.

사물은 각각 그들 자신의 거울을 가지고 있다. 내가 나의 거울을 가지고 있듯이. 나와 사물은 서로 비밀이 없이 지내는 듯하여 각자의 가장 작은 소리까지도 각자의 거울에 비친다. 비밀이 없음은 그러나 서로의 비밀을, 비밀의 많고 끝없음을 알고 사랑함이다. 우리의 거울이 흔히 바뀌어 있는 것을 발견한다. 거울 속으로 파고든다. 내 모든 감각 속에 숨어 있는 거울이 어디서 왔는지 나는 모른다. 사물을 빨아들이는 거울. 사물의 피와 숨소리를 끓게 하는 입술式 거울. 사랑할 줄 아는 거울. 빌어먹을, 나는 아마 시인이 될 모양이다.

—「거울」(『고통의 축제』) 전문

정현종이 그의 '감각의 우주'에 설치한 거울은 "사물을 빨아들이는 거울. 사물의 피와 숨소리를 끓게 하는 입술式 거울. 사랑할 줄 아는 거울"이다. 그의 "모든 감각 속에 숨어 있는 거울"은 그 거울이 빨아들이고 사랑하는 모든 사물들 속에도 같은 형태와 방식으로 존재한다. 이렇듯 서로를 열정적으로 느끼며 사랑하는 '감각의 거울'은 정현종의 시쓰기의 도구이자 절대적 원천이다. 그의 고백처럼, 정현종의 시쓰기의 목적의 하나는 "事物을 캄캄한 죽음으로부터 건져내"(「詩人」, 『고통의 축제』)는 일에 있다. 사물에 끊임없이 생명력을 부여하는 정현종은 우주를 종횡무진하는 비약적인 상상력을 유감없이 발휘한다. 한 예로, 다음에 인용하는 시에서 마지막 행을 읽기 전까지는 이 엄청난 '숨결'을 뿜어내는 주인이 누구인지 짐작조차 하기 어렵다.

천하 밀림들의 호아지랑이를
한 알의 콩알만한 환약으로 뭉쳐도

당할 수 없는 밀도의
위와 같은 생우주들의 숨결이여
(…)

아, 시골 국민학교!

—「시골 국민학교」(『사랑할 시간이 많지 않다』) 부분

사물과 존재에게 생명의 감각을 불어넣어온 정현종이 생명의 구체적 실상에 대한 탐구로 나아간 것은 필연적인 선택이었다. "팔이든 다리이든 가슴이든 생채기가 난 데로 열리는 서늘한 팽창……지평선의 숨결, 둥글게 피어나는 땅, 초록 세계관, 생바람결……"을 온몸으로 느끼고, '시의 언어'를 '우주적 풀무'(「생채기」, 『떨어져도 튀는 공처럼』)로 사용해온 정현종은 1990년대 이후에는 생명파괴의 현실문명을 비판하는 데 주력한다. 사물에 생명의 감각을 부여하고자 했던 정현종은 생명이 사물화한 현실에 주목하면서 자신의 시세계의 궁극적인 거점이 '생명'에 있음을 확고히하기에 이른다.

3. 생명의 감각과 감각의 생명

아이러니컬한 사실은 '무정부적 감각의 축제'는 정현종이 '사물의 생명력'에서 '생명의 생명력'으로 이행하는 순간 열기가 약화된다는 점에 있다. 폭력적인 현실에 대한 무의식적 거부와 함께 자신만의 '감각의 우주'를 창조한 정현종은 모든 존재에게 생명을 선사하는 전능한 사제가 된 반면, 생명이 위기에 처한 현실에서는 상실된 생명의 감각을 회복하고자 하는 한 사람의 범인(凡人)이 된다. 여기에 이르면, 시간이 휘발되었던 축제

의 공간에는 "시간의 궁핍"과 "시간의 기나긴 고통"(「행복」, 『견딜 수 없네』, 시와시학사 2003)이 개입하고, 시간의 궁핍과 고통을 견디는 일이 정현종 시의 새로운 과제로 떠오르게 된다. '축제주의자'를 자처해온 정현종에게 시간을 견디는 일은 끝내 '견딜 수 없는' 일로 인식된다. "내 마음 더 여리어져/가는 8월을 견딜 수 없네./9월도 시월도/견딜 수 없네./사람의 일들/변화와 아픔들을/견딜 수 없네./있다가 없는 것/보이다 안 보이는 것/견딜 수 없네./시간을 견딜 수 없네./시간의 모든 흔적들/그림자들/견딜 수 없네"(「견딜 수 없네」, 『견딜 수 없네』). '견딜 수 없음'의 감각은 '감각의 우주'를 사유(私有)했던 시인에게는 가장 감내하기 힘든 종류의 것이었을 터이다.

세계의 모든 사물에 감각의 거울을 달아주고, 그 기쁜 교감의 순간들을 시로 써온 정현종은 90년대 이후 '꽃 한 송이'의 생명력에 필적하는 시를 쓰기 위해 분전한다. "전혀 새로운 움직임의 시작이며 따라서 또 하나의 세계의 열림인 시조차도, 저 날것, 저 날 소용돌이와 힘들에 비하면 아직도 덜 싱싱하고 덜 생생한 것"(「저 날 소용돌이」, 『세상의 나무들』, 문학과지성사 1995)이기에, 이제 그에게는 '꽃 한 송이'가 시의 목표이자 최상의 경쟁 상대가 된다. 그 출발점에 선 시집 『한 꽃송이』에는 염소, 장수하늘소, 갈대꽃, 메뚜기, 달맞이꽃, 꾀꼬리 등의 생명체들이 곳곳에 즐비해 있다. 이들은 눈부신 생명력의 모델로 호명되는 한편, 훼손되고 사라져가는 생태 위기의 증거물로 제시되기도 한다.

가을 햇볕에 공기에
익는 벼에
눈부신 것 천지인데,
그런데,
아, 들판이 적막하다—
메뚜기가 없다!

오 이 불길한 고요—
생명의 황금 고리가 끊어졌느니……

—「들판이 적막하다」(『한 꽃송이』) 전문

이 시는 정현종의 살아숨쉬는 '감각의 우주'에 생태적 문제의식이 덧붙여지는 계기를 마련해준 작품이다. 들판의 적막 속에서 "메뚜기가 없다!"는 사실을 발견하고, "생명의 황금 고리가 끊어"진 "불길한 고요—"를 감지하는 시인의 감각은 남다르게 예민하다. 정현종은 생명의 위기가 감각의 죽음 또한 초래함을 이야기하고 있다. "메뚜기가 없"어진 것은 단지 곤충의 한 종(種)이 사라진 것이 아니라, 인간과 자연물이 메뚜기를 통해 느낄 수 있는 감각을 상실한 것, 메뚜기를 통해 교감할 수 있는 우주의 다양한 통로를 잃어버린 것을 뜻하기 때문이다.

파괴되어가면서 소중함을 일깨우는 자연의 생명체는, 정현종에게 "내 속에서 샘솟는" "갈증이며 샘물인/샘물이며 갈증인"(「갈증이며 샘물인」, 『갈증이며 샘물인』, 문학과지성사 1999) 이중성의 존재로 각인된다. 정현종의 생태시는 '샘물'과 '갈증' 사이의 거리를 좁히는 노력의 장이 되며, 그 노력은 실제 시창작에서 다소 거칠고 투박한 담론으로 가시화되기도 한다.

중요한 건 정권 유지, 정권 쟁탈이 아니야.
중요한 건 생태계 문제에 심각한 관심을 기울이는 정부의 탄생이야.
중요한 건 세계 지배, 공해 기업 수출이 아니고
군비나 전쟁이 아니며
지구인이 공동 운명이라는 거,
생태계 보존을 위해 우선 신경쓰고 돈을 쓰는 일이야.
급한 일이 뭔지 모르는가?

물이니 공기니 흙이니 하는 것엔 관심이 없는가?

—「급한 일」(『한 꽃송이』) 부분

모든 게 그렇듯이
난경은 욕망의 소산이다. 그러므로
생명은 항상 난경 속에 있다.
(누가 그걸 모르나)

—「난경」(『견딜 수 없네』) 부분

이같은 메씨지 중심의 언술들은 『세상의 나무들』 『갈증이며 샘물인』 『견딜 수 없네』로 이어지는 정현종의 후기시에서 초기시의 탄력과 폭발적인 상상력을 감소시키는 주요 원인으로 작용하게 된다. 그 바탕에는 정현종이 초기에 보유했던 감각의 약화와 소진의 문제가 가로놓여 있다. 죽은 사물에 감각을 불어넣는 과정에서 한계를 모르고 증폭되었던 정현종의 감각이, 실제 생명체를 노래하는 일에서 그 생생한 실감을 잃고 있는 것은 안타까운 일이다. 정현종이 변함없이 갈망하는 시의 이상(理想)은 죽은 세계에 생명을 되찾아주는 것, 훼손된 세계를 미학적으로 구원하는 일이기에 더욱 그러하다.

2
다만 미의지(美意志)가 어떤 무너진
신전(神殿)에 위엄이 어리게 했듯이
욕망의 폐허여 애틋한 거기
내 노래는 허공을 받치는 기둥들을 세워
한줌의 위엄이라도 감돌게 하였으면……

—「내 마음의 폐허」(『견딜 수 없네』) 부분

이 미학적인 구원의 자원자가 가진 재산이란, 오직 '한 줌의 위엄'에 근접할 수 있는 감각이 전부이다. 그 감각은 현실의 논리로 볼 때는 보잘것없으나, 시인에게는 진실로 귀한 재산에 속한다.

정현종이 지금까지 걸어온 시의 길은 '생명의 감각'을 추구하고 보존하는 과정으로 요약될 수 있다. 정현종은 우리 시사에서 생명의 활기로 가득 찬 독창적인 시우주를 건설한 몇 안되는 시인의 한 사람이다. 정현종은 '감각'이 사유에 비해 저급하거나 즉물적인 것이 아니라, 일체의 시적 사유를 포괄하면서 시의 전체성을 담보해내는 원천이라는 사실을 시를 통해 보여주었다. 그가 거의 기질적으로 확보하고 있는 '생명의 감각'은 '생태'라는 현실의 문제의식과 만나면서 축소된 감이 있지만, 이는 감각의 회복 내지는 새로운 발전(發電)과 함께 해결될 수 있는 문제로 보인다. 다르게 말하면, 앞으로 정현종에게는 그의 시를 생산하고 지탱해준 '감각의 생명'을 돌보는 일이 예비되어 있다. 시력 40년! 말 그대로 한국 현대시의 일가(一家)를 이룬 대시인에게도 시의 길은 여전히, 아득히 펼쳐져 있는 것이다. 모르긴 해도, 이 길의 아스라한 감각을 자신의 것으로 만드는 것은 위대한 시인만이 누릴 수 있는 드문 축복이자 권리일 터이다.

—『열린시학』 2005년 봄호

‘환상수족’을 지닌 식물성의 무성한/무한한 육체

이민하의 시세계

1. 서로 수혈중인 ‘나’와 사물들, 시(詩/時)들

어딘가 비현실적인 창백한 사물들, 강렬하면서도 무감한 이미지들, 잘려 있거나 풀어헤쳐진 시간들, 그 중심 혹은 주변에 산포되어 있는 ‘나’(들). 이민하의 시에서 이들은 서로의 몸에 주삿바늘을 꽂고, 붉은 혈액 대신 ‘바람의 링거액’(「나비잠」)을 수혈하는 중에 있다. 이 환상 또는 상상의 링거액을 공급하는 일이 이민하 시의 각별한 임무인바, 이민하는 현실에서 구하기 힘든 희귀한 링거액을 제조하기 위해 위반이나 불법 행위도 마다하지 않는다. 이민하는 전복과 일탈의 상상력으로 무장한 후, 현실에서 금지된 재료들의 산지인 환상의 세계로 잠입한다. 그녀는 세계의 도처에 설치된 상징의 장막을 걷고, 그 틈서리에서 환상의 세계로 진입하는 문을 발견한다. 그런데 환상계로 통하는 문은 발견하는 것이라기보다는 ‘발명’해야 할 대상이기에(현실이 봉쇄한 것은 환상의 세계가 아니라, 환상의 행위와 방법 자체이기 때문이다), 이 점을 간파한 이민하는 ‘환상하는 주체’에 어울리는 육체를 먼저 구비한다. 그녀가 첫 시집의 제목으로 삼고 있는 ‘환상수족’이 그것이다.

‘환상수족’은 손과 발이 잘린 후에도 육체가 그 존재감과 기능을 느끼는 상태를 말한다. 의학적인 시각에서 보면, 환상수족은 신체기관의 일종이 아니라, 심리적 요인이 결부된 절단된 육체의 병리적 증상을 뜻한다. 이민하는 불구가 된 육체의 증상을 비약적으로 활용 변환하여, '환상하는 육체-주체'의 독특한 감각기관으로 재탄생시킨다. 잉여(=결핍)의 병적 징후였던 '환상수족'을, 잉여(=생산)의 감각기관으로 재창조한 것이다. 이렇듯 이민하가 주재하는 '환상하는 육체-주체'의 탄생 과정은 중요한 사실 하나를 깨닫게 해준다. '환상수족'이 실제 육체의 절단된 지점에서 생겨나듯, 환상 역시 실제 현실의 훼손된 자리에서 발생한다는 점이다. 환상은 현실의 상처와 회복의 열망을 반증하는 증상이자 행위이다. 더불어, 현실을 위협하면서 혁신하려는 하나의 사건이다. 이민하는 환상의 효용을 깊이 신뢰하면서, 현실에서 파생된 환상이 역으로 현실을 보완하고 풍요롭게 할 가능성에 시적 승부를 건다. 그녀는 괴상하고 끔찍하기까지 한 현실-환상의 증식의 풍경을, 그 다채로운 이접(離接)의 복잡한 선들을, 결코 완성할 수 없을 규모를 상정하며 끈기있게 그려나간다. 그 가능성이 바로, 이민하가 현실의 존재들에게 수혈하고자 하는 '환상의 링거액'의 순정한 내용물인 까닭이다.

세계의 존재들을 환상의 링거줄로 연결해 환상의 링거액을 (무제한) 공급하고자 하는, 이를 통해 상실된 존재감을 회복하고 세계를 수정하려는 이민하의 시적 기획은 자연스럽게 환유의 질서와 미학을 내재화한다. 제각기 어딘가 상처난 존재들은 환유적으로 닮아 있고, 환유적으로 세계 속에 분포해 있으며, 서로 밀착하는 듯 어긋나면서 환유적으로 접속한다. 이 환유적 연대를 수사적 차원으로까지 확대(혹은 응축)한 이민하의 시는 이미지들이 선형적(線形的)으로 인접·병치된 통상적인 환유와는 다른 형태의 환유를 선보인다. 이민하 시의 미학적 원리로서의 환유는 하나의 이미지를 찢으며 그 속에서 다른 이미지가 필사적으로 태어나는, 연쇄적으로 파생(破生)·분리·중첩되는 복합적인 속성을 지닌다.

이 내발적이면서 기원 파괴적인 환유의 풍경은 시집 『환상수족』(열림원 2005)의 서장에서부터 도발적으로 등장한다. "文에 기대지 마시오"라는 한 줄의 강력한 경고문(이 경고문 역시 문(門)의 동음이의어인 문(文)의 환유적 연쇄를 재치있게 활용한 결과다)으로 이루어진 첫 시 「열리는 문: 손가락 사이에서 흘러나온 찢어진 비둘기, 구름을 쪼며 질주하는 잉크빛 혈관」은 제목에서부터 환유적 이미지들의 피투성이 혈연관계를 선연하게 보여준다. 손가락→비둘기→잉크빛 혈관의 순으로 '찢어지'고 '쪼면'서 생성되는 환유적 연쇄는 '열리는 문'의 개방의 속성을 생생히 가시화하면서 이들이 단순한 인접관계에 있지 않음을 명시한다. 마지막 시 「닫히는 문: 지문자국을 훔치려 허리를 굽힌 만삭의 계단, 나선형의 뱃속에서 유영하는 새들」에서 지문자국, 만삭의 계산, 나선형의 뱃속, 유영하는 새들의 관계 역시 마찬가지다. 이러한 파생·분리·중첩의 환유의 풍경은 『환상수족』의 많은 페이지에서 수시로 발견된다. "누군가 원형 탁자 위로 물 한 컵을 갖다 놓는다. 하늘이 들어오려고 창문을 잡아뜯는다. 커튼이 찢겨져 낭자하게 붉은 빛을 뿌린다. 창문으로 빠져나가려고 벽이 약간 기운다." (「나비잠」), "샛노란 고름 투성이의 저수지가 있네/울렁거리는 새벽비에/나뭇잎들을 토해내는 가로수가 있네/유리창에 튄 녹색 토사물을 씻어내는/오늘 처음 배달된 여자가 있네"(「안개 거리와 빵가게 사이」) 등은 그 단적인 예에 불과하다.

첫 시 「열리는 문」과 마지막 시 「닫히는 문」에는 "이번 역은 전동차와 승강장 사이에 강이 흐릅니다"와 "다음 정차역은 천 일 후에 도착합니다"라는 부제가 붙어 있다. 연속되는 정차역의 한 지점에 위치한, '열리는 문'과 '닫히는 문'의 대칭적 완결 구조를 갖춘 시집 『환상수족』은 이 시집이 이민하가 앞으로 쓸 모든 시들의 환유적 경유지임을 시사한다. 열리는 문(門/文)과 닫히는 문(門/文) 사이, 앞의 시(詩/時)를 찢으며 다음 시들이 태어나(게 하)는 것, 그리하여 조금씩 '다른 존재'가 되어 '다른 곳'으로 이동하는 것. 이민하의 첫 시집(이민하는 '시집(時集)'이라는 별칭을 사용한다)은 이 열정적 의욕을 내장한 채, 그녀처럼 불완전한 육체와 내면을 지닌 뭇타자들을 '천 일 후에 도착하'게 될 현실-환상의 간이역으로 초대한다. 말할 것도 없이, 이 초대장을 쓰고 전달하는 것은 그녀의 몸에서 열대식물의 잎들처럼 무성하게 돋아나는 '환상수족'들이다.

2. 환상수족, 식물성의 무성한 육체-주체-여성

먼저, 이민하가 지닌 식물성의 무성한 육체에 대해 말하자. 이민하의 '환상수족'은 식물성이며, '환상수족'은 동물의 육체에서 발아한 식물성의 기관이다. 가령, "흙 위로 떨어져 나뒹구는 메마른 눈알들"(「자전거와 소나무 숲」)에서는 금방이라도 연둣빛 싹이 움틀 것만 같다. "풀이 돋는 내 뼈"를 지닌(「아버지 주무신다」), '사과나무'를 "십 년 전에 잉태한" '나'(「계단을 오르는 사과나무」), "돋을 때마다 뜯겨져 나가는 초록 이파리"가 온몸에서 자라는 '당신'(「가벼운 탄주—화살의 나라」), "귀에서 여린 속잎이 돋아나"는 그(「뫼비우스가 사라진 뫼비우스 맵」), "튜브를 두르자 온몸의 가지에서 입술이 돋는 그녀"(「튜브」) 등은 모두 끊임없이 성장하는 식물성의 육체를 갖고 있다.

동물이 식물과 다른 또하나의 특징은 잘린 기관을 스스로 재생할 수 없다는 데 있다. 이 점에서 기관의 (무한) 재생을 전제하는 '환상수족'은 발상법부터가 다분히 식물적이다. 잘라낼수록 무성해지는 환상 역시 식물의 속성을 갖고 있다. 따라서 죽기 직전까지 성장하는 식물은 무제한의 환상에 대한 가장 적절한 비유가 된다. 식물성과 환상성의 친화력은 끝없이 성장하는 거대한 식물의 상상을 유발해왔다. 익숙한 예로, 동화 「재크와 콩나무」에서 하룻밤 사이에 하늘을 뚫고 자라는 '콩나무'는 '재크'의 환상을 시각화한 환유다. 환상성의 식물-육체의 놀라운 생장력은 움직이는 동물의 행동반경을 순식간에 제압하면서 세계를 장악한다. 이민하가 '발명'한 식물성의 '환상수족' 역시 재크의 '콩나무'처럼 다른 세계로 금방이라도 도약할 듯 무섭게 성장한다.

엄마, 어깨가 고무줄 같아요 손 대신 노트가 자라는 나의 팔
내 몸의 실핏줄을 빨아먹고 노트는 무섭게 자랄 거예요
자라나 자라나 세상을 뒤덮는 콩나무가 될 거예요
아이는 허공을 끌고 콩나무를 오른다
엄마, 벌레 먹은 콩잎 사이로 발이 푹푹 빠져요
하지만 걱정 말아요 내일쯤엔 학교에 도착할 거예요
얘야, 그 말을 들어온 것이 스무 해가 되었구나
우린 한 번도 내일에 다다른 적이 없구나
아이는 콩나무를 끌고 어둠을 오른다

—「지붕 위의 학교」 부분

"손 대신 노트"가 "몸의 실핏줄을 빨아먹고 무섭게" 자라는 '아이'의 '팔'은 언젠가는 '허공'과 '어둠'을 딛고 '올'라 "세상을 뒤덮는 콩나무가 될" 것이다. "벌레 먹은 콩잎 사이로 발이 푹푹 빠지"는 부정적 현실이 아이의 무성한/무한한 성장을 방해하지만, 성장의 힘 자체를 꺾을 수는 없다. '아이'가 지닌 식물성의 무성한 육체는 제도적 현실에 대한 강한 거부감을 그로테스크한 이미지로 표출한다. 역설적이게도, '아이'의 육체에 '손' 대신 '노트'와 '콩잎'의 환상수족을 달아준 것은 왜곡된 교육제도와 현실이었다. 부패한 현실이 '아이'로 하여금 현실을 견디게 하는 환상의 '콩나무'를 "벌레 먹"게 함에도, '아이'는 포기하지 않고 자신의 "콩나무를 끌고 어둠을 오른다." 이민하가 시화하는 '환상수족'의 육체-주체들은 "콩나무를 끌고('타고'가 아닌) 어둠을 오르는" '아이'와 같이 세계의 폭력에

항거하는 존재들이다. '환상수족'이 오감과 육감에 이은 제7의 감각기관이며, 육체에 일어난 혁명적인 사건임이 드러나는 시점이다. 이 환(幻)의 감각기관은 실물의 기관이 감지할 수 없는 현실의 이면과 외부의 영역을 관장하면서 실제 감각기관의 대체물이자 상위 기관의 역할을 한다.

'환상수족'이 훼손된 육체-주체의 증거물이자 치유의 매체라고 할 때, 그 최대 소유주는 여성이다. 여성이 역사적으로, 또한 존재적으로 욕망과 기능, 생장력이 박탈된 육체를 강요당해왔음은 재론의 여지가 없다. 이민하는 '환상수족'을 경험적으로(또한 역사적으로) 획득해온, 식물성의 무성한 육체-주체-여성들을 묘사하는 데 많은 공을 들인다. 이민하는 자신을 포함한 여성의 육체를, 결핍과 부재 속에 생장하는 하나의 환상수족으로 인식하기에 이른다.

화분 속에서 눈을 뜨는 여자
화분 속에서 머리가 반쯤 돋아난 여자
화분 속에서 팔이 쭉쭉 늘어나는 여자
화분 속에서 녹색 벽돌을 나르는 여자
화분 속에서 아이를 한 채 짓는 여자

—「배꼽—관계에 대한 고집」 부분

앉으면 발목을 휘감아 오르는 의자
당신을 휘감고 어둠의 정수리에 오르지
굳은살뿐인 온몸으로 하루 종일 넝쿨을 만들지
담벼락을 빨아먹는 줄장미처럼 피가 흐르는 의자
(…)
태양의 홀씨인 당신이 훌훌 날아가 버린
볕 좋은 창가에서 죽었던 의자

새파랗게 죽어서 영원히 사는 의자, 여자 —「서 있는 의자」 부분

식물성의 환상수족의 육체-여자는 '화분 속'에서 "눈을 뜨고" "머리가 반쯤 돋아나"며, "팔이 쭉쭉 늘어"난다. 혹은 "당신을 휘감고 어둠의 정수리에 오르"거나, "굳은살뿐인 온몸으로 하루 종일 넝쿨을 만"든다. '화분 속'의 식물과 '서 있는 의자'로 환유된, 맹렬히 자라는 '여자'의 육체는 환의 감각으로나마 줄기찬 생명력을 발산한다. 이 환의 생명력의 기원이 (남성중심의) 세계가 훼손한 여성의 본래의 생명력임은 물론이다. 환상수족의 효용과 한계는 이 지점에서 자명해진다. 환상수족의 육체-여성은 생명력 넘치는 환의 넝쿨로 세계를 압도하지만, 정작 자신과 하나가 될 수는 없다. 자신의 기원이 되어보지 못한 육체-여성은 자신을 자신에게 증명하기 위해 흔적과 반영물을 동원해야 한다. 이런 차원에서 이민하는 매일 사진을 찍어 (화분에) 심고 오리며, 다시 그 사진 속의 '눈'에 찍히는 '사진놀이'를 즐긴다.

사진을 찍었다 필름을 화분에 심었다 볕이 잘 드는 베란다에 화분을 내놓았다 화분 속에서 주렁주렁 사진들이 익어갔다 너무 익은 사진은 바닥에 떨어져 짓물렀다 방 안 가득 단물이 고였다 물컹물컹 사진들이 내 발목을 핥았다 한 달 전에도 사진을 찍었다 어제도 찍었다 난간에 매달려 찍었다 화분에서 흘러넘친 필름은 창을 향해 넝쿨처럼 뻗었다

(…)

어머니는 손에 잡히는 대로 사진들을 오려냈다 눈을 감은 어머니는 가위질 솜씨가 대단했다 물집을 도려내자 사진들은 오븐에 구운 것처럼 금세 바삭해졌다 다리가 잘린 아버지가 목이 없는 아이의 무릎에 포개져 방바닥에서 웃고 있었다 감탄한 나는 자꾸 사진을 찍었다

(…)

> 어머니의 가위질은 멈추지 않았다 밤이 되자 사진들은 분말이 되어 흩날렸다 어머니의 가위를 피해 습자지처럼 얇아진 나도 허공으로 날아올랐다 창가에서 떠돌다 끈적한 천장에 들러붙었다 난자당한 사진들 속에 흩어져 있던 나의 눈들이 천천히 걸어나와 나를 찍었다
>
> —「사진놀이」 부분

'사진'(/필름)은 실물의 육체의 가장 근사치의 환유다. '어머니' 역시 '나'(/딸)의 가장 근사치의 환유다. 육체를 복제한 '사진(/필름)'은 '화분'에서 주렁주렁 익어 떨어져 짓무르고, 어머니를 복제한 '나'는 '어머니의 가위질'에 '난자당한'다. '나'는 사진 속의 재현된 이미지 속에, 또는 '어머니의 가위질'로 상징된, 여성이 강제로 용인한 현실의 억압기제들 속에 '분말'처럼 '흩어져' 존재한다. 이 난자당한 '나', 상처투성이의 여성에게 '환상수족'은 단순한 재생의 도구를 의미하지 않는다. '환상수족'은 분열된 여성이 그 분열을 살아내는 방식인 동시에, 그 분열을 넘는 탈주의 방식과 경로를 뜻한다. 한마디로, 이민하가 궁극적으로 형상화하려는 것은 식물성의 육체-주체-여성이 '환상수족'을 통해 감행하는 분열/탈주의 혼돈에 찬 현장이다. 이민하의 시에 기형의 육체·사물들과 부조리한 상황이 범람하는 것은 이 현장의 혼란과 무질서에 의한다. 이곳에서는 "이마에서 대롱거리는 열두 개의 눈알을 뽑아 얼음박스에 담"아 나르고(「들어가는 사람」), "폭발 직전의 전자레인지처럼 몸이 가열되"며(「잠 없는 잠」), "안개에 절인 여자들을 곱게 갈아" "문드러진 음부까지 바삭하게 굽는 토스터"를 파는 빵가게를, "옆구리에 빵냄새를 겨누고/붉은 피톨을 터는"(「안개거리와 빵가게 사이」) 따위의 기묘한 일들이 수시로 일어난다. 심지어, 하나의 사물에 불과한 '마네킹'의 육체에서도 환상수족이 자라나 물화된 인간의 죽은 실존을 회의하게 한다.

(…) 넝쿨 같은 비가 마네킹을 덮쳤다. 마네킹은 얼굴에 들러붙는 나뭇잎을 뜯어내려고 손을 뻗친다. 이마에서 두 팔이 뻗어나와 공중에 흩어진다. 마네킹은 연기처럼 찢어지는 두 팔을 보며 서른 번째 모퉁이를 돌아간다.

—「환상수족」 부분

여기에 이르면, 인간과 사물, 동물과 식물 등의 경계는 가볍게 허물어진다. 시공간의 질서와 사물의 서열도 힘을 잃는다. 작은 '궤짝' 안에 포도원과 타히티 섬과 야자수길이 들어 있고(「히프노스의 나무상자」), "천년의 하늘을 떠받친 은행나무"와 그 가지에 걸린 '노란 버스'에서 시작된 "이야기는 끝도 없"이 온세상을 무대로 이어진다(「이야기」). 이민하가 훼손된 육체-주체(특히, 여성)에게 선사한, 감각 이상의 감각(환각)의 힘으로 세계를 혁신하려는 '환상수족'의 성장담과 모험담은 "미지근한 거울 속에 온몸을 집어넣"고 "두 눈을 먹이로 주"는 '거울놀이'에서 절정에 이른다.

(3)

오른손으로 왼팔을 잡아늘여 거울 밖으로 빠져나와 볼래. 길어진 왼쪽 팔로 벽에 올라 시계 바늘을 멈춰 보겠니. 벽을 타고 내려오면 열대나무로 자란 어머니. 가지마다 자둣빛 성기들을 매달고 있어. 과즙이 흐르는 하나를 떼어 입에 물겠지. 떨어뜨리겠지. 창 밖으로 굴러떨어진 자둣빛 성기. 달리는 차바퀴에 으깨지잖니. 연어알이 분수처럼 치솟잖니. 외벽을 타고 끝없이 기어오르잖니. 검은 커튼을 드리우고 헤엄쳐 거울 속으로 돌아와 보겠니. 오른손으로 벽을 기어올라 시계 태엽을 감아 볼래. 다시 거울 속에 드러누워 봐. 서랍들이 일제히 깊은 잠에 빠지고 있어. 거울의 찢어진 살이 당신을 삼킨 채 아물고 있는 게 보이니.

—「거울놀이」 부분

'거울놀이'의 목적은 '거울'(반영의 매체, 사물)과 '육체'(반영의 대상, 실물)의 경계 제거 및 합체, 그리고 육체의 상징적 해체와 통합에 있다. 거울의 벽, 벽 아래 열대나무로 자란 어머니, 그 가지에 매달린 자둣빛 성기, 자둣빛 성기가 으깨지며 치솟는 연어알, 시계 태엽, 당신을 삼킨 채 아무는 거울의 찢어진 살 등으로 환유하며 연쇄적으로 생성되는 이미지들은 '환상수족'이 그 메타적이며 형이상학적 능력으로 감각해낸 자아의 내면과 세계의 실상을 또렷이 보여준다. 평면적인 거울의 영상 뒤에서 이처럼 들끓으며 폭발하는 육체와 사물들을 위해 이민하는 세계를 수선하는 '수리공'을 불러들인다.

3. 죽은 '수리공 K'와 환생하는 'M'

안타깝게도, 세계의 문제점을 바로잡는 '세상에서 단 하나뿐인 수리공 K'는 이미 오래전에 죽고 없다. 그런데 이 세계의 창조자이며, 시원의 '제7요일'에 자발적으로 '수리공이 된 K'의 역할은 세계의 경계를 해체하고 재통합하는 환상수족의 육체-주체의 그것과 조금도 다를 바 없다. '수리공 K'와 환상수족의 육체-주체는 모두 '수정'과 '개선'을 통해 세계의 안녕을 도모하며, 이 점에서 환상수족의 육체-주체는 '수리공 K'의 후손에 해당한다. 이민하는 창조주이자 수리공인 'K'의 천지 창조/수정의 역사를 약술하면서, 세계가 고장나 있는, 그래서 고쳐야 할 불완전한 장소라는 생각을 설파한다.

> 제7요일에 K는 수리공이 되었습니다
> 길이 수시로 바뀌었으며 집들은 스스로 이름을 짓기 시작했습니다
> K의 텁수룩한 수염 사이로 녹슨 바람 소리가 났지만

떨어져나간 바다 한 귀퉁이를 눈물을 뽑아 메꾸는 일이나
가파른 비탈길을 갈비뼈를 꺾어 망치질하는 일이나
빗물이 새는 지붕들을 살가죽을 떼어 꿰매는 일 따위
그에겐 아무런 문제가 없었습니다

(…)

K가 죽자 그의 몸 속을 빠져나온 어둠은 삽시간에 전염병처럼 퍼졌고
짐승들은 피 묻은 손톱으로 자신을 할퀴기 시작했습니다
그가 제 8요일에 만든 건 시간의 생식기였습니다

—「세상에서 하나뿐인 수리공 K의 죽음」 부분

그 '수리공 K'가 죽으면서 '제8요일'에 마지막으로 만든 것은 '시간의 생식기'이다. 이 사실은 매우 의미심장한데, 이렇게 하여 태어난 시간은 "떨어져나간 바다 한 귀퉁이를 눈물을 뽑아 메꾸"거나 "빗물이 새는 지붕들을 살가죽을 떼어 꿰매는 일"을 할 '수리공'이 없어진 불구의 세계를 형성하는 조건이자 약점이 되기 때문이다.

'수리공 K'의 죽음으로 '어둠의 시간'에 잠긴 세계에서 '수리공 K'의 역할을 이어받는 것은 환상수족의 육체-주체 'M'이다. 'M'은 환상수족이 자라는 '극지(極地)'로서의 물화된 육체의 표상인 마네킹(mannequin)과 시인의 이름 민하(Min-Ha)의 이니셜을 딴 것이다. 이민하는 환상수족의 육체-주체임을 선언하면서, 자신의 '기억 속의 육체'를 살해하는 상징적 의식을 통해 존재적인 '환생'을 이룩하고자 한다. 그녀는 육체의 일부가 아닌 전체로 식물성의 환상수족이 되어 닫힌 세계의 '암벽'을 "끝없이 올라" '지상에서 배운 최초의 발성'을 터뜨린다.

M은 오른쪽 서랍에 남은 탄환을 세어 본다.
아침마다 오른쪽 서랍을 물에 비추어 보면
맑은 날과 비오는 날 셈이 맞지 않는 탄알들을 한데 뭉쳐
관자놀이를 향해 레퀴엠을 장전한다. 기억의 정육점에 매달려 있는

사랑스런 육체들이여 안녕. 탕.

M의 앞다리 두 개가 밀폐된 영사막을 뚫고 반사적으로
창밖으로 이어진 사다리를 기어오르기
시작한다. 암벽의 귀를 향한 마지막 발걸음.

(…)

끝없이 올라가.

온몸으로. 문드러진 암벽의 귓구멍을 쑤셔댄다.
지상에서 배운 최초의 발성법으로. 아—

—「뫼비우스가 사라진 뫼비우스 맵」 부분

어느 여름 세상을 떠난 마그리트의 기억*과
그 해 겨울 세상에 나온 민하 씨의 마네킹 사이에
내 의자가 있다.
시계를 목에 끼우고 멘스를 줄줄 흘리는
마네킹 M.
나는 과잉 분출된 그녀의 분비물을 시선에 담아 객석으로 나른다.
오늘은 우리 모두의 생일.
안녕,
서로의 환생을 축하하며
두 개의 유리알—숨쉬는 눈과 숨죽인 눈**이 폭죽을 터뜨린다.

* 르네 마그리트가 '기억'을 주제로 그린 연작들 중 하나.

**「읽기의 방식전」(2003)에 참여한 이민하 씨의 퍼포먼스 제목.

—「20031010」 부분

자신을 해체하며 존재적으로 '환생'중인 '마네킹 M'은 "시계를 목에 끼우고" '기억의 멘스'를 "줄줄 흘린"다. '기억의 멘스'를 통해 출산(/재생)의 능력을 갖춘 '마네킹 M'은 "두 개의 유리알—숨쉬는 눈과 숨죽인 눈"의 분열/탈주의 육체로 자신과 세계를 재생하는 환상의 모험을 완성하는 중에 있다. 이 모험은 끝내 완성되지 않음으로써만이, 모험의 주체가 그 완성을 거부함으로써만이 완성될 수 있는 역설의 운명을 안고 있다.

이 운명을 즐겁게 껴안은 이민하는 부서진 세계를 '수리'하는 환상의 모험을 철저히 현실의 내부에서, 즉 볼 수 있고 만질 수 있는 '육체'와 '감각'의 물질적 차원(이때, 물질은 관념의 반의어이며, 현실의 동의어이다)에서 전개한다. 이민하의 환상의 모험이 현실보다 더 현실적인 실감을 자아내는 비밀은 여기에 있다. 실험적인 언어와 난해한 퍼즐과도 같은 시적 풍경에 대한 오해와 의혹을 가볍게 뿌리치며, 이민하는 시라는 '촉진제'를 맞고 '실신'하며(「검은 나비」) 피워낸 '환상수족'을 다른 육체들에도 이식하고 있다. "거의 힘들게, 어렴풋이", 스스로를 '확장'하면서, 마침내……(「토크-쇼—관계에 대한 고집」)

—『환상수족』(열림원 2005) 해설

알몸의 유목, 자궁의 서사

김선우의 시세계

김선우(金宣佑)의 시는 진한 농도로 독자를 압도한다. 그것은 오래 달인 액체의 진함이 아닌, 살아 있는 몸속에서 생성되는 생즙의 진함이다. 진한 몸의 생즙은 김선우의 시에서 피, 눈물, 생리혈, 양수, 오줌, 똥 등의 형태로 다양하게 변주된다. 야생의 생명력을 지닌 몸의 생즙은 김선우의 시를 이루는 가장 중요한 자양분이다. 김선우는 이 생즙의 약효로 훼손된 자연의 몸을 치유해 생명의 원상을 회복하고자 한다. 이를 위해 김선우는 현대 문명의 파괴력을 비판하기보다는, 사라지고 부서진 것을 되살리는 데 정성을 쏟는다.

김선우는 오염되지 않은 천연의 감각기관을 지닌 시인이다. 김선우만큼 문명 이전이나 문명 바깥의 자연을, 꽃과 나무와 벌레와 자신의 몸을 통해 생생하게 살아내는 시인은 많지 않다. 비유하자면, 김선우는 살아 있는 몸을 신전으로 하여 뭉클한 생명의 향연을 펼치는 샤먼이라고 할 수 있다. "그대를 맞는 내 몸이 오늘 신전이다"(「민둥산」)라고 그녀는 말하거니와, 생동하는 몸의 신전들로 가득한 김선우의 시는 주술과 시의 미묘한 경계에 자리잡는다. 혹은, 주술과 시의 경계를 무너뜨리면서 그 자리에 우리 시의 새로운 상상력의 공간을 만든다. 아득한 시간으로부터 우주적 여성성과 모성성을 호출해 현재형으로 살아내는 김선우의 주술/시는, 가장 오래된 것이 새롭게 부활하는 시와 삶의 현장이 된다. 이는 첫 시집 『내 혀가 입 속에 갇혀 있길 거부한다면』(창작과비평사 2000)에서부터 신비감과 비애에 물든 미학적인 풍경으로 형상화된 바 있다.

김선우는 우주적 여성성과 모성성을 여성의 전유물이 아닌, 생명체의 원초적인 본성으로 이해한다. 김선우에게 여성성/모성성은 생명체가 생명을 실현하는 여정의 산물이며, 나아가 그 여정 자체를 의미한다. 여성성/모성성은 생명체의 생명활동 속에서 발현되는 내재적 본성이자 자연의 섭리이다. 이번 시집에서 김선우는 몸의 본성인 여성성/모성성의 실상을 섬세하게 묘사한다. 김선우의 관찰에 의하면, 몸은 태어나고 죽으면서 다른 몸의 먹이가 되고 똥이 된다. 몸은 다른 몸이 죽어(먹혀) 묻히는 무덤이며, 다른 몸을 낳는(누는) 자궁이다. '몸'(먹이—똥—자궁—무덤)의 일체화의 등식! 요약하면, 탄생과 죽음, 먹고 먹힘, 출산과 출생은 모든 몸에서 수시로 일어나는 생명의 사건이다. 김선우가 즐겨 묘사하는 피, 눈물, 양수, 생리혈, 오줌, 똥 등은 이 우주의 사건에 필수적으로 따르는 몸의 분출물이다.

물론, 생명의 경유지로서의 개체적이며 총체적인 몸을 시화한 것은 김선우가 처음은 아니다. 최승호와 김기택은 자연의 몸이 현대자본주의 씨스템에 의해 변질된 참상을 고발했고, 차창룡(車昌龍)은 불교적 사유에 기대어 '몸의 육도(六道)를 윤회하는 몸'의 실상을 성찰한 바 있다. 이와 달리, 김선우는 몸에서 몸으로 순환하는 몸이 그 자체로 여성적이며 모성적인 존재임을 설파한다. 그녀는 여성성과 모성성의 발현이 생명체가 그 본성대로 행복하게 사는 길임을 몸의 경험을 통해 묘사한다. 단적으로 말하면, 최승호와 김기택은 비판적인 인식을, 차창룡은 형이상학적인 성찰을, 김선우는 선험적인 경험을 시의 구심점으로 삼는다. 한편, 여성적·모성적인 시각에 있어서도 김선우는 자연과 일상의 상처를 감싸안는 나희덕의 관용적인 모성성이나, 많은 여성시인들이 가부장적 억압의 해체 대상으로 인식하는 여성성·모성성과도 차이를 드러낸다.

김선우는 아이를 낳는 여성을 포함해 모든 생명체는 자궁을 지닌 존재라고 말한다. 더 정확히는, 그녀에게 모든 몸은 그 자체로 하나의 자궁이다. 하나의 자궁인 몸은 여성성과 모성성의 자생적인 터전이 된다. 김선우는 오줌과 똥을 누는 기관도 자궁의 계열체로 간주한다. 여자들이 산비탈에 앉아 오줌을 누면, "땅 끝까지 강물소리 자분자분 번져가" 나무를 키우고(「오동나무의 웃음소리」), 벌레들이 똥을 눈 생밤을 깨문 '나'는 "귀하게 똥을 잡순 후에" '물고기'를 낳는다(「너의 똥이 내 물고기다」). 뿐만이 아니다. 무생명의 물상인 "저물녘 저 태양"도 새로운 하루를 낳는 '금빛 항문'(「어느 날 석양이」)이 된다.

김선우의 시에 그려진 원초적인 몸들은 아름다움과 추함, 깨끗함과 더러움, 신성함과 비천함의 구분 이전에 있다. 이 몸들은 자궁을 통해 계속 다른 몸으로 변신한다. 자궁은 월경(月經)하면서 다른 몸으로 월경(越境)하는 생명의 문이다. '몸에서 몸으로의 월경(越境)'은 월경(月經)하는 자궁을 지닌 여성들에게 보다 강렬하게, 주기적으로 나타난다.

월경 때가 가까워오면
내 몸에서 바다 냄새가 나네

깊은 우물 속에서 계수나무가 흘러나오고
사랑을 나눈 달팽이 한쌍이 흘러나오고
재 될 날개 굽이치며 불새가 흘러나오고
(…)
알 것 같네 어머니는 물로 빚어진 사람
가뭄이 심한 해가 오면 흰 무명에 붉은,
월경 자국 선명한 개짐으로 깃발을 만들어
기우제를 올렸다는 옛이야기를 알 것 같네

저의 몸에서 퍼올린 즙으로 비를 만든

어머니의 어머니의 어머니들의 이야기

—「물로 빚어진 사람」 부분

월경이 가까워오는 '내 몸' 속에서는 '바다 냄새'가 나며, 계수나무와 달팽이와 불새들이 끊임없이 '흘러나온다.' 생명 탄생을 예비하는 몸속은 자신의 전신(前身)이자 후신(後身)인 몸들로 붐빈다. 이로써, 월경(月經)은 그 자체로 몸의 월경(越境)이 된다. 시간의 편차와 형상의 차이가 있을 뿐, 모든 몸은 이처럼 하나로 이어져 있다. 거대한 생명의 고리로 연결된 몸은 자연의 순환이 끊어지는 때에는 인위적인 월경을 시도한다. 우리 역사에서 문화적·관습적으로 그 역할을 맡아온 것은 '어머니'이다. 가뭄이 심한 해에 어머니들은 "월경 자국 선명한 개짐으로 깃발을 만들어/기우제를 올렸"다. "저의 몸에서 퍼올린 즙으로 비를 만든" 것이다. 몸의 생즙으로 자연의 순환을 도운 "어머니의 어머니의 어머니들의 이야기"는 월경하는 몸의 서사이자, 순환하는 생명의 서사이다. 이 서사는 "오래 전 나를 낳은" "흰소를 낳는 꿈을 꾸"는, 어머니의 딸인 '나'(「흰소가 길게 누워」)에게서도 반복된다. 월경하는 몸, 순환하는 생명의 서사를 김선우는 '알몸의 유목'이라고 명명한다. "육탈한 혼처럼 천지사방 나부껴오는 바람 속"을 가로지르는 '알몸의 유목'(「민둥산」)은 몸의 본성을 그대로 따르는 자연과 우주의 삶의 방식이다. 김선우에게 시쓰기란, 다른 몸으로 월경하면서 자연과 우주를 가로지르는 '알몸의 유목'을 행하는 일인 것이다.

알몸으로 유목하는 몸은 다른 몸들과 끊임없이 관계한다. "생리혈 가장 붉은 월경 둘째날/허공을 디디고 선 내 몸의 벼랑으로/진달래나무가 건너"오고(「절벽을 건너는 붉은 꽃」), 복숭아를 먹는 노부부를 '내'가 지켜보는 동안 "덜 여문 복숭아 열매 속에서/복숭아나무와 노부부와 나와 피리 한 마리가 고요한 필담(筆談)을 나눈다"(「고요한 필담」). 관계의 범위와 양상은 보다 광범위하고 본질적이다. 외적 제약 없이 알몸으로 유목하는 몸은 사람이나 동식물은 물론, 죽은자들과도 관계한다. 하여, 죽어 "땅 밑에서 잎 틔우는 당신의 아름다운 독, 내 속으로 흘러들고"(「유령 난초」), "국도에 눌러붙은 수많은 고양이 가죽들"이 "내 몸을" 찢으면 "식탁에 떨구어진/내 피 한방울 속에서" 죽은 고양이들의 "수천의 눈동자들!"이 "나를 쏘아보"(「오, 고양이!」)는 것이다. 이 지점에서 몸에서 몸으로 월경하며 순환하는 몸은 서로를 넘나들면서 혼재 상태에 든다. 혼재하는 몸은 하나이자 여럿이며, 살아 있으면서 죽은 상태에 있다. 그 결과, 김선우의 시에서는 주체와 객체가 구분되지 않고, 과거와 현재 또한 분리되지 않는다. 몸속에 혼재하는 몸들은 시간의 계기적인 순서를 동시간대에 펼쳐 보이면서 시간과 존재의 독립된 경계를 무화시킨다. 이러한 특징은 김선우의 시에서 압축의 은유와 어긋남의 환유가 모호하게 뒤섞이는 독특한 수사로 가시화된다.

> 내 것인 줄 알았던 머리칼 산발하고 우는 산벚꽃나무가 보였다 굴삭기가 파들어간 붉은 산허리, 내 것인 줄 알았던 내 눈동자를 품고서 나보다 먼저 죽은 계곡이 보였다
>
> —「내가 죽어지지 않는 꿈」 부분

> 뭔가 더 드시고 싶어 칭얼거리다가
> 할머니는 죽었다
> 식탁 위
> 붉고 우련한 한방울 국물로
> 할머니는 앉아 계셨다
>
> 누군가
> 내 식탁에 공양해놓은

피 한바가지
무덤 안쪽은 흙 한줌이거나 뜨거운 피,
할머니는 새끼 낳은 어미소의
늘어진 질구 가까이에서
여전히 배가 고프고
뭔가 드시고 싶으시다

—「소 발자국을 보다」 부분

'나'와 '산벚꽃나무', "나보다 먼저 죽은 계곡"은 다수의 한 몸이다. 마찬가지로, '내'가 먹는 선지국의 국물과 죽은 할머니의 몸, 새끼 낳은 어미소의 늘어진 질도 연쇄적으로 맞물린 하나의 몸이다. 내 것인 줄 알았던 나의 몸은 더이상 내 것이 아니며, 몸은 죽어서도 다른 몸 안에서 "여전히 배가 고프"다. 간단히 말해, 김선우에게 몸은 언제나 복수형이다. 수많은 몸의 내력을 지닌 몸들을 가로지르는 '알몸의 유목'은 몸(들)과 몸(들)의 끝없는 교접을 통해 펼쳐지며, 한 몸의 입구가 다른 몸의 출구인 몸들은 69의 형상으로 연결되어 있다. 김선우는 생물과 무생물을 포함한 주변의 모든 것들의 관계에서 이 69의 사태를 본다.

무슨 조화를 부렸는지 방이 무덤처럼 둥글게 부풀어 오르더니만 사방이 69 천지인 거라 방구들과 천장의 69, 전등과 전등갓의 69, 문틀과 문의 69, 한 시와 두 시의 69, (…) 죽은 것들과 산 것들의 69, 어머니 태 속의 나와 어머니의 69

—「69—삼신할미가 노는 방」 부분

69의 형태로 닫힌 몸의 유목은, 많은 순간 자신을 하나의 개체로 경험하는 인간에게는 허무와 슬픔을 안겨준다. 김선우의 경우, 이를 상쇄하는 것은 아름다움과 죽음이다. 김선우는 "전생애를 걸고 끝끝내/아름다움을 욕망한 늙은 복숭아나무 기어이 피워낸 몇날 도화 아래/묘혈을 파고 눕"(「도화 아래 잠들다」)거나, 탄생의 기원인 어머니를 찾아가 죽이고 싶어한다. 시 속에서 어머니를 죽이는 자는 2인칭의 '당신'으로 설정된다. '당신'은 "아직 태어나지 않은 어머니를 죽이러 우주 어딘가 시간을 삼킨 구멍을 찾아가다 그러다 염천을 딱!" 만나, 저항하지 못한 채 "아기울음 소리로 번지"고 만다(「능소화」). 태어남의 운명을 끝내 막지 못한 것이다. 닫힌 세계의 또다른 출구를 찾는 것은 1인칭의 '나'이다. "내가 도달한 다른 우주의 문은 찬바람이 걸어간 산길"로, 그 "산길을 걸어 나는 지구 몸 속의 다른 별에 들어"선다. 거기에서 '나'는 "텅 빈 여자의 중심"(「별의 여자들」)을 목격한다. 자궁을 뜻하는 '텅 빈 여자의 중심'은 처음부터 비어 있는 공간이다. 이 공간은 비어 있음으로 인해 허방이 되고, 또한 비어 있음으로 인해 완결의 공간이 된다. 흥미롭게도, 김선우가 어머니를 살해하고 우주의 시간의 구멍을 막으면서까지 다다르고자 한 것은 바로 '존재하지 않는 무(無)'였다. 몸을 유목하는 몸이 순환의 감옥이라면, 여기에서 벗어나는 길은 비움을 통한 완결에 있다. 김선우는 비움으로써 완결되는 몸을 폐경기의 어머니에게서 발견한다.

피고 지던 팽팽한
적의(赤衣)의 화두마저 걷어버린
당신의 중심에 고인 허공

나는 꽃을 거둔 수련에게 속삭인다
폐경이라니, 엄마,
완경이야, 완경!

—「완경(完經)」 부분

생명의 즙을 흘렸던 어머니의 자궁은 “피고 지던 팽팽한/적의의 화두마저 걸어버린” ‘허공’으로 남는다. 어머니의 몸의 “중심에 고인 허공”은 더이상 생명을 잉태할 수 없는 결핍의 공간이 아닌, 생명의 의무를 다한 완결의 공간이다. 완결의 본질이 비움임을 통찰할 때, 폐경(閉經)은 완경(完經)으로 수정되고 승격된다. 여기에 이르러 김선우는 생명의 지속을 넘어 완결에 쓰이는 몸의 생즙을 만난다. 이 생즙은 몸에서 저절로 솟아난 활기찬 분출물이 아니며, “한끼 밥도 사랑도 오체투지 없이는 허락되지 않는 화전”(「화전에서 소금을 캐다」)에서 소금을 얻듯, 힘겹게 “제 몸에서 짜낸 기름”이다.

> 제 몸에서 짜낸 기름으로 다비를 마치고
> 사리 몇과를 업어 모신 겨울 나무덩굴이
> 내 손을 붙잡았네
>
> 허방이라면,
> 허방 속에서 익어가야 하지 않겠느냐
> 한겨울 얼음꽃 지핀 굽은 나무 등 위에서
> 설산이 쩌렁쩌렁하도록 나를 때리는
> 다래사리 몇낱
>
> —「다래사리」 부분

얼음꽃 핀 겨울 나무덩굴은 “제 몸에서 짜낸 기름으로 다비를 마치고/사리 몇과를 업어 모”셨다. 나무의 다비식이란, 생명활동을 중지하고 몸 전체를 사리 몇낱으로 축소하는 고행의 의식이다. 분출이나 유출과는 다른 ‘짜냄’과 ‘다비’의 방식은 고통과 결핍을 통해 생명을 완결하는 길이다.

순환의 몸은 성장하고 월경하지만, 완결의 몸은 본래 있던 자리에서 자신을 최소화한다. 종결과 완성의 몸은 현재의 상태를 최대한 긍정함으로써 도달할 수 있는 몸이다. 김선우가 깨달은 바와 같이, 무릇 몸이란 자신이 처한 세계가 "허방이라면,/허방 속에서 익어가야 하"는 것이다. 이런 맥락에서 볼 때, 김선우에게 시는 세계의 허방 속에서 익은 자신의 몸을 다비하여, '짜디짠 文字들'(「짜디짠 잠」)의 사리를 얻는 작업이라고 할 수 있다.

그러므로, 수많은 몸을 통해 자신의 전생과 후생을 만나고, 또 자신의 몸속에서 수많은 몸과 교접한 김선우의 '알몸의 유목'은 자신의 완결을 향해 가는 먼 여정이 된다. 완결된 몸이 결국 다시 우주의 순환에 흡수된다 해도, 자신의 존재의 형식을 스스로 선택하는 것은 가치있는 일이다. 바꾸어 말하면, 하나의 자궁인 몸은 다른 몸을 낳기에 앞서, 먼저 자신의 몸을 낳아야 한다. 자신의 몸을 낳기 위해 몸은 지금까지 온 길을 거꾸로 거슬러가야 한다. 김선우는 거꾸로 선 자작나무에게서 그 길의 구체적인 형상을 본다.

> 거꾸로 선 희디흰 자작나무의 잠,
> 송장자세로 삶을 건너는 고즈넉한 휴식이 나는 대번에 그리워져
> 내 죽음의 형식을 벼락처럼 알아채고 만 것이다
>
> —「자작나무 봉분」 부분

"송장자세로 삶을 건너는 고즈넉한 휴식" 속에서 김선우는 자신의 "죽음의 형식을 벼락처럼 알아채고 만"다. 몸의 길을 거꾸로 거슬러 도착하게 되는 것은 몸이 존재하기 이전의 죽음이기 때문이다. 이때 놓치지 말아야 할 사실은, 거꾸로 가는 몸의 길은 죽음의 형식인 동시에, 이미 전개되고 있는 삶의 형식이라는 점이다. 즉, "나이 서른에 나는 이미 너무 늙었고 혹은 그렇게 느끼고/(…)/예순 넘은 엄마는 병들어 누웠어도/춘삼월만 오

면 꽃 질라 아까워라/꽃구경 가자 꽃구경 가자 일곱살바기 아이처럼 졸라대고/여든에 죽은 할머니는 기저귀 차고/아들 등에 업혀 침 흘리며 잠드"(「거꾸로 가는 생」)는 것이다. 하여, "거꾸로 가는 생은 즐거워라"(!)고 김선우가 감탄하는 순간, 삶과 죽음, 몸과 몸이 맞물린 69의 사태는 그녀 앞에 다시금 재현되게 된다.

순환하는 몸의 유목은 김선우에게 경탄할 만한 우주의 섭리이면서, 벗어날 수 없는 인간의 숙명으로 받아들여진다. 앞으로 펼쳐질 김선우의 시의 유목은 이 둘을 어떻게 끌어안는가에 따라 다른 길로 접어들게 될 것이다. 이번 시집에서 김선우는 살아 있는 몸과 죽은 몸을 두루 경유하면서 환하면서도 어둡고, 즐거우면서도 쓸쓸한 시의 풍경을 빚어낸다. 그 풍경은 첫 시집에 비해 더욱 농밀하고 수려해졌으며, 탁월한 미감과 수사에 힘입어 깊은 감동을 자아내고 있다. 아직 젊은 시인을 두고 미리 단언하건대, 김선우를 통해 우리 시단은 현재 우리 시의 영토와 미학의 상한선을 확보하게 되었다고 해도 지나친 말은 아니다.

—『도화 아래 잠들다』(창비 2003) 해설

소모와 탕진의 운명
배용제의 시세계

나는 느릿느릿 고정된 생의 형태를 망가뜨리며
수많은 사물들 사이에 눕는다
—「향기에 대한 관찰」 부분

1

배용제(裵龍齊)의 시는 이 세계가 죽음으로 채워진 빈약한 텍스트임을 증언한다. 그의 비극적인 말들은 시간이 흘러도 완성되지 않는다. 세계는 빈약하지만, 세계의 빈약함을 읽어내는 존재의 시선은 무한한 까닭이다. 존재가 세계의 헛된 실체를 간파하는 순간, 배용제의 시에서는 풍경이 발생한다. 배용제의 절망적인 시선이 세계라는 텍스트에 가닿으면, 페이지마다 황량한 '풍경의 폐허'가 모습을 드러낸다. 풍경의 폐허는 폐허의 풍경과는 다른 차원의 것이다. 폐허의 풍경에서 폐허가 된 것은 세계 안의 무엇이지만, 풍경의 폐허에서 폐허가 된 것은 풍경 자체다. 풍경의 영도(零度)나 최후가 있다면, 그것은 '폐허의 풍경'이 아니라 '풍경의 폐허'이다. 배용제는 첫 시집에서 현대자본주의의 '폐허의 풍경'을 보여준 데 이어, 이번 시집에서는 풍경 자체가 몰락한 '풍경의 폐허'를 그려낸다. 기존의 시들을 압도한 풍경들, 주체와 감응하는 풍경, 주체의 외부에서 주체의 내부를 현시하는 풍경, 주체 앞에 황홀한 타자로 군림하는 풍경 등은 배용제의 시에서는 더이상 설자리를 얻지 못한다. 배용제의 시에서 풍경은 끊임없이 부서지고 몰락하는 중에 있다. 정확히는, 그에게 "이제 풍경은 존재하지 않는다"(「공중의 사막」). 이 풍경은 세계의 다른 이름, 본질적으로 텅 빈 텍스트임이 판명된 우리의 세계이다.

첫 시집 『삼류극장에서의 한때』(민음사 1997)에서 배용제는 죽음에 점령된 삶에 대해, 역설적이게도 죽음의 열망으로 대항했다. "도시의 미로 속에 갇혀 길들여지기 전에" "나는 완벽한 파멸을 원한다."(「폭주, 그 황홀한 파멸」)고 선언한 그는 죽음의 자발성을 보유함으로써 자본주의적 삶과 죽음의 무서운 친화력을 끊고자 했다. "미학적 현대성을 죽음의 현대성으로 구현하는 시적 실천"(이광호)으로 해석된 이러한 노력은 죽음에 생포된 삶과 주체를 탈환하려는 열망에서 비롯되었다. 배용제가 탐구하는 현대문명과 죽음의 연관성은 현대시의 주요한 주제의 하나다. 특히, 90년대 시단을 휩쓸었던 죽음의 상상력은 기형도 최승호 김기택 함성호 전윤호 등의 다양한 계열과 계보를 만들어낸 바 있다. 배용제 역시 이 흐름에 속해 있지만, 그는 이들과는 다른 발성법과 사유를 보여준다. 죽음의 실존을 내면화한 점에서 배용제는 기형도와 닮아 있지만, 그 죽음을 삶의 자양분으로 삼는 점에서 다른 방향을 택한다. 자본주의의 일상과 몸을 해부하는 점에서는 최승호, 김기택과 친화력을 보이나, 체제에 대한 성찰보다는 개인의 실존에 중점을 두는 면에서 구별된다. 현대문명의 파행성을 비판하는 면에서는 함성호, 전윤호와 동일한 맥락에 있으나, 신화적 상상력이나 알레고리보다는 무의식을 파고드는 파토스의 언어를 지향하는 점에서 차이를 보인다.

더 결정적인 차이는 배용제가 형상화하는 죽음의 속성에 있다. 배용제에게 죽음은 현대사회가 인간에게 강요하는 '무제한의 소모와 탕진의 삶'을 의미한다. 모든 사회적 생산은 소모와 탕진에 종속되며, 한 사회의 운명은 비생산적 소모를 위한 '저주의 몫'을 어떻게 탕진하는가에 의해 좌우된다. 생산과 소모의 고전적 위상을 뒤집은 바따이유(G. Bataille)의 말이다. 이런 관점에서 보면, 현대사회의 문제는 소모와 탕진이 긍정적인 기능을 상실하고 맹목적인 소비와 남용으로 전락한 데 있다. 현대사회에서 소모와 탕진은 사회적 축제와 분배의 기능을 잃어버리고 끔찍한 사회적 폭력이 되었다. 대량소비, 대량생산, 대량학살은 본질적으로 같은 말과 행위가 된 것이다. 이 모든 행위의 목적은 단 하나, 체제의 유지이며, 그 속에서 무차별적으로 탕진되는 최대의 자원은 인간과 인간의 삶이다.

무제한의 소모와 탕진을 통해 지속되는 현대사회에서 인간의 삶은 사물과 타인과 자신에 대한 끝없는 소모전이 된다. 탕진은 더 거대한 탕진을 낳고, 악무한의 탕진 속에서 생산과 탕진의 차이는 지워진다. 단적으로 말하면, 현대사회에는 진정한 탕진도, 진정한 생산도 존재하지 않는다. 사회에 의해 탕진되면서 스스로를 탕진하는 이중의 불행 속에서 현대인은 파멸과 죽음의 폐쇄회로에 유폐된다. 배용제는 출구 없는 폐쇄회로에서 부서져가는 현대인의 삶을 세밀하게 관찰하고 폭로한다. 인간의 몰락에 관한 다큐멘터리라고 해도 좋을 배용제의 시는 그 세부 항목으로 감각과 몸과 꿈을 설정한다. 이 중 감각의 훼손은 몸의 훼손과 불가분의 관계에 있으며, 시집 『이 달콤한 감각』(문학과지성사 2004)에서 배용제는 감각이 말소된 몸, 몸의 기능을 상실한 몸들에 각별히 주목한다. 감각과 몸의 탕진은 곧 인간 주체와 인간의 삶의 폐허화를 의미한다. 이는 또한 '풍경의 폐허화'를 의미하는바, 감각의 주체 혹은 주체의 감각이 실종된 상태에서 풍경은 생성되거나 지속될 수 없는 까닭이다.

2

자연과 인간과 사물을 상품화하여 탕진하는 현대사회의 악덕은 사실 시의 새로운 주제는 아니다. 삶의 내력이 고스란히 새겨진, 생명의 장소인 몸에 관한 담론 역시 마찬가지다. 배용제의 시는 기본적으로 이 담론들을 구체화하는 선상에 있다. 이를 바탕으로 배용제는 현대사회의 지배질서가 인간에게 내면화된 양상을 면밀히 탐구하면서 보다 근원적인 성찰을 시도한다. 그는 감각을 박탈당하고 몸과 꿈을 봉쇄당한 현대인의 삶의 실상을 고발하면서, 인간의 육체적·정신적·존재적 기형의 사태를 낱낱이 공개한다. 그의 탐색에 의하면, "나와 관계된 어떤 것도 기형은 아닌지"(「거울, 찌그러진」) 두려움에 떠는 현대인들은 그 진위조차 확인할 수 없는 결핍과 불능의 상태에 있다.

보이지 않는 실체를 포착하려는 배용제의 시의 풍경은 그의 의식 속에서 재구성된 것들이다. 세계의 전면에서 지워진 이 풍경들은 배용제에 의해 간신히 형태가 복구된다. 현대사회는 인간을 축출하면서 풍경을 함께 축출했으며, 이 점에서 풍경의 폐허는 곧 인간의 폐허를 의미한다. 풍경의 몰락을 세밀하게 묘사하는 배용제의 시에서는 감각이 소멸하고 관념이 번성한다. "관념의 시절이다. 아무 것도 슬프지 않다"(「꿈의 잠언」). 배용제는 각오하듯 말하거니와, 이번 시집은 감각을 상실한 몸들의 고통스러운 전시장을 방불케 한다. 혼수상태에 빠진 엄마, 죽은 여자, 전족을 한 늙은 여인, 병실 침대 위에서 죽어가는 사내, 공원에서 울고 있는 노인, 뱃속에 죽은 아이를 품고 몇십년을 산 노파, 그 노파의 자궁 속에 든 딱딱한 물질인 아이, 낙태한 여자, 알코올 중독자, 개구리 시체 등 몸의 관성과 형태만이 남은 몸들이 시집의 곳곳에 넘쳐나는 것이다.

저장된 표정을 다 탕진해버린 텅 빈 얼굴
어떤 감각이 사내의 얼굴을 빌려 전율할 수 있겠는가

—「비포 더 레인」 부분

불이 꺼지면 나는 내 것이 아닌 몸을 끌고 가네
내 것이 아닌 꿈속으로
내 것이 아닌 걸음을 걷네

—「파출부」 부분

무엇이 무너지든 폭발하든 아무 상관없는 세상,
천한 감각들이 스며들 수 없게
더욱 완벽하게 문을 걸어 잠근다

—「자폐아」 부분

늦은 오후의 공원,
팽팽하게 부풀어오른 울음이 빠져나오려고
노인의 어깨를 흔들며 출렁거린다
(…)

울음은 끝내 멈춰지지 않는다
얼마나 오래 고여왔던 것일까
세상의 온갖 독한 효소들이 스며들어
뼈를 삭히고 생을 삭히며 숙성되는 동안
얼마나 많은 고통과 분노를 밀봉한 채 이를 깨물었던 것일까

—「발효된 울음에 대하여」 부분

생의 밑바닥이 드러나자
고여 있던 감각들이 미세한 걸음으로 흘러나온다

—「전족」 부분

(주체의) 감각은 몸밖으로 완전히 유출되었거나, 몸안에 밀봉되어 있다. (타자의) 감각은 몸안에 스며들 수 없고, 밀봉된 (주체의) 감각은 죽음과 함께 비로소 몸밖으로 쏟아진다. 비워진 몸은 텅 빈 사물이 되고, 밀봉된 몸은 살아 있는 감옥이 된다. 감각의 활동이 정지된 몸은 고립과 단절, 죽음의 장소로 화한다. 죽음을 사는 몸속에서 정지된 감각 대신 분출하는 것은 환각과 관념이다. 이 환각과 관념의 기원은 감각의 잉여가 아니라, 감각의 결여이다. 배용제의 시에서 환각과 관념은 실제 감각의 몫을 대행하는 유사 감각이자, 감각을 박탈당한 몸들이 그 부재하는 감각을 기억하고 회복해가는 과정의 산물이다. 배용제는 현대사회에 속한 몸들에서 탈각된 실재의 감각을, 비실재적인 환각과 관념을 통해 환기하고 호출한다. 이것이 몸이 상실한 감각을 복원하는 유일한 방법이라고 믿는 탓이다. 이로 인해, 배용제의 시에서 몸은 자주 비현실적이고 몽환적인 상황에 처한다. 아이러니컬하게도, 감각과 함께 소멸한 몸의 진정한 실존이 성취되는 순간은 이러한 몽환의 순간이다.

그를 둘러싼 어둠이 녹아 흐른다
환각의 그림이 출렁이고 고향의 방언이 쏟아진다
이 생에는 없는 말들 기억들
한꺼번에 출렁이다 찔끔찔끔 넘쳐흐른다

—「알코올 중독자」 부분

이상한 늙은 아이가 몸속으로 들어온다

아이는 점점 작아진다, 눈물이 된다
다시 아이는 수십억 개의 세포로 나뉘어진다
전송되지 않는 잠들이 코드 밖으로 뛰쳐나온다
뒤엉킨다 몽롱해진다
그사이 수수억년 전의 태양이 불쑥 솟구친다
나는 벌겋게 눈을 뜬 채 잠의 사이보그가 된다
(…)
모든 풍경은 잠이 조립한 일회용이다
어쩌면 이것이 내 완전한 잠의 코드인지도 몰라
더 무겁고 딱딱해질수록 몽롱한.

—「불면증, 혹은 잠의 사이보그」 부분

환각은 알코올 중독자의 몸이나 "잠의 사이보그가 된" '나'의 몸에서 분출한다. 환각의 주체는 현실의 질서나 억압에서 비껴나 있는 몸들이다. 더불어, 환각의 내용물은 "이 생에는 없는 말들 기억들"로 이루어진 부재의 집합이며, "잠이 조립한" "무겁고 딱딱해질수록 몽롱한" 관념의 퇴적물이다. 배용제는 이 세계의 삶과 존재의 실체는 환(幻)의 감각을 통해서만 재구성되고 경험될 수 있다고 본다. "이상한 늙은 아이가 몸속으로 들어오"고, "수수억년 전의 태양이 불쑥 솟구치"는 환의 풍경들은 이렇게 하여 탄생한다. 배용제의 표현을 빌리면, 그 "모든 풍경은 잠이 조립한 일회용"이지만, 덧없는 '일회용의 풍경'이야말로 현대세계가 추방한 진정한 풍경이며, 그 풍경이 현실로 귀환하는 형태이자 방식이다. '풍경'이 몰락했기에, 세계의 진상이 환각과 관념의 '일회용의 풍경'으로 대체되는 것은 이상한 일이 아니다. 풍경은 인간의 내면을 경유해 생성되는 것이며, 인간의 내면과 상응함으로써 진정한 의미를 갖는 것이라는 점에서 그러하다. 배용제의 시에서는 환각과 관념으로 빚어진 '일회용의 풍경'이 그 역할을 수

행하고 있다. 배용제가 과감하고 강렬한 어조로 환각을 예찬하는 것은 수사의 차원을 넘어 실존의 차원에 닿아 있다.

> 내 정신은 끊임없이 환각 속으로 진화한다.
>
> (…)
>
> 단언하건대, 나는 부패한 집이고 몽상이고 노래다. 나는 동요하지 않는다.
>
> —「꿈의 잠언」 부분

"환각 속으로 진화하"는 정신을 지닌, "부패한 집이고 몽상이고 노래"인 "나는 동요하지 않는다." '나'는 세계의 이면을 투시하는 환각의 주체가 됨으로써 세계의 무가치하고 소모적인 삶을 견뎌낸다. 시적 주체의 환각은 세계의 고통을 중화하는 차원을 넘어 주체의 정신을 '진화'시키는 차원에까지 이르게 된다. 「저 별빛」 「눈동자, 그리고 눈동자」 등의 시가 보여주는, 드넓은 우주의 시공간을 배회하는 천문학적 상상력은 이러한 진화의 구체적 사례다. 다른 한편, '부패'는 세계에 포섭되지 않은 주체의 실존의 방식을 상징한다. 배용제는 '부패의 실존'을 능동적으로 택함으로써 세계에 반란한다. 지금까지 그가 죽음의 열망과 자발성을 확보함으로써 세계에 항거해온 것과 같은 맥락이다. 흥미롭게도 배용제의 시에서는 무감각한 몸의 삶은 정지된 반면, "풍요로운 감촉의 죽음들이 꿈틀거린다"(「죽음은 진화한다」), 부패와 죽음에 대한 배용제의 긍정적인 시각을 읽게 하는 부분이다. 바꾸어 말하면, 배용제는 죽음 자체가 문제가 아니라, 존재와 생명을 탕진하면서 끊임없이 죽음에 필적해가는 삶과 몸이 문제라고 말한다. "그저 죽음밖에 낚아챌 줄"(「바게에 대한 명상」) 모르는 삶과 몸, "한 톡의 핏자국도 없이 삶도 죽음도 아닌/그냥 형태인"(「화석」) 삶과 몸, "그윽

한 파멸의 맛에 온몸이 전율하"(「지옥의 시」)는 삶과 몸이 문제라는 것이다. 언뜻 보기에 배용제는 삶과 몸과 세계의 실상을 대단히 다채롭게 묘사한다. 하지만 이 다채로운 장면들의 전언은 비교적 간단하게 요약되는바, 죽음을 향해 치닫는 삶과 몸과 세계의 본질적 형상은 '무덤'이며, 누구도 여기에서 빠져나갈 수 없다는 것이 그것이다.

사소한 부패도 용납하지 않는 우리들의 집과
늘 일정한 속도로 망가지는 삶은
혼자 달아오르다 곤두박질치는 태양의 밑바닥을 향하여
검은 연료를 탕진하며 속력을 낸다

—「쓰레기차가 지나간다」 부분

몸속의 사막,
마른 숨이 휘도는 지평선이 보인다
한 번 들어가면 나올 수 없는 생의 타클라마칸,

—「몸, 타클라마칸」 부분

이곳을 벗어나는 길은 없다
곳곳에 건설된 무덤에서 무덤으로 오가는 길뿐
(…)
이제 풍경은 존재하지 않는다

—「공중의 사막」 부분

삶이 스스로를 탕진하고, 곳곳에 무덤이 즐비한 이 세계의 이름은 '생의 타클라마칸'이다. "방부처리된 시간마저 副葬했던 고대 무덤의 유적인지도 모를 이곳"(「타임다방」)은 죽음보다 더 참혹한 삶의 공간이다. '생의 타클라마칸'(몸=세계)은 "달콤한 죽음의 맛에 중독된 내 살과 피의 터전"인 '나'에게 "가장 완벽한 무덤이 몸속에 있다"는 사실을 깨우쳐준다(「가시고기」). 하나의 '무덤'인 몸과 세계는 살아 있는 것들을 산 채로 주검으로 가공한다. 이 안에서는 어떤 존재도 온전한 삶의 권리와 기쁨을 누릴 수 없다. 배용제는 죽음의 색채를 띤 도저한 허무의식에 사로잡힌 채, "망가질수록 황홀해지는 지상의 풍경"(「향기에 대한 관찰」)의 일부인 자기 자신마저 부정하기에 이른다. 지금까지 그에게 한시적이나마 출구의 역할을 했던 환각은 오히려 그 자신을 위협하는 칼이 된다. 환각마저 더이상 출구가 되지 못하는 삶의 공간, 그의 "꿈속에는 빈 풍경들만 가득하다"(「오래된 일기장」).

> 깨어도 여전히 꿈속
> 나는 없고 꿈만 있다, 벗겨내도 껍질뿐인 나
> 악몽 자체가 나인지도 모른다
> 거꾸로 꿈이 그려낸 환각의 형태인지 모른다
> 완전히 다 벗겨내고 보면 아무것도 없이 텅 빈.
>
> —「꿈속에 꿈속에 꿈속에」 부분

주체가 자신의 실존을 확인하고 보증할 수 없을 때, 그는 권능을 지닌 타자를 필요로 한다. 배용제는 그 타자를 '점치는 여자'에게서 발견한다. 「점치는 여자」라는 같은 제목의 여러 편의 시들은 이 타자에 대한 배용제의 깊은 관심을 보여준다. '점치는 여자'는 감각을 상실한 몸들과는 전혀 다른 몸을 지닌 존재이다. "예리한 작두" 위에서 "섬뜩한 공포를 딛고 가볍게 날아올"라 "환각의 새가 되"는 '그녀'는 텅 빈 지상의 존재들에게 "천년 전의 자신을 향하여 울음을 터뜨리"게 하고, 그녀 자신은 "여러 생을 오락가락하"면서 "생과 생의 틈"을 단숨에 건너뛴다(「점치는 여자 4」). '점치는 여자'는 배용제가 환각을 통해 엿본 실재의 세계를 온몸으로 넘나드는 능력을 갖고 있으며, 지상의 존재들은 그녀에게 편승해 시공간을 초월해 순간적으로나마 자신의 실체를 획득한다.

그런데 '점치는 여자'는 자신의 실체가 "부어도 부어도 차지 않는 虛房"이라고 고백한다. "언제나 나는 작고 어두운 구멍일 뿐인데/사람들이 찾아와/울부짖음을/한탄을 슬픔을 그리움을 목숨을/안간힘을 써서 밀어 넣고는/거기서 제 소리가 윙윙거리다 되돌아오는/메아리에 실컷 귀 기울이다/끄덕이며 돌아"(「점치는 여자 5」)간다는 것이다. 이렇게 볼 때, 삶이란 자기 자신을 향한 고독한 비명이며, 점치는 여자의 "밥상 위에서 흩어지"며 "아파 아파 소리지르"는 "기억들 경험들"의 알갱이(「점치는 여자 2」)에 불과하다. 결국 자신에게로 수렴되지만, 끝내 자신에게 도달할 수 없는 삶. 분리와 균열의 삶을 사는 존재는 과거의 수많은 "누추한 아버지"들을 재생하면서, 자신의 "아들의 아들, 그 아들의 아들 아들 아들에게로/도플갱어 한다"(「도플갱어, 혹은 遺傳」).

폐쇄회로 속에서 끝없이 복제되는 몸과 몸들의 삶에는, 그렇다면 아무런 희망이 없는 것일까? 배용제는 그 희망을 몸이 지닌 자생력과 내향성에서 찾아낸다.

> 내 몸의 뼈들도 이제서야
> 몸속 가득한 어둠의 바탕에 자리를 잡는 것이리라
> (…)
>
> 날마다 서랍장은 젖은 살을 말리며
> 온 힘을 다해 뼈마디를 꺾는다
> 서랍이 비틀리고 자세가 기울고 형태가 무너져내린 만큼
> 제자리를 잡는다

망가진 가구들은 그만큼 스스로의 내부를 향해 간다

—「망가지는 것들의 자리」 부분

소모와 탕진의 운명을 살며 망가져가는 몸들은 "자세가 기울고 형태가 무너져내린 만큼/제자리를 잡"으면서, 그만큼 "스스로의 내부를 향해 간다." 배용제는 이 세계의 부정성에서 벗어나는 길을 환각과 관념을 거쳐 몸의 내부에서 발견한다. 배용제의 '폐허의 존재론'은 이제 몇가지 잠정적인 결론을 확보한다. 길은 바깥에 있는 것이 아니라 안에 있다. 스스로 길을 열어나가는 주체만이 풍경의 본질을 잃어버린 "모든 풍경을 경멸할 자격이 있"(「달」)으며 이 세계가 폐허로 만든 풍경은 '풍경의 폐허'에 저항하는 주체의 내부에서 훼손된 형태로(나마) 계속 부활한다는 것.

사라진 것이 아니다
해가 질 때 지상의 먼지들이 붉게 타오르는 건
아직 뜨거움이 남아 있기 때문이다
먼지들의 혈맥 속에 진한 피가 돌고 있기 때문이다
소멸을 위한 춤이 아니다
무거운 형체를 꺼내놓고 잠시
한때의 가벼움을 향하여 제사를 올리는 것,
환생의 사원에 들러
아름다운 그림을 그리는 것이다

—「노을」 부분

배용제가 '환생'이라고 명명한 몸의 부활은 생의 내부에서 일어난다. 몸이 전존재의 힘으로 내면성을 확보하면서 이루되는 풍경의 부활 역시 이 세계 안에서 전개되는 사건이다. 내면의 깊이와 넓이로 세계의 결핍을 끌어안는 것은 새삼 강조할 필요 없는 서정시의 오랜 임무이며 전통이다. '풍경의 폐허'라는 새로운 영역을 탐사한 배용제의 새 시집은 이 오랜 미덕을 확인시켜주면서 마무리된다. 동시에 배용제는 풍경이 시에서 누려온 오랜 권위를 흔들어놓음으로써, 우리로 하여금 미래의 시의 변화의 가능성을 한꺼번에 사유하게 만든다. 이는 질주하는 현대사회에서 변화하는 삶의 조건을 탐색해온 그가 우리 시단에 제출한 기억할 만한 결과물이다.

'저주의 몫'을 끌어안고 소모와 탕진의 운명을 사는 현대인의 한 사람인 배용제는 최악의 존재 조건 속에서 최선의 삶의 방식을 확보하고자 한다. 거기에 이르는 험난한 여정은 자칫 진부하게 들릴 수도 있는 존재의 내적 가치들을 새롭게 경청하게 만든다. 이 경청을 통해 우리 시는 또하나의 새롭고 의미있는 길을 열어나갈 수 있을 것이다. 배용제는 현재 우리의 세계와 삶의 본질을 가장 비판적으로 해부하는 시인 가운데 한 사람이다. 분방한 사변(思辨)과 격렬한 파토스에 몸을 싣기를 두려워 않는 그는 이 세계의 삶의 실체를 치밀하고도 적확하게 증언한다. 이제, "끊임없이 환각 속으로 진화"할 각오 속에 그의 두려운 증언을 경청해야 할 시간이다.

—『이 달콤한 감각』(문학과지성사 2004) 해설

생의 바닥에서 날아오르는 새

정호승의 시세계

시인은 종이 위에 시를 쓰지 않는다. 풀잎과 강물, 벽과 거리, 사랑하는 사람의 얼굴, 내면의 미궁 등 존재와 삶의 수많은 지면 위에 쓴다. 이 구체적이면서 추상적인 삶의 지면에 시인은 자신의 기억과 운명과 깨달음을 정성스레 쓴다. 마치 경전에 글자 하나를 새길 때마다 부처님께 절을 올렸다는 옛 목공의 마음과 다를 것이 없다.

정호승(鄭浩承)은 새벽에 내린 흰 눈 위에 시를 쓴다. 그의 시의 배경에는 계절과 관계없이 자주 눈이 내린다. 혹은 그의 시의 계절은 대체로 겨울이다. 정호승이 시린 눈 위에 쓴 시들은 『슬픔이 기쁨에게』(창작과비평사 1979) 『서울의 예수』(민음사 1982) 『새벽 편지』(민음사 1987) 『별들은 따뜻하다』(창작과비평사 1990)에서는 시대의 고통을 끌어안았고, 『사랑하다가 죽어버려라』(창작과비평사 1997) 『외로우니까 사람이다』(열림원 1998) 『눈물이 나면 기차를 타라』(창작과비평사 1999)에서는 상처받은 인간의 손을 잡아주었다. 정호승은 시심(詩心)이란 착하고 맑은 인간의 마음 자체이며, 타인과 나의 고통은 서로 이어져 있는 것임을 증명해왔다. 실제로 정호승의 시에서 눈은 유독 세상의 아름다운 곳과 막다른 곳에 깊게 쌓인다. 두 곳은 하나가 되기도 하는데, 그 오버랩의 장소는 삶이 낮고 쓸쓸한 '바닥'이다. 눈은 세상의 어디에서든 바닥에 쌓이며, 인간의 고통과 진실 또한 내면의 바닥에 쌓인다. 그리고 인간에게는 바닥에 닿지 않으면 구할 수 없는 진실이 있다. 정호승의 시에서 힘겨운 삶(그 외연이 현실이든 역사든 일상이든)과 외로운 인간, 새벽의 눈은 이렇게 바닥을 통해 하나가 된다. 아니, 실은 처음부터 같은 바닥 위에 있다.

등단 30년 만에 펴낸 여덟번째 시집(『이 짧은 시간 동안』, 창비 2004)에서 정호승은 그 '바닥의 길'을, "내가 가지 않으면 안되는 인간의 길"(「살모사」)이라고 이름붙인다. 지난 몇년 동안 시를 쓰지 못했던 정호승은 다시 펜을 잡고 '바닥의 길'로서의 '인간의 길'을 절실하게 묘사한다. 절실함은 정호승 시의 기질적 특징인 사랑과 용서, 정직과 참회가 빚어내는 진정성의 농도이다. 슬프면서도 따뜻하고, 섬세하면서도 견고한 정호승의 시는 이 절실함으로 많은 이들의 가슴을 적셔왔다. 그러나 정호승의 시가 아름다운 감동과 위안만을 선사해온 것은 아니다. 정호승의 시는 삶의 견딜 수 없는 상처를 견디는 법을 일러주었고, 사랑을 잃은 후에도 타인과 더불어 따뜻하게 살아가는 법을 가르쳐주었다. 그러기 위해서 끊임없는 '자기정화'와 '희생'이 필요하다는 것도 말해주었다. 요약하자면, 정호승은 사랑과 이별의 (슬픈) 지혜와, 절망과 희망의 (역설적인) 비밀을 전파하는 전령사가 되고자 했다. 정호승은 눈물을 시로 구울 줄 아는 시인이며, 그 시가 다시 현실의 양식이 될 수 있도록 "구운 눈물을 뒤집을 줄도 아"(「국화빵을 굽는 사내」)는 시인이기에 그러했다.

이런 정호승의 시에는 도덕적으로 승화된 마조히즘의 요소가 짙게 깔려 있다. 도덕적으로 승화된 마조히즘이란, 고통을 통해 타인과 세계를 구원하려는 고결한 자기희생의 정신을 의미한다. 정호승의 시가 어둠의 시대에는 한점 불빛이 되기를 원했고, '꽃과 돈'(「꽃과 돈」)의 시대에는 상처로 곪은 사람들에게 소독제의 역할을 하기를 바라는 것은 이러한 자기희생적 지향성의 결과라고 할 수 있다. 이를 반증하듯, 정호승은 모두가 '바닥'을 피하는 삶 속에서 스스로 바닥을 향해 떨어져내린다. "떨어져 죽어야 사는 것"이며, 자신이 "밑바닥이 되어 멀리 흘러가지 않으면/흐르는 물처럼 언제나 새롭게/살 수 없는 것"(「불일폭포」)이라고 믿는 까닭이다. 그 추락한 바닥의 삶을 정호승은 일상의 곳곳에서 다양한 풍경으로 포착한다.

룸비니에서 사온
흙으로 만든 부처님이
마룻바닥에 떨어져 산산조각이 났다
(…)
그때 늘 부서지지 않으려고 노력하는
불쌍한 내 머리를
다정히 쓰다듬어주시면서
부처님이 말씀하셨다
산산조각이 나면
산산조각을 얻을 수 있지
산산조각이 나면
산산조각으로 살아갈 수 있지

—「산산조각」 부분

혹한이 몰아닥친 겨울 아침에 보았다
무심코 추어탕집 앞을 지나가다가
출입문 앞에 내어놓은 고무함지 속에
꽁꽁 얼어붙어 있는 미꾸라지들
결빙의 순간까지 온몸으로
시를 쓰고 죽은 모습을

—「시인」 부분

바닥에 떨어졌다고 삶이 끝나는 것은 아니다. 삶은 바닥에서도 계속된다. 그런데 바닥에서는 어떻게 살아가야 할까? 정호승이 내놓은 답은 이러하다. 바닥에 떨어져 "산산조각이 나면/산산조각을 얻"어 "산산조각으로 살아갈 수 있"다.(산산조각으로 살아갈 수 있다니! 가혹하지만 이상하게도 안심이 되는 말이다.) 만일 바닥에 얼어붙어 죽게 된다면, "결빙의 순간까지 온몸으로/시를" 써 자신의 전존재를 한편의 시로 바꿀 수 있다. 추락과 죽음은 삶을 종결시킬 수는 있어도 위협할 수는 없다. '산산조각'과 '결빙의 순간'조차 삶의 지독한 부분에 속해 있는 까닭이다. 때문에, "바닥의 바닥까지 갔다가/돌아온 사람들도 말한다/더이상 바닥은 없다고/바닥은 없기 때문에 있는 것이라고/ (…) /그냥 딛고 일어서는 것이라고"(「바닥에 대하여」).

정호승은 시인이란 누구보다 바닥에서 살아야 하는 존재라고 믿는다. 시인은 자신을 넘어 타인의 고통을 돌아보아야 하고, 그가 쓰는 시의 바닥은 그가 속한 현실의 바닥과 같아야 한다. 그렇게 씌어진 시는 현실을 생생하게 본뜬 당대의 상형문자가 돼야 한다. 등단 초기부터 고통받는 사람들과 함께해온 정호승은, 이번 시집에서 그 구체적인 삶의 실상을 담아내는 데 몰두한다. 그가 주목하는 사람들은 대략 세 갈래로 나누어진다. 소외된 사람들과 정호승 자신의 가족들, 그리고 바로 그 자신이다.

먼저 정호승은 가난하고 비참한 사람들의 아픔에 주목한다. 노숙자, 독거노인, 무릎 없는 걸인, 시각장애인, 평화시장의 늙은 지게꾼, 장례식장 미화원, 강원도 고한의 광부, 만 2세에 죽은 아기, 자살하려는 사람들……. 여기에 물 먹는 소와 버려진 개, 죽은 자동차의 시체도 같은 대열을 이룬다.

밤의 서울 하늘에 빛나는
붉은 십자가를 가만히 들여다보면
십자가마다 노숙자 한사람씩 못 박혀

고개를 떨구고 있다

—「밤의 십자가」 부분

제발 함박눈이라도 내려
고이고이 저 시체를 덮어주었으면 좋겠다

—「버려진 골목」 부분

언제나 한마리 짐승에 지나지 않았던 저는
늘 지옥말고는 갈 데가 없었습니다

—「시립 화장장 장례지도사 김씨의 저녁」 부분

개는 주인을 만나려고
떠돌아다니는 나무가 되어 이리저리 바람에 흔들리다가
바람에 떠도는 비닐봉지가 되어 이리저리 거리를 떠돌다가
마음이 가난해진다
마음이 가난한 개는 울지 않는다
천국이 그의 것이다

—「유기견(遺棄犬)」 부분

이 시들을 읽노라면, 연민과 슬픔이야말로 사랑의 지극한 기원임을 새삼 확인하게 된다. '천국'이란 삶의 안에서 이루어질 수 없는 평등을, 삶의 밖에서라도 이루려는 열망의 산물이라는 점도 이해하게 된다. 그런데 놀랍게도, 삶의 바닥에 놓인 사람들은 정호승이 "그토록 우러러보던 초월의/가장 가난한 자세를 보여"준다(「이별」). 무릎 없는 걸인은 성철스님 돌아가신 날 평생 가장 많은 돈을 벌었다며 웃고(「걸인」), 꽁보리밥을 맛있게 먹으며 탄광에서 일하는 김장순 씨는 다음달이면 농협 빚을 다 갚을 수 있다고

자랑한다(「막장에서」). 눈먼 아들을 위해 스님께 등(燈)을 부탁하는 늙은 어머니를 보며 맹인수녀는 "가슴에 촛불 하나 밝히고" 길을 떠난다(「맹인수녀」). 또한 이 가난한 초월의 중심에 있을 법한 '시각장애인 식물원'에서는 "꽃들이 모두 인간의 눈동자"가 되어준다(「시각장애인 식물원」).

"마음이 가난한" 사람들에 관심을 갖는 데 이어, 정호승은 가족과 자신에 대해서도 진솔한 이야기를 털어놓는다. 지금까지 정호승은 가족과 개인사를 시의 표면에 드러내는 일이 많지 않았다. 예외적으로 이번 시집에서 그는 어머니와 아버지, 아들과 자신에 대해 많은 지면을 할애한다. 가족에 대해 그가 보여주는 감정과 태도는 의외로 복잡하다. 노쇠한 어머니에게는 한없는 사랑과 인간적인 연민을 표현하는 반면, 아들에 대해서는 안타까운 단절감과 거절당한 사랑의 비애를, 자신에 대해서는 상실감과 냉소를, 아버지에 대해서는 거리감에 가까운 경외를 표출한다.

너는 오늘도 아버지를 미워하느라 잠 못 이루고
끊었던 담배를 다시 피우고
술을 사러 외등이 켜진 새벽 골목길을
그림자도 떼어놓고 혼자 걸어가는구나
(…)
부디 아버지를 미워하는 일로 너의 일생이
응급실 복도에 누워 있지 않기를
어두운 법원의 복도를 걸어가지 않기를

—「겨울부채를 부치며」 부분

나는 아직 돈도 사랑도 버리지 못하고
꾸역꾸역 밥과 국만 먹는다
처마 끝에 맺힌 고드름도

한순간에 마당에 툭 떨어지는데
나는 아직 이별의 순간을 떨치지 못하고 운다

—「이별」 부분

아무도 나를 찾으러 오지 않는다
(…)
지옥은 여기에서 먼가

—「유실」 부분

이 세상에 더이상 남길 것은 없다
나는 그저 간다
어디로 가는지 나는 모른다
좀 있다가 목이 마르면
그저 물이나 한잔 마시다가
너도 너 혼자 어디로 가라

—「미리 읽어본 아버지의 유서」 부분

정호승이 고백하는 가족 이야기는 아름답거나 따뜻하지 않다. 오히려 서글프고 참담하다. 가족들이 서로 미워하거나 헤어져 있기 때문이 아니라, 그 미움과 헤어짐 속에 사랑이 뿜어내는 필연적인 독(毒)이 들어 있기 때문이다. "오늘도 아버지를 미워하느라 잠 못 이루"는 아들과 "돈도 사랑도 버리지 못하고/꾸역꾸역 밥과 국만 먹는" '나', 홀로 떠나며 "너도 너 혼자 어디로 가라"고 말하는 아버지는 서로에 대한 사랑과는 별개로 쓸쓸히 각자의 길을 간다. 심지어 '나'는 지하철에서 길을 잃고, "아무도 나를 찾으러 오지 않는다"는 절망 속에 '지옥'을 경험하기도 한다.

정호승이 뜨겁게 소통하는 유일한 가족은 어머니이다. 부엌 냉장고에 들어가 나중에 영안실 냉장고에 들어갈 연습을 하신다는 어머니(「노인들의 냉장고」)를 위해 그는, "잘 자라 우리 엄마/할미꽃처럼/당신이 잠재우던 아들 품에 안겨/장독 위에 내리던/함박눈처럼"(「어머니를 위한 자장가」)이라고 자장가를 불러주기도 한다. 그러나 어머니는 지금 "낡고 텅 빈 노인"(「노인들의 냉장고」)일 뿐이며, "사랑하는 모든 것은/곧 헤어지지 않으면 안되"(「통닭」)는 운명을 지니고 있다. 그에게 아버지가 "너도 너 혼자 어디로 가라"는 유언을 남긴(길) 것도 이것을 알고 있기 때문이다. 사랑하는 모든 것은 끝내 헤어져야 하기에, "너도 너 혼자 어디로 가라"는 냉정한 유언은 아버지가 아들에게 주는 최후의 사랑이 된다. 이것을 깨닫는 순간, '바닥'에 놓여 있던, 정호승의 가족과 자신에 대한 관계는 화해의 길로 접어든다. 그는 사랑 앞에 무릎 꿇고 상실의 운명을 받아들이며, 사랑 속에 들어 있는 독을 없애버리고자 한다.

사랑이여
나는 이제 나의 눈물에 독이 없기를 바란다
더이상 나의 눈물이
당신을 해치지 않기를 바란다
(…)
살아간다는 것은 독을 버리는 일
그동안 나도 모르게 쌓여만 가던 독을 버리는 일

—「사랑에게」 부분

너도 무릎을 꿇고 나서야 비로소
사랑이 되었느냐

—「무릎」 부분

이제 우리 헤어질 때가 되었다
어둠과 어둠 속으로만 떠돌던 나를
그래도 절뚝거리며 따라와주어서 고맙다
(…)
가라
인간이 사는 곳보다
새들이 사는 곳으로 가서
어린 나뭇가지에서 어린 나뭇가지로 날아다니는
한마리 새의 그림자가 돼라

—「내 그림자에게」 부분

살아가는 일이란 사랑하는 일인 동시에, 사랑의 눈물 속에 든 독을 버리는 일이다. 삶과 사랑은 끊임없는 해독과 자정(自淨)을 거쳐야만 진정으로 자신과 타인을 위한 것이 될 수 있다. 해독과 자정 작업은 궁극적으로는 자아와 존재의 비상으로 이어진다. 정호승의 시에서 승화된 자아와 존재는 '새'의 이미지로 집약된다. 더불어, 자아와 존재의 비상은 '인간이 사는 곳'에서 '새들이 사는 곳'으로 가는 일로 나타난다. 이처럼 정호승이 동경하는 마음의 새들은 세상의 가장 높고 청정한 곳에 살고 있다. 가파른 빙벽이나 눈 덮인 '나의 수미산'이나 눈 내린 월정사의 부도밭 같은 곳이 그 단적인 예이다. 그 아득한 마음의 산정을 갈망하며 정호승은 자신의 "발자국이 소금이 될 때까지" "장다리물떼새와 함께/외로운 소금밭을 서성거리"고(「도요새」), "내 비록 돈을 벌기 위해 평생 동안 잠 못 이루던/더러운 마음이지만/돌아오라 새들아 밤안개를 데리고/고요히 미소를 지으며 돌아와 나를 쪼아먹어라"(「천식대에 누워」)라고 새들을 향해 간절히 호소한다. 한걸음 더 나아가, "폭설이 내린 날/내 관을 끌고 올라가" "평생토록 참회해도 참회할 수 없는 참회를/관 속에 집어넣고" "산정의 산정에 홀로

서서"(「나의 수미산」) 그 관을 던질 것이라고 자신에게 맹세하기도 한다.

인간의 작은 탑 하나 세우기 위해
평생 동안 다시 산을 오른다
발도 없이 손도 없이 산을 오른다
(…)
오늘밤에는 산정에 고요히 눈이 내린다
인간의 얼굴을 한 작은 새 한마리
눈 속에 파묻힌다

—「나의 수미산」 부분

삶의 바닥에서 '수미산'의 정상에 오르는 길은 '인간이 사는 곳'에서 '새들이 사는 곳'으로 가는 길이지만, '인간'을 버리고 '새'가 되는 길은 아니다. 시에서 보듯, 정호승의 내생(來生)이 될 '작은 새'는 너무도 또렷하게 "인간의 얼굴을 하"고 있다. 여기에 이르면, 정호승의 시에서 인간과 새, 바닥과 산정은 다르면서도 같은 세계임이 밝혀지게 된다. 두 세계를 연결하는 힘은 말할 것도 없이, "발도 없이 손도 없이 산을 오르"는 인간이며 시인인 정호승의 수고이다. 지천명의 나이에 정호승이 삶의 바닥에 엎드린 사람들을 찾아다니고, 가족과 자신의 부끄러운 면까지도 솔직하게 토로하는 이유는 여기에 있다. 이번 시집에 불교적 지향성과 기독교적 색채가 무리 없이 공존하며, 그것을 특별히 문제삼거나 따로 분석할 필요가 없는 이유도 같은 곳에 있다. 굳이 성(聖)과 속(俗)의 통합이라는 거창한 이름을 붙이지 않아도 될, 이 화합의 풍경 속에는 그저 소리 없이 눈이 내리고 있다.

사람은 죽었거나 살아 있거나

그 이름을 불렀을 때 따뜻해야 하고
사람은 잊혀졌거나 잊혀지지 않았거나
그 이름을 불렀을 때 눈물이 글썽해야 한다

—「부도밭을 지나며」 부분

그러므로 중요한 것은 자신의 마음에서 우러나는 가슴 뭉클한 진실이며, 그 진실을 향해 가는 한결같은 마음이다. 정호승이 따뜻하면서도 시린 언어로 우리에게 전해주는 것은 이 소박하지만 소유하기 힘든 진실이다. 그를 따라 삶의 바닥에서 수미산에 이르는 길을 차가운 눈을 맞으며 오를 것인가, 아니면 여기에 머물 것인가? 지금 창밖에서 우는 것은 내생의 '나'를 예언하는, '인간의 얼굴을 한 작은 새'인지도 모른다.

—『이 짧은 시간 동안』(창비 2004) 해설

겨울 언어의 시, 시간과 사유의 평행/대립 구조

최하림 시집 『때로는 네가 보이지 않는다』

너는 저 시간들을 돌아보지 말아라 시간들은 오는 것도

가는 것도 아니다 시간들은 거기 그렇게 돌과 같이

나뒹그러져 있을 뿐……

—「십일월이 지나는 산굽이에서」에서

1. 시간을 따라 이동하는 사유(들)

인간의 사유는 거대한 세계와 시간을 하나의 고정점에서 조망하고자 하는 지향성을 갖고 있다. 사유의 고정점은 여러 개일 수 있고(사유의 주체는 잠재적으로 복수이다), 수시로 자유롭게 이동할 수 있지만(고정점의 잦은 이동은 사유의 분열을 가져온다), 그 복수의 고정점이 일제히 동시다발적으로 작동하기란 어려운, 사실 거의 불가능한 일이다. 물론 이 진술의 타당성은 부분적인 것에 한정될 수 있다. 한곳에 머물지 않고 이동하는 것 자체가 사유의 고정점이 지닌 내재적 속성일 수 있기 때문이다(이 경우 사유의 주체는 태생적으로 복수이다). 따라서 문제는 고정점의 이동이 일어나는 양상과 그 결과 및 효과에 놓인다. 그 궤적을 재구성하는 것은 한편의 시, 나아가 한 시인의 시세계의 변화를 살펴보는 데 유용한 방법이 될 수 있다.

최하림(崔夏林)의 시집 『때로는 네가 보이지 않는다』(문예중앙 2005)는 사유의 고정점이 이동의 속성을 지니고 있음을 보여주는 뚜렷한 예다. 시집의 전편에 걸친 사유의 이동은 고요해서 움직임이 거의 느껴지지 않으며, 유려해서 멀리 움직이고도 흔적을 거의 남기지 않는다. 한마디로, 이 시집이 그려내는 것은 세계 및 시간과 평행을 이루거나 하나로 섞이며 유유히 흘러가는 고적한 사유(들)이다. 사유는 그것의 주체의 몸과, 또 그 주체의 삶의 방식과 분리되어 있지 않다. 이 사유/몸/삶의 주체는 시인 최하림이기도 하고 아니기도 한데, 최하림은 세계를 전유하고 싶은 열망과 세계에 전유되기를 바라는 열망을 동시에 보유하고 있으며, 근래 그의 시들은 이 극단의 열망이 융합된 경지를 지향하며 씌어지기 때문이다. 거슬러 올라가면, 폭력적인 사회·역사의 공간에서 비껴나 자연의 온유한 풍경을 전경화한 시집 『굴참나무숲에서 아이들이 온다』(문학과지성사 1998)에서 가시화된 이러한 이중적 지향성은 『풍경 뒤의 풍경』(문학과지성사 2001)을 거쳐 최근의 『때로는 네가 보이지 않는다』에서 명료한 풍경의 씰루엣을 얻고 있다.

최하림 시의 풍경은 세계를 전유하려는 시적 주체와 세계에 전유되려는 시적 주체가 만나 사유의 고정점(들)을 찾아가는 순간에 발생한다. 이 순간은 흘러간 과거와 다가올 미래의 시간의 무한 연속선 위에 있는 한 지점이자, 그 모든 시간을 조망하고 통찰하는 구심점으로서 시간의 임시 기원 같은 예외적인 외부이다. 최하림은 사유/몸/삶의 주체로 세계와 시간을 분할하는 동시에 살아내며, 세계와 시간을 시적 통찰의 토대이자 궁극적 실재로 대상화(의미화)한다. 단 한번의 순간들로 이루어진 삶의 시간은 동등하게 흘러가지만, 인간이 거기 개입해 의미를 부여함으로써 시간의 차이와 불연속을, 존재의 기억과 망각을, 주체의 정체성과 분열을 유발한다. 근자에 최하림은 그 개입이 인간의 삶이자 존재의 운명임을 말하면서, 시간에 대한 자신의 개입을 최대화하거나 최소화하려는 열망을 깊고 느린 언어로 묘사한다. 세계(=시간)에 대한 개입의 최대화와 최소화란, 주체가 세계를 전유하는 것, 그리고 주체가 세계에 전유되는 것과 각기 동일한 의미를 지닌다.

2. 시간 앞에 등가인 존재들, '겨울 언어'의 시쓰기

최하림에게 세계는 시간을 통해 실현된다. 그에게 세계와 시간은 하나의 실재의 다른 부면(部面)이다. 『때로는 네가 보이지 않는다』의 제목에 명시된, 때로 보이지 않는 '너'는 일차적으로는 이 실재를 가리킨다. 인간을 포함한 모든 존재의 삶을 관통하는 유일한 실재인 세계와 시간, 더 정확히는 세계=시간은 처음부터 존재에게 호의적이지 않다. 사실 호의적이다 아니다의 감정적 차원을 넘어선 곳에 있는 세계=시간은 존재를 함부로 건너가고 빨아들이며, 가차없이 가두고 지운다. 또 그와 상관없이 저 홀로 나둥그러져 있기도 한다. 이러한 상황에서, 존재는 시간의 표면 위로 떠올라 자신을 각성할 때 비로소 존재한다고 할 수 있다. 존재를 시간의 표면 위로 부상하게 하는 힘, 즉 존재의 부력의 실체는, 미리 암시해둔 것처럼, 인간의 사유다. 그러나 사유가 현실적인 의미와 실효성을 얻기 위해서는 모종의 행위로 발현되어야 한다. 존재의 부력으로서의 사유가 현실의 표면으로 떠올라 의미있는 행동으로 화하는 과정, 이것이 최하림에게 시를 쓰는 일임은 따로 설명할 필요가 없다. 사유의 진전과 외화(外化)로서의 최하림의 시쓰기는 다음과 같이 춥고 어두운 시간에 고적하게 이루어진다. 추위와 어둠과 고적함 자체로 이 시간은 지극히 투명하고 농밀하다.

참나무와 느릅나무 새로 가을이 내려와 황금 이파리를 떨어뜨리고 햇빛은 차갑게 번쩍이면서 골물 위로 흘러간다 사람들은 각자의 방으로 들어가 문을 닫고 겨울을 기다린다 수릉리와 서후리의 겨울은 여느 지방보다 길고 어둡다 사월까지 산 아래 눈들이 녹지 않고 바람도 움직이려 하지 않는다 사람들은 캘린더의 날짜를 하나씩 하나씩 지운다 어떤 사람은 어떤 날짜에 친척들의 축일을 적는다 그런 순간에도 목조 건물의 유리창과 하수구에서는 간간이 얼음이 얼어터지는 소리 들리고 문풍지들이 바르르 바르르 떤다 나는 벌벌 떨면서 둘째 딸이 신혼여행길에서 사다 준 털스웨터를 꺼내 입는다 **나는 털스웨터를 입고 책상에 앉는다 나는 시를 쓴다** 수릉리와 서후리의 겨울은 여전히 춥고 비탈에서는 바람이 우레소리를 내며 골을 빠져나가고 **나는 꼭꼭 창문을 닫은 채 방 속에 나를 가둔다 나의 출처인 겨울 언어들을 가둔다**

—「지난 겨울 기억」 전문(강조는 인용자)

이 시는 "나는 털스웨터를 입고 책상에 앉는다 나는 시를 쓴다"는 한 줄의 각성된 행위의 순간을 현시하는 데 집중되어 있다. "나는 꼭꼭 창문을 닫은 채 방 속에 나를 가둔다 나의 출처인 겨울 언어들을 가둔다"는 마지막 구절은 이 한 줄을 수사적으로 반복한 것이며(털스웨터를 입고 책상에 앉아 시를 쓰는 일은 창문을 닫은 방에 '나'와 '나'의 출처인 겨울 언어들을 가두는 일과 같다), 다른 구절들은 이 두 개의 구절을 위한 배경의 역할을 하고 있는 것이다. 최하림이 이처럼 추운 겨울에 '겨울 언어'로 시를 쓰는 것은 시간의 변화에 대한 인식에서 비롯한다. 시간의 계절적(상징적으로는 생애적) 회절점인 겨울은 존재하는 것들의 활기를 떨어뜨리고 행동반경을 좁힌다. 시인 역시 그 대열에서 예외일 수 없다. 최하림은 자신이 살고 있는 수릉리와 서후리에 '겨울'이 가져온 변화('사건'이라고 할 것이 없는)를 담담히 옮겨적으며, 존재의 활기와 행동반경이 최소화된 상태에서 자신이 할 수 있는 일이란 "시를 쓰"는 일, 즉 "나의 출처인 겨울 언어들을 가두"는 일뿐이라고 진술한다. 최하림에게 '겨울 언어들'은 '나의 출처'이자 '나'의 마지막 귀착지이다. 그리하여 "나를 가두고" "나의 출처인 겨울 언어들을 가두"는 시간은 마침내 한편의 시가 되어 그에게 반려될 것이다. "겨울 언어들을 가두"는 행위로서의 최하림의 시쓰기는 역설적이게도 존재의 활기와 움직임이 최소화된 상태에서 그 응집력과 밀도를 최대화하는 결정(結晶)의 형태를 띠게 된다.

겨울의 시간이 촉발한 '존재의 결정(結晶)'으로서의 최하림의 시쓰기는 "산 아래 눈들이 녹지 않고 바람도 움직이려 하지 않"는 것, "목조건물의 유리창과 하수구에는 간간이 얼음이 터지"고 "문풍지들이 바르르 바르르 떠"는 것과 조금도 다를 바 없는 '내핍(耐乏)'의 존재방식이다. '겨울 언어'로 자신을 응결하고 분출하는 눈과 바람과 목조건물의 유리창과 하수구와 문풍지는 최하림과 마찬가지로 나름의 존재적 고투를 감당하고 있다. 단언하면 눈, 바람, 목조건물의 유리창, 하수구, 문풍지, 시인 최하림은 존재적으로 등가(等價)이다. 이 시가 전혀 특별할 것 없는 겨울의 풍경과 일상을 서술하고 있음에도 깊은 울림을 주는 이유도 여기에 있다. 최하림은 자연과 사물과 인간을 '동일성'이 아닌 '등가'의 차원에서, 설득과 화해의 언어가 아닌 목격과 증언의 언어로 그려낸다. 그는 자연과 사물과 인간의 등가를 공증하는 것은 '시간'이라는 절대 판관이며, 시간 앞에서 시간을 견디는 모든 존재는 공동의 운명체임을 '풍경의 언어'로 역설(力說)한다. 목조건물의 유리창과 하수구에 얼음이 터지고 문풍지들이 바르르 떠는 것, 최하림은 자신이 시를 쓰는 일이 그 이상도 이하도 아니라는 것을 묘사의 화법으로 이야기하는 것이다. 겨울바람에 "문풍지들이 바르르 바르르 떠"는 것처럼, '나'는/시인은/인간은 "벌벌 떨면서" "털스웨터를 입고 책상에 앉"아 "시를 쓴다." 문풍지와 '나', 두 존재의 떨림 사이에는 질적인 차이가 없다. 이런 의미에서, 이 시의 고적한 풍경이 최종적으로 환기하는 것은 궁핍한 겨울의 자연물과 사물들이 아니라, 그들과 존재적으로 동격인

'나'/시인/인간에 대한 연민이다. 이 연민을 내면화함으로써 최하림의 사유와 몸과 삶은 세계를 전유하고, 세계에 전유되기도 한 상태에 진입한다

최하림의 최근 시들이 담백한 풍경화를 연출하는 것은 그가 동일성도 차이도 승인하지 않은 상태에서 개별자들을 동등하게 재현하고자 하기 때문이다. 『때로는 네가 보이지 않는다』에 실린 대부분의 시들에는 이러한 지향성이 녹아 있다. 한 예로, 「서상(書床)」은 「지난 겨울 기억」과 유사한 정황과 동일한 메씨지를 전한다.

> 시인 김혜겸이 서상(書床)을 하나 가지고 왔다 (…) 흰 그늘 같은 것이 흐르는 듯했다 다음날 아침에 보니 어디로 갔는지 사발이 보이지 않았다 다시 검붉은 기가 도는 갈색 꽃병을 올려놓았다 그것 역시 보이지 않았다 이번에는 시집을 한 권 올려놓았다 시집도 행방을 감추고 보이지 않았다 서상(書床)은 저 홀로 제시간에 흘러가는 어둠을 보고 싶은 듯했다 그리고 여러 날들이 지나갔다 우수도 지나가고 청명도 지나갔다 **한식이 내일모레라는 날 나는 시를 쓰려고 이층 서재에서 파지를 수십 장 버리다가 작파하고 한밤에 층계로 한 걸음 한 걸음 내려갔다** 나는 마루로 내려갔다 놀랍게도 마루에는 물과 같은 시간이 넘실거리면서 가고 있었다 서상(書床)은 시간 위에 둥둥 떠가고 있었다
>
> —「서상(書床)」 부분(강조는 인용자)

이 시는 "한식이 내일모레라는 날 나는 시를 쓰려고 이층 서재에서 파지를 수십 장 버리다가 작파하고 한밤에 층계로 한 걸음 한 걸음 내려갔다"는 실패한 시쓰기의 순간을 그리면서, 이를 다른 시간과 사물 속에 아무렇지 않은 듯 끼워넣어 시의 촛점을 복수화하고 있다. 시간의 흐름에 따라 산포된 시의 촛점들은 시간과 사물에 대한 최하림의 시선과 사유를 그대로 반영한다. 시간과 함께 이동하는 사유의 고정점들은 '서상' 위에 놓였

다 사라진 "흰 그늘 같은 것이 흐르는 듯"한 '사발' "검붉은 기가 도는 갈색 꽃병" '시집' 등을 지나, '서상'에서 시를 쓰다 작파한 시인 자신에게까지 이른다. 이 이동의 과정은 사물과 인간(대상과 주체라고 해도 좋다)이 흐르는 시간 속에서 명멸하는 동등한 존재이며, 시쓰기 역시 그 명멸의 한 과정임을 현시한다. '서상'이라는 동일한 세계를 거쳐간 사발, 꽃병, 시집, 시인, 파지, 쓰지 못한 시……. 그러나 이들의 등가를 입증하는 것은 '서상'이 아니라 그 위를 지나간 "여러 날들", 즉 존재의 생성과 소멸을 관장하는 시간이다. 때문에 시의 마지막에서 "시간 위에 둥둥 떠가"는 것은 '서상'만이 아니라, '서상'을 포함한 이들 모두가 된다.

최하림은 시간을 따라 이동하는 개별자들의 사라진 자취와 지워진 소리들을 최대한 섬세하게 담아내고자 한다. 흐르는 시간은 존재의 흔적을 지우고 소리를 거두어 가는바, 형상의 소멸과 소리의 소거는 『때로는 네가 보이지 않는다』의 두드러진 특징을 이룬다. 바꾸어 말하면, 최하림은 시간에 따른 존재의 변화를 형상과 소리의 쇠락으로 예민하게 감각한다. "많은 것들이 희미하게 지나가"(「오래된 우물」)고, 세상의 "소리들이 하염없이 빠져나가"(「언뜻언뜻 눈 내리고」)는 동안, 유약한 존재들은 "시간이 부서지고 부서지던 날의 굉음을 들으며"(「외몽고」) "각각의/집으로 돌아가/울고 있"(「내린천을 지나」)거나 "침묵 속으로 빠져들어가"(「침묵 속으로」)는 것을 상상의 감각까지 동원해 '상실'과 '부재'의 형태로 감각하는 것이다. 형상과 소리의 쇠락 속에서 '이동의 숙명'을 사는 존재들은 시간의 이동을 막지 못하는 대신 공간의 이동을 선택한다. 그러나 시간의 이동과 공간의 이동은 다른 것이 아니다. 한자리에 서 있는 나무들도 시간이 흐르면 "다른 풍경 속으로 들어"가는 것이 그 증거이다. 이렇게 볼 때, 존재에게 이동의 자발성이란 본래 없는 것이며, 이동의 숙명만이 허락된 것인지도 모른다. 알 수 없는 운명에 이끌려 최하림은 이동의 삶의 방식을 (비자발적으로) 채택하고 내면화한다.

나무들은 어데로, 어디로, 하면서 갈색 풍경을 떠나

다른 풍경 속으로 들어간다 황간에서 김천으로 몇 마리 까마귀들이 날아간다

—「징검다리」 부분

모든 것들이 간다
나는 마음을 가라앉히고 다시금 강을 본다
여전히 물거미들은 이동하고

—「공중을 빙빙 돌며」 부분

(…) 나는 변두리에서 변두리로 이동한다 나는 수릉리에서 문호리로 간다 수입리에서 노문리로 간다 오늘도 나는 이동을 반복하면서 여름을 견딘다 나무와 새들도 각각의 방식으로 여름을 견디며 보낸다

—「힘든 여름」 부분

'이동'의 속사정으로 미루어보건대, 나무에게나 새들에게나 인간에게나 삶은 똑같이 단순하고 고독한 것이다. 목적이 있든 없든, 본능적으로 "이동을 반복하며" "각각의 방식으로" "견디며 보내"야 하는 것이 삶의 빈약한 전모이기 때문이다. 시간이 보증하는 존재의 등가의 법칙은 생명체들에 와서는 이동과 견딤의 필연적인 의무를 통해 한번 더 확인된다. 그 생애의 서사는 대략 이런 줄거리를 갖고 있다. "모든 것들이 간다." "변두리에서 변두리로 이동한다." 이동함으로써 시간과 삶을 견딘다. 그 속에서 끊임없이 '다른 풍경'이 만들어진다. '다른 풍경' 속에서 살아 있는 모든 것들은 각자의 방식으로 동등하다. 여기에 덧붙여 최하림은 자신에 관

해 이렇게 말하고 있다. '나'는 그 무수한 존재의 하나이며, '나'의 시쓰기는 그 존재적 이동과 견딤의 최소화이자 최대화의 행위다.

3. 시간과 사랑의 평행/대립 구조

모든 것을 사라지게 하는 시간의 절대 권능 앞에서 최하림은 평온하고 의연한 자세를 유지한다. 하지만 매순간 그런 초연함을 발휘할 수는 없는 일이다. 가령, 사라지는 대상이 '사랑'이라면 어떠하겠는가. 인간은 세상에서 길을 잃어버렸을 때 자기 자신과도 멀어지게 된다고 멕시코의 위대한 시인 옥따비오 빠스(Octavio Paz)는 말한 바 있다. 이 말을 할 때 빠스는 사랑의 상실을 염두에 두고 있었다. 사랑을 잃는 것은 인간이 세상에서 길을 잃는 가장 고통스러운 방식의 하나다. 이런 연유로 빠스는 '사랑'을, 자기 자신인 타자를 찾아 넋을 잃고 고뇌하며 헤매다 마침내 백척간두진일보(百尺竿頭進一步)하여 자신에게 돌아가는 '치명적 도약'(salto mortal)이라고 정의하고 있다(옥따비오 빠스 『활과 리라』, 김홍근·김은중 옮김, 솔 1998, 153~80면 참조). 빠스의 명명법대로라면 사랑이라는 '치명적 도약'의 반대편에 있는 사랑의 상실은 '치명적 전락'이라고 부를 수 있다. 최하림으로 하여금 시간과의 평화로운 동행을 깨뜨리게 하는 것은 사랑의 상실로 인한 '치명적 전락'의 기억이다. 사랑하는 '너를 여읜 통증'은 끊임없이 현재형으로 되살아나 시간의 흐름을 방해하고 교란한다. 이때 시간은 더이상 흐르지 못하고 방향감각을 잃은 채 한곳에서 "서성이"게 된다.

길 위에는 네가 남긴 시간들과 너를 여읜 통증이

뻗쳐 있다 나는 다리 건너 서울상회를 지나 삼거리로

가지만 집들은 꼭꼭 대문이 잠겨 있고 개들도 짖지

않는다 개들은 좀처럼 짖거나 뒤를 돌아보지 않는다

나는 정배리 쪽으로 간다 언덕 위 나무들은 숨죽인

소리를 하고 나는 무엇 때문에 숨을 죽이고 있는지 그럴 이유라도 있는 것인지

묻지 않는다 아직도 해는 공중에 떠 있고

그림자들은 흔들리고 나는 사랑이 없는 길 위에

서성이고 있다 시간이 서성이고 있다

—「눈발이 날리다 말고」 부분

'네가 남긴 시간들'이 잔존해 있는 것은 '너를 여읜 통증'이 그 시간들에 비례해 지금의 '나'에게로 "뻗쳐 있"기 때문이다. 시간의 선을 건너뛰며 함부로(?) 뻗쳐 있는 시간은 서울상회, 삼거리, 개들, 언덕 위 나무들 등에서 존재의 동등한 지위를 빼앗고, 그들을 '나'의 통증 앞에 "숨을 죽이"는 무력한 배경으로 만든다. 때문에 이 시의 풍경에는 '나'와 등가인 존재들이 없으며, 단지 '나'/인간/주체만이 도드라져 있다. 지금 여기는 '나'의 사랑이 떠나간 곳, "사랑이 없는 길 위"다. 내가 "사랑이 없는 길 위에 서성이고 있"으므로, 시간 또한 그 길 위에 "서성이고 있"는 시간의 방외지대(方外地帶)이다. 이것은 물론 내가 시간에 적극적으로 개입한 결과다. 사랑의

상실이, 정확히는 상실의 정황을 수락할 수 없는 '나'의 사랑이 '나'에게 시간을 해체하고 재구성하는 힘을 부여했다. 아이러니컬하게도 사랑(의 상실)은 시간의 흐름에 저항하는 주체의 강력한 에너지가 된다. 그 속에서 사랑은 시간의 흐름에 저항하면서 시간과 평행하는 동시에 대립하는 구조를 획득한다. 시간에 저항하는 사랑은 소멸하지 않음으로써 시간과 평행하며 지속되고, 소멸하지 않음으로써 시간에 대립하며 지속된다. 심지어 사랑은 상실된 상태에서도 시간에 대한 저항을 포기하지 않는다. 상실된 사랑은 시간을 되돌리거나 멈추게 할 수는 없어도, 적어도 시간이 발걸음을 중단한 채 한곳에서 서성이게는 할 수 있다. 시간이 서성이는 동안 최하림은 "밤의 허리에 기대어 너에게 편지를 쓰"고(「나는 너에게 편지를 쓴다」), 어두운 길에서 "문득문득 걸음을 멈추고 뒤돌아 보"며(「가라앉은 밤」) "입구도 없고 출구도 없는 시베리아의 길"로 긴 여행을 떠난다(「시베리아 판화 1」). 사랑(의 상실)이 그를 쓰고 멈추고 뒤돌아보며 떠나게 할 때, 시간은 그에게 '순차적인 이동'과는 다른 원리와 형태로 각인된다.

> 십일월이 지나는 겨울의 굽이에서 공기는 무겁게
>
> 가라앉으며 가지를 늘어뜨리고 골짜기는 입을 다문다
>
> 토사층 아래로 흘러가는 물도 소리가 없다 강 건너
>
> 편으로 한 사내가 제 일정을 살피며 가듯이 겨울은
>
> 둥지를 지나 징검다리를 서둘러 건너간다 시간들이
>
> 건너간다 시간들은 다리에 걸려 더러는 시체처럼

쌓이고 더러는 썩고 문드러져 떠내려간다 아들아

너는 저 시간들을 돌아보지 말아라 시간들은 오는 것도

가는 것도 아니다 시간들은 거기 그렇게 돌과 같이

나둥그러져 있을 뿐…… 시간의 배후에서는 밤이 일어나고

미로 같은 안개가 강을 덮는다 우리는 돌아보아서는 안 된다

아직도 골짜기에서는 나무들이 기다리고 새들이 기다리고

바람이 숨을 죽인다 우리는 우리 안에서 일어나는

소리에 귀 기울이면서 오래도록 걸음을 멈추고 있어야 한다

—「십일월이 지나는 산굽이에서」 전문

오랫동안 시간을 편력해온 자의 경험으로 말하건대, 또한 그 속에 보존되어 있는 '치명적인 전략'의 기억과 감각으로 말하건대, "시간들은 오는 것도 가는 것도 아니"며, "거기 그렇게 돌과 같이 나둥그러져 있을 뿐……"이다. 그러니 "저 시간들을 돌아보지 말"고, "우리는 우리 안에서 일어나는 소리에 귀 기울이면서 오래도록 걸음을 멈추고 있어야 한다." 최하림이 '아들'의 이름을 빌려 들려주는 이 말은 자신의 삶의 경험을 압축하면서 시간에 대한 최선의 존재방식을 제시한다. 그가 자신의 시간 뒤에 오는, 사랑하는 이들에게 해줄 수 있는 최상의 조언은 시간에 지배받지 말

고, 자신의 내면에 충실하라는 것이다. "시간들은 거기 그렇게 돌과 같이 나뒹그러져 있을 뿐"이라는 최하림의 결론은 시간에 대한 새로운 발견이라기보다는, 사유의 고정점을 이동하는 시간에서 "걸음을 멈추고 있"(어야 하)는 주체에게로 옮긴 결과라고 할 수 있다. 이 이동은 시간과 평행하거나 대립하는 형태가 아니라, 시간의 본질을 새롭게 정립하고 주체의 자리를 시간의 바깥에 마련한다는 점에서 최하림이 앞서 보여준 가공되지 않은 시간관과는 성격을 달리한다. 여기에 이르면, 최하림의 '시간이 흐르는 풍경'은 '내면이 오래도록 멈추어 있는 풍경'으로 이행하게 된다. 두 개의 풍경은 서로 겹쳐지기도 하는데, 시집 『때로는 네가 보이지 않는다』에 담긴 사유의 고정점들은 크게 이 두 풍경의 사이를 오가는 것이라고 할 수 있다.

4. 시간을 삼킨 눈의 문자, 다시 '겨울 언어'의 시

압도적인 시간의 권능에 순응하고 그 권능을 무효화하기도 하면서 최하림은 삶의 시간 속에 다양한 시차(時差)와 시차(視差)의 자리를 마련한다. 그가 시간을 따라 무연히 흐르거나 오래도록 멈추어 서서 쓴 시들은 이 시차(時差)와 시차(視差)가 어우러져 하나의 풍경으로 현현(epiphany)된 것이라고 할 수 있다. 그 시차(時差/視差)들에 현혹되거나 흡수되지 않으면서, 최하림이 그려내는 시간의 풍경은 이제 자율성을 갖고 스스로 증식하는 단계에 이른다. 말하자면, 이는 풍경이 관념의 영역으로 들어서는 단계라고 할 수 있다.

> 크고 사나운 맘모스처럼 문둥이들은 바다를 건너고 산을 넘어 푸른 호수에 이르렀다 문둥이들은 그들을 보고 있는 호숫가에 몇 날이고 몇 밤이고

> 서 있다가 무슨 예감에 싸인 듯 호수 속으로 뛰어들어갔다 그들은 호수의 깊고 깊은 눈 속으로 들어갔다 엄청나게 푸르고 흰 눈 속에서 수초들은 흔들리고 시간들이 흐르고 호수의 모든 생물과 무생물들이 한 리듬으로 점점 빠르게 춤을 추었다 그것은 루이 암스트롱이 정신없이 불어대는 색스혼에 맞춘 춤이거나 인디언의 북에 맞는 춤이었고 그런 표현을 허락한다면 그것은 수수만리 불어오는 폭풍우였고 천둥번개였고 소리 없는 소리였다 오오 소름 끼치게 푸른 호수의 소리 속에 눈이 내렸다 한없이 내렸다 이제 소리 속에는 아무것도 없었다 고요한 눈밖에 눈의 문자(文字)밖에
>
> —「바다와 산을 넘어」 전문

이 시가 펼쳐 보이는 풍경은 명백히 최하림의 '상상의 지리학'의 영토에 속해 있는 것이다. 최하림이 자신이 살고 있는 시골의 집, 거리, 가게, 들판 등을 사실주의적인 필치로 가감없이 묘사한 것과는 사뭇 다른 차원을 보여준다. 우선 최하림의 내적 자아에 해당하는 '문둥이들'이 등장하는 것부터가 독특하다. 이 시에서 '문둥이들'은 시간과 공간의 이동을 거침없이 감행하는 자들을 상징한다. 아마도 그들은 어느 누구보다 강한 이동의 운명을 타고난 자들일 것이다. '문둥이들'은 "크고 사나운 맘모스처럼" "바다를 건너고 산을 넘어 푸른 호수에 이르"며, "그들을 보고 있는 호숫가에 몇 날이고 몇 밤이고 서 있다가 무슨 예감에 싸인 듯 호수 속으로 뛰어들어" "호수의 깊고 깊은 눈 속으로 들어"간다. '호수의 눈'은 공간과 시간의 정점으로서의 텅 빈 중심을 의미한다. 이 중심에서 공간과 시간은 이동을 멈추고(공간과 시간은 더이상 구별되지 않는다. 물리학의 관점을 빌린다면, 본래부터 그러하다), 혹은 이동과 이동하지 않음의 차원을 훌쩍 뛰어넘고, 존재의 해방구와 같은 이 장소/시간에서 개별 존재들의 본성과 활기는 최대로 발현된다. '문둥이들'이 호수의 "엄청나게 푸르고 흰 눈" 속에 몸을 던지자, 그들과 함께 "호수의 모든 생물과 무생물들이 한 리듬으로

점점 빠르게 춤은 추"는 것은 이 때문이다.

'호수의 눈'은 일체의 모순과 역설이 그 자체로 실현되는 장소/시간이다. 호수의 모든 생물과 무생물이 어울린 존재적인 춤이 "수수만리 불어오는 폭풍우였고 천둥번개였고 소리 없는 소리"가 되는 비결이 여기에 있다. 이 춤이 갖는 존재론적인 성격은, 이 시가 '생명의 만다라'를 연출하고 있음에도 생명의 실상을 탐구하는 생태시와는 다른 자리에 있음을 알게 한다. 최하림의 자연지향적인 시들이 생태시와 변별되는 요인도 이와 다르지 않다. 흥미로운 것은 관념의 풍경을 묘사하는 이 시에서 최하림이 여느 시와 달리 강렬한 이미지와 어조를 사용한다는 점이다. "엄청나게 푸르고 흰 눈" "정신없이 불어대는 색스혼에 맞춘 춤" "오오 소름 끼치게 푸른 호수의 소리" 등의 격렬한 수사, "그런 표현을 허락한다면" 같은 자기노출적 어법은 최하림의 다른 시들에서는 발견할 수 없는 것이다. 최하림이 풍경의 목격자에서 '상상의 지리학'을 통한 풍경의 창조자로 전환하면서 생긴 현상이라고 할 수 있다.

또 한가지 주목해야 할 것이 있다. 최하림이 시간과 공간의 정점이자 영도(零度)로서 상상해낸 호수는 선명한 형상과 소리의 세상이며, 호수의 계절은 눈이 내리는 '겨울'이라는 사실이다. 거스를 수 없는 자연의 시간, 그중에서도 겨울이 존재에게서 형상과 소리를 앗아간 것과는 정반대의 상황이다. 어쩌면 그렇게 쇠락한 형상과 소리 들이 여기 시간과 공간의 '눈'에 오롯이 모여 있는 것인지도 모른다. 최하림에게 '겨울'은 존재의 계절이며 생의 기후인데, 이는 자연의 시간과 함께 존재의 시간과 인간의 생애를 놓고 그러하다. 비약 속에서도 조금의 무리가 없이, 그의 내면공간인 호수에서 폭풍우와 천둥번개와 '소리 없는 소리'는 일시에 등가의 역설에 도달한다. 지금 이곳, 최하림이 속한 생애의 계절과 기후가 겨울이기 때문이다. "소름 끼치게 푸른 호수의 소리 속에 눈이 내"리자, 이윽고 "소리 속에는 아무것도 없었다"고 최하림은 전한다. '고요한 눈'과 '눈의 문자밖에'

없는 이곳에서 최하림의 투명하고도 농밀한 '겨울 언어의 시'들은 다시 기지개를 켜기 시작한다. 최하림의 다음 시들이 예비되어 있는 시간/장소도 바로 이 희디흰 '눈의 문자'로 표기되는 '겨울 언어들' 속이다.

—『작가세계』 2006년 봄호

잃어버린 시적 정의를 찾아서

김정환의 시세계

시는 내 문학의 원인이자 결과다.

—『김정환 시집 1980~1999』(이론과실천 1999) 자서에서

여전히, 시는 내 문학의 원인이자 결과다.

—『해가 뜨다』(문학과지성사 2000) 자서에서

김정환(金正煥)은 등단 20년을 결산한 시전집에서, 또 그다음에 낸 시집에서 "시는 내 문학의 원인이자 결과다"라고 선언한 바 있다. 시 자체의 특성이 아닌, 시가 자신의 문학에서 차지하는 구조적 위상을 통해 시를 정의한 것이다. 이 사적(私的)인 정의에 의하면, 김정환에게 시는 그의 문학의 기원이자 종착점이다. 또한 그의 다양한 형태의 글쓰기를 수렴하고 관할하는 중앙통제기관과도 같다. 시를 통한 김정환의 정체성 선언에는 모종의 이의제기가 숨어 있다. 김정환의 이의는 그를 시, 소설, 희곡, 비평(문학·문화·미술), 번역 등 '전방위적 글쓰기'의 예외적 대명사로 분류하는 시각을 겨냥한다. 이상하게도 문학의 내용물보다 외적인 사실이 강조되는 사례들이 있는바, 김정환은 가장 대표적인 경우에 속한다. 김정환은 자신의 문학의 뿌리가 시임을 역설하면서 장르의 경계를 국경처럼 사수하

는 한국문단의 편집증적 고착에 불만을 표한다. 우리 문단에서 시인, 소설가, 비평가, 번역가 등의 일인다역은 특별한 재능을 넘어 하나의 일탈로 취급되며, 여러 장르를 넘나드는 글쓰기는 자주 깊이와 무게를 의심받는다. 그러나 장르에 대한 엄격한 통제는 문학의 존재방식에 대한 근거 없는 편견에서 비롯된 것이다. 이는 20세기 근대문학사의 전개 과정에서 생긴 기형(奇形)의 불문율로, 예술의 경계가 유연해진 오늘날에는 버려야 할 관습에 불과하다. 문학의 자유와 다양성을 말하면서 문학 생산 경로의 다양성을 제한하는 것은 모순이기 때문이다. 약간의 비약을 동원하자면, "시는 내 문학의 원인이자 결과다"라는 김정환의 시적 정의(定義)는 경직된 문학 풍토에 대한 성찰과 함께 우리 시대의 소외된 시적 정의(正義)를 환기한다. 시의 바깥을 떠도는, 말없는 시적 정의(poetic justice)!

현실의 부정성에 맞서는 시적 정의는 태생적으로 불화와 균열의 산물이며, 문학은 현실에서 추방당한 시적 정의의 망명정부이자 재생의 장소다. 오늘날 시적 정의는 현실과 문학의 바깥을 힘없이 배회하고 있지만, 그 사실은 시인에게도 비평가에게도 뚜렷이 자각되지 않고 있다. 이는 역사적인 동시에 문학사적인 문제에 속하는 것이다. 지난 1980년대가 현실에서 추방된 '시적(詩的) 정의(正義)'를 필사적으로 사수한 데 반해, 90년대 이후는 욕망과 환상 등의 개인의 '사적(私的) 정의(情意)'를 옹호하는 데 몰두했다. 이같은 두 시대의 역사적·문학적 불연속은 시적 정의의 행방의 문제와 직결된다. 80년대에 시적 정의는 대부분 텍스트 속에서만 실현되었고, 텍스트 밖으로의 현실화의 통로를 차단당했다. 그 여파로 90년대의 문학은 억압의 해체를 '텍스트의 해방'으로 대체하면서 다양한 군소 담론과 문법을 만들어냈다. 그러나 그 복원의 과정에서 중요한 재산을 유실했다. 80년대에 폭력적으로 억압된, 타자와 더불어 살아가는 인간적인 삶을 실천하는 '시적 정의'가 그것이다. 이에 따라 우리 문학은, 김정환이 즐겨 쓰는 어휘를 빌리면, 모종의 시적 정의의 이중의 추방 상태에 놓이게 된다. 현실과 역사를 수정하는 시적 정의가 현실에서 문학으로, 다시 문학의 바깥으로 유폐된 것이다. 혹은 연속된 추방과 망명으로 현실과 문학의 새로운 바깥이 만들어진 것이다. 이 모종의 바깥에 우리 시대의 집 잃은 시적 정의가 은둔하고 있다.[1]

민족과 역사의 고통을 분담해온 김정환의 시는 당대의 잃어버린 시적 정의를 찾는 고투로 요약될 수 있다. 김정환의 여정은 1980년대와 그 이후의 역사적·문학적 변화 속에서도 변함없이 지속되어왔다. 김정환은 현실의 변혁에 대한 확신, 자기 갱신의 열망으로 이 길을 걸어왔다. 『지울 수 없는 노래』(창작과비평사 1982), 『황색예수』1, 2, 3(실천문학사 1984, 1984, 1986), 『좋은 꽃』(민음사 1985), 『기차에 대하여』(창작과비평사 1990), 『순금의 기억』(창작과비평사 1996), 『해가 뜨다』(문학과지성사 2000) 등의 시집들은 그 사정을 꼼꼼히 증명해준다. 김정환이 최근 출간한 『하노이―서울 시편』(문학동네 2003) 역시 평생의 신념을 재확인하는 자기증명의 작업에 속한다. 김정환은 가까운 과거사를 '베트남'이라는 구체적이며 상징적인 공간에서 현재화하면서, 1980년대에 이어 일상의 바깥으로 또 한번 추방된 시적 정의의 복원을 도모한다. 그는 베트남과 한국을 하나의 시적 공간에 병치하여 우리 시대의 시적 정의의 행방을 묻는다. 실제로 이 연작시집의 창작

1 물론, 90년대 이후의 문학이 줄곧 망각의 길만을 걸어온 것은 아니다. 포괄적 인간주의를 노래한 시들, 후일담소설, 몸과 일상의 담론들은 기억과 복원의 의지를 발휘했다. 하지만 이 노력은 망각의 욕망에 비해서는 상대적으로 미약했다. 기억과 귀환의 의지는 죄책감과 내면의 발산의 욕망에서 싹텄고, 생산적으로 승화되지 못했다. 90년대 이후의 문학에는 전시대에 대한 망각의 죄책감을 상쇄하려는 무의식적 욕망과 이탈의 욕망이 스멀대고 있다. 말을 바꾸면, 그동안 우리 문학에는 굳건한 신념을 지키며 역사의 변혁기를 헤쳐온 작가들이 드물었다. 작가들의 대다수는 현실의 변화를 존재와 세계관의 개조의 필연성으로 일직선적으로 파악했다. 변화의 필연성은 거의 강박적으로 수용되었고, 지속의 미덕은 쉽게 잊혀졌다. 하지만 이 경우, 변화란 '다른 곳으로 가야 한다/가고 싶다'는 이탈의 욕망 외에 아무것도 아니다. 90년대 이후의 문학은 이 이탈의 욕망에 너무 많은 것을 바쳤다. 이런 측면에서 볼 때, 자신의 신념을 지키면서 파란의 시대를 굳건히 헤쳐온 문인들은 더할 수 없이 귀중한 존재들이다. 쉽게 작성하기 힘든 이 목록에, 우리는 기꺼이 김정환의 이름을 적어넣을 수 있을 것이다.

동기가 된 '민족문학작가회의'의 베트남 방문(2000)은, 지난 시대가 신봉한 시적 정의를 반추하는 작가들의 현실적인 기념 행위였다. '기억하고 있다'는 자의식의 확인이 가장 절실한 이유였을 이들의 베트남 방문은 추방된 시적 정의를 찾는 한국문학의 상징적인 행보에 해당했다. 한국의 작가들이 잃어버린 시적 정의를 찾아 유독 베트남으로 간(가야 했던) 이유는 간단하다. 베트남은 최근의 한국문학에서 실종된 시적 정의가 떠도는 '바깥'이며, 한국 역사의 치부가 고스란히 보존된 '내부'인 까닭이다. 수사적으로 말하면, 베트남은 한국의 은유이자 환유이며 아이러니이다. 베트남은 한국의 식민지 역사와 자본주의의 발전 과정을 닮은 은유이고, 한국의 민중의식과 사회주의적 인식을 대체하는 환유이며, 한국이 미제국주의에 편승해 유린한, 한국과 똑같은 약소국이라는 점에서 한국 역사의 치명적인 아이러니이다.

김정환은 『하노이—서울 시편』에서 한국의 은유이자 환유, 아이러니로서의 베트남을 노래한다. 베트남은 침략과 혁명의 역사, 사회주의의 신념, 가난했던 70년대의 한국이 혼재된, 한국과 비동시적인 동시성의 현실공간이다. 베트남은 한국이 성급하게 버린 혁명의 과거를 간직하고 있고, 한국이 아직 씻어내지 못한 전쟁의 상처를 발빠르게 청산하고 있다. 김정환에게 베트남은 제2의 한국이자, 한국의 과거와 현재를 투명하게 걸러주는 강력한 필터이다. 김정환은 베트남이라는 역사의 필터를 통해 당대의 한국 역사와 문학의 뿌연 전망을 정화하고자 한다. 김정환은 먼저 베트남과 한국의 유사성과 차별성을 찾는 데 열중한다. 한국에 비해 베트남은 지저분하지만 더럽지 않고, 촌스럽지만 천박하지 않으며, 가난하지만 궁색하지 않다. 베트남의 소박한 농촌에는 한국의 "가난했던 시절의/아름다운 전망"(「첫 논과 밭—하노이—서울 시편 2」)이 빛나고, 전쟁이 휩쓸고 간 도시에는 "살기가 아닌 활기"(「다운타운—하노이—서울 시편 3」)가 넘친다. "과거의 권위와 미래 전망이/겸손하게 만나는"(「하롱 Bay로—하노이—서울 시편 7」) 풍경들 속에는 "해체와 건설이 동시 진행되는" "'모종과 2중'의"(「첫 논과 밭—하노이—서울 시편 2」) '세월'이 펼쳐진다. 베트남은 한국의 과거와 현재와 미래가 총망라되는 살아 있는는 역사의 박물관인 셈이다. 이런 의미에서 김정환은 베트남으로 '간' 것이자 '돌아간' 것이라고 할 수 있다. 그는 베트남에 돌아가면서, 잊혀진 한국의 역사와 한국문학의 시적 정의에로 회귀한 것이다.

그러나 남의 나라에서, 더욱이 우리가 짓밟은 나라에서 자신의 잃어버린 궤적을 찾는 "회고는 음탕하"다(「대한(大寒)—하노이—서울 시편 序」). 김정환의 「하노이—서울 시편」 연작은 과거에 대한 '음탕한 회고'를 인정하면서 시작된다. 그에게 베트남은 음탕한 회고의 현장일 뿐만 아니라, 음탕한 회고를 반성하게 하는 현장이다. 베트남은 변함없이 살아숨쉬는 "혁명의 열기를 증거"하면서, "혁명의 열기가 주책이 되어버린/남한의 시대도 증거"(「3중주—하노이—서울 시편 6」)한다. '혁명의 열기'가 지속되는 베트남과 "혁명의 열기가 주책이 되어버린" 남한의 격차는 「하노이—서울 시편」 연작이 탄생하게 된 결정적인 동기이다. "혁명의 열기가 주책이 되어버"린 것이 한국의 현실이 아니라면, 이 시집은 분명 다른 언어와 풍경을 갖게 되었을 것이다.

김정환은 우리와 비슷한 과거를 거쳐 다른 현재에 이른 베트남에서 "나의 민족주의는 여기서 끝나지 않는다"(「3중주—하노이—서울 시편 6」)라고 선언한다. 이 문장은 묘한 이질감을 느끼게 하는데(이 묘한 이질감이 바로 우리 시대 역사의 좌표일 것이다), 김정환은 한국의 과거와 겹쳐지는 베트남의 현재를 '모종과 이중의 세월'로 파악한다.

입간판이 지나간다 가난했던 시절의
아름다운 전망처럼
그래. 정말. 박정희 없는 60년대 혹은

반공교육 없는 70년대 같아. 냄새 승한 빡빡머리 중고생 때
반공강연회에서 귀순간첩의 남파와 암약에서
드라마를 배운 나는
(…)
대학 4년 때 베트남
'패망과 해방'이 겹치는 충격을 겪었던 나는
웬일인지 다시 군대 내무반 생활로 돌아와 있는
그게 지겹지만 운명인 듯 지겨움에 벌써 익숙해진
악몽을 꾸는 나는.
어쨌거나 그 세월 펼쳐진다 나무,
나무 사이로 첫 눈 내리듯 논밭 펼쳐진다 공습의
흔적이 사람의 흔적으로 군데군데 묻어나는 하노이 외곽로
해체와 건설이 동시 진행되는 2차선 도로가 펼쳐진다
그럼. 그건 사소하고, 사소한 만큼 당연하지……
세월 펼쳐진다 '모종과 이중'의.

—「첫 논과 밭—하노이—서울 시편 2」 부분

'모종과 이중의 세월'은 다른 시간과 가치와 지향성이 공존하는 시대, 하나의 언어로 규정할 수 없는 역사의 전환기를 의미한다. 김정환은 베트남과, 베트남의 거울에 비친 한국의 근황을 이렇게 파악한다. 한국의 6,70년대를 빼닮은 베트남은 '패망=해방'의 시절을 거쳐 '해체=건설'의 시대를 맞이하고 있다. "박정희 없는 60년대 혹은/반공교육 없는 70년대 같"은 베트남의 현재는 독재와 이념의 색깔을 뺀 한국의 과거와 같고, 가난과 혁명의 신념, 민중적 세계관 등의 한국의 지난 과거는 베트남의 현재와 같다. 베트남과 한국에서 전개되는 '모종과 이중의 세월'은 비동시적인 시간차를 지닌다. 김정환은 그 속에서 연쇄적으로 생성되는 차이에 주목한다.

여기에는 베트남 내부의 차이뿐만 아니라, 베트남과 한국의 역사적 차이 및 한국 내의 시대적 차이가 포함된다. 김정환의 궁극적인 관심은 한국의 내부 상황에서 발생한 차이로, 그는 이 차이들의 진행 과정을 일찍이 '파경(破鏡), 광경(光景), 풍경(風景)'이라고 명명한 바 있다. 위의 시에서도 "세월 펼쳐진다 '모종과 이중'의"라는 시행은 역사의 시간을 하나의 광경으로 묘사하면서, 이전 시집 『해가 뜨다』에서 시화한 '파경, 광경, 풍경'의 사유를 계승·변주하고 있다.

> 모종의 세계관이 파경에 이르렀다. 이데올로기보다 원숙했던 세계관, 이성보다 더 포괄적으로 자신의 몸을 열었던 세계관, (…) 그런 모종의 세계관이 파경에 이르렀다.
>
> 그 파경을 육체적으로 가장 아파하는 것은 시다. (…) 시가 스스로 파경의 내부를 들여다본다. 그리고 자신이 여러 겹으로 펼쳐지는 것을 느낀다. 시가 자신의 광경을 느끼는 순간이다…… 그리고 그 광경은, 파경으로서 여러 겹이다…… 파경 속으로 사라지는 방법으로 파경 넘어를 가시화한다…… 이것이 21세기를 맞는 내 시 언어의 근황이다.
>
> —「파경과, 광경, 광경의 풍경과 풍경의 광경」(『해가 뜨다』) 부분

김정환의 '파경, 광경, 풍경'의 사유는 의심할 바 없이 80년대말과 90년대초의 현실사회주의의 붕괴를 반영한다. 한 시대와 가치관의 붕괴는 차이의 폭발적 증가에 의해 발생한다. 무섭게 펴지는 차이들이 균열을 만들고, 그 균열이 파경을 초래한다. 그러나 파경은 종말과 같은 의미를 갖지 않는다. 오히려 파경은 새로운 시작을 의미한다. 김정환에 의하면, 역사의 파경에 투신해 "파경 넘어를 가시화"하는, 즉 파경을 거대한 광경과 아름다운 풍경으로 바꾸는 고투를 통해 새로운 역사를 창출하는 것이다. 파경, 광경, 풍경으로 이어지는 역사의 질적 변화는 "파경 속으로 사라지는 방

법으로 파경 넘어를 가시화"하는 '소멸의 마술', 혹은 '소멸의 동력학'에 의한다. '여러 겹'의 '파경'을 살아내는 일은 파경의 역사를 장엄한 '광경'과 아름다운 '풍경'으로 전환하는 에너지가 된다. 새로운 역사는 파경을 광경과 풍경의 일부로 수용하는 시인의 눈에서 시작된다. 역사의 파경을 초래한 차이들은, 또다른 차이를 만드는 시인의 눈을 통과해 역사의 전망을 구성하는 입자가 된다. 김정환의 어법을 빌리면, 파경 속에 "육체의/다중성이 흐르고" "그 안에 나의, 역사의 모든 광경이 묻어"날 때, "전망은/눈물이 눈물을 씻어내는, 생애 이상의 어떤 것"(「독재, 생애, 눈물, 광경, 음악」)이 된다. "파경 속으로 사라지는 방법으로 파경 넘어를 가시화하"는 김정환의 역사적 파토스가 공간 개념의 명사 '너머'가 아닌, 진행형 동사 '넘어'로 수식되는 것은 이러한 이유에서다.

베트남에서 김정환은 파경의 역사를 온몸으로 '넘어'가는 활기찬 광경과 풍경의 아름다움을 목격한다.

마침내 고단한 삶이 이토록 아름다운
정상(正常)의 생애를 펼쳐낸다
오, 톨레랑스(tolérance)
바닷속은 보이지 않고
끔찍함도 기미가 없다
출렁대는 표면에 소라 고동
해산물을 파는 거룻배 동력선들이 분주하다
'배를 움직이는 꿈쩍 않는 아버지와
여린 두 팔을 쳐들며 사달라고 애원하는
아이만 있군. 어머니는 집에 있을까?…… 아니,
죽었을지도 몰라. 전쟁이니까.'
바다는 아름답고 슬프다가

마침내 슬픔이 이토록 넉넉한
길에 도달한다

—「하롱 Bay—하노이—서울 시편 8」 부분

전쟁의 수도 하노이 사람들에게
아름다움은 운명이다
2만년 전 원주민이 살던
구석기 말, 신석기 초부터
Soi Nhu, Cai Beo, Ha Long
3대 문화가 어우러질 때부터
하롱 Bay, 아름다움은 몇 시간만 걸리는 운명이다
과거의 권위와 미래 전망이
겸손하게 만나는
호치민 기념공원은 운명이다

하롱 Bay, 아름다움은 역사고 운명이다

—「하롱 Bay로—하노이—서울 시편 7」 부분

오토바이들이 대학생 연인들이 질주한다 차선도
유턴 금지도 없이. 대부분 운송 아르바이트 학생들입니다……
미세스 호아는 그렇게 부연 설명했지만
그 옛날 낡은 전투기를 몰던 월맹 조종사보다 기민한
그들의 운전솜씨에서
전쟁의 세대가 평화의 후대에게 물려줄 것이
살기가 아니고 활기라는 점을 알았다
내게는 그걸 표현할 한국어가 없다

식민지 언어만 있다

energetic commotion of liberation.

power more free than freedom.

—「다운타운—하노이—서울 시편 3」 부분

역사의 파경과 광경을 묘사하기 위해 김정환은 기행시의 외장(外裝)을 빌린다. 그가 그리는 여행의 풍경은 그대로 베트남의 역사의 풍경이 되고, 사람들의 체온이 녹아 있는 삶의 풍경이 된다. 그가 본 베트남은 “고단한 삶이 이토록 아름다운/정상(正常)의 생애를 펼쳐”내고, “과거의 권위와 미래 전망이/겸손하게 만나”며, “살기가 아니고 활기”를 내뿜는다. 김정환은 베트남에서 아름다움과 역사가 하나로 녹아 흐르는 광경을 본다. 폭압의 역사에 대한 투쟁으로 시를 써온 초기부터 김정환은 아름다움을 역사의 훼손의 척도이자, 해방의 역설적인 에너지로 삼아왔다. 김정환에게 아름다움은 어떤 대상이 자아내는 효과가 아니라, 이 세계와 인간의 삶을 구성하는 본질적인 요소이다. 그에게는 아름다움이 훼손과 회복을 거듭하며 실현되는 과정이 바로 인간의 역사이다. 이 아름다움은 ‘세계의 아름다운 탈환’을 추구하는 예술가의 욕망과, ‘아름다운 세계의 탈환’을 추구하는 혁명가의 열망이 혼융된 개념이다. 미학과 현실이 서로를 내포한 세계가 아름다운 세계이며, 시적 정의가 실현되는 세계인 것이다. 김정환은 미적 욕망과 역사적 열망을 같은 자리에 놓음으로써, 미학보다 현실을 우선한 80년대 문학의 불균형을 적어도 시적 인식의 면에서는 넘어서왔다. “진정으로 아름다운 것은 힘이 되는 아름다움뿐”(「아름다움을 위하여」, 『좋은 꽃』), “아름다움이여 아름다움의 현재/더럽혀진 기쁨이여/그대를 껴안아 내 몸의 피와 살로 삼으며/해방으로 가고 싶다/다시 아름다움에 대해 외치고 싶다”(『황색예수 3—예인, 그리고 아름다움을 위하여』)와 같은 시구는 이 점을 여실히 보여준다.

김정환은 시집 『하노이―서울 시편』의 전반에서 베트남과 한국의 상황을 비교해 꼴라주 효과를 자아낸다. 월맹 조종사보다 민첩한 아르바이트 대학생들이 싱싱한 '활기'를 뿜어내지만, "내게는 그걸 표현할 한국어가 없다/식민지 언어만 있다"고 자탄하는 것이 한 예이다. 냉혹하게 말해, 한국의 현대사는 식민 경험의 내재화의 역사라고 할 수 있다. 역사의 이름으로 실현된 이데올로기의 내재화의 실상을 보여주는 가장 좋은 증거물은 언어이다. 김정환은 베트남 젊은이들의 활기를 표현할 한국말이 없다는 자각을 통해 우리의 무의식에 착색된 식민성을 확인한다. 우리에게 그것을 표현할 언어가 없다는 것은 대상 자체, 즉 활기가 존재하지 않는다는 뜻이다. 김정환의 '베트남 유감'은 평생을 제국주의와 싸워온 작가들을 만나면서 더 짙어진다. 베트남의 작가들은 우선 우리와 외형적으로 닮아 있다. 일본에 맞선 베트남 문학 1세대인 아혼의 소설가 쒼퀴렝은 시인의 돌아가신 외할아버지를 닮았고, 프랑스에 맞선 일흔 넘은 2세대 여성수필가 콴랑예는 돌아가신 외할머니를 닮았으며, 미국에 맞선 3세대 시인 츠뤼종은 한국작가회의의 작가들을 닮았다. 그런데 이들이 제국주의의 침략에 저항할 때, 한국은 제국의 편에 붙어 군대를 파병해 그들을 짓밟았다. 파병된 군인들 중에는 작가들도 물론 있었다. 사십년의 세월이 흐른 지금, 양국 작가의 정상회담은 한국의 사과가 아닌 두 나라의 상호 유감 표명으로 끝난다.

그 둘이 정상회담을 한다. 휴틴의 관심사는
한국의 과거보다는 베트남의 미래다 당연하다
이문구의 관심사는 북한과 다른 베트남의
관용정신이다 그렇다, 베트남 전쟁은 한국군이 포함된
미군측 잔혹행위가 유례없지만
종전 후 승자가 패자에게, 전사가 배신자에게 보인

관용은 더 유례 없다
전쟁이 습관이 되면서 어느새 관용도 습관화된 것일까

—「회담과 서명, 그리고—하노이-서울 시편 16」 부분

놀랍게도 베트남은 "한국군이 포함된/미군측 잔혹행위"를 "유례 없"는 '관용'으로 용서해왔다. 베트남이 전쟁의 승자여서가 아니라, 과거보다 미래를 중시하는 그들의 가치관 때문이다. 그러나 역사의 과오를 치열하게 반성해야 할 한국의 작가들이 '상호 유감 표명'에 합의한 것은 옳지 않다. 베트남은 지금도 관용을 베푸는 중이고, 한국은 관용의 수혜자로 남아 있기 때문이다. 일방적인 관용의 수혜자는 역사 청산의 주체가 될 수 없다. 김정환은 베트남에 대한 이중의 미안함과 씁쓸함을 간직한 채 한국이 직면한 문제들을 응시한다. 하나는 황금자본주의시대의 시의 운명이며, 다른 하나는 삭은 고철더미로 화해 있는 분단 역사의 비극이다.

시는, 자본주의를 관통할 수 있을까?
관통하는 시는 대중을 잃고 잃지
않으려면 전근대에 필사적으로 목을 매달밖에 없는
비애를 극복할 수 있을까?

—「Van Nghe 신문사—하노이-서울 시편 10」 부분

소리의 세계가 스스로 아비규환을 이루는
이곳은 매향리, 나의 땅
소리여 찢어지는 소리의 몸
소리여

(…)

보아라 오늘 철의 누더기가 일어선다
일어서라, 쓰러진 자
소리의 누더기가 소리의 예술을 세운다
널리 울려퍼져라, 소리의 평화

응집하라 무한 데시벨과 무한 공포와 균열의 균열과, 눈물의 눈물과
일어서라, 오 소리는
나의 격동하는 평화

—「소리의 평화—하노이–서울 시편, 그후」 부분

자본주의는 시를 조금씩 도태시키고, '매향리'로 압축된 분단 역사의 비극은 침묵하는 '소리의 아비규환'을 이루고 있다. 이를 극복하려면 시가 "자본주의를 관통할" 수 있어야 하고, "철의 누더기"가 "소리의 예술" "소리의 평화"를 창조할 수 있어야 한다. 그것은 가능할까? 김정환은 전근대의 옹색한 유산과, 찢겨져도 소리내지 않는/못하는 오랜 비극이 누적되어 있는 현실에 치열하게 대응하고자 한다. 21세기의 서두에 선 우리 문학에서 자본주의와 파행적인 분단의 역사는 가장 근본적이고 중요한 문제들이다. 김정환은 '일어서라'는 명령형 동사와 '오'(!)라는 감탄사를 시의 절정에 배치함으로써 '파경'을 넘어 '광경'과 '풍경'의 역사를 이룩하기 위한 절박한 의지를 표출한다. 김정환의 시적 초점은 변함없이 역사의 현장에 있는바, 이는 잃어버린 시적 정의를 새롭게 부활시키는 일로 모아진다. 연작시집 『하노이–서울 시편』은 시적 정의의 현실적 재림을 준비하는 긴 싸움의 과정인 것이다.

김정환의 『하노이–서울 시편』은 역사의식의 귀환과 한국시의 공간 확대라는 의미를 갖는다. 김정환은 역사의 이름으로 호출하는 '베트남'의 소

환 명령에 기꺼이 응했고, 그 응답으로 일련의 연작시들을 써냈다. 소설과 달리 시 쪽에서 베트남을 향해 이렇듯 성실한 회신을 보낸 예는 매우 드문 것이다. 차분하고 분석적인 어조, 간결성과 정확성을 추구한 문장, 대상에 대한 객관적 시각의 유지 등은 '베트남'이라는 불편한 비밀문서 아닌 비밀문서를 다루는 김정환의 시적 전략이라고 할 수 있다. 곁들여, 김정환은 베트남에서 영역본으로 동시 출간되는 사정을 감안해 번역하기 힘든 표현들을 자제하고 있는 듯하다. 이 연작시집이 잘 읽히는 반면, 다소 무미하고 평면적이라는 인상을 주는 것은 이 때문일 것이다. 이제 남은 문제는 김정환과 같이 우리에게도 '베트남'의 호출에 응답할 의무가 있다는 점이다. 그 호출의 진정한 발신지는 베트남이 아닌, 우리의 부끄러운 역사이기 때문이다.

—『하노이—서울 시편』(문학동네 2003) 해설

제 3 부

시의 산문화의 빛과 그늘

살아 꿈틀대는 노동의 시

밥의 제국과 제국의 밥

경험과 미학의 새로운 균형

거울을 마시는 그녀, 요나!

죽음과 삶에 대한 내성 기르기

뱀소년의 허물벗기, (불)가능한!

상상의 지리학의 세 가지 유형

시의 산문화의 빛과 그늘

최근 시의 산문화 경향 비판

현대문학에서 산문성은 마치 근대성(modernity)의 표상처럼 간주된다. 적어도 근대성의 하위 개념으로 여겨지는데, 그 이유는 근대세계의 복잡한 구조와 삶의 내용이 산문의 형식과 상응하기 때문이다. 근대세계의 특수성과, 그것을 언어의 틀에 담아내기 위한 문학적 노력이 필연적으로 산문(성)을 요구하는 것이다.

산문(성)을 논함에 있어, 촛점 대상은 장르의 속성상 소설이 아니라 시가 된다. 시는 발생학적 기원과 압축미의 근본 지향성에서도 명백히 운문의 장르이기 때문이다. 운문과 산문의 차이는 '문체가 곧 세계관'이라는 유명한 정의를 떠올리면 분명해진다. 운문이 규율과 응집, 비유와 생략의 언술이라면, 산문은 혼돈과 분화, 서술과 나열의 언술이다. 이를 염두에 둘 때, 약 1세기에 걸친 한국 현대시사는 '운문과 산문의 투쟁의 역사'라고 해도 지나치지 않다. 운문과 산문의 투쟁은 한국 현대시의 영토를 넓히고, 새로움과 탄력을 공급하며, 고대(혹은 원시)의 장르인 시가 스스로를 변혁하면서 근대세계를 섭렵하는 데 기여해왔다. 대표적인 목록으로 우리는 이상 백석 김수영 황지우 최승호 김혜순 등의 시를 들 수 있다.

문제는 본질적으로 운문이 장르인 시에 산문(성)이 불필요하고 과도하게 개입할 때 생겨난다. 심지어, 적지 않은 시인들의 시에서 산문(성)은 자유로운 형식과 실험의 증거로 남용되곤 한다. 시에서 산문(성)은 운문(성)과 다른 혹은 바깥에 있는 타자로 정중하게 '초대'할 대상이지, 단순한 대체물이나 해결사로 '남용'할 대상이 아니다. 시에서 산문(성)은 운문(성)을 보완하고 확장하는 조력자가 되어야지, 부정하고 파괴하는 적이 되어서는 안된다. 산문(성)을 전면에 내세운 산문시의 경우에도 사정은 마찬가지다. 만일 산문(성)의 범람을 막을 수 없다면, 시인은 따로 산문을 쓰고 산문집을 내야 할 것이다. 산문을 시 속에 억지로 구겨넣을 필요는 없기 때문이다.

최근 시들에서 불필요하고 과도한 산문(성)은 심심치 않게 발견된다. 갓 출발한 신인은 물론, 오랫동안 시를 써온 중견시인들의 시도 크게 예외적이지는 않다. 많은 대상들 가운데 한둘을 부각시킬 수밖에 없는 글의 형편을 감수하며, 산문성을 시의 주된 자산으로 삼아온 정진규(鄭鎭圭)를 예로 들자. 시집 『本色』(천년의시작 2004)에서 정진규는 대부분의 시편을 산문시로 꾸렸다. 산문시 형식은 정진규가 그동안 「몸詩」 「알詩」 연작시 등에서 자주 애용해온 것이다. 그런데 『本色』의 시들은 이전 시들처럼 산문시로 씌어져야 할 필연성을 갖고 있는 것일까? 이 시들의 산문성은 유용하고 적절하며, 시의 전체 완성도에 공헌하고 있을까? 참고로, 『本色』의 말미에는 해설 대신, 정진규의 산문 두 편과 정진규의 시론집(시집이 아닌)에 대한 허만하의 시론이 실려 있다. 시집의 체재부터가 산문적인 셈인데, 산문은 세세히 말하는 언술인 까닭에 설명적이 되기 쉽다. 또한 설명은 동어반복과 자기방어의 진술이 되기 쉽다. 필자는 이 시집에 첨부된 세 편의 산문이 『本色』의 시편들이 시 자체로 말하지 못한 것을 '설명'하기 위한 것이 아니기를 바란다.

우리 시에 '몸의 사유'를 도입한 시인인 정진규가 「몸시」 「알시」 연작들에서 형상화한 것은 몸에 관한 새로운 '담론'이었다. 시의 궁극적인 형상화 대상이 담론일 때, 시는 산문적이 되거나 산문의 속성을 지니게 된다

(물론, 담론 자체가 시가 되는 것은 아니다). 『本色』의 시편들에는 '몸의 담론'의 흔적이 곳곳에 남아 있을 뿐, 특정한 담론을 배후에 두지 않는다. 또한 이 시들은 외형상으로는 산문시이나, 본질에 있어서는 단장(短章)에 속한다. 『本色』의 시편들은 산문시와 아포리즘의 중간 지점에 있는 셈인데, 이를테면 다음과 같은 형국이다.

그는 굴비낚시라는 말을 쓸 줄 안다 그는 죽은 물고기를 살려낸다 그것도 이미 소금으로 발효시킨 짜디짠 조기 한 마리가 펴들펴들 낚싯줄에 매달린다 팽팽하다 그는 질문을 아주 잘하려는 궁리에 골몰한다 생각의 비늘을 번득인다 예정된 답변 말고 누구도 모르던 本色을 탄로시킬 줄 안다 이 봄날엔 나무들이 꽃으로 초록 嫩葉들로 本色을 탄로시키고 있다 하느님의 질문엔 어쩔 수 없이 정답이 나온다

—「本色」 전문

시 「本色」은 「배롱나무꽃」 「옛날 국수가게」 등과 함께 시집 『本色』의 뛰어난 시들 중의 하나다. 이 시에서는 산문성과 아포리즘이 무리 없이 결합하고 있으며, '굴비낚시'의 상상적 정황이 '本色'의 비의적 의미를 드러내는 데 일조하고 있다. 하지만 마지막의 "하느님의 질문엔 어쩔 수 없이 정답이 나온다"는 구절은 아포리즘에 실패한 사족에 가깝다. 『本色』의 시편들은 후반부로 갈수록 현저히 길어지고 산문화하며 장황해진다. 이 부분에 이르면, 산문시 특유의 미학과 내적 긴장감은 찾아보기 어렵게 된다.

① 자꾸 그런 장면들이 실제로 찾아 온다 내가 상상했거나 읽었던 풍경들이 날로 눈 앞에 櫛比하다 행간들까지 실물로 온다 하다못해 푸른 보리이랑으로라도 가득 채우며 온다 상상이 칸집을 냈던 그때 그 모습으로 온다 오늘은 저녁 내내 비오는 들판을 걸어갔다 物證이 확실하다 반드시 내

가 가담된다 (…)

②제일 두려워했던 것은 내 시 속에 내 나이가 맨몸으로 들앉아 있지나 않을까 하는 것이었는데, 들키는 건 제일 나중에 하자고 작심해 온 것이었는데, 늙지 않았다는 말을 다행으로 여겨 왔는데 이젠 아니다 正面이다 그간 나는 은유에 속았다 은유가 거추장스럽다 (…)

③(…) 아하, 우주는 큰 '구멍'이다. 그것만이 아니다. 한참 소나무를 바라보며 무심코 고장난 내 무릎 관절을 쓰다듬다가 소나무는 무릎 관절이 없다는 것도 비로소 알았다. 무릎 관절이 없어 줄창 한 평생 제자리에만 서 있는 소나무는 고장을 모르는 삶을 살고 있음을 발견했다. 무릎 관절이 있다고 잘난 체하며 세상을 마음대로 쏘다니고 그래보았댔자 말이 屈身自在이지 예저기 피하고 피해 다닌 꼴이 아닌가. 그게 내가 아닌가.

①은 시 「實物」의 앞 부분, ②는 시 「詩論」의 앞 부분, ③은 시집 뒤에 실린 정진규의 시론 「만들 것인가, 발견할 것인가」의 한 부분이다. ①, ②의 시와 ③의 시론 사이의 차이점은 모호해서, 가혹하게 말하면 거의 발견하기 어려울 정도이다. 더욱이 ①, ②의 시들은 시인의 생각과 감정을 방만하게 늘어놓은 느낌이어서, 읽는 이로 하여금 너무 쉽게 씌어진 것은 아닌가 하는 우려를 갖게 만든다. 이렇게 되면, 정진규 시에 빛이 되었던 산문성은 오히려 그늘을 드리우는 불필요한 '잉여'로 전락하게 된다. 근래의 정진규 시에 관해 사적(私的) 토로에 함몰되고 있다는 비판도 이와 동일한 맥락에 있는 것이다.

시의 방만한 산문화에 대한 우려는 생략과 압축의 운문성이 서술과 나열의 산문성보다 우위에 있음을 전제하지 않는다. 운문이든 산문이든, 각각의 형식에 조응하는 밀도와 내적 필연성이 확보되어야 함을 핵심에 둔다. 시의 산문성과 산문화 자체가 문제가 아니라, 그것을 근대성의 알리바이로 삼거나 시적 자유의 징표로 남발하는 시인의 태도가 문제라는 것이다. 결론을 말하면, 시에서 산문(성)은 운문(성)의 반대나 초과 개념이 아닌 확장 파일이어야 한다. 시에서 산문(성)은 운문(성)을 충분히 육화한 시인에게 열려 있는 문이어야 하지, 운문(성)에 실패한 시인이 빠져나갈 탈출구가 되어서는 안된다. 훨씬 더 복잡하고 급박한 '산문적인 현실'에 노출될 우리 시의 미래는 이 점을 얼마나 뚜렷이 각성하고 실제 작품 속에 반영하는가에 따라 좌우될 것이 분명하다.

—『시경』 2005년 여름호

살아 꿈틀대는 노동의 시

김신용을 통해 본 노동시의 과거와 현재

1

시집 『개 같은 날들의 기록』(세계사 1990)에서 김신용은 자신과 현실에 대해 이렇게 노래한 바 있다.

나는 개였다.
빌딩이 허공의 엉덩이를 찌르는데
공장의 굴뚝들이 하늘의 턱에 주먹질을 하는 서울인데
시장에, 거리에 저렇게 物神들이 넘쳐 흐르는데
허기의 끈에 목줄을 맨, 품삯의 뼈다귀에 침 질질 흘리는
오뉴월, 비루먹은 개였다.
어떤 밥을 먹어야 사나.
굶주려도, 차라리 서울역 남산공원에서 난장을 꿀려도
개밥은 먹지 않아야 하나
오늘도 구청의 댓빵들은 15,000원짜리 뼈다귀를 내밀며
양동의 개들을 홀리고 있다.
방세 하루치만 밀려도 마귀할멈으로 변하는 주인 뭉치

지하도에서 후리가리의 발길질에 넋의 척추가 부러져도
눈썹 하나 까딱 않는 서울,
내 배고픔의 거리에 쓰러져 신음할 때
물 한 모금 부르튼 입술 적셔주는 이 없는 시멘트 벌판에서
아, 저 구수한 생선 뼈다귀 냄새 어이하나
냄새 코를 막고 뼈다귀 쥔 손을 물어뜯어야 하나
일일취업소의 철제문이 떨어지는 아침이면
목 잘려 거리에 뒹구는 이 하루,
감방의 철문도 너무 낯익어, 니 또 왔나? 와, 바깥에는 잘 데가 없드나?
부끄러워, 얼굴에 아무리 철판을 깔아도 철문 보기가 민망해
염치없이 가다밥 좀 씹자고 또 빈대 붙을 수도 없어
눈 먼 손에 쥐어주는 함마, 산비탈 판잣집을 내리치며
몸 속에 무허가 건물을 짓고 있는 허망을 박살낼 때
이 개 같은 놈들아! 철거민의 울부짖음의 손톱에
가슴 갈갈이 찢겨도, 이 하루를 헐떡이는 개였다.
뼈를 다 뽑아서라도 이 판잣집 한 채 몸 짓고 싶은
아무거나와 흘레 붙는 나는 개였다.

—「개 같은 날 2」 전문

1990년은 한국 현대사와 문학사에서 1950년이나 1960년, 1980년에 못지않게 중요한 의미를 갖는 연도이다. 전쟁이나 혁명이 일어난 해는 아니지만, 그에 필적하는 거대한 변화가 시작된 해이기 때문이다. 주지하다시피, 그것은 현실사회주의의 몰락과 직결된 사회 전반의 신념체계와 행동양식의 일대 전환으로 요약된다. 자유, 평등, 정의, 인권, 노동해방 등의 가치를 실현하기 위한 집단적 실천운동이 소비사회의 개인주의 및 상업주의와 조우하면서 급속한 변화의 길을 걷게 된 것이다.

그후 15년이 흐른 지금, 아이러니컬하게도 우리는 생계형 범죄와 자살이 늘어나고, 사회 각계의 비정규직 노동자 수가 800만에 달하며, 이들의 생존이 여전히 재계와 입법권자의 손에 좌우되는 현실을 살고 있다. 문민정부가 들어서면서 현실 전반의 민주화가 어느정도 이루어진 것은 사실이나, 그 변화의 효력이 사회의 이면과 구조 자체에는 미치지 못하고 있는 것이다. 오히려 부익부 빈익빈의 모순은 갈수록 심화되고, 부정부패의 고리 역시 더 깊고 은밀하게 내재화되는 것은 아닌지 불안감을 갖게 된다.

이런 현실을 생각할 때, 비명과 신음으로 점철된 김신용의 「개 같은 날 2」는 지나간 연대의 한시적인 기록으로 읽히지 않는다. 특히 시의 첫 행에 놓인 "나는 개였다"는, 처절한 포효에 다름아닌 자기비하적 규정은 지금까지 어떤 시인들이 내놓은 자술서보다 충격적이고 불편하게 다가온다. 그도 그럴 것이, 지금 이 시대에는 부당한 현실과 그 현실에 굴복하는 자기 자신을 가차없이 폭로하면서 "나는 개였다"고 노래하는(이런 참혹한 전언도 노래일 수 있다면) 시인을 찾아보기 어렵기 때문이다. 현실의 외형만 바뀌었을 뿐 본체는 그대로임에도, 현실을 반영하(여야 하)는 시의 내용과 화법이 이처럼 달라진 것은 사실 놀라운 일이다. 그 결과, 이제 우리는 1950, 60년대에 씌어진 김수영의 시보다 1970, 80년대에 씌어진 김지하 박노해 백무산 김해화 김기홍 등의 시에 대해 더 큰 시간적·심리적·미학적 거리감을 갖게 되었다. 불합리한 노동 현실이 현재진행형의 급박한 사안임에도 노동시와 노동자 시인을 빛바랜 시대의 낡은 유물쯤으로 간주하는 폐습이 생겨난 것이다. 지금도 변함없이 활발한 활동을 하고 있는 노동자 시인 김신용의 시를 기억과 재조명의 차원에서 호출해야 하는 이유가 여기에 있다.

김신용의 시를 논할 때, 노동자라는 그의 사회적·물적 조건을 빼놓고 이야기하기는 거의 불가능하다. 김신용의 시는 노동자의 참혹한 경험과 그에 따른 비애, 절망, 의지 등의 총합이자 결정체인 까닭이다. 노동자 중에서도 김신용은 지게꾼과 건설현장 잡부 등을 전전하며 현실의 가파른 절벽으로만 치달았던 일용직 노동자였다. 이 점에서 김신용의 노동 경험과 삶의 감각은 공장이나 기업의 임노동자였던 박노해나 백무산의 그것과는 성격을 달리한다. 위의 시에서 보듯, 김신용은 날마다 새벽 인력시장에 나가 일당 15,000원에 자신을 팔아야만 먹고살 수 있었던 하루살이 막일꾼이었다. 이러한 생계 조건이 김신용의 노동시가 다른 시인들의 노동시와 변별성을 갖는 요인이 되었음은 물론이다. 노동자는 아니지만 노동현실에 대한 뿌리깊은 각성을 보여준 김지하나, 노동 착취의 현장을 체험적으로 시화한 박노해 백무산 김해화 등의 시가 '노동해방과 사회변혁'이라는 목적의식에 복무한 바가 크다면, 김신용의 시는 상처투성이 노동자의 가슴에서 우러난 '피와 살의 언어'로 '인간과 삶의 조건'을 탐구하는 실존적인 측면이 더 강했던 것이다.

바꾸어 말하면, 김신용의 시는 선전·선동적인 성격을 표출하지 않으며, 1980년대 노동시의 전형적인 어법에 침윤된 흔적 또한 상대적으로 적다. 월급통장이나 노조, 파업 등을 경험해보지 못한 김신용은 당대의 노동자 시인들 중에서도 최저의 생계조건에서 고독한 사투를 벌이면서, 자신의 몸과 삶과 시가 남김없이 일치하는 준엄한 삶의 시간을 살아냈다. 시의 텍스트에 한정해볼 때도, 김신용의 시는 동시대의 노동시들 중 가장 뛰어난 완성도를 성취한 예로 부족함이 없다.(개인적으로 필자는 김신용의 시가 1980년대의 노동시의 최고봉의 위치에 있다고 생각하며, 김신용 시의 가치에 소홀했던 문단의 평가에 대해 아쉬움을 갖고 있다. 이에 대해서는 문학사적 차원의 재평가 작업이 이루어져야 할 것으로 믿는다. 이 글은 그러한 시도의 일환이다.) 김신용은 시쓰기는 노동자의 원한과 분노를 표출하는 방법적인 출구로 삼지 않으며, 직서적(直敍的) 표현과 독특한 비유, 상징, 알레고리 등의 미학적 장치를 적절히 운용해 시의 밀도를 고도로 농축하고 있다. 이로 인해 김신용의 시는 한번에 쉽게 읽히는 듯싶으면서도,

읽을수록 내밀한 의미가 드러나는 중층적인 속성을 내포하게 된다.

이 글의 주목 대상인 「개 같은 날 2」에도 이러한 특징이 잘 나타나 있다. 이 시는 김신용의 시 가운데도 가장 직서적인 표현을 사용한 예에 속한다. 그러나 시 속에 깔린 자의식과 현실인식, 세계에 대한 해석력은 표피적이거나 단조롭지 않다. 또한 김신용의 다른 시들과 연관지어 읽으면 시의 의미는 더욱 증폭된다. 시집 『개 같은 날들의 기록』의 주제의식을 대변하는 이 시는 김신용의 개인적 경험을 바탕으로 일용직 노동자들의 삶의 실상을 생생하게 서술한다. 굶주림과 굴욕을 일상적으로 겪는 밑바닥 노동자들의 삶의 전모가 서사적 골격을 갖춘 근육질의 언어로 인각(印刻)되어 있는 것이다. 그 첫 문장인 "나는 개였다"는 진술은 고백인 동시에 일종의 양심선언이며, 양심선언인 동시에 선전포고문이다. 이 양심선언과 선전포고의 대상은 '나=개(인간=짐승)'들을 사육하는 현실구조와 그 속에 꼼짝없이 결박되어 있는 '나=개' 자신이다.

'나=개'의 삶은 굴욕적인 생계와 노동의 사방연속 순환회로를 고통스럽게 공회전한다. "시장에, 거리에 저렇게 物神들이 넘쳐흐르는데/허기의 끈에 목줄을 맨, 품삯의 뼈다귀에 침 질질 흘리는" '나=개'는 오직 하나의 문제에 사력을 다해야 한다. '나=개'는 "구청의 댓빵들"이 적선하듯 던지는 "15,000원짜리 뼈다귀" '개밥'에 목을 매면서, 월세도 아닌 일세방에 파팍한 몸을 뉘어야만 한다. 그조차 허락되지 않을 때는 '가다밥'(교도소에서 틀에 찍어 공평한 크기로 나눠주는 기계밥. 틀밥, 찍은밥이라고도 한다)을 기웃거리고, '가다밥'마저 여의치 않을 때는 "산비탈 판잣집을 내리치며/몸속에 무허가 건물을 짓고 있는 허망을 박살낸" 대가로 얻은 쓰라린 '개밥'을 삼켜야 한다. '나'는 '밥'을 구하기 위해 현실의 폭력에 짓밟히고, '밥'을 구하기 위해 자신과 똑같은 굶주린 사람들을 향해 폭력을 휘두른다. 그러므로 '나'는 "철거민의 울부짖음의 손톱에/가슴 갈갈이 찢겨도, 이 하루를 헐떡이는 개"이자, 자신을 휘감고 있는 '밥'의 거대한 수레바퀴를 멈출 수 없는 비루한 '개'임을 자인(自認)할 수밖에 없다.

이처럼 폭력(의 노동)과 노동(의 폭력)이 '밥'의 이름으로 난무하는 곳은 자본의 도시 '서울'이다. 이곳에서는 '인간'보다 항상 우위에 있는 존재가 있다. 바로 인간이 먹는 '밥'이다. 밥의 이름으로 쪽방의 주인은 "방세 하루치만 밀려도 마귀할멈으로 변하"고, 밥의 이름으로 그 방에서 쫓겨난 '나'는 "지하도에서 후리가리(일제단속—인용자 주)의 발길질에 넋의 척추뼈가 부러진"다. '후리가리의 발길질' 역시 밥의 이름으로 무자비하게 행해진다. 그러나 서울은 "눈썹 하나 까딱"하지 않는다. 굶주림과 폭력의 생산–소비 공장인 서울에서는, 이를테면 김신용이 다른 시에서 인용한 잭 런던의 『강철군화』에 나오는 "뱃속을 달래기 전에는 영혼을 진정시킬 수가 없어—." (「그들은 더 이상 여기 살지 않는다 3」)라는 말이 성경구절보다 더 힘을 갖는다. 서울은 한 줌 "뱃속을 달래기 전에는 영혼을 진정시킬 수가 없"는 노동자들과, 무한 용량의 "뱃속을 달래기 전에는 영혼을 진정시킬 수가 없"는 권력자들의 아비규환의 난장판이다. 서울은 이 두 기형의 극히 상반된 '괴물', 즉 "몸보다 입이 더 큰 아구"(「그 겨울의 빈대」)와 "블랙 홀의 소화기관을 가진 거미"를 일방적인 살육의 먹이사슬로 묶어놓은 죽음의 생태계이다.

블랙 홀의 소화기관을 가진 거미, 당당히 진군해 오는
저 먹이사슬의 이빨, 엥겔계수 100의 거미줄의 구조
그 끈끈한 흡반력의 지배 앞에, 내 무기력의 圓舞
꿈틀거림의 삽질을 해야 한다. 이 무덤을 파헤쳐야 한다.
그러나 제자리에서 맴돌기만 하는 환상방황,
빈민굴 골방 같은 이 감옥 속의 감옥만 지어 놓고
나는 축 늘어진다
이곳은 사람이 살지 않는다.

—「어두운 기억의 집 1—먹방에서」 부분

"블랙 홀의 소화기관을 가진 거미"의 "끈끈한 흡반력의 지배"에 떨며, "꿈틀거림의 삽질을 해야 하"는 이곳은 '무덤' 혹은 '먹방'이다. '먹방'은 0.75평의 독감방보다 더 좁은 암실로, 2주일만 갇혀 있으면 시력마저 잃게 되는 관 속 같은 살인적인 독감방을 말한다. 안타깝게도, 김신용은 현실의 무덤/먹방에서 탈출하기 위한 자신의 필사적인 노동이 "결국 제자리에서 맴돌기는 환상방황"이었음을 깨닫게 된다. 살과 피와, 때로 영혼마저 바쳐야 했던 노동이 평생을 제자리에서 맴돈 '환상방황'에 불과하다면, 그렇다면 출구는 어디에도 없는 것일까? 단지 실체도 의미도 없는 '환상방황'에 자신을 소진하기 위해 김신용과 그와 같은 처지의 많은 노동자들은 살인적인 노동의 고통을 견뎌야 했던 것일까?

중요한 것은 평생의 노동을 '환상방황'으로 규정하는 김신용의 시각이 가혹한 노동의 삶을 산 그의 절실한 체험을 집약한 것이라는 점에 있다. '환상방황'이라는 결론은 패배의식의 소산이 아니라, 인간적인 감정과 판단의 자연스러운 결과물이다. 엄밀히 말하면, 1980년대 노동시가 지향한, 혹독한 삶의 모순 속에서 끊임없이 미래의 전망을 이끌어낸 작업은 인간적이라기보다는 초인적이었다. 이런 점에서 「개 같은 날 2」의 끝부분을 장식한, "뼈를 다 뽑아서라도 이 판잣집 한 채 몸 짓고 싶은/아무거나와 흘레붙는 나는 개"였지만, 역설적으로 가장 인간적인 인간이었음이 드러난다. '개 같은 날들'로 뒤덮였던 시대에는, 스스로 '나는 개였다'고 말하는 자야말로 인간의 품격과 심성을 갖춘 진정한 의미의 '인간'에 속했던 것이다.

'인간' 김신용은 평생의 노동이 '환상방황'에 그쳤다는 극심한 허탈감 속에서 자신이 살아온 방식 그대로 삶의 돌파구를 마련한다. 굳이 나눈다면, 이 돌파구는 미래의 희망보다는 차라리 끝나지 않을 절망을 향해 열려 있다. 김신용의 삶의 돌파구는 더 나은 삶의 가능성이 아닌, 악무한의 현실을 넘어서려는 의지 자체이기 때문이다. 여기에 걸맞게 그가 지닌 돌파의 자산은 "人皮저금통장"(「철거 이후」)이다. '인피저금통장'은 노동자들이 소유한 유일한 밑천인 몸뚱이의 은유로, 체험의 육질을 그대로 지닌 김신용의 독특한 수사학을 단적으로 예시한다. 이제, 가진 것은 맨몸밖에 없는 그들이 서슬 푸른 '인피저금통장'을 어떻게 활용하는지를 보라.

> 탈출구는 없다. 그녀는 시멘트의 밭을 일구기로 했다. 뼈를 뽑아 農具를 만들고, 살점을 떼어 씨를 뿌리기로 했다. 손을 내밀 때마다 수몰촌, 늪의 아낙의 그 억척스런 몸짓이 보였다. 지하도에서, 꿈, 이 天刑의 거미줄을 뽑아 밀폐의 집을 만들었다. 누에고치 같은.
>
> —「염낭거미 1」 부분

맨몸밖에 없는 '그녀', 김신용의 대리적 자아는 "탈출구는 없다"는 절망을 도시의 '시멘트 밭'을 일구는 도저한 행동으로 바꾼다. 그녀는 자신의 "뼈를 뽑아 農具를 만들고, 살점을 떼어 씨를 뿌리"며, 자신이 몸을 파는 지하도에서 '꿈=천형'의 "거미줄을 뽑아 밀폐의 집을 만"든다. "누에고치 같은" 이 삶의 집을 짓느라 그녀의 몸은 조금씩 해체될 것이고, 마침내 죽음에 이르게 될 것이다. 하지만 그녀가 몸으로 만든 집, 혹은 그녀의 몸=집은 새로운 생명을 위한 자궁의 역할을 하게 된다. 그녀의 몸과 노동은 '무덤'의 서울을 "무덤 속 그 자궁을 베고 누운 태아"로 만들고 '시멘트 밭'을 생명의 땅으로 바꾸는, '뼈'와 '살점'으로 이루어진 '씨앗'인 것이다.

> 무덤 속, 그 자궁을 베고 누운 태아일 때
> 서울이여
> 너의 불빛은 포근한 羊水가 되는구나
> 콘크리트의 가슴은 탄생의 집이 되는구나
>
> —「悲歌」 부분

김신용은 선불리 희망을 말하지 않으며, 발빠르게 변화와 개선을 말하지 않는다. 그는 탄생을 이야기하면서도, 그 탄생이 죽음의 순환회로 속의 한 부분이 될 가능성을 결코 잊지 않는다. 김신용은 희망이란 아직 인간이 살지 않는 '무인도'이며, 가진 자의 '도살의 손'에 칼질 당한 삶의 시간들은 희망과 절망, 완성과 폐허 사이에 놓인 '이감(移監)의 끝모를 순환회로'라고 정의한다. 그리고 그는 그 순환회로 위에 "아직 살아 꿈틀대는 각목, 판자쪽 주워 모아/가건물을, 결코 포기할 수 없는 삶을 집을" 짓는다. 그의 삶의 집의 창밖으로는 저 멀리 희망의 무인도가 보이고, 김신용은 이렇게 외치는 것을 멈추지 않는다. "아직 살아 있다"고……!

우리들의 얼굴이 지워진 세계의 뒤안길에서
땀의 몸뚱이 익숙하게 칼질하는 도살의 손도 보이지.
제 뼈다귀 지팡이 짚고 일어서는 뼈다귀들도 보이지.
다시 뼈다귀에 소금꽃을 피우기 위해 떠나는 이곳, 완성과
폐허 사이를 잇는 간이역에 서면, 철길은
의문의 산굽이를 돌아 지평선 위에 섬 하나를 떠올리지. 언제나
희망이라는 이름의 무인도를, 이 移監의
끝모를 순환회로, 뜯겨
흩어진 꿈의 잔해 속에서 다시 짓지.
아직 살아 꿈틀대는 각목, 판자쪽 주워 모아
가건물을, 결코 포기할 수 없는 삶의 집을
저 사람이 살지 않는 섬을 향해, 수없는 물음표로 누운
침목을 밟으며, 아직 살아 있다고

—「순환회로」 부분

2

글쓰기는 노동이다. 글쓰기는 인간의 노동 가운데 기계와 기술의 힘으로 변형하고 단축할 수 없는 거의 유일한 것이다. 글을 인쇄하고 유통하는 일은 초고속과 대량체제로 할 수 있지만, 글을 쓰는 일을 그렇게 할 수는 없다. 물론, 컴퓨터가 첨단의 능력을 발휘해 놀라운 속도로 엄청난 분량의 글을 쓰는 시대가 올 수는 있다. 그러나 그 글은 인간의 땀과 노동으로 한 자 한자 적어나간 글과는 비교할 수 없는 차원의 것일 터이다. 모르긴 해도, 글쓰기는 기계의 속도와 물량주의에 저항하는 인간의 마지막 보루가 될 가능성이 짙다.

글쓰기가 인간에 의한, 인간적인 노동이라는 사실을 강조하는 것은 노동시가 과거의 유산으로 취급받는 현실을 안타까워하는 마음과 같은 선상에 있다. 1980년대의 노동시는 불합리한 노동 현실과 착취 구조에 저항하면서, 노동의 신성함과 인간의 존엄성이 분리할 수 없는 차원의 것임을 증명했다. 노동시는 사회변혁운동의 일환이나 문학의 독특한 장르적 측면에서만 가치를 지니지 않는다. 글쓰기의 본질이 인간의 신성한 노동일진대, 노동의 경험과 노동에 대한 성찰이 문학의 중요한 주제가 되는 것은 당연한 일이다. 이 말은 1980년대의 노동시를 그대로 계승해 오늘의 현실에 생착(生着)시켜야 한다는 것을 뜻하지 않는다. 우리의 시대에는 우리의 시대에 맞는 노동시가 씌어져야 하며, 오늘의 노동 현실에 대한 반성과 저항이 계속해서 이루어져야 한다는 것을 의미한다. 앞서 말했듯이, 우리의 현실이 그 필요성을 끊임없이 요구하고 있기 때문이다.

김신용은 이러한 요구에 가장 치열하게 응답해온 시인이다. 그가 평생 동안 고통스러운 노동의 현장에서 써온 시들은 우리 시의 가장 아프고 정직한 부분을 이루고 있다. 그가 예전에 쓴 시들을 다시 읽으며 최근 우리 시에 결여된 것이 무엇인가를 깨닫게 되는 이유도 있다. 이런 의미에서, 김신용이 21세기에 들어서도 노동의 경험과 사유를 치열하게 심화해나가면서 변함없이 한 사람의 노동자로서 시를 쓰고 있는 것은 과거와 서둘러 단절하고 싶어하는 듯한 현재의 우리 문학을 위해서도 매우 다행스러운 일이라고 할 것이다.

—웹진 『문장』(http://webzine.munjang.or.kr) 창간호(2005년)

밥의 제국과 제국의 밥

최근 생태시에 대한 단상

제목과는 달리, 구로사와 아끼라(黑澤明) 감독의 영화 「7인의 사무라이」(1954)는 '밥'에 관한 영화이다. 이 영화는 밥 한 그릇의 소중함을 더없이 처절하면서도 준엄하게 그려 보인다. 일본이 내전중이던 16세기말, 농민들은 산적들에게 곡식을 약탈당하고 목숨마저 빼앗기는 지경에 처한다. 그중 한 마을이 산적을 물리치기 위해 일곱 명의 사무라이를 고용한다. 사무라이들이 전투의 대가로 받는 보수는 세 끼 쌀밥이 전부이다(사무라이들에게 쌀밥을 제공하기 위해 농민들은 거친 수수밥을 먹는다). 그동안 농민들 못지않게 굶주리며 자긍심 하나로 버티던 사무라이들은, 그러나 보수가 아닌 정의를 위해 기꺼이 목숨을 건다. 영화는 전편 내내 한 그릇 밥과, 밥을 먹는 사람들의 모습을 수시로 클로즈업한다. 때문에 이 영화는 무능한 권력과 도탄에 빠진 농민, 그 농민을 약탈하는 산적, 몰락해가면서도 농민을 위해 싸우는 사무라이의 4각 구도가 빚어낸 역사물로만 보이지 않는다. 궁극적으로 이 영화는 역사상 모든 투쟁과 개인의 삶은 한 그릇 '밥'을 위한 것이며(그 의미화의 과정이 역사이다), 그 '밥' 앞에 부끄럽지 않은 삶만이 진정으로 위대한 것임을 이야기한다(이것이 역사의 의미이다). 영화의 결말에서 살아남은 사무라이가 이듬해 봄에 모내기를 하는 농민들을 보며, "진정한 승자는 우리가 아니라, 땅과 함께 언제까지

나 살아갈 농민들"이라고 말하는 것은 그 단적인 증거이다. '밥'을 위한 정직한 노동, 때로 목숨까지 거는 치열한 노동(유사시에는 전투)을 통해 인간은 먹고 사랑하고 살아갈 자격을 얻는다는 것, 이것이 이 영화가 들려주는 준엄한 교훈이다.

영화 「7인의 사무라이」가 보여주는 것처럼, 근대 이전까지 밥의 약탈자들은 부패한 권력자나 산적과 같이 노동을 거부하는 불경한 인간들이었다. 하지만 현대사회에서 밥의 약탈자는 특정 집단을 넘어 현대사회의 구조 전체가 되었다. 이익의 극대화를 위한 자본주의의 대량생산-무한소비 체제가 전세계의 농민·노동자들을 '구조적으로' 착취하고 있는 것이다. 더불어, 현대사회에서 밥의 약탈은 물리적인 착취를 넘어 밥 자체의 훼손과 죽음으로 치닫고 있다. 현대사회는 계급의 철폐가 아닌, 온갖 독소에 오염된 밥을 먹는 것으로 인간의 평등을 실현한 것이다. 그리하여 지구상의 모든 인간은 밥의 오염과 죽음 앞에서 평등한 당사자가 되었다. 근대 이전까지 인간의 생존 위협이 '밥의 약탈'에 있었다면, 현대사회에서 인간의 생존 위기는 '밥의 약탈'에 '밥의 오염'이 더해진 이중고의 상황이 되었다. 밥의 오염과 죽음의 끔찍한 실상에 대해 생태의식을 전파하는 동화작가인 권정생 선생은 이렇게 묘사한다.

> 하기야 우리 모두 끼니마다 밥상에 시체를 잔뜩 차려놓고 즐기며 먹는 드라큐라들이 아닌가. 시체를 먹고 시체로 된 옷을 입고, 시체로 만든 이불 속에 누워 자고, 시체 위를 걸어다녀야만 살아갈 수 있는 목숨이니, 그 누구도 큰소리 칠 수는 없다. 하지만 그래도 가슴 한녘에 미안한 생각을 지니고 있으면 엄청난 파괴는 막을 수 있지 않을까 싶다.
>
> —권정생 「골프장 건설 반대 깃발이 내려지던 날」
> (『녹색평론』 2004년 7·8월호) 부분

권정생 선생의 말처럼, 현대인은 “끼니마다 밥상에 시체를 잔뜩 차려놓고 즐기며 먹는 드라큐라”와도 같다. 문제는 여기서 끝나지 않는다. 우리가 매일 밥상에 차려놓고 먹는 시체/음식은 대부분 이 땅에서 난 것이 아니다. 미국, 유럽, 아시아, 남미 등지에서 냉동상태로 수천 킬로미터를 수송되어온 다국적 수입산이다. 낯선 원산지가 표기된, 혹은 원산지를 알 수조차 없는 시체/음식을 먹으며 우리는 자본주의 세계제국의 충직한 신민이 된다. 우리는 미지의 땅에서 미지의 사람들이 생산한 익명의 시체/음식을 먹으며 연명하는 ‘소비와 소외의 드라큐라’인 것이다.

우리가 매일 대하는 밥상이 세계를 ‘접수’하려는 자본주의 제국의 격전지임을 자각하는 사람들은 많지 않다. 미국산 밀로 만든 국수와 빵, 호주산 쇠고기, 러시아산 대게, 칠레산 홍어, 중국산 김치와 나물 등이 한곳에 모인 ‘세계적인’ 밥상에, 후식으로는 뉴질랜드산 키위나 필리핀산 바나나, 이란산 석류가 오른다. 여기에 곧 중국과 베트남 등에서 밀려올 헐값의 쌀이 가세할 판이다. 우리는 밥상을 통해 이미 세계화를 이룩했으며, 그 세계화의 영향력은 우리의 몸속 세포 하나하나를 장악하고 있다. 이제 자본주의의 제국은 총칼을 휘두르는 전투가 아닌, 음식을 통해 식민지의 백성을 순식간에 무력화한다.

시대정신과 예지력의 표상이 되어온 시인들의 경우에도 밥상이 ‘식품제국주의’의 식민 현장임을 자각하는 이들은 소수에 불과하다. 잠시 문학사적 맥락을 짚어보면, 1970, 80년대의 뜨거웠던 민중문학의 용광로가 식은 후 우리 시에서 ‘밥’에 대한 치열한 문제의식은 찾아보기 힘들게 되었다. 민중문학이 경제적 불평등의 측면에서 ‘밥’(생존, 경제)의 문제를 분출시킨 데 비해, 생태문학은 자본주의의 전지구적 생명 파괴의 차원에서 다시 ‘밥’(생명, 자연–인간)의 문제를 제기했다. 그러나 생태문학의 문학적·사회적 파급력은 사실 소박한 상태에 있다. 생태문학이 사회의 모순을 비판하고 개혁하려는 민중문학의 공백을 어느정도 메운 것이 사실이지만, 그다지 풍성한 결실을 거두지는 못하고 있다. 생태문학이 한국문학의 새로운 주류가 되어야 한다고 주장하려는 것은 아니다. 우리가 매일 먹는 밥이 어디에서 온 것이며, 어떤 배경을 지니고 있는가가 우리 시대 문학의 중요한 주제가 되어야 한다는 뜻이다. 모든 밥은 자연산이므로, 밥의 문제는 자연에 대한 인식과도 직결되는 문제가 된다. 문학, 그중에서도 시는 자연에 대한 인식과 뗄 수 없는 관계에 있다. 당대의 자연의 실상에 대한 통찰은 시인의 기본 의무라고 해도 지나친 말은 아니다.

개인이 사회·역사에 맞먹는 가치를 갖게 된 90년대 이후, 우리 시의 중요한 자산은 '자연'이 되었다. 그러나 이 자연은 생태 위기와 제국주의의 새로운 식민 통치에 짓밟히고 있는 자연과는 거리가 멀다. 오늘날 놀라울 정도로 많은 시인들은 이러한 자연에 대한 인식 부족과, 이미 사라진 자연에 대한 관념적인 환상에 사로잡혀 있다. 이들은 자연을 미학적인 세공술의 대상으로 삼거나, 어디에도 존재하지 않는 청정한 자연을 자신의 이상적인 삶의 메타포로 삼는 일에 몰두한다. 서정적인 자연의 미학에 탐닉하는 시인들은 자신이 먹는 '밥'의 문제에 대해 고민하지 않는다. 이들은 자신이 먹는 밥의 실체에 대해 무지하며, 심지어 관심조차 없다. 이런 상황을 염두에 둘 때, 생태의식을 내장한 다음과 같은 시들의 가치는 더 소중하게 다가온다.

*

프런트에서 왼쪽으로 이십 미터를 가면 스타벅스
오른쪽으로 다시 백오십 미터를 가면 맥도널드다
아침을 먹고 다시 돌아와 이메일을 연다
돈에서 건강, 여행에서 포르노까지 스팸, 스팸, 스팸
언제나 접속되어 있는 e-인간들

지역적으로 생각하고 지구적으로 행동한다*

(…)

*

아버지를 선택해 태어난 자만이
돌을 던질 수 있으리라
백인으로 태어나기 위해
백인의 자궁 속으로 들어간 자만이
여기, 총독이 될 수 있으리라

(…)

본국에서 붉은 티셔츠를 전량 수거, 소각하라는
명령이 하달되었다

남반구 유색인들이 세계배(世界杯)를 가져간
다음날부터 드라마 시청률과
햄버거 소비량이 가파르게 예전 수준을 회복했다

* 생태론 혹은 시민운동의 대표적 슬로건 가운데 하나인 '지구적으로 생각하고 지역적으로 행동하라'를 뒤집은 것이다.

—이문재 「제국호텔—서부전선 이상없다」(『제국호텔』, 문학동네 2004) 부분

'*' 표시로 몇개의 상황을 영화의 장면처럼 병치하고 있는 이 시는 서울의 거리 풍경과 시인의 일상, 2002년 월드컵의 상황을 하나의 맥락으로 연결한다. 그 맥락은 시의 제목인 '제국호텔'이 암시해주듯, '세계화'의 명분으로 약소국을 침탈하는 제국의 식민 전략이다. 이문재의 분석에 의하면, 서울의 거리에 빼곡한 스타벅스와 맥도날드는 제국의 전진기지이며, 각 개인이 소유한 이메일 주소는 제국의 각 기관에 등록된 주민등록번호와 같다. 제국은 식민지의 백성들에게 "돈에서 건강, 여행에서 포르노까지 스팸, 스팸, 스팸"을 끊임없이 하달하고(이것은 정보가 아니라 '명령'이다. 구매하라, 구매하라, 끊임없이 구매하라는 명령!), 식민지의 백성들은 갸륵하게도 그 시스템에 "언제나 접속되어 있"다. 이 무의식적이며 자발적인 식민성은 제국의 주인인 '백인'에 대한 동경과 한몸을 이루고 있다. 식민지의 백성들은 밥과 김치 대신 맥도날드 햄버거를 먹고 스타벅스 커피를 마시며, 자신을 은연중에 백인과 동일시한다. 이들이, 아니 우리들이 스타벅스와 맥도날드에 지불하는 돈은 커피와 햄버거 자체를 위한 것이 아니라, 백인의 감각과 식성을 우리의 것으로 느끼는 행복한(?) 착각을 위한 것인 셈이다. 이문재가 "백인으로 태어나기 위해/백인의 자궁 속으로 들어간 자만이/여기, 총독이 될 수 있으리라"고 냉소하는 것은 이런 의미에서다.

우리가 하나의 민족이라는 사실을 뜨겁게 경험했던 2002년 월드컵도 식민지에서 일어난 대규모의 해프닝일 뿐이었다. 이를 증명하듯, 붉은악마가 대한민국을 뒤덮은 월드컵이 끝나자 "본국에서 붉은 티셔츠를 전량 수거, 소각하라는/명령이 하달"되어 대대적으로 수행되고, "드라마 시청률과/햄버거 소비량이 가파르게 예전 수준을 회복"한다. 2002년 월드컵은 민족정신의 부활을 테마로, 수천만장의 '붉은 티셔츠'를 순식간에 생산하고 소비한 자본의 카니발이었던 것이다. 이문재는 '제국'을 '본국'이라 칭하면서 대한민국이 식민지라는 생각을 분명히 표현한다. 우리는 "지구적으로 생각하고 지역적으로 행동하"는 생태적 인간의 반대편에 있는, "지역적으로 생각하고 지구적으로 행동하"는 제국의 신민이자 노예이다. 같은 맥락에서 '제국'은 '식민지'의 반대말이자, '생태'의 반대말이기도 하다. 한마디로 말해 우리는 '제국호텔'에 비싼 값을 치르고 묵고 있는 투숙객-노예이다. 제국호텔에서 제공하는 음식과 방과 물품들은 자연을 파괴해 만든 반생태적인 것이다. 이문재는 제국주의가 우리에게 어떻게 관철되고 있는가를 낱낱이 파헤치면서 반생태적이며 반주체적인 우리의 삶의 방식을 무겁게 반성하게 만든다.

이문재가 도시의 한복판에서 생태문제를 비판적으로 성찰하는 데 비해, 농촌에 살며 '오래된 미래'로서의 농업과 자연을 외경심을 바탕으로 노래하는 시인들도 있다. 우포늪 근처에 사는 배한봉 시인이 그중 하나다.

자동차 소리와 콘크리트 냄새, 분주한 생활 때문에
귀 먹먹하고 머리 아픈 날이면 그대
우포늪에 와서 우포늪이 지어주는 보약 한 사발 뜨겁게 드시라
소슬바람과 갈대, 부들, 창포가 뿜어내는 물 냄새
또는 왜가리 떼의 판소리 한 자락과
우항산 멍석딸기향을 넣어 만든 자연보약
때로 치욕의 시간, 굴종의 상처 때문에 삶이 아픈 날엔
자동차는 타지 말고, 빠른 걸음으로도 걷지 말고
어슬렁어슬렁, 중생대 백악기 때 공룡이 내뿜던 콧김
넣어 만든 원시명약 한 사발 시원하게 쭉 들이켜 보시라

—「나는 어머니 같은 친구 하나를 알고 있다」(『악기점』, 세계사 2004) 부분

이 시를 읽은 독자들은 배한봉이 권하는 "원시명약 한 사발 시원하게 쭉 들이켜"고 도시의 독소를 덜어내는 느낌을 받게 된다. 시를 읽는 것만으로

도, 다국적의 반생태적인 밥의 독성에 중독된 몸이 치유되는 느낌을 갖게 되는 것이다. 자연이 도시와 현대사회의 병폐를 치유해주는 어머니와 같다는 전언은 사실 새로운 것은 아니다. 자연의 생명력과 치유력을 동일시하고 신뢰하는 담론은 생태문학의 심층 서사를 이루는 것이다. 그 심층 서사가 삶의 구체적인 경험으로 녹아들지 못할 때 생태시는 식상하고 관념적인 차원에 떨어지게 된다. 배한봉은 자연의 생명력과 치유의 담론을 설파하는 데 머물지 않는다. 그는 직접 땀 흘려 농사지으면서, 인간의 노동이 자연의 노동을 보조하는 이차적인 것임을 깨닫기에 이른다.

나 여직껏 네가 차려 준 밥상
받기만 하며 살아왔다
텃밭 고추며 상추, 과수원의 열매들
내 땀으로 농사지었다지만
아니다 아니다
이 모든 것, 네가 차려 놓은 큰 밥상이었다
햇볕과 물과 바람이 너의 농사라는 걸
너의 농사가 길러 낸 것이
우리 식구의 일용한 양식이 되어 왔다는 걸
가뭄 뒤에 내리는 단비 보며 안다
상추쌈 싸먹으며 안다
네가 농사지어 차리는 밥상이 건강할 때
우리도 건강할 수 있다는 걸 안다

—「큰 밥상」(같은 책) 전문

배한봉이 체험으로 깨달은 바는 한 문장으로 요약된다. 농사꾼이 힘써 길러낸 풍성한 먹을거리들은 인간에 앞서 자연이 "농사지어 차리는" '큰 밥상'이며, 우리는 지금까지 자연이 "차려준 밥상 받기만 하며 살아왔다." 따라서 자연이 "농사지어 차리는 밥상이 건강할 때/우리도 건강할 수 있다는 걸" 분명히 인식해야 한다. 지금까지 우리가 받은 수많은 밥상이 인간의 노동만으로 이룩된 것이 아니라는 것, 자연의 노동 없이 인간의 노동만으로는 단 한 그릇의 밥도 생산할 수 없다는 것, 배한봉은 이 점을 몸소 체험하고 예증하면서 생태적 삶과 시의 출발점과 도달점이 애초에 다른 곳에 있지 않음을 보여준다. '인간의 노동'은 '자연의 노동'의 뒷받침 없이는 무력하고 공소한 것이라는 그의 전언은 최근 생태시의 인식의 진전을 이루는 것이라고 할 수 있다.

이제 우리에게는 '제국의 밥상'과 '자연의 밥상' 사이에서 선택할 일이 남아 있다. 그 선택이 우리의 현재와 미래를 결정할 것임은 자명하다. 그러나 아는 것과 행하는 것 사이에는 얼마나 아득한 거리가 있는가. 생태문학은 이 거리를 좁히는 끊임없는 싸움을 통해 자신의 존재 의미와 가치를 확보해나가야 하는 '자급자족의 운명'을 지닌 문학이다.

—『녹색평론』 2005년 1·2월호

경험과 미학의 새로운 균형

나희덕의 시에 대한 단상

나희덕의 시를 이해하는 한가지 방법은 경험적 주체와 미학적 주체 사이의 관계를 파악하는 것이다. 나희덕의 시는 대체로 경험적 주체가 미학적 주체에 의해 다스려지는 가운데 씌어진다. 첫 시집 『뿌리에게』(창작과비평사 1991)부터 드러난 이러한 특징은 『그 말이 잎을 물들였다』(창작과비평사 1994)와 『그곳이 멀지 않다』(민음사 1997; 문학동네 2004)를 거쳐 『어두워진다는 것』(창작과비평사 2001)에서 정점에 이른 것으로 보인다. 실재·실체와의 적절한 거리를 의도적으로 유지하는 미학적 행위는 '남한강의 발원지'나 '아름다운 복숭아나무' 등의 시적 오브제를 통해 형상화되었으며, 존재가 어둠속에서 본질을 더 선명히 드러내는 '어둠의 존재론'으로 집약된 바 있다.[1]

나희덕의 최근 시들에서 가장 두드러지는 특징은 경험적 주체와 미학적 주체의 관계가 조정 국면에 들어섰다는 점이다. 결론부터 말하면, 나희덕의 시에서 미학적 주체는 여전히 우위를 점하고 있다. 그러나 이 미학적 주체의 내용물이 대상에 대해 일정한 거리를 둔 자율적인 미학에서, 삶의 구체적인 경험이 압축된 현실적인 미학으로 변화하고 있는 것이다. 어떤

1 이에 대해서는 졸고 「'거리'와 '순간' 속에 존재하는 자연」, 『풍경 속의 빈 곳』, 문학동네 2002 참조.

의미에서 지금까지 나희덕의 시세계를 지탱해온 것은 삶에 대한 미적인 거리였다고 할 수 있다. 자신이 이 미적 자율성의 영토에 속해 있다고 믿기에 나희덕에게 삶의 환멸과 고통은 견딜 만한 것이 되었다. 나희덕이 시 「어떤 항아리」에서 맑은 물은 새지 않고 진하게 달인 간장만이 새어나가는 금간 항아리가 시(詩)라고 노래했을 때, 이 항아리는 결연한 시정신을 표상하는 동시에 그녀의 시를 일정한 경계 안에 두는 안전장치의 역할을 했다. 삶의 쓰디쓴 고통만을 신통하게 걸러내는 항아리의 금간 틈이란, 삶의 치열한 육화를 동반하는 섬세한 미학적 틈을 의미한다. 이 미학적 틈으로 '고통의 즙액'이 새어버리는 순간 항아리는 깨지게 되는데, 나희덕은 자신의 시가 '고통의 즙액'이 가득한 항아리와 같다고 노래한다. 나희덕 시의 아이러니컬한 발생학적 원리를 보여주는 의미심장한 전언이 아닐 수 없다.

지금까지 나희덕은 시=항아리의 미학적 틈으로 '고통의 즙액'을 흘려보내 항아리가 깨지는 순간에 이르기보다는, '잘 빚어진 항아리'를 보존하는 쪽을 택해왔다. 아름다운 자연물과 충일함에 대한 갈망을 담은 내면이 그녀의 시의 중심을 차지했던 것은 이를 방증한다. 그렇다고 나희덕의 시/항아리에 담긴 삶의 내용물이 완전히 밀봉되어 있었다는 말은 아니다. 나희덕은 그것을 직접 드러내기보다는 간접적으로 환기하는 방식을 택했고, 피사체보다는 배경의 자리에 놓기를 선호했다는 뜻이다. 이러한 시적 배치는 나희덕의 실제 삶에 대한 대위법(對位法) 차원에서 선택되었을 가능성이 있다. 시인의 삶과 시가 어긋나거나 반대되는 것은 사실 특별한 일이 아니다. 이를테면, 고통스러운 삶을 산 시인이 지극히 아름다운 시를 쓴 예는 얼마든지 찾아볼 수 있다. 대조적 관계를 형성한 삶과 시는 실체와 그림자의 관계(A : A′)가 아니라, 실체와 보충물의 관계(A : ≠A)에 놓인다. 이때 시는 삶이 부족한 부분을 채워넣으면서 시인에게 삶을 견디는 힘을 불어넣는다. 나희덕의 시에서도 이러한 측면을 어느정도 감지할 수 있다.

나희덕 최근 시들 가운데 먼저 눈에 띄는 것은 시인의 체험이 생생하게 기록된 「저 물결 하나」이다. 삶의 경험이 이렇듯 구체적이면서도 전면적으로 드러난 것은 이전의 시에서는 보기 어려웠던 것이다. 나희덕의 경험적 주체의 맨 얼굴과 마주하게 하는 이 시는 그 경험의 농도와 무게로 인해 진한 감동을 느끼게 한다.

한강 철교를 건너는 동안
잔물결이 새삼스레 눈에 들어왔다
얼마 안 되는 보증금을 빼서 서울을 떠난 후
낯선 눈으로 바라보는 한강,
어제의 내가 그 강물에 뒤척이고 있었다
한 뼘쯤 솟았다 내려앉는 물결들,
서울에 사는 동안 내게 지분이 있었다면
저 물결 하나일 거라는 생각이 들었다
물결, 일으켜
열 번이 넘게 이삿짐을 쌌고
물결, 일으켜
물새 같은 아이 둘을 업어 길렀다
사랑도 물결, 처럼
사소하게 일었다 스러지곤 했다
더는 걸을 수 없는 무릎을 일으켜 세운 것도
저 낮은 물결, 위에서였다
숱한 목숨들이 일렁이며 흘러가는 이 도시에서
뒤척이며, 뒤척이며, 그러나
같은 자리로 내려앉는 법이 없는
저 물결, 위에 쌓았다 허문 날들이 있었다

거대한 점묘화 같은 서울,

물결, 하나가 반짝이며 내게 말을 건넨다

저 물결을 일으켜 또 어디로 갈 것인가

—「저 물결 하나」(『사라진 손바닥』, 문학과지성사 2004, 이하 같은 책) 전문

시인은 황량한 서울에서 '물결 하나의 지분'을 갖고 살았던 경험을 진솔하게 토로한다. '물결'의 이미지를 따라 부드럽게 반추되는 지난 삶의 시간은, 그러나 결코 물처럼 부드럽지 않았다. "물결, 일으켜/열 번이 넘게 이삿짐을 쌌고/물결, 일으켜 물새 같은 아이 둘을 업어 기"른 그녀에게는, "사랑도 물결, 처럼/사소하게 일었다 스러지"는 거품에 불과했다. '물결'은 표층적으로는 한강의 강물을 가리키지만, 심층적인 차원에서는 삶의 온갖 파란(波瀾)을 복합적으로 상징한다. 사랑조차도 사소한 것으로 만들어버리던 '물결'은 오랫동안 시인에게 힘겨운 삶을 강요해왔다. 생각해보건대, 이러한 무수한 물결들의 총체라 할 삶은 내부에 그 삶의 주체를 훼손시키는 힘을 품고 있다. 그 힘은 누구도 예외를 두지 않으며, 이로 인해 삶은 누구에게나 이따금 혹은 자주 가혹한 것이 된다.

삶이 지닌 파괴적인 힘은 삶을 지속시키는 생산적인 힘으로 전환되기도 한다. 시에서 보듯, 신산한 삶의 '물결'은 왜소하고 무력한 '나'를 일으켜 세우는 힘이 된다. 나희덕은 삶의 물결이 삶의 주체를 파괴하면서 동시에 생성시키는 역설을 "물결 하나가 반짝이"는 현실의 풍경 속에서 이끌어낸다. 이 풍경이 구체적인 현실과 체험으로 빚어진 것임은 다시 강조될 필요가 있다. 나희덕의 시의 내용물이 실물의 삶으로 바뀌고 있는 것은 경험과 미학의 새로운 관계 편성을 예고하고 있기 때문이다. 나희덕은 '물결 하나'의 삶을 사는 사람들의 집합체인 서울을 "거대한 점묘화"로 비유한다. 각각의 무수한 점이 모여 하나의 풍경을 이룬, 개별성과 전체성의 조화를 보여주는 '점묘화'의 이미지는 타자와 전체를 향해 더 넓게 개방된

나희덕의 시선의 변화를 반영한다고 볼 수 있다. 하나의 점에 고착된 시선과 수많은 점들이 만든 풍경을 조망하는 시선은 전혀 다른 차원에 속한다. 나희덕이 스스로 하나의 점이면서 자신이 속한 거대한 풍경을 보는 관찰자가 된 것은 시선의 확장에 속한다. 경험의 함량이 많아지고, 시선이 타자에게로 확대되는 것은 다음 두 편의 시에서도 확인할 수 있다.

풀이헤친 미리가 땅에 닿을락 말락 한다
또다른 生에 이식되기 위해
실려가는 나무, 트럭이 흔들릴 때마다
입술을 달싹여 무슨 말을 하는 것 같다

—「실려가는 나무」 부분

그는 어떤 붕괴에 대해 이야기한다
공포는 늙지 않는다는 듯
이 흉터 좀 봐, 하며 팔목을 걷어 보여준다
무너진 백화점 철골 사이에서
그가 실려나온 것이 벌써 칠 년 전이다
그러나 그의 몸엔 공포가 화석처럼 남아 있는지
거대한 콘크리트 더미에 삼일이나 눌려 있던
어깨를 만지면서 얼굴을 찡그린다

—「공포라는 화석」 부분

어딘가에 이식되기 위해 뿌리째 트럭에 운반되는 나무를 그린 「실려가는 나무」와, 삼풍백화점 붕괴 사고에서 기적적으로 살아남은 사람을 다룬 「공포라는 화석」은 앞서 분석한 「저 물결 하나」와 주제적으로 밀착해 있다. 끊임없이 "또다른 생에 이식되"며 살아가는 존재의 숙명과, 삶에 내재해 있는 '어떤 붕괴'의 속성을 묘파하고 있는 것이다. 풀어헤친 머리가 땅에 닿을 듯한 나무는 '물결 하나'의 에너지로 다른 공간과 생에 편입되기를 갈망하는 시인의 자화상이며, 지금도 "몸엔 공포가 화석처럼 남아 있는", 죽음의 위협 속에서 살아 있음을 더 두려워한 '그'는 시인의 내면을 극화한 대리적 자아다. 「공포라는 화석」은 사회적 문제를 인간 존재의 실존적 차원에서 그려내고 있다는 점에서 최근 시들 가운데 가장 새롭고 이질적인 면모를 보여준다.

새로운 시각을 갖고 세계를 보기 시작하는 존재는 '발견'의 주체가 된다. 나희덕은 자신이 속한 평범한 삶의 공간에서 새로운 풍경을 발견해간다. 과거의 경험에 발견의 경험을 더하면서 나희덕의 시는 경계를 새롭게 재구성하고 확장한다. 나희덕 시의 중심에 있는 것은 자연인바, 자연 또한 새로운 발견의 풍경으로 떠오른다.

> 마흔이 가까워서야 담배꽃을 보았다
> 담배대 위에 분홍 화관처럼 핀 그 꽃을
>
> 잎을 위해서
> 꽃 피우기도 전에 잘려진 꽃대들,
> 잎그늘 아래 시들어가던
> 비명소리 이제껏 듣지 못하고 살았다
>
> —「담배꽃을 본 것은」 부분

'담배꽃'은 "버려지지 않고는 피어날 수 없는 꽃"이다. "잎을 위해서" 담배꽃대는 꽃이 피기도 전에 잘려 땅에 버려진다. 버려진 담배꽃대에서 "분홍 화관처럼 핀" '담배꽃'을 나희덕은 "마흔이 가까워서야" 보았다고 고백한다. '담배꽃'은 자연의 경이로운 아름다움과 비의를 좇던 나희덕의 이전 시들에는 포함되지 않았던 항목이다. 나희덕은 대부분의 시적 순간을 수만 가지 빛깔의 아름다운 꽃을 피운 꽃나무 근처에서 보내왔기 때문이다. 자연에 대한 나희덕의 변화된 시선은 「소나기」에서도 뚜렷이 감지된다. 소나기가 내리는 들판을 벌거벗은 노인이 벌거벗은 아기를 업고 걸어가고 있다. 이를 시인은 "늙은 자연이 어린 자연을 업고 걸어가는 오후"라고 묘사한다. '늙은 자연'과 '어린 자연'은 노인과 아기, 즉 인간의 비유이자 실상(實狀)이다. 자연화된 인간, 혹은 인간화된 자연의 풍경은 나희덕의 시에서 자연이 새로운 옷을 갈아입고 있음을 보여준다.

「숨은 물」과 「극락강역」은 상상의 자연 풍경을 통해 삶의 쓸쓸한 흐름을 응시하는 시인의 아픈 내면을 그려낸다.

아픈 물방울들은 다 어디로 갔을까

마른 절벽에서 고기를 낚던
노인마저 내려가버리고
저무는 산길에 앉아 있자니,
스며든 물이 더 어두운 곳에 닿아
측량할 수 없는 높이로 곤두서 있음을 알겠다

—「숨은 물」 부분

환영처럼 나타났다 사라져버리는 극락강역,
타는 사람도 내리는 사람도 없지만
대합실에는 밤이면 오롯하게 불이 켜지고
등꽃 그늘에 누가 앉았다 간 듯 의자 몇 개 놓여 있다
그 불빛을 보는 것만으로도
生은 또 한 겹의 물줄기를 두르고

언젠가는 죽음의 강물과 合水하는 날이 오겠지
극락강이라는 역에도 내릴 수 있겠지

—「극락강역」 부분

“스며든 물이 더 어두운 곳에 닿아/측량할 수 없는 높이로 곤두서 있음을 알겠다”는 한 문장의 전언은 나희덕의 최근의 내면풍경을 선명히 보여준다. “마른 절벽에서 고기를 낚던 노인”이 암시하듯, 이 시는 현상의 안쪽에 숨어 있는 실재 및 실체를 추적하는 데 목적을 둔다. 땅에 스며든 물이 “측량할 수 없는 높이로 곤두서 있”는 “더 어두운 곳”은 나희덕의 내면의 오지(奧地)를 상징한다. 그 깊고 어두운 곳에서 물은 측량할 수 없는 ‘깊이’가 아닌, “높이로 곤두서” 울고 있다. 그렇게 울고 있는 존재 자신만이 측량할 수 있는 이 슬픈 ‘높이’는 나희덕이 “외롭고 높고 쓸쓸하게” 추구하는 내면의 지표를 뜻한다. 신성한 내면의 지표는 「극락강역」에서는 언젠가는 “죽음의 강물과 합수하”게 될 ‘극락강’으로 변주된다. ‘죽음’이라는 최후의 사건이 예비되어 있는 삶의 내부에서 나희덕은 현재 그녀의 시에서 구체적인 삶의 경험이 차지하는 비중을 높이고자 한다. 든든한 신뢰를 주는 시인 나희덕이 어떻게 자신의 시세계를 갱신해나갈지 설렘과 함께 지켜보아야 할 일이다.

—『작가세계』 2003년 봄호

거울을 마시는 그녀, 요나!

김혜순 시집 『한 잔의 붉은 거울』

우리 시단에서 김혜순만큼 자신의 시의 언술방식에 대해 치열하게 고민하는 시인은 많지 않다. 김혜순은 매순간 자신이 쓰는 말들을 낱낱이 점검하고, 새로운 언어와 언어의 새로운 조형법인 수사를 발명(발견이 아닌)하고자 하며, 자신이 사용하는 언술의 기원에서 효과에 이르는 전과정을 최대한 각성하고자 한다. 이러한 노력은 김혜순이 탁월한 시론집 『여성이 글을 쓴다는 것은』(문학동네 2002)에서 '바리데기 신화'를 재해석하며 서술한 것처럼, 역사상 한번도 주체인 적 없으며 자신의 언어를 갖지도 못한 여성이 어떻게 글을 쓸 것인가에 대한 문제의식에 뿌리를 둔다. 김혜순의 시적 목표는 여성의 글쓰기를 고착된 남성언어의 받아쓰기나 이어쓰기가 아닌, 뒤집어 쓰기 혹은 궁극적으로 새로 쓰기의 지점에 올려놓는 데 있다. 여성의 글쓰기의 본래 자리를 탈환하는 일이 김혜순이 시인으로서 스스로에게 부여한 가장 중요한 임무인 것이다.

김혜순의 시는 여성의 억압된 역사를 이데올로기나 담론의 차원을 넘어, 언어와 내면의 차원에서 근본적으로 복원하려는 거대한 기획의 산물이다. 이를 위해 김혜순은 기존의 남성언어의 분할선과 동일성의 폭력을 제거하고, 그 자리에 미로의 상상력과 이미지, 차이의 수사(환유, 풍자, 언어유희 등)를 쏟아놓는다. 언어는 인간의 역사가 압축된 살아 있는 실체이자 그 압축의 과정이 무의식적으로 내면화된 실체이기에, 김혜순은 여성의 짓눌린 역사와 정체성을 회복하는 '여성의 글쓰기'를 '언어의 (재)출산'에서 시작하고자 한다. 김혜순의 시에서 그녀가 구현하려는 여성의 언어와 상상력, 사유를 가장 잘 응축한 이미지는 '거울'이다. 완벽한 재현(동일화)과 대칭 재현(대상화)의 이중 기능을 통해 주체와 세계의 동일성을 강화하는 '거울'은 남성 중심의 근대세계와 문학의 핵심 아이콘이 되어왔다. 김혜순은 초기시부터 이 '거울'을 전혀 다른 속성을 지닌 사물로 시화한다.

거울을 열고 들어가니
거울 안에 어머니가 앉아 계시고
거울을 열고 다시 들어가니
그 거울 안에 외할머니 앉으셨고
외할머니 앉은 거울을 밀고 문턱을 넘으니
거울 안에 외증조할머니 웃고 계시고
(…)
순간 모든 거울들 내 앞으로 한꺼번에 쏟아지며
깨어지면 한 어머니를 토해내니
흰 옷 입은 사람 여럿이 장갑 낀 손으로
거울 조각들을 치우며 피 묻고 눈 감은
모든 내 어머니들의 어머니
조그만 어머니를 들어올리며
말하길 손가락이 열 개 달린 공주요!

—「딸을 낳던 날의 기억」(『아버지가 세운 허수아비』, 문학과지성사 1985) 부분

김혜순의 '거울'은 대상의 단면을 반사하는 평면거울이 아니다. 이 거울은 수많은 겹의 시간과 공간으로 이루어진 중층의 거울이자, 스스로 끊임없이 증식하는 거울이다. 무엇보다 이 거울은 존재/여성/나가 '열고 들어갈' 수 있는 소통의 거울이다(김혜순의 시에서 존재/여성/나는 다른 존재보다는 차라리 '거울'과 소통하는 중에 있다). 그 거울 속에서 '나'는 어머니와 어머니의 어머니를 만나며, '딸'의 출산은 그 겹겹의 어머니/거울을 한꺼번에 열고(깨뜨리고) '모든 내 어머니들의 어머니'가 현실 속에 출현하는 일이 된다. 근대의 평면거울이 아버지의 일방적인 시선(기율)을 내장한 거울이라면(이 시선/기율을 위반할 때 주체의 분열이 일어난다), 김혜순의 거울은 시공간을 초월해 출산과 죽음, 재생을 되풀이하며 축적되어온 어머니의 생명력을 지닌 거울이다. 즉 딸을 낳는 일이 자신의 어머니를 포함해 세상의 모든 어머니를 낳는 일이 되는 역설은 시적 수사(修辭)가 아니라 현실의 사건인 것이다. 김혜순은 여성이 경험적으로 체득한 이 역설의 거울에 대해 다음과 같이 설명한다.

> 여성시에서 거울은 경계가 아니다. 그것은 다만 하나의 문, 들고나며 어머니 되기를 배우고, 실현하는, 실현해야한 하는 하나의 문일 뿐이다. 그러나 남성적인 시에서 거울은 절대절명의 경계이고, 거울 속은 이방이다. 여성시의 거울은 부드럽고, 물렁물렁하고, 혀를 대보면 비릿하다. 그것은 여성시인인 내가 어머니를 낳기 위한, 거꾸로의 출산을 위한 예비된 문이다. 어머니의 죽음으로 태어난 자식들은 어머니 밖의 세계에서 어머니를 불러내기 위해, 어머니의 텍스트를 살기 위해 거울이란 경계를 쉼없이 넘나든다.
>
> (「어머니로서의 시 텍스트」, 『여성이 글을 쓴다는 것은』 82면)

그러나 김혜순이 한계 없는 생명력과 타자성을 보유한 '어머니/거울'을 얻기까지는 적잖은 수고를 들여야 했다. “피 묻은 손이 거울에 달라붙는다//거울에 붙은 손이 떨어지지 않는다”(「동방거울상회」, 『나의 우파니샤드, 서울』, 문학과지성사 1994), “거울 미로에 빠진 사람처럼 오늘 난 눈을 뜰 수가 없다”(「현기증」, 『불쌍한 사랑 기계』, 문학과지성사 1997)에서처럼 공포에 사로잡히거나, “나는 살아 있는 거울처럼 어항을 쳐다봤어요. 일생 동안 몸을 내리누르던 어항을요”(「너와 함께 쓴 시 2」, 『불쌍한 사랑 기계』)에서 보듯 자신의 전존재를 건 탈주를 감행하기도 했다. 거울의 미로에서 펼쳐진 김혜순의 고뇌와 탈주는 “주름잡힌 거울을 열고 들어가면, 거기/태양도 안 뜨는 내 검은 눈동자 속의 길/너무 어두워 나는 오히려 다 본다”(「검은 눈동자」, 『달력 공장 공장장님 보세요』, 문학과지성사 2000)는 자아의 확장으로 귀결되면서 또다른 발전의 여지를 남겨놓는다.

김혜순의 여덟번째 시집 『한 잔의 붉은 거울』(문학과지성사 2004)에서도 단연 눈에 띄는 상징은 ‘거울’이다. 이 시집에서 김혜순의 ‘어머니/거울’은 ‘요나’로 분장하고 있다.

> 어쩌면 좋아요
> 고래 뱃속에서 아기를 낳고야 말았어요
> 나는 아직 태어나지도 못했는데
> 사랑을 하고야 말았어요
>
> 어쩌면 좋아요
> 당신은 나를 아직 다 그리지도 못했는데
> 그림 속의 내가 두 눈을 달지도 못했는데
>
> —「그녀, 요나」 부분

성경 속의 요나/그가 고래 뱃속에서 가까스로 살아나온 데 반해(자기의 보존), 김혜순의 '요나/그녀/나'는 "고래 뱃속에서 아기를 낳고야" 만다(타자의 생성). '그녀, 요나/나'는 "아직 태어나지도 못했는데/사랑을 한" 것이다. 태어나기도 전에 사랑을 하고 아기를 낳은 역설은 김혜순이 역설(力說)해온, 기꺼이 자신을 희생하고 죽음으로써 타자(주체의 외부이자 내부)를 출산하는 어머니의 삶을 극화한 결과다. 여기서, '아직 태어나지도 못했는데'라는 구절에 주목할 필요가 있다. 이는 존재(딸)의 자기 정체성이 형성되기 전을 뜻하는데, 이번 시집에 실린 다른 시들을 참조하면 반드시 긍정적인 의미로 해석되기는 어렵다. 남성의 정체성이 고정된 질서를 통해 구현되는 것과 달리, 여성의 정체성은 변화와 혼돈 속에서 유동적으로 확보되는 측면이 강하다. 이런 점에서 여성은 시간의 역전과 혼재를 삶의 선험적인 조건의 하나로 경험한다고 할 수 있다. 그런데 이번 시집에서 김혜순이 보여주는 것은 생산적인 혼돈보다는 출구 없는 혼란에 가까운 모습을 보인다. "나는 내가 너무 많아 정말, 죽을 지경"(「내 꿈속의 문화 혁명」)이라는 김혜순은 삶과 죽음, 존재와 사랑의 통로였던 '거울'을 마치 한 잔의 '포도주'처럼 마셔버린다.

아직도 여기는 너라는 이름의 거울 속인가 보다
발걸음이 떼어지지 않는다
고독이란 것이 알고 보니 거울이구나
비추다가 내쫓는 붉은 것이로구나 포도주로구나

(…)

나는 붉은 잔을 응시한다 고요한 표면
나는 그 붉은 거울을 들어 마신다
몸속에서 붉게 흐르는 거울들이 소리친다

너는 주점을 나와 비틀비틀 저 멀리로 사라지지만
그 먼 곳에 내게는 가장 가까운 곳
내 안에는 너로부터 도망갈 곳이 한 곳도 없구나

—「한 잔의 붉은 거울」 부분

액체 상태로 출렁이는 '붉은 거울'은 온통 '너'로 이루어진, '고독'의 미로와도 같다. 이 미로는 타자를 향한 행복한 '탈주'가 아닌, 타자로부터의 '도망'을 부추긴다. 그러나 '너라는 이름의 거울'은 "너로부터 도망갈 곳이 한 곳도 없"는 폐쇄된 공간 혹은 실존의 상태이다. 이 액체성의 공간-실존-거울을 들이마신 '나'는 "몸속에서 붉게 흐르는 거울들"의 비명을 듣는다. 이제 거울은 '나'의 붉은 피고, 교란중인 육체이며, 공포에 젖은 분열의 말〔言〕이 되었다. 김혜순의 시에서 여성의 몸의 환유였던 '거울'이 은유로 화하는 문제적인 장면이다. 거울(의 문)을 수없이 열고 들어가 여성의 내면의 반역사적이며 초월적인 현장을 발견해온 김혜순은, "크게 부릅뜬 네 두 개의 검은 거울에/내 눈동자 으깨져 파리처럼 붙어버렸"다고 호소한다. 이어, "도대체 어디가 문이고 어디가 벽인 거야?"(「신기루」)라고 부르짖는다. 김혜순의 절망적인 물음은 가끔은 냉소로 화하기도 한다. '당신'의 "그 교란의 거울 뒤로 나갈 수 있다면/뭔가 있긴 있는 건가요?"(「말씀」) 답은 물론, '없다'이다.

『한 잔의 붉은 거울』에서 김혜순은 이전의 시세계를 계승하면서 현재의 어려움과 변화된 생각을 솔직하게 털어놓는다. 매너리즘의 언술과 여성담론의 신비화를 경계해온 김혜순은 '어머니/거울'의 열린 타자성의 세계를 닫힌 고독의 공간으로도 인식하면서, 죽음과 소멸에 대해서도 부정적인 태도를 취한다. 죽음과 소멸을 사는(죽살이하는) 여성의 생명력에 경이를 표했던 김혜순은 이제, "엄마 나는 O에 빠져 있어요/엄마 나는 사라져가고 있어요, 엄마 나는 무서워요"(「O」)라고 외친다. 이 시에서 구멍,

부재, 죽음, 소멸, 무의 기표인 'O'는 김혜순이 고독의 미로에서 고통스럽게 들어 마신 '한 잔의 붉은 거울'의 형상으로 보이기도 한다. 거울을 마시고, 자신이 마신 그 거울에 빠져 사라져가는 두려움은 이번 시집의 중심 사건이자 김혜순의 절박한 현실이다. 그 예로, 김혜순은 전에 없이 이렇게 애원하고 있다. "그러니 부탁이야, 고장난 수도꼭지처럼 헐떡거리며 서 있는/김혜순을 잊지는 말아줘"(「날마다의 장례」).

그렇다면, 시간과 공간, 존재의 사이를 쉴새없이 옮겨다니며 환유의 말을 쏟아낸 김혜순은 이제 그 심리적 현실을 체포해둘 은유의 지점을 필요로 하는지도 모른다. 혹은, 타자에게 자신을 내어줌으로써 주체가 되며, 보상 없이 무한한 사랑을 쏟음으로써 정체성을 확보하는 여성의 삶과 글쓰기의 먼 도정에서 잠시 쉬어가고 싶어하는지도 모른다. 바리데기가 무장승과 결혼해 아이들을 낳고 살면서, 아버지를 살릴 약수를 구하러 갈 사명을 잠시 놓아버렸듯이 말이다. 김혜순은 자신의 심중을 이렇게 고백한다. "이제 그만 지쳐버렸어요/너를 멀리 데려가줄게 속삭여놓고는/언제나 사랑만 하고 돌아가는/저 태양이 밤마다 몸속으로 기우는 거/모두 모두 지쳤어요"(「그녀의 음악」). "나 그 얇은 사랑 내 속에 쌓고 쌓아서/나 혼자 그만 깔려버렸나 봐"(「눈보라」).

김혜순의 말대로 그녀가 지쳐 있다면, 그 이유의 하나는 그녀가 여성의 전역사를 혁신하는 싸움을 거의 혼자 감당해온 데 있다고 할 수 있다. "몇 억 년째 *깨 어 나 고 시 퍼*/*깨 어 나 고 시 퍼* 몸부림치다 저 혼자/잦아드는"(「Mixer & Juicer」) 비극이 김혜순의 개인적인 잘못은 아니다. 하지만, 이번 시집에서 현실의 구체적인 문제들이 약화되어 있는 것은 분명히 짚고 넘어가야 할 사안이다. 김혜순 시의 미덕은 환상과 유희를 경유해 사회현실의 모순을 날카롭게 드러내는 데 있는 까닭이다. 환상과 유희를 통해 여성(성)의 세계를 탈환하고 재구성하면서도, 남성적인 근대의 타락한 체제와 일상을 가볍게 해체하는 것은 김혜순이 갖고 있는 뛰어난 시적 능력이다. 또한 자신이 그 타락한 체제와 일상에 몸담고 살아가고 있음을 '수많은 나'로 분열하는 와중에도 끝까지 직시하는 것은 김혜순이 지닌 시인으로서의 치열한 정직성이다. 그 증거로 지금 이 순간에도 김혜순은,

> 하루 24시간, 1440분, 86400초
> 저 바닥에 쏟아진 물처럼 홍건해지지 않으려고
> 강물처럼 흘러가버리지 않으려고
> 온몸으로 붉은 피 끌어 올려
> 희디흰 물뼈다귀 세우는 나의 주문
> 알뿌리를 머리에 두고 날마다 붉은 피
> 치밀어 올리는 이 불쌍한!
>
> —「분수」 부분

너무도 '불쌍한 사랑 기계'이기를 멈추지 않는다. "늘 한 여자를 구해주는 상상을 하"며, "아직도 내 몸 밖으로 한번도 나와보지 못한 그 여자"(「유화부인」)를 그리워하는 '김혜순'이라는 이름의 사랑 기계는 "온몸으로 붉은 피 끌어 올려" 이 메마른 세계에 끊임없이 사랑과 생명을 공급하려 한다. 그러니, 순전히 자신의 몸 안에서 그 에너지를 만들어내야 하는 김혜순은, 김혜순의 시는 언제나 고달플 수밖에 없다. 그 고달픔이 여성인 나의 삶과 또한 글쓰기와 직결되어 있기에 김혜순을 결코 잊을 수 없는/없을 나는, 김혜순이 지치지 않기를, 지치지 않는 진짜 '기계'이기를, 변함없는 사랑 기계이며 시인기계이기를 소망하고 또 소망하는 것이다.

—『문학·판』 2004년 가을호

죽음과 삶에 대한 내성 기르기

조은 시집 『따뜻한 흙』

시는 일인칭의 욕망과 좌절의 기록이다. 모든 문학적 글쓰기는 본질적으로 욕망과 좌절의 담론이지만, 그중에서도 시는 주체의 욕망과 좌절에 헌신하는 장르이다. 단적인 예로, 시의 특징을 압축한 '서정성'이나 '거리의 서정적 결핍' 등의 용어는 시의 모태인 시적 주체의 욕망과 좌절을 우회적으로 표현한 개념에 속한다. 시의 담론에서 욕망과 좌절은 대부분 '희망'과 '절망'이라는 말로 대체된다. 시인과 독자, 평자들은 이러한 일련의 은유화 작업에 의식/무의식적으로 동참한다. 희망과 절망이란, 욕망의 조건과 역학관계를 가장 선명하게 보여주는 동시에, 또한 가장 아름답게 은폐하는 말이기 때문이다. 희망과 절망은 욕망과 좌절의 문학적 기표이자 미학적 번역어인 셈이다.

이렇게 볼 때, 한 시인의 시에 나타난 희망과 절망은 그 시인의 욕망과 좌절의 미학적 변환의 산물이라고 할 수 있다. 중요한 것은 미학적 변환의 계기와 결과가 무엇인가 하는 점인데, 한 시인의 시의 독창성은 주로 이 지점에서 결정되는 까닭이다. 조은의 경우, 미학적 변환의 계기와 결과는 "의미를 찾지 못한/생생한 고통의 날들"(「新生」)에 대한 내성(耐性)을 기르는 일로 나타나고 집약된다. 조은의 세번째 시집 『따뜻한 흙』(문학과지성사 2003)은 죽음에 필적하는 삶의 고통을 견디고 성찰하며, 그 고통에 절망하고 면역력을 키우는 일로 채워진다. 한마디로 말해, 조은의 시적 목표는 죽음/삶의 두려움을 '넘어서는' 것이 아니라, 끔찍한 두려움 속에서도 두려워하지 '않는', 혹은 두려워할 줄 '모르는' 상태에 도달하는 것이다. 그녀는 죽음/삶의 무게와 자신의 존재의 무게를 끊임없이 저울질하면서, 자신이 저울질을 하는 주체인 동시에 저울질을 당하는 대상임을 잊지 않는다. 이로 인해, 조은의 시는 자신을 죽음/삶의 주체와 대상의 자리에 번갈아 놓는, 또한 동시에 놓는 과정에서 씌어진다. 죽음/삶의 진정한 주체이기를 욕망하나, 한낱 무력한 대상임에 좌절하는 일이 조은 시의 역설적인 동력인 것이다.

조은은 이 욕망과 좌절의 반복을 견디고 성찰하며 타자화하는 연습을 통해 시의 주체가 되고 삶의 주체가 된다. 조은에게 있어 삶의 주체가 된다는 것은 죽음/삶의 무차별적인 침입에 동요하지 않는, 죽음과 삶에 내성을 갖춘 존재가 된다는 것을 뜻한다. "아무도 대신 질 수 없는 짐. 속수무책의 짐. 혼자만의 짐. 그것들을 부려놓을 곳은 제 속밖에 없"(「고통의 돌기」)기에, 존재는 스스로 강해짐으로써 세계에 맞서야 한다. 그러기 위해서는 가벼운 감염과 중독을 통한 면역력의 확보가 필수적이다. "나는/재빨리 모르는 한 죽음에다/나의 죽음을 겹쳐본다"(「울음소리에 잠이 깼다」), "뼈들 아래서 조용히/자갈들 풍화한다/해를 등지고/지하 무덤을 찾은 나도 그것을 돕고/어느 걸음에선가 나의 허무도/마모되기 시작한다"(「逆光—카타콤이여」), "살아 있는 많은 것들의 파장이 내 몸을 지나갑니다 (…) 사람들은 고된 몸을 끌고 머릿속 세상으로 소멸해갑니다 소멸하며 生이 완숙됩니다"(「한순간」)와 같은, 죽음과 삶에 대한 내성의 수련은 조은의 시에서 수시로 발견되는 풍경이다.

죽음과 삶에 대한 조은의 내성 기르기는 타자의 고통에 대한 응시와 공감을 바탕으로 한다. 조은은 이 응시와 공감의 상황을 간결하면서도 함축적인 언어로 묘사한다. 때로 단조로울 정도로 중성적인 관찰의 어조를 취하는 조은의 시는 감정의 충만을 회피하는 것처럼 보이기도 한다. 조은은 최대한 냉정함을 유지하고, 침묵하며, 참아낸다. 적어도 그렇게 하기를 원한다. 그녀는 이미 삶의 절망과 불가능을 경험했고, 그것은 그녀에게 돌이킬 수 없는 상처로 각인되어 있기 때문이다. 돌이킬 수 없다면, 가질 수 없다면, 그저 견디고 침묵해야 하는 것이다.

언젠가 내게도
뿌리내리고 싶은 곳이 있었다
그 뿌리에서 꽃을 보려던 시절이 있었다
다시는 그 마음을 가질 수 없는
내 고통은 그곳에서
샘물처럼 올라온다

—「따뜻한 흙」 부분

그렇다면, 이제 삶에서 가능한 것은 무엇인가? 조은은 그 가능한 것(차라리 가능해야 할 것)을 안타깝게 욕망한다. 그것은 "저 지옥의 순간에서 단번에 삶으로 솟구칠/비상의 순간"이며, 벅찬 삶의 에너지로 가득한 삶을 만끽하는 환희의 순간이다.

나는 해치지도 방해하지도 않을 터이지만
새들은 먼지를 달구며
불덩이처럼 방 안을 날아다닌다
나는 문 손잡이를 잡고 숨죽이고 서서
저 지옥의 순간에서 단번에 삶으로 솟구칠
비상의 순간을 보고싶을 뿐이다

—「한 번쯤은 죽음을」 부분

그러나, 그런 순간은 쉽게 오지 않는다. 온다고 해도, 짧은 순간의 빛을 뿜은 뒤 사라지고 만다. 조은에 의하면, 삶에서 지속되는 것은 "피할 수 없는 삶의 무게가/등에 얹"(「몸을 굽힐수록」)히는 고통과, "이곳에서 내가 사라지는 데는/오래 걸리지 않으리라"(「숲의 휴식」)는 확신 따위의 참담한 것들이다. 조은은 이러한 절망의 사태와 사건을 명료하고 차분하게 기록한다. 심지어 그녀가 "깜짝 놀랐다"고 말할 때조차도, 그 놀라움은 조용하고 담담하기만 하다.

늦은 밤, 내면을 응시하다
깜짝 놀랐다

내 속엔 아무것도
들어 있지 않았다

—「절규」 부분

광기로도 이곳을 벗어나지 못하고
내가 이렇게 굳어가는
이유를 알겠다

—「비」 전문

죽음과 삶이 범벅된 실존의 고통을 냉철한 자의식으로 제압하기를 원하는 조은은, 그 힘겨운 응시의 과정에서 "내 속엔 아무것도/들어 있지 않았다"는 충격적인 사실을 발견하기에 이른다. 아무런 내용물도 생성의 기미도 없이 텅 비어 있는 존재의 내부는 존재가 죽음과 결탁한 삶을 수락한 결과이자, 그러한 삶에서 탈출할 수 없는 이유이기도 하다. 이 이중의 비극은 조은의 말처럼 '광기'를 통해서도 해소될 수 없는 것이다. 이 '닫힌'

비극에 대해서조차도 조은은 끈질기게 내성을 길러나간다. 텅 빈 내부를 지닌 존재가 삶의 폭력적인 침탈에 내성을 확보하는 비법은 의외로 단순하다. 없지만 있는 것, 주체에게 현실적으로 부재하지만 가능성으로 현존하는 것을 소유하는 것이다. 즉 주체가 속한 세계와 주체가 욕망하는 세계에 대해 강력한 '믿음'을 발휘하는 것이다.

> 믿음이 나를 썩지 않게 한다
> 내가 보는 세상은
> 아직은 싱싱하다
>
> —「믿음이 나를 썩지 않게 한다」 부분

앙상한 절망의 숲처럼 보이는 조은의 시에서 희망은 이런 경로로 싹이 튼다. 그런데 조은 시의 미덕은 힘겨운 내면의 편력을 거쳐 소중한 희망에 도달한 데 있지 않다. 오히려 그 희망의 텅 빈 실체를 그대로 보여준 데 있으며, 그 희망의 위대함과 보잘것없음, 아름다움과 슬픔이 같은 것이라는 점을 확인시켜준 데 있다. 이런 이유로 조은은 '차가운 흙'을 '따뜻한 흙'이라고 바꾸어 부르는 것이며, 이 개명(改名)의 작업에는 그녀가 원하는 세계에 대한 욕망이 남김없이 투사되어 있는 것이다.

다르게 말하면, 존재와 삶의 부서진 조각들을 은유의 힘으로 이어붙이려는 조은 시의 미덕과 한계는 같은 뿌리에서 자라난다. 삶과 존재, 세계에 대한 '보수적인' 믿음과 그 믿음을 파괴하는 힘들 사이에서 이제 인간은 어떤 선택을 해야 할까? 조은의 시집 『따뜻한 흙』은 이 질문에 대답하고자 하면서, 그 질문의 화살을 독자에게도 던진다. 조은이 움켜쥔 '따뜻한 흙' 속에서 싹트는 것은 절망과 절망의 이란성 쌍생아격인 희망만은 아닐 것이다. 이 세계의 삶과 존재에 대한 곤혹스러운 질문도 무성하게 자라고 있다.

—『파라21』 2004년 봄호

뱀소년의 허물벗기, (불)가능한!

김근 시집 『뱀소년의 외출』

1989년에 출간된 기형도의 시집 『입 속의 검은 잎』의 해설에서 김현은 기형도 시의 특징을 '그로테스크 리얼리즘'으로 규정한 바 있다. 2005년에 출간된 김근의 시집 『뱀소년의 외출』(문학동네 2005)에 실린 시들은 기형도 시에 대한 축약어로는 다소 헐겁고 삐걱이는 감이 있던 '그로테스크 리얼리즘'의 실체를 보다 적확한 형태로 예시한다. '그로테스크'는 본래 동물과 인간의 잡종 형태를 지칭한 말이며, '그로테스크 리얼리즘'은 러시아의 비평가 바흐찐(M. Bakhtin)이 민중의식을 기괴하면서도 희극적으로 형상화한 라블레의 소설에 붙인 용어임을 생각할 때, 김근의 시와 '그로테스크 리얼리즘'의 친연성은 분명해진다. 실제로 김근의 첫 시집을 압도하는 것은 '잡종'의 이미지와 상상력, '구렁덩덩신선비(뱀신랑—인용자 주)' 계열과 '공중전화부스 살인사건' 계열의 기이하고도 희극적인 서사들이다. 잡종의 이미지와 상상력은 '구렁덩덩신선비' 계열에서 특히 강하게 발휘되는데, 이 황당하고 흉물스러운 이야기들이 신화적 상상력에 기대 불특정의 비루한 인간들의 욕망을 '토해'낸다면, 추리소설을 연상케 하는 '공중전화부스 살인사건' 류의 서사는 그 현대판 변형으로서 사물과 잡종이 된 현대인(예를 들어, 담벼락 속으로 들어간 사내)의 실상을 블랙유머로 표출한다. 한편, 후자의 시들은 그로테스크 리얼리즘과는 또 별 상관없이 기형도의 세계와 연접되어 있다. 「공중전화부스 살인사건」「담벼락 사내」「바깥 1」「늙은 오후」「이월」 등의 시들은 기형도의 「어느 푸른 저녁」「그 날」「장미빛 인생」「기억할 만한 지나침」「먼지투성이의 푸른 종이」 등의 영향을 직간접적으로 감지하게 한다. 현대사회에 대한 근원적인 불신, 비애를 내장한 집요한 탐색의 시선, 건조하고 결연한 어조, 늙음(노인)의 상징성 등이 그 구체적 내용들이다. 그러나 김근은 현대사회의 폭력적 현실과 개인의 피폐한 실존을 설화적으로 가공함으로써 기형도와는 다른 곳에 자신의 근거지를 마련한다.

이 시집의 동력이 그로테스크 리얼리즘과 설화적/우의적 알레고리라는 점에서, 김근이 동물과 인간의 잡종인 '뱀소년'을 제목에 내세운 것은 적절한 처사였다. '뱀소년'과 그 친족들, 즉 할미의 가랑이 사이에서 기어나온 벌레들, 어미가 토해낸 토할 입이 없는 아이들 등은 뒤틀리고 거세된 남근의 상징으로서 정신분석학의 모범적인 사례에 속한다. 매일 우물에 들어가 뱀과 노닥거리다 뱀소년을 낳은 어미, 여자의 몸을 모두 베어먹은 아이, 사람의 내장을 파먹고 껍질만 남기는 구렁이, 뱀신랑 등은 김근이 한국의 전통설화에서 차용한 성교와 자궁과 남근의 원형상징들이다. 그러나 김근의 시를 지배하는 '잡종의 상상력'은 정신분석학의 분석 체계에 간단히 포섭되지 않는다. 그가 엄마와 (부재하는) 아버지와 아들의 '가족로망스'를 통해 제기하는 것은 현실원칙이 억압한 쾌락원칙 차원 이상의 것, 즉 훼손된 세계에서 살아가는 인간의 기형적이고 부패한 실존이기 때문이다. 김근에 의하면, 실존의 기형(奇形)과 부패는 인간이 어미의 자궁을 벗어나는 순간부터 진행된다. 그 기형적인 인간의 상징인 '뱀소년'은 설화에서처럼 뱀의 허물을 완전히 벗어 없애야 잘생긴 소년(인간)이 될 수 있다. 그러나 아무리 "허물을 벗어도 허물 안의 기억은" "사라지지 않"으며, 그는 자신이 속한 곳이 안인지 밖인지, 삶인지 죽음인지조차 모르는 상태에 있다(「뱀소년의 외출」). 뱀소년이 타고난 동물(야성, 비이성)과 인간(이성, 윤리)의 잡종의 운명은 삶의 시간에 비례해 강화된다. 지나온 삶과 기억이 '허물(껍질/과오)'이 되어 계속 달라붙기 때문이다. 즉 뱀소년의 '허물'은 "나 아닌 곳으로도 가지 못하고 내가 나인 곳으로도 온전히 돌아오지 못한 채, 구겨지고 구겨지기만" 한 '평생'(「잘 접어 만든 종이인형처럼」) 자체인 것이다.

뱀소년이 삶의 시간과 맺고 있는 난감한 관계는 그의 연인이 '늙은 소녀'라는 사실에서도 드러난다(「뱀소년의 외출」 「늙은 소녀」). '늙은 소녀'는 젊음에서 늙음에 이르는 삶의 시간을 한꺼번에 압축하면서 시간에 대한 김근의 공포를 표상한다. 김근의 시의 중심 주제가 '시간'과 '기억'에 대한 불행한 자의식과 심적 저항이 되는 것은 이런 연유에서다. "어디까지 읽었을까 나는 어디까지 살았지?"(「바깥 1」)라는 한 줄의 문장이 김근의 시를 관통하는 핵심 문제의식인 것이다. 이는 위에서 말한 두 유형의 서사에서 각기 다른 화법과 풍경으로 인화된다. 먼저, 전통설화를 그로테스크 리얼리즘의 화법으로 현재화한 '구렁덩덩신선비' 계열의 예. "눅눅하고 질긴 시간이 내 몸에 엉겨붙었습니다 혓바닥은 갈라져 묵은 허물 뒤집어쓰고 아직 새로 갈지 않은 송곳니를 세우고 나는 아주 조금씩 어미를 뜯어먹고 아주 조금씩 늙어갔습니다"(「우물」). 다음으로, 현대사회의 폭력성을 우의적으로 그린 '공중전화박스 살인사건' 계열의 예. "현재에 충실한 눈알만이 최상품으로 취급되"는 "어둠의 딱딱한 껍질에 둘러싸"인 도시에서 사람들은 자신의 '눈알'을 팔아 "몸에 붙은 기억들을 모조리 떼어내"고 살아가야 한다(「어두운, 술집들의 거리」).

삶의 시간과 기억이 곧 '허물'이므로, '허물'을 완전히 벗는 것은 죽음에 이르러서야 가능하다(「흰 꽃」의 '김덕룡씨'가 잘 보여주듯이). 이 시집에 가득한, 허물을 벗는 '탈태'와 그 변형인 '출산'과 '토해냄'의 행위들, '허물'을 벗는 것과 반대 방향에서 '내장'을 파먹거나 꺼내어 씻어 말리는 행위들이 '의사(擬似) 죽음'의 성격을 띠는 것은 이 때문이다. 그 곁에서

"일 년 내내 꽃만 토하는 꽃나무 징그러운 흰 꽃들"(「흰 꽃」)이 곧 김근의 시일 터인데, 그에게 시도 때도 없이 왜 이리 '징그러운' 꽃들을 피워내느냐 물으면 그는 아마도 이렇게 대답할 것이다. "헤헤 헤헤헤헤,"(「헤헤 헤헤 헤헤」)

뱀소년 김근의 허물벗기는 인간의 근원적 운명과 현대사회의 메커니즘의 두 층위를 동시에 겨냥한다. 이제 막 첫 시집을 낸 신인의 스케일로서는 호활한 것이 아닐 수 없다. 김근은 그 호활함을 자신만의 색깔과 논법으로 성실히 감당하고자 한다. 그것이 상당히 안정된 지점에 이르러 있는 것도 사실이다. 그러나 이 문제의식이 두 유형의 서사로 뚜렷이 이원화되어 있는 것은 김근이 현재 안고 있는 깊숙한 균열이다. 기형적이고 부패한 실존의 허물벗기로서의 김근의 시는 이 균열을 벗어야 할 또 하나의 '허물'로 삼아, 토하거나 파먹거나 낳거나 소금으로 박박 문질러 씻으며 "지겹게" "또, 태어나"(「오래된 자궁」)야 할 것이다.

—『문예중앙』 2006년 봄호

상상의 지리학의 세 가지 유형

이영주·정끝별·박형준의 시집

1. 시와 상상의 지리학

(좋은) 시인들은 세계를 재현하고 재구성하는 과정에서 독자적인 지리학을 창출한다. 이들의 측량법과 표기법은 다양해서, 동일한 세계에 대해서도 공통점을 찾을 수 없는 이질적인 지리학이 다수 출현하기도 한다. 시인의 지리학은 사실과 현실의 원칙보다는 내면과 상상의 법칙에 따르는 '내면과 상상의 지리학'이기 때문이다. 가령 우리는 한 시인이 쓴 시들을 전체 지도의 크고작은 부분들로 확대·축소해 이어붙임으로써 그의 시세계 전모를 파악할 수 있다. 이때 중요한 것은 지도의 조각(개별 작품들)이 단순 분할된 것이 아니라는 것(물론, 어떤 지도(시)는 전체 지도(시세계) 완벽한 축소판일 수 있다), 그 지도가 시인의 독특한 상상의 법칙에 기초한 '자의적이고 비의적인' 것이라는 점을 기억하는 일이다.

바꾸어 말하면, 한 시인의 시의 영토로 진입하기 위해서는 그의 상상의 지리학의 법칙과 특정 기호들을 이해하는 일이 선행되어야 한다. 이 과정에서 독자의 상상의 지리학이 시인의 그것과 만나 다채롭고 새로운 풍경을 창조할 수 있다. 일종의 씨너지 효과인 셈인데, 이렇게 증폭되는 공간은 상상과 해석의 불꽃에 의해 명멸하는 시의 유현하고 한계 없는 영토 바로 그곳이다. 이영주 정끝별 박형준의 최근 시집에서도 이를 확인할 수 있는바, 이들의 새 시집은 각기 독특한 상상의 지리학을 가동하여 그 영토를 최대한 사유(私有)하거나 전유하려는 열망으로 충전되어 있다. 이영주의 첫번째 시집 『108번째 사내』, 정끝별의 세번째 시집 『삼천갑자 복사빛』, 박형준의 네번째 시집 『춤』에는 이들의 상상의 지리학이 훑고 지나간, 혹은 만들며 지나간 영토의 풍경이 페이지마다 다양한 크기와 배율로 인화되어 있다.

2. '죽은 자들의 도시'의 지리학—이영주

이영주(李映姝)의 『108번째 사내』(문학동네 2005)는 상상의 지리학이 전면에 부각되어 있는 시집이다. 이영주는 고통과 비애에 찬 도시의 삶의 공간을, 실제 및 상상의 동물과 죽은 자들이 거주하는 영토로 용도 변경함으로써 부정적인 현실에 대해 미학적인 거리를 확보한다. 이영주의 언어미학에는 그로테스크와 숭고, 엽기와 희극, 단장(短章)과 요설적 요소가 공존한다. 이 복합적인 미의 시선은 그대로 이영주가 현실을 읽어내는 관점과 방식으로 등록된다. '현실의 지리학'을 기묘한 풍광으로 대체하는 이영주의 상상의 지리학은 그녀가 살고 있는 현대자본주의 도시를 사멸했거나 사멸해가는 동물들(인간을 포함한)의 참혹한 실존의 구역으로 재구성한다. 비유하면 '내셔널 지오그래픽'이 비극적인 상상의 형태로 도시 안으로 들어온 형국, 그것도 푸르고 생기에 찬 식물은 전혀 없이 쇠락하고 기괴한 동물들만이 활보하는 형국이라고 할 수 있다. 반복하건대 그 동물들은 이미 죽었거나 죽은 것과 마찬가지거나, 여기에 없거나 없는 것과 마찬가지다. 그들 속에 시인 이영주도 '죽은 듯이' 살고 있거니와, 그녀가 그려 보이는 도시의 풍경과 지형은 다음과 같다.

죽은 자들의 집에 당신의 아이가 살고 있어요

—「네크로폴리스 축구단」 부분

고양이들이 골목의 내장을 파고 있다
까맣게 썩은 발톱이 뚝뚝 끊어진다

—「그녀들」 부분

죽은 날벌레들이 달라붙은 얼굴
내가 탄 지하철은 그의 목을 가르며 지나간다

—「밀입국자」 부분

어둠을 뚫고 지친 낙타 한 마리가 공원으로 들어온다
(…)
오랜 노역 끝 돋아날 날개를 위해 저장했던
죽은 자들의 한숨이 마지막 깃털을 떨구고 떠난다

—「낙타의 무덤」 부분

코끼리들이 횡단보도를 건너고 있었다 (…) 막 서른이 된 뚱뚱한 코끼리가 텔레비전 앞에서 걸음을 멈추었다 텔레비전의 화면이 뻥 뚫려 있었다

—「뚱뚱한 코끼리가」 부분

이영주의 '도시의 지리학'이 죽음과, 잔혹한 동시에 거세된 동물성에 침윤되어 있는 이유는 '오랜 노역'과 "오랫동안 내부를 파먹는 일"(「담벼락, 장미넝쿨이 있는」)이 도시의 인간-동물의 일상이 되었기 때문이다. 이영주는 도시의 인간-동물의 삶을 "검은 뼈만 남아 덜그럭거리는 죽지 않는 이

생"(「담벼락, 장미넝쿨이 없는」)이라고 간단히 요약한다. 단호하고 섬뜩한 이 전언은 이영주가 속한 두 개의 공간, '공장'(노역)과 '방'(내부) 사이의 길이 어떤 종류의 것인가를 확연히 보여준다. 그 길에는 텔레비전 속 이미지(가상)의 세계와 그녀의 머릿속에서 자라나는 낙타, 코끼리 등의 상상·환상의 세계가 틈입해 있다. 두 세계와 현실이 만나는 지점에서 바로 이영주 특유의 상상의 지리학이 발생한다. 상상 속의 낙타와 텔레비전 속의 코끼리가 환유와 반전을 거쳐 결국 동일시에 이르는 것은 이영주 자신이며, '죽은 자들의 집'과 '골목의 내장'과 밀입국자의 "목을 가르며 지나가"는 지하철 등이 암유하는 것은 그녀가 속한 현실의 피폐한 삶의 현장이다. 이영주의 상상의 지리학은 생계를 위한 노역과 그 속에서 훼손되는 자신의 내부를 직시하고 견디기 위한 '처절한' 심리적 기제인 것이다. 이영주의 상상의 지리학이 발굴한 내부의 유적 중 가장 비극적인 것일 다음 장면은 그녀의 내적 상처가 지리적 형태를 갖게 되는 과정을 선명히 보여준다.

> 나는
> 장판을 뜯어내고 밑으로 가라앉는
> 죽은 자라를 보고 있었다.
> 핏발 선 거대한 눈동자 같은
> 연못 속으로 빨려드는,
> 등껍질 속에 몸을 숨긴,
> 아버지가 거품을 게워내고 있었다.
>
> —「아버지의 작업」 부분

"장판을 뜯어"낸 것이 '나'인지 '죽은 자라'인지, '죽은 자라'의 환유적 등가물인 '아버지'인지는 확실치 않다. 다만 뜯어낸 '장판 밑'과 거기 있는 '연못'이 '아버지'가 이끈 가계의 고통스러운 내력과 '나'의 상처투성이의 무의식과 자의식의 은유라는 것은 분명하다. 그 무의식과 자의식에서 새어나오는 비명을 이영주는, “엄마, 내 등에서 자라는” “이 뼈를 톱으로 잘라줘”(「소녀와 달」), 혹은 “초원으로 가는 마지막 부장품 난 집으로 가야해”(「108번째 사내」)처럼 암시적이거나 명시적인 문장으로 힘겹게 받아적는다. 도시의 골목과 공원과 지하철역 등을 횡단해온 이영주의 상상의 지리학은 현재 자신의 내부에서 깊이와 두께를 확보해내려는 지점에 도달해 있다. 한가지 아쉬운 점은, 죽은 자들과 실제/상상의 동물을 주인공으로 도시의 생태를 묘사하는 이영주의 방식은 유용하지만 크게 새롭지는 않으며, 평면적인 비유나 알레고리의 차원에서 멀리 나아가지 못하고 있다는 것이다. 이영주의 상상의 지리학의 거점은 그녀의 ‘내면’이 되어야 하는바, 그 내면은 지금보다 다양하고 이채로운 영토의 중심으로서의 면모를 뚜렷이 확보해야 할 필요가 있다.

3. 삼천갑자 복사빛 정든 지옥도(地獄圖)—정끝별

정끝별의 시집 『삼천갑자 복사빛』(민음사 2005)은 “겨울 동산에서 봄 동산까지/등에 지고 갔던/삼천갑자 동방삭이 복사빛 사랑”과, 그 사랑이 “저리 하얗게”(「먼 눈」) 사라져가는 ‘사랑의 운명’에 관한 기록이다. 정끝별에게 사랑은 자연의 섭리인 동시에 인간을 위시한 모든 자연물들의 본질적인 내용물이기도 하다. 사랑이 실현되는 개별자들의 몸·마음과 시공간(양자는 긴밀히 연관되어 있다)을 탐색하는 것은 정끝별이 첫 시집에서부터 변함없이 간직해온 시적 화두이다. 이 시집에서 사랑의 몸·마음·시간은 ‘삼천갑자’의 무량한 것으로, 사랑의 몸·마음·공간은 삼천갑자의 시간이 산포된 수많은 지점들로 분화되어 나타난다. ‘폐가(肺家)’(‘폐가(廢家)’의 변용, 「자작나무 내 인생」), ‘폐허(肺虛)’(‘폐허(廢墟)’의 변용, 「동백 한 그루」) “얼음

천공(天空) 꼭대기"의 "살 붙일 공중집"(「까치집과 까치머리」) "해피론 털실 나라 끝자락에/둥그렇게 감긴 가족보호구역"(「헝큰머리엄마」) "사랑에 세운 길 하나 노래에/뻗던 길 하나 바람에 휘감던 길/하나"(「흡반」) "마음의 가지들"이 뻗어간 끝의 "무간지옥"(「이 자두 가지 끝을」) 등이 그 다채로운 예들이다.

정끝별의 상상의 지리학은 가시성과 실재성의 효력이 작동하지 않는 공간까지 편력하면서 작성된다. 이를 통해 정끝별이 궁극적으로 그려내고자 하는 것은 '사랑의 운명'을 살아내(야 하)는 '존재'의 삶의 궤적이다. 그 궤적은 누구보다 정끝별 자신의 것으로, 이는 그녀의 시가 부드러운 서정성과 날카로운 자의식의 면모를 함께 갖추는 요인으로도 작용한다. 정끝별 시의 중심을 이루는 자연의 풍경들에는 그녀의 자의식이 다양한 농도로 개입되어 있으며, 경우에 따라서는 그녀의 자의식이 외부 풍경을 과잉 견인하는 상황을 연출하기도 한다. 아이러니컬한 것은 정끝별 시의 완성도와 주제의식의 밀도가 주로 이 지점에서 상승한다는 것이다.

> 길가에 벌(罰)처럼 선 자작나무
> 저 속에서는 무엇이 터졌기에
> 저리 흰빛이 배어 나오는 걸까
> 잎과 꽃 세상 모든 색들 다 버리고
> 해 달 별 세상 모든 빛들 제 속에 묻어놓고
> 뼈만 솟은 서릿몸
> 신경 줄까지 드러낸 헝큰 마음
> 언 땅에 비껴 깔리는 그림자 소슬히 세워가며
> 제 멍을 완성해 가는 겨울 자작나무
>
> —「자작나무 내 인생」 부분

정끝별에 의하면, "자작나무 저 속에서" "터져"나오는 '흰빛'은 "세상 모든 색들 다 버리고" "세상 모든 빛들 제 속에 묻어놓"은 "뼈만 솟은 서럿몸/신경 줄까지 드러낸 헝큰 마음", 즉 끊임없이 자기단련을 거듭하는 몸과 마음, 자의식의 완강한 표상이다. '흰 빛'의 몸·마음·자의식을 통해 정끝별은 자기소멸의 운명을 예감하면서 사랑의 운명도 결국 소멸로 귀결될 것임을 스스로에게 각인시키는 중에 있다. '흰 빛'은 그 밝고 환한 이미지 속에 스러짐과 죽음의 상징을 내포한다. 『삼천갑자 복사빛』의 가장 절실하고 아름다운 장면들은 사랑과 사랑의 소멸이, 존재와 존재의 소멸이 더 이상 피할 수 없이 부딪치는 지점에서 발현된다. 그것은 '흰 빛'이 몸속에서 스러져 '혼'과 '백'으로 분리되고 파열하는 지점, 즉 존재의 내부에서 육체적·심리적 죽음이 발아하는 지점이기도 하다.

> 나도 눈이 감길 때마다
> 안간힘으로 당신을 부둥켜안은 팔을 떨곤 한다
> 절로 눈이 감길 때마다
> 당신이 쌓여가고 당신이 심어진다는 게
> 어느 날 툭 뽑힌다는 게 두려운 게다
>
> —「눈이 감길 때마다」 부분

"눈이 감길 때마다" 그 비가시성의 세계에서 정끝별이 두려움에 떨며 가닿는 곳은 살아서 경험하는 '삼천갑자'의 마지막 장소일 것이다. 그 낯설고 서늘한 곳에서 정끝별은 평소와는 다르게, "저 내장의 등성이 너머로/저 한라의 바다 너머로/이 화엄으로//사랑아, 나를 몰아 어디로 가려느냐"(「상강」)고 격앙된 속내를 표출한다. 여기에는 그녀가 소망하는 삶과 사랑의 미래형이 의지와 희망이 형태로 가인되어 있다. 소멸의 운명과 두려움을 감내하면서 끝내 가야 하는 곳, 그러나 내면과 상상의 길을 따라서

만 도달할 수 있는 그곳은 정끝별이 탐사한 사랑과 존재의 지리학적 요충지이자, '삼천갑자 복사빛 정든 지옥도'의 마지막 관문에 해당한다. 그런데 정끝별은 그 막다른 지점을 향해 조금 서둘러 나아가고 있는 것은 아닐까. 그 지점에 도착하는 길은 중도의 경유지들에 의해 의미를 갖는 것이니, 오래 해찰하고 부대끼며 "내장의 등성이 너머"보다는 지금 여기 '내장 속'을 호흡하는 일이 더 필요한 일인 것은 아닐까. 마침, '내장산(內藏山)'도 그 상징과 장소, 안팎이 모두 '내장(內臟)'이니, 정끝별 자신이 쓴 비유로서 스스로에게 다시 참조될 만하다.

4. 관념과 기억의 지리학—박형준

박형준(朴瑩浚)은 네번째 시집 『춤』(창비 2005)에 이르러, 이전 시집 『물속까지 잎사귀가 피어 있다』(창작과비평사 2002)에 노출된 관념성을 더 적극적으로 밀어붙이는 듯이 보인다. 시집의 표제작 「춤」에는 어떤 대상을 겨냥해 새처럼 유영하는 관념이 일구어낸 상상의 풍경과 지형이 화려하고도 실감나게 묘사되어 있다.

근육은 날자마자
고독으로 오므라든다

날개 밑에 부풀어오르는 하늘과
전율 사이
꽃이 거기 있어서

絶海孤島,

내리꽂혔다
솟구친다
근육이 오므라졌다
펴지는 이 쾌감

살을 상상하는 동안
발톱이 점점 바람 무늬로 뒤덮인다
발 아래 움켜진 고독이
무게가 느껴지지 않아서
상공에 날개를 활짝 펴고
외침이 절해를 찢어놓으며
서녘 하늘에 날라다 퍼낸 꽃물이 몇 동이일까

천길 절벽 아래
꽃파도가 인다

—「춤」 전문

그러나 이 실감은, '천길 절벽'과 '꽃물' '꽃파도' 사이의 긴장감을 끌어안은 아름다운 자연 풍경이 시의 도입부이자 종결부의 해석 층위(제목)를 통해 무정형의 실체 없는 '춤'을 묘사하기 위해 동원된 것이라는 생각에 이르면, 화려한 수사들을 뒤로하고 일시에 "오므라들"게 된다. 제목인 '춤'과의 연관성을 배제하더라도, "날개 밑에 부풀어오르는 하늘과/전율 사이/꽃이 거기 있"다거나, "서녘 하늘에 날라다 퍼낸 꽃물이 몇 동이일까" 등의 표현은 실제의 '하늘'과 '꽃'을 실재성이 휘발된 기호의 차원에서 활용한 것에 해당한다. 이 자연은 현실과의 접점을 결여하고 있으며, 자연을 다양하게 의미화하는 하나의 시도로서의 가치도 뚜렷이 지니고 있지 못하다. 이 지극히 섬세하고 미려한 자연의 미학이 박형준 시의 탁월한 조형능력을 보여줄 수는 있을지언정, 박형준 시의 미덕과 지향성, 시적 가치를 지지하고 진전시키는 데는 실패하고 있는 것이다. '천길 절벽'은 탐미적인 미학이 관념의 날개를 달고 수직 상승한 미학의 절벽이며, 그 아래 이는 '꽃파도'는 '천길 절벽'의 절대미에 상응하는 미학적 상관물이다. 시집 전체로 논의를 확대하면, 이 시집에 등장하는 자연물은 대체로 동종이형의 동일자의 범주에 묶여 있다고 할 수 있다.

박형준이 미학을 표방한 관념성에 경도된 이유는 두 가지로 설명할 수 있다. 하나는 그가 '풍경' 자체에 매혹되어 있다는 것, 다른 하나는 그에게는 유동적이고 조작 가능한 기억이 현실인식을 대체하고 있다는 것이다. "밥 짓는 연기여/살 타는 냄새가 난다//지붕에 뿌리 내린/풀꽃을 위해/풀꽃이 바라보는 풍경들 위에/막 눈을 뜬 세계를 풀어놓았으니,"(「저녁 꽃밭」) 라는 싯구가 전자를 입증하는 예라면, 다음의 시는 후자를 반증하는 예라고 할 수 있다.

> 석유를 먹고 온몸에 수포가 잡혔다.
> 옴팍집에 살던 때였다.
> 아버지 등에 업혀 캄캄한
> 빈 들판을 달리고 있었다.
> (…)
>
> 서른이 넘어서까지 그 풍경을
> 실제라고 믿고 살았다.
> 삶이 어렵다고 느낄 때마다
> 들판에 솟아 있는 흰 돌을
> 빈 터처럼 간직하며 견뎠다.

마흔을 앞에 두고 있는 나는 이제 그것이,
내 환각이 만들어낸 도피처라는 것을 안다.

—「地坪」 부분

사실, 자신의 기억의 허구성을 간파하고 있는 이 시를 있는 그대로 박형준의 현실인식의 결핍의 증거로 채택하는 것은 의도의 오류에 가깝다. 그러나 정확히 같은 이유 때문에 그 채택을 꺼리거나 저어할 수는 없다. 박형준이 스스로 고백하고 있듯이, 이번 시집에서는 그의 "환각이 만들어낸 도피처"들이 곳곳에서 발견된다. 앞서 본 것처럼, "살을 상상하는 동안/발톱이 점점 바람 무늬로 뒤덮"여도 "발 아래 움켜진 고독이/무게가 느껴지지 않"는 곳이 그 하나다. 간절한 "외침이 절해를 찢어놓"는 '상공'이라 해도, 그 '상공'은 '꽃파도'가 이는 '절해'를 아득히 굽어보는 무중력의 미학과 상상 속에서만 존재하는 공간일 수밖에 없다. 현재 우리 시단을 이끌어가는 뛰어난 시인인 박형준이 이 화사한 '절해'의 '꽃파도'를 넘어 현실의 영토에 다다르기를, 그곳에서 다시 "절해를 찢어놓으며" 날개를 펼쳐 보이기를 바라는 마음 간절하다. 그 지난한 과정과 노력을, 그의 명명법을 빌려 여기에 미리 '춤'이라고 적어두고자 한다.

—『문학동네』 2005년 가을호

| 찾아보기 |

ㄷ

ㅇ

ㅈ